仅以此书纪念查尔斯·利文斯通·恩尼斯

米兰公国 ● *Milan* (米兰)
DUCHY OF MILAN

REPUBLIC OF VENICE 威尼斯共和国

● *Genoa* 热那亚

(曼托瓦) ● *Mantua*

Po *River* (波河)

Venice 威尼斯

LIGURIAN SEA 利古里亚海

(费拉拉) *Ferrara*

(博洛尼亚) *Bologna* 罗马涅

● *Ravenna* (拉韦纳)

(伊莫拉) *Imola* ●

ROMAGNA

(比萨) *Pisa* ●

REPUBLIC

● *Cesena* (切塞纳)

Florence (佛罗伦萨)

OF FLORENCE

Rimini (里米尼)

● *Siena* (锡耶纳)

Pesaro (佩扎罗)

佛罗伦萨共和国

PAPAL

● *Siniguglia* (塞尼加利亚)

ADRIATIC SEA

教皇国 **STATES**

亚得里亚海

● *Rome* 罗马

TYRRHENIAN SEA 第勒尼安海

ITALY
IN 1502
1502 年的意大利

KINGDOM

● *Capua* 加普亚

● *Naples* 那不勒斯

OF

N

NAPLES
那不勒斯王国

THE MALICE
OF FORTUNE

[美] 迈克尔·恩尼斯 著

徐 凡 译

二十一世纪出版社
21st Century Publishing House
全国百佳出版社

图书在版编目（CIP）数据

　命运之谜 / (美) 恩尼斯著；徐凡译. — 南昌：二十一世纪出版社，
2013.4（2022.4重印）
　ISBN 978-7-5391-8460-9

　Ⅰ.①命… Ⅱ.①恩… ②徐… Ⅲ.①长篇小说 - 美国 - 现代
Ⅳ.①I712.45

中国版本图书馆 CIP 数据核字 (2013) 第 038818 号

the malice of fortune
by Michael Ennis
Copyright © 2012 by Michael Ennis
Simplified Chinese translation copyright © (2013)
by 21st Century Publishing House
Published by arrangement with Writers House.LLC
through Bardon—Chinese Media Agency
博达著作权代理有限公司
ALL RIGHTS RESERVED
版权合同登记号 14-2013-231

命运之谜　　　　　　　　　[美]迈克尔·恩尼斯 / 著　　徐凡 / 译

策　　划	张　明	
责任编辑	张　宇	
出版发行	二十一世纪出版社	
	（江西省南昌市子安路 75 号　　330009）	
	www.21cccc.com　cc21@163.net	
出 版 人	张秋林	
经　　销	新华书店	
印　　刷	北京金康利印刷有限公司	
版　　次	2013 年 7 月第 1 版　2022 年 4 月第 3 次印刷	
开　　本	720mm×1000mm 1/16	
印　　张	25.75	
字　　数	340 千	
书　　号	ISBN 978-7-5391-8460-9	
定　　价	39.80 元	

赣版权登字—04—2013—332
如发现印装质量问题，请寄本社图书发行公司调换 0791-86524997

目　录 Contents

1502 年的意大利

摘自《西泽尔·波吉亚：文艺复兴研究小札》

威廉·哈里森·阿丁顿　著

伦敦，1903 年出版

　　纵观历史，很少有一个充满悖论的社会，能够比 16 世纪初的意大利更吸引人。文艺复兴让彼时的艺术成就和创新思潮达到一个前所未有的高度——莱昂纳多、米开朗基罗、马基雅维利在这个巨大舞台上尽情演绎，意大利的开创者们却陷入了政治背叛与战事纷争的泥沼中。随着意大利分裂成许多自治实体，称雄一方的民族国家——威尼斯共和国也解体为无数小城邦。意大利半岛变成了势力庞大的家族王朝、唯利是图的雇佣军和外国君主所属军队争权夺利的战场。

　　当时的意大利人民生活在这片兼具显著时代性与地域性的混乱中，他们不再寄希望于从上帝和教会中寻求信仰，而是把自己当作命运女神福琼（传说是古罗马命运女神福尔图娜的再生）的使者，无论是在文学创作还是日常交谈里，人们都把她人格化，把她看作一位喜怒无常、性格粗暴、掌管人类诸事的家庭教师，甚至那时最有见识的智者也不得不接受福琼专横暴虐、足以搅乱世界的思想。然而，莱昂纳多·达·芬奇认为自然界是秩序井然的，一切规范建立在数学和基础原理之上，并以自己看待世界的全新视野来抗拒"福琼论"。出于类似的目的，尼可洛·马基雅维利反复比较远古历史与当时现状，致力于发掘人类行为的基本规律，希望此项科学发现能够帮助不幸的意大利领导者们，指引他们预见未来的危机，并做好充分准备以应对"福琼论"者有可能进行的猛烈攻击……

历史性的1502——在这一年，人们开始以理智来反抗"福琼"的恶势力。人们的意识与理性觉醒所带来的这场起义，并不是发生在文艺复兴之都，而是一个被亚德里海和亚平宁山脉包围的、狭长且富饶的平原——罗马涅，在那儿激起了斗争的星星之火，尽管它在意大利版图中毫不起眼。罗马涅地区存留着一系列无法律约束的封地，它们历来只是罗马（教皇国之一）天主教会名义上的财产。这些封地是一些软弱的教皇为了顺利继任而开出的价码，他们将其割给贪婪的地方贵族以换取支持。直到1492年罗德里戈·波吉亚成为新教皇，这种"以地获权"的局面才结束。波吉亚冒名为亚历山大六世教皇，并对外宣称自己会像亚历山大大帝一样重建并拓展教会的实权领土，他干起了空前的勾当——售卖教会职权和"赦免券"来填充自己的战备资金。然而令人费解的是，这个精明放纵的"首席法官"却将自己的战争野心寄托于一个可悲无能的儿子（私生子）身上。这个儿子就是胡安·波吉亚——带领教会多次战败而蒙羞的甘迪亚公爵。直到1497年胡安被神秘杀害，亚历山大教皇才发现另一个合适的继承人——从前总是被忽视的胡安的哥哥西泽尔·波吉亚，他从一个不起眼的主教成为赫赫有名的瓦伦蒂诺公爵，并凭借无与伦比的胆识收复了罗马涅。到了1502年，欧洲再没有人能比他更好地鼓舞受压迫者，抑或施压于独裁者。

瓦伦蒂诺的正义之征似乎预示着一个全新的意大利，然而，他却是在一支臭名昭著的部队——意大利雇佣兵的辅佐下被迫征战。这些雇佣兵将士实在是名副其实：他们四处恶意挑起争端，只为满足奢侈的生活花销和肆意的乐趣；尽管由瓦伦蒂诺带领的征战带给"福琼军队"些许威胁，但雇佣兵总是对征途中的农民课以重税，轰击城市中饥饿无助的游民，并沿途掠夺……这支意大利雇佣军，第一时间观察到瓦伦蒂诺在罗马涅迅速且不留情面的军事整合，例如大力征召新兵并训练属于他自己的士兵，拘押严重威胁到他们生活、性命的危险分子……于是，在1502年10月，这些雇佣军开始大规模地攻击罗马涅地区教会势力据点。

在这场血腥斗争中，意大利众多君主城邦里受害最深的莫过于初期的佛罗伦萨共和国。佛罗伦萨执权者将城中的天才们都投入文化和商贸建设中，以致执权者和他的臣民对国防都毫不在意。当时最强势力的雇佣军将领——维特罗佐·维特里，因自己的弟弟被佛罗伦萨共和国执权者以叛国罪诛杀，便悍然向他们宣战……相较之下，瓦伦蒂诺公爵则要审时度势得多，他认识到了自己的最大敌人是谁，于是有意同佛罗伦萨共和国达成一个双边国防协议……

可是，佛罗伦萨以摇摆不定和优柔寡断著称的领导者，却不愿将自己的命运完全寄托于波吉亚。他拒绝了派遣全权大使，而派了一位低级大臣的帮手去瓦伦蒂诺军队驻地伊莫拉（罗马涅地区首府）战堡——他甚至没有一丁点儿谈判权利，却被指示用漂亮的承诺和巧舌如簧来拖住这位最没有耐心的公爵。1502年10月6日，这位佛罗伦萨使者到达伊莫拉，他将在随后三个月内成就一项伟绩——西方思想发展史的代表作之一——尼可洛·马基雅维利《君王论》的雏形。

人物介绍

亚历山大六世教皇（罗德里戈·波吉亚）：史上最贪婪势利的教皇。他于 1492 年买下教皇职权，并向世人允诺将做出比肩亚历山大大帝的丰功伟绩。在西泽尔（即瓦伦蒂诺公爵）的庇护下，他在担任教皇期间雄心勃勃地扩张教会实权。西泽尔是他为人所知的七个私生子中最具天赋的一个。

阿加皮托·达·阿梅利亚：瓦伦蒂诺的心腹信臣和正式发言人。

安东尼奥·本尼维耶尼：佛罗伦萨最著名的医学家。他将自己进行的每次尸检记录成册，其《疾病的隐形致因》被誉为病理学奠基之作。

胡安·波吉亚：甘迪亚公爵，1497 年 6 月 14 日被刺杀，亚历山大教皇最喜欢的儿子。此谋杀是文艺复兴时期最著名的罪案，直到 1502 年秋天仍未告破。

卡米拉：名妓黛米亚塔的女仆。

黛米亚塔：一代名妓，罗马炙手可热的知性交际花，常被通俗地誉为"正直的妓女"。其与甘迪亚公爵的情事以及作为杀死公爵的嫌疑人的事实均有史料记载。然而，"黛米亚塔"可能只是一个假名。

奥利夫奥托·达·菲莫：孤儿，从小受到维特罗佐·维特里的军队式培养，粗暴篡取其叔叔职位后成为菲莫城的领主。起初作为一名雇佣军将领效命于瓦伦蒂诺，后来成为反叛瓦伦蒂诺公爵的帮凶。

贾科莫（吉安·贾科莫·卡坡蒂）：莱昂纳多·达·芬奇的佣人、学徒及陪伴者。10 岁那年（1502 年）被 20 出头的莱昂纳多收养，被昵称为"沙莱"（小魔头之意）。

乔瓦尼：黛米亚塔的小儿子，1498 年出生。

弗朗西斯科·圭恰迪尼：马基雅维利的密友及信使。1527 年，当马基雅维利埋首写作时，弗朗西斯科是克莱门特七世教皇军的一名陆军中尉。后来他成为现代历史学方法的先驱，著有经典作品《意大利史》。

莱昂纳多·达·芬奇：1502 年，他 55 岁时担任瓦伦蒂诺公爵的首席军事工程师和建筑师。同年，他绘制的伊莫拉地图被认为是其最革命性的作品之一，现存于温莎城堡皇家图书馆。作为首幅运用磁罗盘和精确测量绘制而出的地图，它开创了流传数百年的现代测绘地图法。

拉米罗·达·洛尔卡：波吉亚家族的一位长期侍卫，毁誉参半的罗马涅大区的军事领导者。1502 秋被调离处于风口浪尖的政界职位。

尼可洛·马基雅维利：1502 年，时年 33 岁的他官方头衔是佛罗伦萨共和国内阁副官（二级公务员职位）及战务长，瓦伦蒂诺公爵领地内的首席外交官。但他并没有直接进行谈判的权利，仅作为政府喉舌。11 年后著《君主论》（1513）。

米榭洛特（米歇尔·德·克勒力亚）：瓦伦蒂诺公爵最信任的至交。

保罗·奥尔西尼：意大利一个强大暴虐家族的继承者，最初效命于意大利雇佣军，后成为雇佣军首领，1502 年密谋背叛瓦伦蒂诺公爵。

托马索（托马索·迪·乔瓦尼·马希尼）：莱昂纳多的助手。其最广为流传的绰号是索罗亚斯德，潜心研究炼金术。他在卢多柯维·斯福尔扎长期统治下（1482—1499）的米兰时期融入了莱昂纳多的社交圈。

瓦伦蒂诺（西泽尔·波吉亚）：罗马涅大区公爵、罗马教会军队首领。1498 年，法国国王特封西泽尔为瓦伦丁公爵（作为西泽尔帮助路易十二离婚的奖赏）。天赋过人的亚历山大教皇的私生子，通常被称为瓦伦蒂诺公爵，或简称瓦伦蒂诺，该名字曾响彻整个欧洲大陆。

维特罗佐·维特里：意大利最老练的雇佣军人之一，火炮新技术领域专家，创建了一个新兵种——现代步枪兵。反叛瓦伦蒂诺公爵密谋中的一个非常关键的煽动者。

命运之谜

接下来的叙述完全基于真实事件。

所有主角均为真实历史人物，故事中他们一切所作所为全部经过史学考证，包括确切的时间、地点。但是这些人如何又是为什么做出这样的行为，则是历史所没能彰显出来的。

而这又说来话长了……

给梅塞尔·弗朗西斯科·圭恰迪尼
中将，政治家，历史学家
1527年1月9日

殿下，我已将成叠的文件发给您，这样您就能对1502年最后几个星期有一个更清晰的理解——就是佣兵队长残忍谋划反对瓦伦蒂诺公爵和他的父亲亚历山大六世教皇的时候。您知道，对这些事的近距离观察给了我写作《君主论》的灵感。然而您所不知道的是，我难以表达的还有很多。因此如今向您交付这长篇的"忏悔"，希望您不要责难——或者试图用您的春秋笔法把它写下来——在读完之前不要这么做。读完之前，您很难发现我故意隐藏在《君主论》字里行间那些恐怖的秘密。

这个故事分四部分，除了第一部分，其他都是我自己写成的。24年前，我认识一个名叫黛米亚塔的贵妇，她写了第一部分，我把它放在我的记述前。在不到两星期的时间里，这位博学的女士就事无巨细写下了一系列的对话和事件简述，您一定会感兴趣的。她写下这些不光是为了保护自己不受责难，更是为她的儿子乔瓦尼留下了一份最后的证词。不过她决定，在儿子长大成人能分辨事实和谎言之前，先不给他看这些。

我亲爱的弗朗西斯科，我必须提醒您的是，因为我们自己蒙蔽了双眼，福琼命运才达到了她险恶的目的，使我们在她曲折险阻的道路上前行。当您读到这些的时候，您会感激福琼以多么聪明的方式将我们引向死亡之路，直达魔鬼的门前。您会看到我们仍旧如此愚钝，在魔鬼的面前却视而不见。

诚挚的
尼可洛·马基雅维利
历史作家、喜剧和悲剧作家

对你所探索的真相要慎重

罗马和伊莫拉：1502 年 11 月 19 日—1502 年 12 月 8 日

I

我最亲爱的、至爱的乔瓦尼：

我们住在特拉斯提弗列区的两个房间里。特拉斯提弗列是罗马的一个县，以古老的国会山为起点，横亘在台伯河上，和梵蒂冈及圣天使城堡在河流的同一边。以圣玛利亚教堂为中心，特拉斯提弗列自成一体，有葡萄酒商店、客栈、制革厂、带大桶的染坊，以及破落的房屋——这些房屋很旧，可以追溯到提多·弗拉维奥征服犹太人凯旋而归的时代。很多住在那儿的犹太人声称是提多战俘的后裔，但是我们的邻居来自各个地方——塞尔维亚、科西嘉岛、勃艮第、龙巴蒂，甚至阿拉伯。这是一个人人迥异的村庄，也因此，没有人鹤立鸡群。

我们的房间在一座古老砖瓦房的底楼，靠近一条逼仄泥泞的巷子，附近只有一些商店和房屋。这些商店和房屋的阳台与走廊离我们的房间很近，即使在大中午，每次走出屋子都感觉进入黑夜一般。我把自己的书籍和古老浮雕等所有可能诱惑小偷的东西收好，以免暴露我之前的身份。但是每年，我们都会粉刷墙和清理屋瓦。你从不睡稻草床垫，而是睡在一个质地优良的棉花床垫上。我们小小的桌子上从不缺少新鲜的花朵，也从没祈求过豆子上能有培根。

7

夜晚你入睡。在出门前，我会给你读彼特拉克的作品或者讲一个故事。这是我们在一起最后一晚所做的事——1502年11月19日。我给你看了一个印有尼禄·克芬迪乌斯·凯撒的青铜像章。关于尼禄，我在刚脱离青葱岁月时背诵了塔西佗里关于他的故事。听了他的罪行后，你表情严峻地用手指在像章上的脸比画着，对他说："即使是君王也没有虱子。"

　　"君王没有虱子？"我问道。我的语气让你眉头皱得像个德意志的银行家，我又补充道："你想说的是'特权'吧？"

　　"嗯，是的，妈妈，特权。即使是君王也不能因特权变得那么邪恶。"你蟋蟀般的声音是如此严肃，"所以，我们要惩罚凯撒，不给他点心吃！把他的糖杏仁给埃尔梅斯。"

　　你还记得埃尔梅斯吗（"埃尔梅斯"为黛米亚塔的宠物狗），我一生的爱？他是我们的特内里费，他爱你就像你爱他一样。当你叫他的名字时，他会扭动特内里费犬毛茸茸的屁股，并用小而粉红的舌头舔吻你可爱的手。

　　卡米拉和我们坐在床边，缝补着她的裙子。她是我最亲爱的朋友和最忠诚的仆人。在我无法出门时，她每天都带你去圣玛利亚教堂前的广场；晚上她陪你入睡，这样我就有时间做自己的事了。卡米拉不是你真正的姑姑，但在任何方面——除了血缘，她都是我的姐妹。如果有一天我不能回家，我相信她能保证你的安全并见证你成长为一个男子汉。她像桦树一样纤细，比我个子高，有着苍白肃穆的面孔，那暗色的眼和嘴让她看起来像一个可爱的幽灵，虽然她几乎和土耳其摔跤手一样强壮。她出生在那不勒斯，那里的大自然让她拥有乌黑的头发，我现在也染成了她那样的发色。

　　我能向你描述特拉斯提弗列那小房间里的每个细节，我最亲爱的宝贝儿子，但我无法为你描述我对你的爱。我现在前所未有地恐惧，恐惧我们将会被时间的海洋隔开，再没有语言能摆渡到你的码头。

　　也许你唯一记得的，就是我没有回来。

❋

俄巴底亚，这个年老的犹太人是我们对面的邻居，住在一个嘈杂的葡萄酒店铺里。他是个大好人。他的个子不高，甚至够不着门把的锁孔。然而，他喜欢讨论弗拉菲乌斯·约瑟夫的作品，并经常安排我与他相识的商人和淘宝者进行古董交易。因此，当我听到我们家古老橡树门传来的敲门声，不会惊讶，又是俄巴底亚。但这次，他紧张的神情让我很惊讶。他的脸像是画在羊皮纸上的精妙素描，每一条线都用深褐色墨水仔细雕刻着。可是当我透过门的一边仔细看他时，这张黄色的羊皮纸素描似乎一瞬间被漂白了。

在俄巴底亚倒地前，三个男人已经走进我们家中。他们刻意让我们看见了军刀和匕首，但是你不害怕，埃尔梅斯也是。他甚至在你冲向他们前就已扑向了他们，像一个女人般尖叫着，直到一个男人用军刀的刀柄击中了他——我们亲爱的小狗，他像一捆木柴般被扔到了墙上。更惊心动魄的是，你撞向了那个男人的腿，就在那一刹那，他甩了你一个嘴巴，并用刀尖顶着你小小的肚皮。这些闯入者一直一言不发，只有那个一只眼能看见、一只眼像水煮的鸡蛋的男人用嘶哑的那不勒斯口音说道："我们会撕开这个男孩的肚皮，就像处理一条十一月的肥猪一样。"

我想说："我不相信派你们来的男人允许你们杀掉他的孙子。"但是，你的爷爷非常精明，我不知道是不是他真的派来了这些像极了普通窃贼的男人，我怕他们真的是普通的窃贼。所以，我不得不说："我带你们去找我的钱。"

第二个男子从我身后冒出，用木制的箍口物塞住我的嘴巴。他没有敲出我的牙齿真是万幸，他用来绑我的皮革绳子很紧，仿佛脖子后的结已经扎入我的头骨里。木头吸干了我舌头里的所有水分，我只能看着第三个男人塞住卡米拉的嘴。我永远也不会忘记她被推倒在床垫前的眼神。

独眼的男人企图抱紧你，但是你不停地蹬他，直到他说："你想让我杀死你的妈妈吗？"虽然你不到五岁，但已经很聪明，你立刻停止了反抗。那个时候你看到了亲爱的老俄巴底亚倒在门外的尸体，鲜血浸透了他的衬衫，鲜红得如红衣主教的帽子。他已经死了，并用这种方式警告着我们。

我要冲到门外，宁愿为了寻找你而死，也不要待在原地见证卡米拉的命运。我没被押回房。第二个男人拽住我的头发，把我拽到了你和他的同伙旁。每当我挣扎时，他就会用刀顶着我的脊梁。一群住在对门阳台上的小鸡经过，开心地咯咯叫着。

<hr />

不久后，我们被带到了你爷爷的住处，即使从后门绕进的，我也能认出。当我们走过花园迷宫时，长方形的教堂和豪宅像山一样出现在我们眼前。几十个窗户门前都闪烁着油灯。不一会儿，我们到了豪宅的内部，镀金的家具和崭新的壁画闪过我们眼前，挂毯和东方地毯亮丽的颜色布局像是狂欢节的碎纸花迎面而来，同时还有焖烧的香炉、新鲜的橘子、玫瑰水、熏肉、麝香、蜡烛以及溅落一地的葡萄酒。

穿过走廊的一半时，两个带着头巾、像是僧侣一样的男人从那个独眼男人的手中接过了我们。除了糟糕和窒息的声音，我无法对你说任何告别的话，直到我想到我们仁慈的主会带走我们。但是这个世界充满罪恶，在这个我和你刚成为俘虏的房子里，我们完美的主一定不在。

门口的光亮像烟花一样突然在我们面前闪现，有笑声在荡漾，让我想起了凯撒被刺前进入议会的情景。我被塞进的房间是一个硕大的皇家大厅，大部分的楼层都被改造成了黄铜灯柱的森林。这是一幅但丁也从未想过的情景：20多个跪在地上的女人像猪一样挤成一堆，她们晃动着赤裸的胸部和白色臀部寻觅着坚果；一些女人蹲着祈求将被撒在地上的栗子。为了遵循这个房子的规定，她们不允许用手、嘴，甚至是脚趾。

　　我被带到一个叫"圣人大厅"的地方，那里很空旷，只放了一个餐柜和几把椅子。大厅中央放着一个火盆、一个细木镶嵌（15世纪意大利的一种工艺）的小木桌和一把扶手椅，扶手椅的天鹅绒套上绣有几只小金牛，那是你们家族的标志。

　　我被绑在那把"宝座"上后，第一个"客人"来拜访我了：洛伦佐·比海姆。他是你爷爷的炮兵专家，著有关于黑魔法和召唤撒旦的专著。

　　比海姆搬着一个木头箱子，一边像内科医生一样用力拖拉，一边把这个东西放在我旁边的桌子上，他打开箱子，让我可以欣赏那些看起来像用来仔细检查子宫的工具。他从里面取出了一个钳子、钩子之类的设备。在加热那些设备的时候，他把火盆放得更近，毫无疑问是为了让自己舒适。燃烧木炭的臭气侵入我的鼻孔。

　　完成这些准备后，他离开了。

　　我并不是孤零零的，我周围全是做成框架的镀金拱桥。画家平托瑞丘用圣人的故事填补了每一个半月形的弦月窗，那些圣人的传奇描绘了挤满观众的夸张典礼。我的椅子已被放置好，以便我可以看着对面的弦月窗，在那些弦月窗上，华丽的孔雀色调描绘了大量关于圣人亚历山大·凯瑟琳的争辩情景。

※

　　这幅景象让我重新认识了你祖父的私生子。你看，在这个故事里，平托瑞丘用所有类型的人作为原型在你祖父的房子里作画。尽管他完成工作后的短短几年里，财富已经增加了很多。这个光荣的盛会中心属于圣人凯瑟琳，她表明基督徒的信仰强烈抵触了帝王马克西米以及有关学者的谈话。圣人凯瑟琳和你的阿姨鲁克蕾齐亚极为相像，如果她突然有一个想法，就会马上露出美丽的牙齿、一个吸引他人注意的笑容和从眼里流露而出的希望。

　　我最害怕的是，亲爱的你已经知道了鲁克蕾齐亚的表情；但真这样的话，在不完美的镜里你可能会有一个对妈妈的印象。因为，在我和你家关系紧密的那些年，人们常说，我看起来很像鲁克蕾齐亚小姐最老的姐姐。我从来没有这样想过，因为你阿姨的鼻子更小，她前额不宽，眼睛颜色更浅。但是现在，我和你的阿姨鲁克蕾齐亚分享着同样的希望，充满悲伤。毫无疑问，场景的两端是鲁克蕾齐亚的两幅肖像。你的祖父想要他最珍爱的胡安·波吉亚——那个西班牙公爵的儿子作为帝王马克西米的模型。但是平托瑞丘的视野并没有被这个观点所遮蔽，他用另一个私生子西泽尔·波吉亚作为代替。他的脸，就是那个万能君主的脸。在画作完成的时候，西泽尔已经 20 岁了，他仍然是神圣罗马教庭的红衣主教，有着他姐姐鲁克蕾齐亚精致的美貌。虽然平托瑞丘给了他特殊的关注，但是西泽尔黑绿的眼睛盯着画外的某些东西，就好像窥视着一个画家所不能想象的领域。

在西泽尔的对面，墙的另一边，平托瑞丘用细亚麻布头巾将胡安打扮成土耳其苏丹人，他的披肩和宽松的裤子都是用东方图案的织锦做成的。这种服装是他在生活中最爱的服装。胡安比他的兄弟姐妹黑——西泽尔和鲁克蕾齐亚都肤色匀称——在这幅肖像中，他的眼神像猎鹰般谨慎，且富有侵略性。在生活中，如果胡安这样看的话，那只是装模作样。

❉

飞逝的时光里，我对那句彼特拉克曾说过的"把我们带去死亡锋利的刀尖"的沉思，最终被你的祖父所打扰。比海姆在他旁边，仍然穿着汗湿的衬衣、下垂的干净袜子和深红色的拖鞋。你的祖父优雅地向我走来，像一个年轻的男子为了展示强健优美的腿而用脚尖走着。当他近到我能触碰时，我才看出他有多老：带有雀斑且薄薄的皮肤夸张地缠绕在他隆起的鼻子上，但是他的嘴唇仍然奢侈而精致地缩拢着，好像他刚刚抿了一小口好酒，正在细细品味。

他对比海姆点头致意，而比海姆正在从内科医生的箱子里拿出一把刀。我祈祷一切赶紧结束。但是比海姆剪断了差点使我窒息的绳索。我嘴里很干，所以我无法吐出木头塞子，比海姆用刀尖把它弄松了。

你的祖父身子往前倾，用他那黑曜石般的眼睛看着我。"黛米亚塔，我一直都知道你在哪儿。"他的声音低沉而嘶哑，虽然波吉亚家族——你的家族，亲爱的——已经在意大利几代，但他的口音中还能透出西班牙祖先的痕迹，有如草中的猛蛇，树上的巨蟒。

他的手指滑过我的头发，并不是抚慰，却像是一个马夫在检查病马的鬃毛。"染了头发，隐藏在犹太人的小酒馆里……"他不耐烦地摇摇头，"我随时都可以找到你，过去五年你的每次呼吸都是由于我的放任。"

"你是放任中的君主，不是吗？"我说，你的祖父在教堂的圣殿中售卖赎罪券，就像一个妓女在街角售卖蜡烛一样。在他眼中，唯一无法用金钱来赎的罪是针对他本人的，或者是有助于土耳其人的。"也许你也能用金钱来免除自己的罪孽，你今晚在我家杀害了一个可敬的无辜老人，还有你孙子的爱宠。"我当时并不想推测卡米拉的命运去惹怒命运之神。

我以为他会打我，但他只转过身抬头看着胡安，这位土耳其作风的甘迪亚公爵，仿佛在恳求他的爱子从腐朽的枯骨中重生。半晌，你祖父沉重的肩膀松垮了下来，他将注意力转向那位尚在世的儿子先知般的形象：在我写作时，他已成为现世的西泽尔·波吉亚，神圣罗马教廷的大将军，蜚声基督教界的瓦伦蒂诺，罗马格纳公爵，一位抛弃主教的安逸而投身军戎的奇才，暴君的毁灭者和全意大利的拯救者，一个能让你的祖父——神圣的主教亚历山大六世——无需从圣洁的圣皮特宝座中站起就可征服整个世界的儿子。也许在你读到这里时，神圣罗马教会的版图就已经有了新的突破，由意大利的心脏向整个欧洲扩展。

确实，如果现在我所有的担心成为现实，也许命运之神已经任命你为这个帝国的继承人了。即便如此，波吉亚也没有向你说出我的真相，除非真相更糟糕。

终于，你的祖父从他的思索冥想中抽离出来："胡安被杀当晚去了你那里，只有你参与了这件事，你完全可以向他人告密。"

　　我并非头一回坐在这位主教桌前，也并非第一次仔细观察他惯常的做法，他喜欢以不可辩驳的事实出发，故意诬告人。我参与这类审讯已经五个年头了，我答道："如果你说我背叛胡安，透露他当晚会来找我，那么上帝和圣母可以作证，对于谋杀他的人来说，在埃斯奎林山附近，他拜别母亲的地方下手，或人尽皆知的用餐地点下手，都会更加容易。你比谁都更明白，奥尔西尼和维特里家族蠢蠢欲动。任何一个波吉亚家族的人从地球表面上消失，直接受益者都是他们这些雇佣军。"

　　现在是时候我来解释一下，我们意大利人世世代代都将我们城邦和公国的存亡置于雇佣军之手，这些雇佣军首领组成的兄弟联盟领导着手下的暴徒执行军事任务并索取昂贵的报酬，而同样的任务法国国王却可以指派自己强大永久效命的军队执行，由誓言效忠的贵族来领导。在意大利，我们习惯雇佣自取灭亡的代理人。这群"为财而战的士兵们"身着装甲，像皮条客一样招摇于市，发动掳掠无辜村民营生的虚假战争，在能出高价钱的客户面前随意转换效忠誓言。现在执掌这一吸血阴谋的意大利两大家族分别是奥尔西尼和维特里。

　　"是你任命胡安为神圣罗马教廷的大将军，"我反问我的诬告者，"从任何方面他都不适合也不热爱这个职位。而正是你强迫可怜的胡安一次又一次将自己的士兵白白葬送于罗马周边奥尔西尼的包围圈和维特里的军队。即使一个不谙世事的修女也能看出胡安的暗杀者是奥尔西尼或维特里派来的，或者是二者合力派来的人。但是你并没有下令追查他们，不是吗，神圣的主教大人？"我并没有立刻得到期待中的回答，就接着说："你软弱得不敢去猜测杀害自己儿子的凶手，非但如此，你还设法利用了他们。"

也许你还懵懵懂懂，他十分清楚我话里的意图。你祖父之前的大主教放弃了教会在人间的大部分领土，在现今的整个意大利中部被称为教皇国的地区，这个地区由大大小小的暴君来打理。一旦失去了奥尔西尼和维特里家族的支持，你的祖父和瓦伦蒂诺公爵想要击败这群暴君联盟简直是痴人说梦。所以他们与宿敌重归于好，将雇佣军归于瓦伦蒂诺粗暴而巧妙的执掌之下，这样才有能力以令整个欧洲震惊的迅猛之势收复教皇国。这段历史即使在特拉斯提弗列半入土的巷子里都有传唱。这就是为何你的祖父无心追究自己的盟友转而嫁祸于我的原因，我的手下可没有千军万马供他所用。

"在我们找到胡安的时候你并没有现身，"你祖父暗自吁了一口气，"在你应当将这些道理公之于众的时候，你选择像个闯门贼一样落荒而逃。"

"在他们找到胡安的时候我在场，我在河岸边等着……"一瞬间我的思绪回到那时，仿佛渔民的喊叫声就在耳旁，"在我见到他的那一刻，我就知道你一定会对我屈打成招，就像你今晚在做的一样。"我的眼神扫过放在面前的审讯刑具，"而且我当时身怀六甲，为了保护这个孩子我不惜在撒旦脸上吐唾沫。"

主教大人转过身，他的声音更加沙哑："在这座梵蒂冈城里，从今往后这个孩子由我来保护。"

我止不住号啕大哭，失去了理智，这些话比比海姆手里的任何一个刑具都更令我锥心刺骨。

在我哭得无力时上帝才给予我平静，在那时我看见撒旦的眼睛离我如此之近，甚至可以闻到他气息里的红酒味。"好了，好了，"你的祖父说，"我已经开了方便之门向你表露了我的哀伤。一时的痛苦对我来说已经是无穷无尽一般。身上的火如此灼人，但我却不能脱身。"

"我也一样，对胡安深感悼念。"

他一句话驱走了我的哀念："你可以叫这孩子乔瓦尼。我当然也是从他的出生知道这件事的。但是我认为你并不确定胡安是否是乔瓦尼的父亲。"

"他是从摇篮中诞生的灵魂之子。圣母和我知道他的亲生父亲是谁。"

"这个男孩在这儿生活一段时间后，我就能知道他的父亲到底是谁。"你祖父十分确切地说。他朝正在摆弄着手术刀的比海姆点了点头。

在这样的情况下，你只会恐惧地猜测第一刀的伤口将会在什么地方。当比海姆割断绳子，将我的手臂从束缚中解放出来，我猜他会把我的四肢伸展着绑在手术台上，而我恐惧的尖叫将会响彻云霄。然而他将绑住我左臂的绳子也割断了。

"东西放在盒子里，洛伦佐。"你的祖父说道，"把它给她。"

我闭上眼睛，感到比海姆的手在我大腿间摸索。我以为他会拉下我的裙子，然而他没有，我强迫自己睁开眼睛去看那是什么东西。

他将一个小袋子放在我腿上。这是一种带有土红色羊毛和红色长条纹的装饰袋——在罗马，大半的妓女和嫖客都会提着它，代表好运和对爱的期望。

"看看里面。"你的祖父说道。

我的手在颤抖。我拿出一张比我的大拇指短一些的肮脏卡纸。这种卡纸被称为波利提诺，在罗马你很少能见到它——在乡下人们会带着它祈祷好运。卡纸上字迹模糊，廉价墨水的颜色还不如染色的纸深，可我依然能分辨出上面的字迹。

"圣安东尼，我的恩人"，这是对抵御魔鬼的圣安东尼的祈祷，用一种乡下方言写的，字迹潦草。

可当我翻转那张卡纸，却发现另一边写了完全不同的内容。这一面字迹清晰可见，使用的是意大利与中国制造的高级墨水——风之角。

我看了看主教，摇了摇头。

"都倒出来。"他说道。

我把剩下的东西倒在膝盖上：两颗蚕豆，一块灰色的粉笔，一枚德拉·克罗齐——一种刻有十字的硬币，这些东西的组合代表着一种能让收信人爱上送信人的魔咒。而最后一个东西使我不寒而栗。

这是一个小巧的铜质牛头像，还不如一个铃铛大。铜牛瞪着两只眼睛，鼻孔穿着一个似乎从头骨生出的环，像是一种护身符。这是一种伊特鲁里亚的遗物，源自一个古老的种族。后来，它又被传给了罗马人，改名为托斯卡纳。我把它翻转过来，看到刻在它背后的小小拉丁文——亚历山大·菲利乌斯。这是亚历山大的儿子之名。罗德里戈·波吉亚加冕为亚历山大六世，并把他的爱传达给自己的宝贝儿子，这段历史为世人所熟知。

"胡安……"那个送信人欲言又止，好像喝进去的葡萄酒又涌上了他的喉咙，"他那天晚上还戴着它。"

"他一直都戴着它。"我很意外地想安抚胡安的父亲。

"此物是在伊莫拉被发现的。"他说，并且提到了一个不是很重要的名叫罗马涅的城市。罗马涅占据了派普拉州北方的大部分，并且占领了亚平宁山脉和亚德里亚海之间的平原。伊莫拉一直是个不知名的城市，直到瓦伦蒂诺公爵将庭院建在那里才被世人知晓。意大利各邦国、欧州各国甚至是土耳其的使节都纷纷前往那里要求建立外交关系。可不管怎样，胡安的护身符在外漂流了五年，穿越了整个意大利，最后才回到他父亲手中。命运是如此残酷地讽刺了他的爱。

"怎么会？"

"确实是这样的。"

我抬起头看着他："如果你前几年一直都关注我，你就会知道我从没去过伊莫拉，即使它曾经归我所有。我在胡安被谋杀的前一周见过那个护符，那是最后一次……"我必须要忘掉那些一直纠缠我的画面，铜褐色的河水上漂浮着一具尸体，"我在船上也没有看到过它，可能是某个渔夫把它拿走了。"

教皇瞟了比海姆一眼。"那些渔夫一直都处于我们的高度监视之中。"可能这里说的"监视"是某种阴暗又肮脏的事，可如果真的如此，他神圣的脸上却并没有表现出心虚。

"杀害我儿子的刺客从他的脖子上扯下了这个东西。"教皇突然抓起我身上的护身符，仿佛我是那个偷护身符的人，"他们把它当作战利品带走了。"

"护身符是从那个妇人那里拿到的，这说明那个妇人一定可以告诉我们是谁给了她这个迷人的袋子。"连我都对自己当时近乎绝望的音调感到惊讶。

"她什么也没能告诉我们，我们找到她时，她已经死了。"

"我假想如果有人能够认出她的……她的尸体。"

教皇的鼻孔收缩了一下，仿佛闻到了空气中尸体腐烂的气味。

"在监视那些渔夫的时候，她让我们分了神。在伊莫拉外的空地上，瓦伦蒂诺公爵的士兵发现了她的尸体。"我留意到教皇提及他儿子时的拘谨，"她的头被割走了，我们还在寻找。"

我在自己胸前画了个十字："如果她不是你们的人，那可能是凶手们为了防止尸体被瓦伦蒂诺公爵的人认出来。她身上有没有伤疤或胎记？"鉴于我对从事这一行的女性那显示身份的标志十分熟悉，我还在想或许能通过了解这些来辨别出身份。

教皇盯着我看了几秒，然后说："我要把你送去伊莫拉。"

"去检查她还留下了什么？"

教皇向我扬起了手，狠狠敲了敲我的头盖骨，我顿时感到头晕目眩。他抓住我的头发往后拉，仿佛要连我的头皮一块撕裂。"你去伊莫拉要住在宗座提供给你的住所里。"这些词从他的牙缝间汹涌而出，"没有得到我的指示前，你必须寸步不离地在那儿等着！"

我看着这个色狼猥琐的脸，那么近，我和他几乎碰到了一起。

我闻不出他呼吸里葡萄酒的味道，反而闻到了像埋了很久的尸体散发出的污秽臭气。

我当时想，地狱的味道也不过如此。

过了一会儿，教皇的手松开了，又向比海姆点了点头，然后离开了房间。

※

在要进去的那个大门前是一段走廊，壁画上描绘着圣母玛利亚，用来展示给孩子们，让他们崇尚圣德。你祖父的人早已让你穿上猎装、一件内部填充高级材料的上衣，还有摩洛哥的过膝长筒靴。在你的臂弯里蜷缩着一只特内里费猫，用跟埃尔梅斯一样的频率舔着你的脸。

"妈妈！妈妈！看！"你大叫，就像钟琴发出的轻灵铃声，美妙动听，仿佛天使的嗓音，"我之前见过我的祖父！而且他还给了我埃尔梅斯的哥哥，还帮他缝合了那些恶人留下的伤口。在你离开的这段时间里，我将跟这些狗狗待在一起，还要根据指示学习剑术与马术。"你跳上了我盘着的双腿，毛茸茸的特内里费犬疯狂地舔着我的脸，似乎很喜欢我眼泪里的那些盐分。"妈妈，祖父说，你回来之后我们要住在这里。"

当我发现你的祖父已经回来并且站到了你的身后时，我难以停止抽泣，更难平静下来。教皇厚厚的嘴唇一直在颤抖，仿佛拉着一根紧绷的弦："现在你应该明白为什么我那么坚定地让你去伊莫拉，照着我的意思做吧。"

"我明白，"我低声说，"你让你的孙子作人质，让我在这份差事中任你调遣。"

你祖父朝比海姆点点头，后者温柔地把你从我的怀抱中拉走。刹那间我感到了如同分娩一样的痛楚，在那一刻，一个母亲第一次让她的孩子和她的子宫脱离。而现在我才发现如果我一直黏着你，只会让你感到害怕。

那是刻骨铭心的爱。柏拉图说过，人与神之间的交流寄托于爱中。而我跟你之间的誓言不仅诉诸上帝，还诉诸你的灵魂。"我马上就回来继续拥抱你们，我最珍贵的亲爱的人，马上，一旦我可以。我回来之前你们一定要鼓起勇气并且按吩咐去做。无论什么时候想我，你要知道那时我也在想着你们，你们还要知道我对你们的情感已经不仅是星星点点的爱。而且那时你们一定要朝我微笑，每天一百次，甚或一次。当你微笑的时候，我的心都将感到温暖。"

　　你离开我手臂的第一时间，就给了我一个迷人的笑靥，有点狡猾也有点伤感，这让我想起了你的父亲。在你通过了那个镀金的挂着圣母玛利亚和耶稣画像的走廊后，你转过身来，又给了我一个拥抱。你怀中的那条狗也一直凝视着我，他圆圆的眼珠直视着我的眼睛，停留的时间似乎比你们更久。

　　你祖父没有目睹我们的离别。他一直盯着自己丢掉的孩子，无暇他顾。那个晚上，我人生第一次和他独处。我感到我们之间的共鸣竟然如此强烈，却又说不出原因，以致我默默抽泣了起来，仿佛我们是胡安尸架前最后的两个吊唁者。

　　"奥尔西尼和维特里已经不再是我的部下了。"教皇的声音变得有些沙哑，"上个月在马焦要塞开了一个秘密会议，他们在那里会面，还宣布背叛瓦伦蒂诺公爵、圣座（罗马教庭最高领导层的正式称呼）和我们在罗马涅的一切。维特罗佐·维特里已经攻击了我们的守备队，就在同一个要塞与城镇，而几个月前在那里，我还那么信任地聘用他保障我的安全。可悲！他们不仅仅背叛了公爵，更背叛了上帝，他们的教宗背叛了他们给我的誓言。"

　　"所以你已经失去了对那些佣兵的信任。"我回答，"而我又变得有用了。"

　　教皇继续盯着胡安的画像。

　　"五年了，陛下。长久以来，你慢慢积聚的仇恨，就如窖子里的酒，每天发酵着，但是如果你认为我跟那些反叛军有什么联系，你就错了！也许这个不幸的妇人和他们有联系，很可能的确如此，"我连叹息都充满了疲倦，"但是如果之前我就知道她，那绝不是因为跟奥尔西尼或者维特里的联合。"

教皇踱着步，他的眼睛就像太阳下闪闪发光的黑色玻璃。那时我已了解一些你祖父身上某种微妙表情所表达的感情，可从中我几乎找不到为教皇效力的缘由。之前那个复活节的早上，在圣彼得大教堂里，当他举起盛着上帝鲜血的圣杯时，我在他脸上见过同样充满疑问的惆怅表情，这和他分布上帝的恩德一样平常。但即便当他付出巨大代价后，他依旧不能确定是否能得到上帝的宽恕。他都能够用舌头品尝出地狱的臭味。

在同样的疑惑下，他并不能完全确定我有罪。但是如果我能把反叛军与那被谋杀的无头女尸联系在一起，那个女尸的袋子里还携带着胡安的护身符，也许就能向他证明我的清白。

"很好，陛下。"我低声说，"我们达成了共识，我将在伊莫拉安顿好自己，然后等待你的指示。"

✳

那个夜晚，还有最后一件事你必须知道：你祖父告诉你的一切都是谎言，除了说提比鲁夫会成为我们最珍贵的埃尔梅斯的兄弟。而且我很确信埃尔梅斯与那条陛下给你的小狗来自同一窝，他们都是在你父亲被谋杀前两个月出生的。

II

命运无常。命运之神往往会把我们高高举起，又把我们摔得粉身碎骨，她就像一个贱女人一样捉弄我们。

那晚，我回到在特拉斯提弗列破败的屋子，为第二天去伊莫拉做准备。我发现卡米拉刚好在那儿，精神很好。她已经把勇敢的俄巴底亚的遗体运到我们犹太人的小社区里，并付了安葬费，也把我们房子后面药草园子里剩下的所有东西都给了埃尔梅斯。我看见她提着一篮子碱水，准备把上次我看见的那个垫子上的大块血迹清理掉。像特洛伊女人为我们失去的孩子所做的一样，拥抱、哀伤，我们的目光相遇了。她说："夫人，这不是我的血。"我没继续问下去。像你妈妈一样，我们亲爱的卡米拉从尘土中来，也正是这让她变成了最机智的女人。

❀

卡米拉和我离开罗马之前，我抽时间把大部分的奖章和宝石通通卖掉，这样就有足够的钱来买一些梵蒂冈没有的生活必需品，同时也从当铺里把我最漂亮的裙子赎了出来。三天内我们就要启程去梵蒂冈，卡米拉和我站在倒塌的房子后面的园子里，准备骑上驮着旅行箱的骡子，离开此地。

住在这小屋的五年中，我们流了许多汗水，辛勤地把园子变成可爱又富饶的土地，还种上卷心菜、大蒜、生菜、药草和花；我们种植了许多棵茂盛的无花果树、梨树和柠檬树；还铺了条小路，盖了个凉亭。

在这座花园里，一场滋润的细雨悄然而落，滋润着闪耀祖母绿光芒的叶子，多么美妙的镜头。雨毫无征兆地落下——仿佛怕我们没有足够的理由来担心旅程——正当我们驻足观赏的时候，大雪也随之飘摇而下。

"这是有史以来最冷的冬天吧，"体内流淌着那不勒斯血液的卡米拉颇为悲伤地说道，"鸟儿们全飞走了。"

我知道她和我们的乔瓦尼是多么喜欢和埃尔梅斯一起到花园里观看滑稽的雨燕和鸫鹟，有时候还追着它们跑。我把她紧搂在怀中。

"我有个小小的心愿，"我说，"教皇给我留下了线索，我要按着线索追查下去。如果我能找出胡安谋杀案的真相，就能带我们的孩子回家了。亲爱的，这是我的信念。我们会再回到这里，没有一个人会被落下。很快就会雨过天晴。"

"我会记着你的话，"卡米拉边说边惊奇地环顾四周，好像第一次来到我们的花园似的，然后她嫣然一笑，脸上露出即使在最可怕的时刻也未曾凋落的纯真，"如果牢牢地记住这里的一切，那么有一天我们终将归来。"

※

有一整周的时间我们都在骡背上度过，山路上厚厚的积雪堆在路旁，甚至达到了头顶的高度。除此之外，我不会浪费一个字去写枯燥路途上的细节。

伊莫拉坐落于亚平宁山脉的最下部，锈色的土地仿佛一张宏伟的地毯，这里被称为皮安诺拉，一直延伸到亚得里亚海，是通往艾米利亚的罗马城市之一，这些城市就像算盘上的珠子。所有罗马的坎普马尔齐奥都适合伊莫拉，但是这个城市不能像其他城市那样被称为一个好牧场。

城的四周是厚厚的石墙，将一切都围在城里。摇摇欲坠的旧砖塔比我们在罗马看到的少，不过豪宅倒是四处可见，和罗马差不多。

我们从那个因面朝亚平宁山脉而被称为山门的大门进城，接着穿过一条只够建一栋房子的狭窄小路。刚进城我们就发现人多的像筛子里的螃蟹，挤作一团：烛店流莺们脸上涂着浓妆，仿佛嘉年华的面具；搬运工将包裹放在头上，谨慎地保持着平衡；农夫头顶着装鸡蛋或香肠的篮子；商人们穿着皮毛披肩；僧侣穿着粗糙的棕色斗篷；老千们（老千原指赌场上擅长骗术的人，这里指油滑的人）穿着天鹅绒质地的夹克，那些夹克短的露出了裤子褶，就像装满了卷心菜；士兵们留在当地的军营中；红脸的山区男孩们全都穿着红黄相间、方块样式的夹克和蓬松马裤。

教皇让我们住在玛奇雷利宫殿，这是座新建筑，距离岩石区——那个守卫着城市西南角的巨大石头堡垒只有几条街远。属于我的两个小房间在楼上，房间简陋，只有一张大桃木椅和一张床。床上是羽毛填充的被子。卡米拉打开百叶窗，我们看到外面有个设计极为时尚的庭院，还有细长的柱子和优雅的拱门。

之后的几天里，我们都在整理箱子和决定到底要买什么。同时，我们尽力保护木炭、酒、面包和奶酪，好像这些东西在这儿都极度缺乏似的。那些天实在是太冷了，我们不敢打开窗户。虽然窗子有不止一道缝隙，我们还是没能看到邻居。正因如此，我和卡米拉弄了个游戏来监视他们，就像以前胡安没被谋杀的时候从窗户上俯视班奇街那样。不论何时听到踩着冻沙的脚步声，我们都会从窗户偷看，并闲聊这些我们根本不了解的人。

"威尼斯商人。"卡米拉看着一个穿着灰色衣服，戴貂皮帽，西装上有紫貂毛翻领的绅士说道。

"从服装上讲，你是对的。"我说，"但是威尼斯人在他这个年纪会染发，而且这个人因为久坐有点弯腰，这是一种学者式的弯腰。我猜他是费拉拉或者曼托瓦的外交大臣。"

"可怜的人。"卡米拉对一个更年轻的男子怜悯道。那人从磨盘上解开一头驴，在脏乱的院子里遛着。他只穿了薄长袜和破旧的短夹克，破旧到连虱子都不愿住。

"看他的头发，"我略带同情地说，"头顶乱得就像一盘田园沙拉。但他并不是个男仆，你看见他手指上的墨水了吗？应该是个大使的书记员和驴子饲养员。是佛罗伦萨的吧，现在那是个共和国了，但从不给他们的雇员发服饰津贴。"

遛完驴之后，男人开始亲手用干草喂它，像是把它当作自己的孩子。这时一个约 12 岁的男孩来了，他穿着典型的农民式马鬃披风，光着腿，只穿着一双似乎用水瓢改装而成的鞋子。男孩穿过磨盘直接向他走来，两人简短交谈了两句，男人就从旧外套里拿出一枚银币，那孩子一把抢过，沿着来时的路跑了。

"小姐？"卡米拉叫我。

我抓着她的手，一言不发。

❋

到达伊莫拉已经三天了，我仍然没有听到与教皇有关的任何消息。那天早上，卡米拉出门去确认生活必需品，她发现这儿的人们似乎无法确定他们的命运。"他们告诉我维特罗佐·维特里在万圣节那天攻下了弗孙布罗那，"卡米拉道，已超过一个月了，而且虽然离此向南有一段距离，伊莫拉仍是一个重要的堡垒，"据说瓦伦蒂诺的军队被一个男人消灭了。但以此看来，麦当娜，没人知道任何消息，虽然他们都害怕这个佣兵队长将会很快占领伊莫拉，并将这儿变成围城。"

我可以料想维特罗佐·维特里对弗孙布罗那的进攻，教皇曾在圣厅告诉我他的叛国行为。他已从瓦伦蒂诺忠诚的军队手上夺下了这个堡垒，尽管数月前他曾发誓保证公爵安全。像伊莫拉人一样，我只能猜测这位雇佣兵队长此后还会干些什么。教皇的静默更令我感到不安，我焦虑地透过百叶窗向外窥视，似乎想在院中发现侵略者。

别无他法，我只能继续在窗台观望。不一会儿，那个饲养员又开始如同昨日一般遛驴。几圈过后行至我们对面时，他抬头一望，似乎发现了我们在看他。

"你觉得我们现在算不算是监视教皇的间谍？"我问卡米拉，"也许教皇隐瞒了他的指令，因为他希望他的一些帮凶回来拜访我，这样就可以名正言顺公开我的罪行。"我咬着下唇说道："亲爱的，下楼去听听他的口音，试着从他那儿了解些消息，但是别透露与我们有关的任何细节。看他是否愿意罢手。"

走出楼梯间，卡米拉在这人走到我们窗下之时拦住了他。男人并不比她高，而且体态近乎一样。当她说话时，男人黑色的双眸闪现出光彩，细长的嘴唇在小脸上画出一道笑容。我完全不惊讶他对卡米拉的认同；而卡米拉这边，她以特有的姿态歪着头，静静地看着他手舞足蹈地回答。

不一会儿，卡米拉回来了，对我说道："你猜对了，他的确是佛罗伦萨人，也很博学——他能讲标准的托斯卡纳语。他对我们有很多疑问，但是我并没有告诉他任何事，即使他告诉我了他的名字是梅瑟·尼可洛。他认为你到这儿来是做生意的，或者说他这样暗示了。"她摇了摇头："小姐，我发誓，他不知道你是教皇的间谍。"

卡米拉脸上浮现出从未久留的笑容。"但他告诉我一些你想知道的消息。他猜我们留在这儿是因为万圣节十日后的那个凶手。当我问他指的是什么，他告诉我农民们都还在私下议论。麦当娜，有个女人被…分…分尸了。"卡米拉眼睛睁得大大的，"她的尸体被遗弃在村中各处，唯独不见头。"

"万圣节十日后，"我麻木地说，试图逃避脑海中的画面，"那就是三周前。教皇有足够的时间知晓此事，并把任务分派给我，我们也有足够的时间可以到达此地。天呐，她一定是那个在奢华手包里放着胡安护身符的女人。"

我闭上眼，但无济于事，画面依旧在黑暗中挥之不去。兴许拿走这女人的头颅是有原因的，但又是什么使得她必须像牛一样被宰杀在周六的市集里呢？

这个严峻的启示让我有了更多急需解答的问题。"为什么教皇对……毁灭她的方式只字不提？在这里，这种方式看起来很普遍。他并未提及她要被肢解，只告诉我在田野上找到了她。"我低头望向庭院，佛罗伦萨人又开始绕弯了。过了一会儿，他抬眼看我，似乎提示我要留步于楼内。"'风之角'，也许凶手们是想夸耀已将她散落在风中。就像他们将胡安的护身符留在那个奢华手包里一样，是想夸耀自己已经把他杀了。但我不能理解的是教皇为何对这个关联点一声不吭。"

"小姐，你说教皇是不是想看看你是否知道这个关联？"

我笑了，只有卡米拉能如此聪慧。"也许教皇知道这些角落是关键信息，比胡安的护身符更重要。如你所说，也有可能是他怀疑我已经知道了，或者怀疑我一定会知晓他的意图？但除非这些风的角落是在这些房间里……教皇到底在等什么？等着雇佣兵队长和他的军队出现在伊莫拉的城门前？"

这时，我们年轻的佛罗伦萨朋友来了，打扮一如既往。"你的梅瑟·尼可洛的确不是对付我们的间谍，至少不是教皇的人，"我边看边说，信使领了赏并离开房间，"不过，这个男孩告诉了他一些事情。"

卡米拉已经开始用从庭院中带回的沙子抛光铜制浴盆。由于早年养成的习惯，这姑娘总是寻求更切实际的事，若没有这种本能，她早在童年时就死去了。她没抬头，问道："你觉得，他们是不是来监视那个雇佣兵队长的？"

我并不这么认为，但也没说什么。然而，久远记忆中母亲的一句话在耳边响起：去拉韦纳，找玛丽亚。她教我这句话时我还只是一个小女孩。去拉韦纳，找玛丽亚，这句话脱胎于一个故事：

有个男人爱上了一个叫玛丽亚的神秘女子，于是疯狂地前往拉韦纳追寻她。结果这个男人发现，他只是揭露了一个属于玛丽亚的令人不快的秘密，而且导致了他自己的死亡。所以这句谚语是一个警告——对你所探求的真相要慎重。

我看着梅瑟·尼可洛将他的驴子牵回磨盘，但眼前浮现的一个更为清晰的图像，却是圣厅中的教皇站在我面前，怀疑在他脸上时隐时现。时至今日，我还能看到他内心深处的恐惧。

卡米拉冲刷铜盆的时候，湿润的沙子仿佛发出了轻微的尖叫。我的低吟如此轻微，她自然无法听见。"这就是让你害怕的东西，对吧？亲爱的教皇。那么我们将会到达这些风中的角落，去寻找拉韦纳的玛丽亚。"

到达伊莫拉的第四天，我们照例观察梅瑟·尼可洛的遛驴仪式和他线人的到来。在后者离开一小时之后，我们的房门传来了敲门声，这是逗留此地以来的第一次。我看着卡米拉，异乎寻常地兴奋："你看，教皇并没有忘记我们。"

卡米拉已经走到门口。"要开门吗？"她问。

我点点头，神经紧绷。

从卧室望出去，可以看到门槛上我们的拜访者。这个年轻人像驴子饲养员的男孩一样，皮肤光滑，脸色红润，但是穿着比后者要华贵得多，红黄相间的长袜衬着与瓦伦蒂诺公爵家庭相匹配的外套。他递给卡米拉一张小卡片，优雅地略微屈膝致意后离去了。

卡米拉皱了皱眉，仿佛这封信寄错了地址一样："小姐，这并非是教皇寄来的。尊敬的瓦伦蒂诺公爵阁下邀请您今晚去罗卡用膳。去'天堂的晚餐'。"

天堂中的晚宴，我不知道瓦伦蒂诺为什么说这些，这有点像他父亲的那些谜团。我甚至无法确定瓦伦蒂诺的邀请是代表教皇还是另有原因。但无论如何，记忆将会如潮水般向我涌来，如同薰衣草从大片贫瘠的土壤中长出并散发令人窒息的香气一样。那一刻，我觉得自己无法呼吸。

　　当我能够说话之后，我吩咐卡米拉："我们该洗一下头发了。"

III

　　当我穿上长袍，这个短暂的下午已将结束。我将这件长袍整齐叠放于旅行箱中，用一层干玫瑰花瓣盖着它。这是一件精美优雅、价值连城的卡莫拉，上边的绯红色天鹅绒是我见过的最深的红色，由金线和银线交织而成，在精心剪裁的绒毛的衬托下显得十分动人。我的脖子上佩戴了非常珍贵的罗马雕刻配饰——它由缠丝玛瑙雕刻而成，图案通常是一个年轻的女人或是月之女神——并用一串威尼斯珍珠串起。我把头发编成科埃佐尼风格，让其自然垂在后背，还戴上了由金线织成的发网。

　　卡米拉拿来一面镜子，我在那段看似风光现在却无比鄙夷的时光里得到了它，正如水银玻璃总是能照出更多瑕疵一样。我对天发誓自从胡安被谋杀的那一周之后，我就再也没有用过这面镜子，当时我还是一头金发。"我的神啊！"我说，"她是谁？"五年的死寂时光后，我依旧无法面对自己这一头黑貂般的头发。当然，我看起来再也不像一个少女了，虽然上一次照这面镜子我还没有如此认为，但我的容貌并未改变：依然是太宽而苍白的前额，长而过高的鼻子；秀气的嘴唇，太小且褶皱太多；尖而窄的下巴。"你知道我师傅甘碧拉第一天替我打扮见客的时候，是怎么形容我的吗？"我对卡米拉说，"你像那些在狂欢节戴着鸟状面具的女士。"

　　"我猜她肯定也夸你是个有魅力的姑娘，"卡米拉回答，仍

30

在摆弄我的发网，"一只令人陶醉的有金嗓子的百灵鸟，就如那晚你豪饮维奈西卡之后告诉我的那样。"

我站起身，用手轻抚卡米拉长而黯淡却充满灵气的面颊，就像抚摸一个天使。"你知道，你是我最珍贵的姐妹和最亲爱的朋友，永远都是。"说完我就让她下去了，因为当你太过于依赖某人的时候，会被命运之神发现。

❋

乔，我告诉你，在伊莫拉的西南端，是一个狭小而拥挤的广场。它的四角是灰色石头砌成的大圆塔，被深深的护城河包围着。当我傍晚过河的时候，天色已暗得近乎午夜。越是接近，围墙越有一种连接云霄的感觉。我抬头望天，环绕在壁垒周围飞翔的乌鸦，看起来不过比蝗虫大一点。

进去之后，我向门卫报上姓名，于是一个穿着银色护身甲的士兵陪我继续往前走。他带我经过一个拱形的房间，里边四处堆放着矛、戟和炮弹。涂有油脂的金属散发出来的气味就像干掉的血液，令我作呕。

穿过这个令人不快的仓库，我来到一个整齐排列着果树的庭院，它的尽头连着一个造型优美的门廊，感觉稍微舒服了一些。侍卫将我领到拱廊的门前，敲了敲门，向里边看了一眼，然后做了一个"请进"的手势。

如若举办一个正式的公开晚宴，这间屋子显得太小了，但就一个私人晚餐而言还是绰绰有余的。高高的天花板足以让蜡烛的青烟飘荡到拱顶，同时可以清晰看到墙上的各式挂毯和一张用金色桌布覆盖的支架式长桌。这桌子如此熠熠生辉，让人觉得用它来摆放酒杯是一种凡俗的罪恶。

几个男人围坐在桌子四周，他们都穿着高领的长袍外衣，似我一般。阿加皮托·达·阿梅利亚，公爵的心腹，正以手遮掩与米歇尔·德·克勒力亚——大家都称他米凯洛托（Don Michelotto）——悄悄说着话。后者有着类似店老板的模糊特征，面容让人转身就忘，也许这就是外界认为瓦伦蒂诺信任他，让他履行任务的原因。拉米罗·达·洛尔卡，与瓦伦蒂诺一样曾是教皇的亲信，虽说已不再年轻，但他昏暗、有着总督般骄傲的神色倒也未曾背叛他的年龄。再看看那些不是瓦伦蒂诺圈子里的人，我认出其中一个是费拉拉公爵的使臣，潘多夫·克雷努奇奥，一个著名的学者，有着疲倦的双眼和苍老的面容。我可以料想到一些著名的使臣会被召集到这个晚宴上来，虽然无法猜测是为什么目的。

房间暖到可以让女人衣着轻薄，悉心打扮。仿佛现在是圣约翰节一样，她们妆容精致，花朵般盛放在她们缺乏活力、死气沉沉的丈夫身边。这些女人双唇深红，胸肩绯红似朝霞，双乳仿佛要从衣褶、花边和华贵的绫缎中探视而出。我有些心不在焉地寻找不是"威尼斯式金发碧眼"的人，要有让金纺都相形见绌的头发，能完美匹配的微笑，和比装饰在脖子上的珍珠项链更闪亮的智慧。对这种女人有一个称呼，是我在金盆洗手后才发现的，那就是"妓女"，稍微高雅的称呼是"正直的妓女"。

在这张丰盛长桌的尽头独自坐着的，就是瓦伦蒂诺公爵，罗马涅的统治者，整个意大利的偶像，也是他父亲——我们神圣的教皇——实现野心的工具，他们只把可怜的胡安当作傀儡而已。公爵微微点了点头，于是一个侍者将我领到我的座位。

与他兄弟胡安相比，瓦伦蒂诺有一种冷酷严肃的穿衣风格：黑绒外套的领子紧扣，只露出一点白色衬衣的边缘。蜡烛为他乳白的皮肤镀上了一层光，赤褐色的头发垂在肩膀上，勾勒出一张瘦削、圣洁的脸，却被上天安放在他摔跤手一样的脖子上。他的胡须茂密如马鬃，让他的双颊像生了一层锈——看起来像铁盘一样坚硬。他下唇轻垂，鼻尖精致，即使女人看了都会忌妒。他鹰翼一般的眉毛紧贴着双眸，瞳孔及其深绿色的外层被一种不同寻常的洁白所包围。

在桌子的远处，一支高音乐队正在演奏，一个声音甜美的女子正在演唱一首悲曲"我那盲目而残酷的命运"。我在座位上尚未坐定，瓦伦蒂诺公爵就抬了抬手指，示意停下音乐。

所有的目光都聚集到了公爵身上——他双眼微微张开眨巴了两下。"我相信你们都知道帕特莫斯的圣约翰发现了什么，他看到了来自天堂的耶路撒冷，一座新的由碧玉和金子建造而成的都市。"瓦伦蒂诺的声音非常稀薄，几乎可以说是虚弱。

看来他并不打算继续，但当他突然睁大双眼，接下来的尖锐话语让所有宾客挺直了腰板。"教皇和我并不奢望这样的一座城市从天而降。我已经和我的首席建筑设计师谈过了——莱昂纳多·达·芬奇，你们是知道他的。我们著名的设计师已经开始构造他自己的城市，想想那幅图景，瘟疫不会再蔓延，烟雾和恶臭不会飘散在空气中，街道上不再挤满妓女、庸医和痞子，取而代之的是宽敞而开放的商业场所，是代替男女工人和牲畜劳动的磨合齿轮。无论贫富，人们在城市中将能够享受到公正和自由。"

瓦伦蒂诺扫视了一眼长桌，似乎想看看有谁有质疑。"今晚，我将提出修建这座城市的第一步，正如雅各布一般，我们必须开始攀登通往天堂之梯，而非等待最后的号角。"他举起杯子，"我们已经草拟了关于维持罗马涅和平的协议，一旦签署，我们就开始建立这座地球上新的耶路撒冷。"

我感到头晕目眩。我所知晓的一切，不管是从教皇还是伊莫拉的街边得知的，都在告诉我罗马涅将要迎来它的末日，因为瓦伦蒂诺将被迫为了捍卫自己的统治而去抵抗那位曾经对他帮助极大的雇佣兵队长。然而这份"条约"只意味着，那些公开反抗主上的雇佣兵将会荣耀归来，享受鲜花和掌声。一旦瓦伦蒂诺和雇佣兵队长达成和解，那么我所做的，关于教皇使命的所有假设都将被推翻。而教皇对于调查被谋杀的女人、胡安的护身符以及他的前任兼日后盟友的兴趣，也将不复存在。

瓦伦蒂诺之后所说的一切，都如枕头一样重重压着我的脑袋。"首先我将对尊贵的来宾们致以最诚挚的感谢，"瓦伦蒂诺将酒

命运之谜

杯向桌子另一头轻倾，"敬我最尊敬的如兄弟般的保罗·奥尔西尼阁下和奥利夫奥托·达·菲莫阁下，他们代表敬爱的维特罗佐·维特里而来。"

坐在桌子另一头的两个男人举起了酒杯，从走进晚宴厅起我一直没有注意过他们。现在，我的脑子里有一个声音在尖叫：杀死胡安的凶手就在这儿。而这双沾满鲜血的手，将要与为他们罪恶哀悼的父亲签署条约，与仍然拥有报复能力和勇气的兄弟签署条约。

保罗·奥尔西尼的脸肿胀而下垂，只有傲慢的下颚和高耸的鼻梁能显示其军人本质。反观他的伙伴，奥利夫奥托·达·菲莫阁下，倒更像战场上挥斥方遒的将领。他与瓦伦蒂诺年纪相仿，拥有希腊运动员一样的胸脯。虽然隐藏在高领外套之下，披着青铜色和带褶皱的披风，人人都能看出他那铁饼投掷者一般的肩膀。他的双眼在餐桌上不停地扫视，偶尔停留在一两个客人的脸上。

接下来的几个小时里，面对着丰盛的菜肴，我只吃了一点点。穿着制服的侍者不断拿上一盘又一盘的水果、肝肠、馄饨汤和糖松子，各种美酒像瀑布般倾倒着。宾客们随意地交谈，包含了对先贤经典的引用——柏拉图、贺瑞斯、埃皮克提图和马可·奥勒留。

席间瓦伦蒂诺一直沉默地坐着，吃的只比我多一点，并小心翼翼不与我发生目光接触。我觉得这种刻意的冷漠就像刚才他关于雇佣兵队长的宣告那样搅乱我的脑子。如果这个条约是秘密的，就像瓦伦蒂诺所希望的，那么他对于让我调查胡安死因一事，将会比他父亲还没有兴趣。但是或许我可以为他提供一个替罪羊，强行令其招供以洗刷雇佣兵队长杀死胡安的罪孽——同时免除教皇和瓦伦蒂诺对于他们的指控，毕竟他们是以胡安的灵魂与魔鬼交易才换来了和平。

后来，瓦伦蒂诺将椅子向后一推就离去了，没有再向任何一人多发一言。但是木管和长号依然演奏着乐曲，宾客们的脸上浮现出红晕，男人将手伸进了女人的绸缎和亚麻衬裙的下边。直到阿加皮托·达·阿梅利亚起身离开，这个晚宴都没结束。当他拂去黑绒外套上的屑沫，以一个离去的公爵代言人的身份对我们说话时，他那如黄鼠狼一般的小脸上流露出一丝不易察觉的表情："公爵将之前伊莫拉的管理者解雇了，以此作为献给这座城市人民的礼物。那个人曾经把罗卡的翅膀比作天堂，"这也就是为什么请柬上写着请到天堂来赴宴了，"但是现在我们必须离开天堂了。"阿加皮托露出白如大米般的牙齿勉强一笑，"我们要被召唤去地狱了。"

IV

　　阿加皮托引我们走出晚宴厅尽头的门，走了一段时间，来到一间堆满稻谷和油桶的壁室，接着是一间散发着火药恶臭的昏暗储藏室。经过一小段楼梯之后，我们来到了最暗的一间房子。我可以听到身旁一些焦急的嬉笑声，紧接着是身后大门紧闭的声音。

　　这地方看起来像是一个画室，空气中弥漫着油漆的芳香。不一会儿我听到了更多的声音：热烈的亲吻，裙下的低语，对寒冷的轻声抱怨。我听到一个人说，我们进入的这座塔之所以被叫作地狱，是因为之前的统治者将其建造成了一个囚禁犯人的地方。

　　太阳在这月明星稀的夜晚已刺破天际。我眨着眼睛观察着每一个人——我相信我已可以辨别每一颗珍珠、每一条丝线和每个男人脸上的鬓毛。不自然的光线带来了一种比心跳稍微强烈一点儿的声响，好像一群人用扫帚在同时敲打地面。

　　紧随其后的是尖叫声。一个人在这种惊恐的尖叫声中难以思考，我猜想是不是有人将火把丢到了我们刚刚经过的那间充满火药桶的壁室里。

　　六至八个人从黑暗中走来，穿着黑绒外衣均匀地站在屋子里，将壁灯挂在四壁。每个壁灯里边都有蜡烛，烛光倾泻而出。由此观之，这整个“消遣”是为了给我们看的。看起来瓦伦蒂诺的人已经点燃了我进来时闻到的蒸汽——除了对我们的神经，整个爆炸是无害的。

焦急的笑声依旧在房间回响，这时一个黑绒帘布的组件和一个小而明亮的用来庆祝胜利的画车被运进了房间，似乎没看到是用什么运来的。在没有马的车轮上有三个裸体女人的雕塑，背对背站着，呈现出三足鼎立的形状。在她们光着的脚下，光滑的石膏狮鹫从口中向银盆吐出美酒。由于缺少杯子，男人和女人们开始用手舀酒喝。不过短短的时间，美酒就浸湿了他们全身，他们湿漉漉的衬衣和衬裙摆明了这种消遣会继续下去。

我在角落找到了几个不愿弄脏东方绸缎和兰斯亚麻的女人，并很快同其中一个金色头发的攀谈起来。"我们大多数都来自威尼斯，"她说，"不管时节好坏我们的商人都会来这儿，他们喜欢享用和家乡一样的盛宴。"

在她的另一旁，几个女人正在行屈膝礼。我这位威尼斯朋友赶忙加入她们中。我一边在脑中揣测着这个疯狂葬礼的目的，一边也转过身行了同样的礼。

瓦伦蒂诺公爵向我微微欠身，然后伸出一只戴着黑羔羊皮手套的手。我将手放置其上，无法掩饰自己的颤抖。当他将我带走时，我的女伴们都在疯狂地窃窃私语。

"你的房间足够大吗？"我们缓缓漫步，更像是一对恋人所为。但他不等我的回答接着说："我没有给你送去消息，是因为这份与雇佣兵队长的条约足以使这儿的统治化为泡影，他们知晓后只会做出可怕的举动。没有比佛罗伦萨更重要的了——我必须说服他们，我们之间的和平将不会给维特里提供任何机会攻打他们，毕竟他们同维特里之间有过节。我答应给佛罗伦萨人提供专门的条款来保障他们的安全，作为回报他们将会给我一个有趣的书记员，来想办法拖延这件事。他们的商人和银行家发现和平的代价太大，就会忽略战争上更大的花销。"

瓦伦蒂诺停下将脸面对我，眼睛仍然低垂着。"如果你问我哪个更困难，"他近乎用耳语说，"发动战争还是维持和平，我会告诉你是后者。"他凝视着奥利夫奥托·达·菲莫和保罗·奥尔西尼,两人一起点点头,像法利赛人一样。我只能猜到,他们会把在画室看到的一切都报告给维特罗佐·维特里。

"很难让人相信,这些绅士现在的背信弃义是他们唯一值得考量的罪孽,"知道只能用只言片语来救赎我的男孩,我用颤抖的声音说,"你和我都知道是谁把胡安的护身符放在那个可怜女人的华贵手包中。"

瓦伦蒂诺拉着我的手臂,将我带到了房间更偏僻的角落,黑绒外衣几乎要把我包裹起来。"我们已经派了一艘船出海寻找教皇分给西班牙和葡萄牙的新世界。或许当我们进入了新时代,这就是那些国家留给我们的灿烂遗产。"他如此认真地盯着我,我依然不知道分割新世界与他兄弟的死有什么关系。"但是我们意大利人现在有机会去终止无休止的战争,在自己的领土上建立新世界。黛米亚塔,你绝对没有见过莱昂纳多描绘的那些东西。我们将会从切塞纳开始,然后是切塞纳蒂科,罗马涅全境,最后是整个意大利。港口、运河、新的道路,所有科学赐予我们的礼物。或者我们可以继续战争和宗派斗争,然后眼睁睁看着我们的人民变成外敌的奴隶。"我看到他的鼻孔长而大。他继续说道:"假设你的指控是正确的,即使我现在走到他们面前让他们招供,胡安也已经长眠于圣玛利亚大教堂之下了。他的尸骨不会拯救意大利,但杀他的凶手却可以。"

我闭上双眼,仿佛他已将教堂的地面撬开,让我去看那具尸骨。"所以这就是你今晚要告诉我的。罗马将不会对我有任何指示,"我喉咙一紧,"我的任务结束了。"

"你将不再听从罗马那边的命令,我已经禀明父亲你要直接听命于我,"我睁开双眼,看到了他打磨的发亮的宝石,他继续说,"教皇同意了。"

直到这时我才想起我还有一张王牌在手,于是我回答他:"很好。"

瓦伦蒂诺突然转过身，好像我威胁到了他。但他仍然随意地举了举戴着手套的手，说："你不需要回答我'很好'，你知道我是谁。"

我对瓦伦蒂诺公爵一无所知。但此时有关他前半生的记忆突然毫无预兆地向我袭来，那时他还是西泽尔。我家住在班奇街。一个冬日的午后，闪电划过细雨绵绵的天空，一只乌鸦在灰色石头砌成的窗台上徘徊。胡安依照他父亲的指示，先于奥尔西尼驻扎在布拉恰诺，试图在雨水与泥巴中安置他的军队和火炮。这是一项他从心底厌恶的任务。西泽尔此时心里隐隐作痛，因为父亲无耻地将他任命为枢机主教，似乎仅仅是为了给祈祷带来些许收入，否则他就是一个看门人和笑柄。我的悲伤不仅是由于胡安不能陪伴我，自从他开始执行反抗奥尔西尼的任务，即使他在我身边，我也觉得他离得很远。所以我给他忧郁的兄弟弹奏"我那盲目而残酷的命运"，它以令人郁闷的诗句嘲笑我俩："我那不堪的命运，有关我离世的文字……"很快我俩来回经过我的里拉琴，以夸张的语气像喜剧演员般演绎着我们的悔恨，然后笑得眼泪都流出来了。

但自那天以后，西泽尔仿佛跟胡安一起死去了，取而代之的是瓦伦蒂诺公爵。于是在他兄弟被谋杀了五年之后，在命运女神一边将他捧起一边将我打压后，我向这个陌生人提出了问题："为什么他们将那个可怜的女人分尸了？"

瓦伦蒂诺轻轻对着烛光叹了一口气，没有说话。

"'风之角'，"我说，"一个多么怪异的短语。在什么情况下风才会有角落呢？这一定蕴涵着特殊的含义。"

"这个短语内涵丰富，"当他眨眼的时候，我觉察到一丝熟悉，"但我告诉你，现在父亲已经将这件事全权交予我了。"

他又走了，甚至连一个告别的点头都没有。而这一次，我终于了解了瓦伦蒂诺公爵是一个怎样的人，也知道我再也不能让他回头了。

✳

在等待了足够长的时间，确信不会撞上公爵后，我就离开了，甚至没有等待侍从陪我穿过已如坟墓般死寂的军械库。我在吊桥处停了一下，雨雪从天而降，把cioppa（一种意大利服饰，为蓬松宽大的长袍，在此译为"长袍"）的罩子吹到了我脸上。眼前的护城河对我而言，就像忘川河一般苍凉。在那里，所有死去的人都会被抹去前世的记忆。

"我是不是在哪儿见过您？"当我回过身，奥利夫奥托·达·菲莫阁下已经站在了我身旁。他低头打量我，脑袋微微前倾，眼神冷若冰霜。他运动员一样的脸庞非常单薄，脸上淡淡的折痕勾勒出微妙而甜美的双唇，像括号一样。"能够护送您回去是我的荣幸。"

"这点小事就不麻烦您了，阁下，我住的地方离这儿不远。"我并不打算将我的确切住址告诉这个肩负向维特罗佐·维特里通报使命的男孩。

"您的声音真好听，您喜爱唱歌吗？我们还要在伊莫拉待上一阵儿。"

我当然知道他想问什么，但是不经意间，他还是透露了一个信息——瓦伦蒂诺和雇佣兵队长的条约尚未签署也未加以保密。细节还未确定，也许正如瓦伦蒂诺提示的那样，与佛罗伦萨有关。

"我已经很久不唱了，"我说，"冒昧问一句，与您有关的事是否还未了结？"

"看来你和瓦伦蒂诺公爵很熟啊，"他说，也许带着一丝嘲讽，"你一定知道他并不是那么容易妥协的人吧？当然，维特里和我也有自己的利益。"他扩大了脑袋倾斜的幅度，似乎想要更仔细地审视我。我突然想到，如果这个男人知道我是教皇派来的，他会有极大的兴趣知道教皇对胡安的死做了什么——以及教皇为了将暗杀儿子的凶手缉拿归案愿意做什么。"我们想从事一些复兴产业，并让各方都能满意。"他伸出手，轻侧头并微微欠了下身就离开了，"如果没听到您的歌声，我的工作就结束了，那将是莫大的遗憾。"

我目送奥利夫奥托走过吊桥，看着他沿着通往伊莫拉大教堂的路走远。大教堂离山门（Mountain Gate）并不远，我确定他不可能为了等我而折回玛奇雷利宫，因为我的住所在完全相反的方向。

然而我依旧无法渡过护城河，眼前这黑黑的河水对我而言不再是忘川河，而是变得特殊了。

✳

公元 1497 年 6 月 14 日的这个夏日傍晚，距离我写下那些文字已五年多了。我仍然住在罗马班奇街的房子里，但是距离我与你们的叔叔一同弹奏"我那盲目而残酷的命运"已经六个月了。在那个乌鸦曾经凝视我的窗前，我的目光穿过台伯河，向圣天使大教堂以及它的塔楼望去，那是你祖父在古代圆堡垒上修建而成的。当时是晚上八点，月如银盘。台伯河由于一个个银色的水池而显得支离破碎，穿梭在皇宫和武器库的沟壑中。远处传来牛蛙的叫声，偶尔夹杂着狗吠。

胡安已经返回他冰冷的军营去对抗奥利夫奥托和维特里，教皇欲追求一个艰难而脆弱的休战——如同现在的谈判一样。那天傍晚，胡安和西泽尔一同去他们母亲位于埃斯奎里（古罗马七山之一）的住所吃饭，那住所位于罗马斗兽场附近，一个仆人带话来说他会在晚上四五点来到我家。一直以来，我都恳求胡安穿上他的铠甲，不管是不是在休战期，我可以肯定奥利夫奥托和维特里都会因为曾经的攻击，而对教皇采取仇杀行动。他们知道，一旦割断教皇最爱的儿子的喉咙就无异于一刀插在教皇的心脏上。但是胡安认为时间充裕，另辟道路到我家也未尝不可。七点之前，我让一个看守大门的壮汉到住所四周走走，打探一下胡安是否在街上。这都是值得信赖的人，他们熟悉这个城市的夜晚就像熟悉沙斐、熟悉牧场一样。

我依旧站在窗前，看月光洒满城市。一个年轻男子向我禀报有人曾在人民圣母教堂附近见过胡安，那里已远远偏离他的归途。也许他想多绕一些路甩掉那些侍从，或是决定去见他的另一个情妇。

那天晚上，胡安并没有来我这儿。在接下来的几天中，他也没有回到梵蒂冈的住所。第二天傍晚，教皇派来了他最信赖和无法替代的心腹拉米罗·达·洛尔卡搜查我的房间。拉米罗如西班牙公牛一样，仔细搜遍了每一个角落。当然他一无所获。第二天一早，街上布满了教皇的士兵，整个城市都被翻遍。有传言说位于蒙特卡洛佐丹奴广阔的奥尔西尼宫殿将要被进攻了。

但是很快，教皇的人就找到一个柴夫，这个人声称在胡安失踪的当晚看见一具尸体被扔进河里，于是罗马所有的渔夫都被要求在台伯河里打捞。16日下午起我开始在河岸边徘徊，直到第二天。那天晚上，我看着散发恶臭的黑乎乎的河水，向你的父亲诉说衷肠，虽然我已经无法确定他是否还在世。"我向你保证，我会付出我的一切，哪怕是生命，只为了保护这个孩子。"

你就是那个已经在我腹中的胎儿。

下午，从河的上游传来了叫喊声。此时的台伯河不再黑暗，铜色的阴霾渲染了一切。渔夫的钓竿都集中到了河中央。我像疯了一样跑到河对岸，命令一个渔夫带我过去。

在一艘小舟里，我看着平躺在船底的胡安的尸体。淤泥沾满了他全身，他还好好地穿着长裤和套装，钱包和骑马手套都挂在腰带上。他看起来一如既往地平静，我曾无数次看他这样入睡。但自从他不苟言笑的父亲让他带领军队一次又一次去冒险无果后，这样的平静就从他的脸上消失了，甚至他睡觉的时候也没有出现过。这就是为什么他开始夜不归宿，开始寻找不会在意他改变的新面孔。

　　"他死了吗？不，他不会！"我一遍一遍哭喊。我将他的套装扯下，以为当不再紧勒肺部时，他就能顺畅呼吸。就在那一刻，我看到他身上一道又一道的刀伤。伤口不再流血，河水已将伤口浸泡成一张张猥琐的嘴，白色表皮里泛着苍白的血肉。奥维德（古罗马诗人）所做的任何变态描述都没有我当时看到的如此可怕。这是英俊的胡安，他依旧完美的面庞已经变成长满鱼嘴的水怪。脖子上的一记刀痕直入骨髓，我几乎看到了雪白的骨头。他们砍断了他的头。

　　啊，我的生命，我的灵魂。现在你已知道当妈妈望着黑暗的河流时的心中所想。

V

我回到房间，睁着眼睛躺在床上。我确信自己是在黄昏前睡着的，因为当我再一次睁开双眼，阳光早已穿过百叶窗，明亮且刺眼。

"好大的雪啊。"卡米拉在床边一边说，一边给火盆加炭，"整晚都在下。"

我只穿了件短袖衬衫，赤脚走过冰凉的瓷砖，然后拉开百叶窗。阳光似乎比瓦伦蒂诺在地狱里人为制造的爆炸还要亮一千倍。我用手挡住眼睛，丝毫不感到冷。

上帝安排命运女神福琼来掌控人间，而女神却常常垂青那些邪恶的阴谋家，让他们享受更多的美好和"公正"。由于我的极力反抗，命运女神终于给了我短暂的安宁。因为瓦伦蒂诺协议在各权力集团间激起了尖锐的矛盾，或许我有足够的时间来弄清被谋杀的女人、胡安的护身符和雇佣军之间的关系。这样，不管瓦伦蒂诺公爵怎样掩盖事实，在教皇眼中我都是清白的。而且我绝不能坐以待毙，成为瓦伦蒂诺的替罪羊。

"我必须了解这个不幸女人的真相。"我低头看着庭院里厚厚的积雪。那个佛罗伦萨人和他的骡子已经在外面转了很多圈，在皑皑白雪上留下深深的椭圆形印记。"她属于哪个利益集团？她为什么会被杀？"我沉思了片刻，接着说，"很多女士参与了此事，因此，在离开瓦伦蒂诺前，她们当中的一些人一定会与雇佣军联系。我们不需要知道大部分人在哪里，但应该想办法弄到晚宴邀请函。"

"你想让我再去和尼可洛谈谈吗？"卡米拉走到窗前，站在我身旁。

我心不在焉地点了点头。"也许从这儿开始才是明智的，他是福罗伦萨大使馆的办事员。"我深呼一口气，"我应该去结识他。我马上去准备。"

我穿上最厚的裤子、皮靴和经常穿的毛绒裙子，但是正当我在旅行箱翻找那件最大的披肩时，我听见卡米拉说："麦当娜，那个男孩来了。"

我回到窗前，观察那个男孩。我见过他三次，却从没见过他这样——他的脸红得像龙虾的后背。我听到他说罗马当地的方言，一种对于大多数意大利人而言很陌生的口音，而且容易被误认为是一个德国人在用法语和拉丁语骂街。

佛罗伦萨人似乎听懂了他的话，点了点头，给了那男孩一个硬币。等他的小告密者一离去，佛罗伦萨人就走上了院子远端的楼梯。一段很短的时间过去后——短到连吟诵一首《万福玛利亚》都不够，他披着一件灰色斗篷，手里牵着骡子的缰绳，出现在马棚里。

"麦当娜，他要出去了。"

"把他拦住！"我叮嘱她，"那个男孩是个小间谍，现在他已经发现了一些事情。"

卡米拉伤心地问道："是什么，麦当娜？"

我站在楼梯的平台上，转过身，只能摇摇头。

❋

正如卡米拉所怀疑的，我没有找到那个佛罗伦萨人的骡子，也没有在教堂前面的街道发现他，于是我很快走到一个地方——

这个地方通往艾米利亚的豪华宫殿，从这里我可以看到所有通向市中心的路。这条古老的道路，把伊莫拉分成了两部分。道路上的人没有狂欢节队伍那么杂，但也包括了各个阶级——有很多人与那个佛罗伦萨人穿着一样的灰色斗篷，与我背道而驰。即便如此，我很快就认出那熟悉的"色拉头"。他从街道的一端猛冲到另一端，先躲开了一个载满蔬菜的货车，又绕过一群修道士。

为避免溅上泥点，我提起裙子走进一个相似的小通道。我一步一步小心行走，惊奇地发现有很多士兵从这儿经过，看他们面孔大多数是年轻的农家子弟。我一直把注意力集中在那个佛罗伦萨人身上，并没有过多留意他们。他很快走到了城市中心的马乔雷广场，但并没有走进去，却消失在亚壁古道。那个亚壁古道就在城市中心的艾米利亚对面。我一到达这个十字路口便又一次锁定了他的位置，隔着三条街，等待着。

当我到达对面的角落时，他并没有挪动脚步。我藏在一个农夫的妻子背后，那是一位孕妇，胖得像一个蛋，恰好她也正在卖围裙里的鸡蛋。那些鸡蛋放在她的肚子上，好像她就是一个安置架。

在街道的对面，那个佛罗伦萨人正在与一个卖蜡烛的人交谈，卖蜡烛的人打开了她的披肩给他看她的乳头。她在他面前咬着自己的大拇指，一副咄咄逼人的样子。那个佛罗伦萨人只好更仔细地检查了街道对面的宫殿。我看到他正注视着那个最大的建筑物，角落旁的第三个，还镶着一道巨大的黑色橡木门，看上去更像一个热那亚船的外壳。融化的积雪从高高的屋顶流下，大雨一般飞溅在人行道上。

此刻，我的呼吸均匀了许多。我在角落里焦急地等待着，强烈地想继续追踪下去。那个让我追了一路的男孩无疑是某个农夫的儿子，无论他传达给尼可洛什么情报，我都将被引到一个山村，据说那里有一个女人曾被肢解，就像梅瑟·尼可洛告诉卡米拉的那个谣言。

❄

现在我想知道，这些谣言是否是真的。那些目击者的证词并不可信，也许是因为他们太害怕，也许是因为他们与雇佣军之间还有牵连。另外，这种谣言也许已经传到了那些对此颇有兴趣的佛罗伦萨人的耳朵里。正如瓦伦蒂诺在之前那个晚上告诉我的那样，那些佛罗伦萨人把他与雇佣军之间的谈判，视为对他们共和国的巨大威胁。如果梅瑟·尼可洛是佛罗伦萨大使馆的工作人员，那么或许如我所推测的一样，他正是从乡下带来谣言和消息的间谍，这些情况可以帮他了解整个事件。

但是我们并没有到达村庄。事实上，当我站在那个角落时，一种反感的怀疑扰乱了我的思路：那个男孩并不是被收买来搜集谣言的，他只是盯着那个深深吸引尼可洛的宏伟宫殿。这样的监视显然是徒劳的。正如我所料，半小时里我没发现任何蛛丝马迹，还不如站在这栋宫殿前面收获得多。在轻率的猜测上浪费宝贵的时间让我感到后悔，我怕命运女神会生气，很快收回这份礼物。

突然，人行道上那个橡木大门吱嘎一声开了，走出一个 18 岁左右的年轻人。他有着迷人的外表，一头垂在肩上的金色卷发，可爱得如同圣坛的天使。他的着装和外表一样光彩夺目——他没穿斗篷，粉色的紧身裤勾勒出美好的腿部线条，还穿了一件短夹克，包裹不住他健美的臀部。但是这些美好都被他脚上的黑色农夫靴破坏了，更奇怪的是，他把一种个头很大的工具绑在了自己的背上，这种工具将一个大号的轮子用轴固定在长长的手柄上，就像一辆没有载货架的手推车。

不一会儿，一个很高的男人跟着这个男孩走了出来，他穿着一件马鬃斗篷，看起来像是一位占星者。男人的头发像从王冠上落下的毛，脸很苍白，鼻子几乎是平的，像一个非洲摩尔人。在他背上，我看到了两把锹和一个帆布麻袋。紧跟着他的脚步，第三个男人出现了，他比前一个更高。我马上认出了他，尽管我从没见过他。

在法国军队第一次进入意大利的那年——也许在你出生之前——我经常自吹驼背的查尔斯国王曾经在我的手上流过口水。其实，是国王陛下深情地吻过这双手，不过后来他的确在我的脖子上流了口水。我可以自负地说，公爵、教皇、红衣主教，还有土耳其苏丹兄弟都曾与我亲密交谈，为我痴迷。但是我永远不会向基督教徒的上层卑躬屈膝。

　　穿着一件米黄色羊皮披肩的莱昂纳多·达·芬奇也许曾经是隐姓埋名的美男子：他身材高大，体形和前面进去的美少年一样令人着迷；眉毛浓重，笔直的鼻梁恰好显出脸部完美无瑕的比例；中分的头发像是一头雄狮的鬃毛。他不是一个疲倦的老人，而是上帝不老智慧的象征。像他的同伴一样，这个伟大的人物背上也驮着一个帆布袋，手里恭敬地端着一个小盒子，像是放着圣徒手指骨的圣物箱。

　　在这儿，一个小"游行"开始了：我们一行人穿梭在弯曲拥挤、布满积雪的街道上。打头的是莱昂纳多·达·芬奇和他的两个同伴；在离他们二十步远的地方是那个佛罗伦萨人；而我则跟在后面几十米远的地方。我们朝着城市的另一端前进，此刻正路过艾米利亚。这个方向与我们的住所和城堡完全相反。

　　在从前的经历中，通过艰苦的训练，我学会了如何快速观察形势，了解相关人员。瓦伦蒂诺公爵的工程师已经开始了行动，他和那一行人收拾好行装朝着村子前进。追踪他的佛罗伦萨人已经监视莱昂纳多大师的房子很久，似乎也预料到这个结果。现在我只能祈祷命运女神没有制造什么残酷的陷阱，大师的使命归根究底与那个生病的匿名女人有关。尽管我对那个女人的了解也仅限于她拿着的那个漂亮包，但现在，我和宝贝儿子的命运都系在她身上了。

✳

　　不久，我们来到法恩扎大门，这是伊莫拉城的入口之一，用厚砖墙围起。在堡垒门口，瓦伦蒂诺公爵的士兵叫停了各式运输工具，并对上面的货物进行检查。但是，这些官差只是对莱昂纳多一行人点了点头，就放他们进城了。

前面的几个商人和农民接受检查后，佛罗伦萨人来到一个税官前，拿出一张纸。那一定是一张安全通行证，税官读完后，佛罗伦萨人立刻伸直了脖子，不耐烦地继续追踪着莱昂纳多。

现在让我困扰的是，我无法像他们那样顺利通过城门，我不得不向官差们做些解释，而这很可能会让我跟丢"猎物"。我小步跑到佛罗伦萨人身边，挽住他的胳膊，在他的脸颊上深深一吻，说："好吧，虽然昨晚你给我带来了不小麻烦，我还是决定跟你来了。"同时，我也对城门的守卫官露出魅惑的笑容，施了迷人的屈膝礼。但是，尽管我极力扮好角色，官差们还是产生了怀疑。

"你非要这样，"佛罗伦萨人一脸扭曲的假笑，用嘲讽的语气对我说，"不要说我没警告你。"

官差把他的通行证还给他，并将头摆向城门方向欢送这位佛罗伦萨人。佛罗伦萨人既没有甩开我的胳膊，也没有说什么反对的话，就这样一路护送我来到乡下。现在，据我观察，莱昂纳多一行人在我前面100米左右，他们正试图通过一座小木板桥，桥架在那条环绕整座伊莫拉城的排水渠上。我和我的新伙伴并没有心思短暂地休憩或愉快地交谈，要不是之前那个漂亮男孩背着东西跟在后面，像背负十字架的耶稣那样蹒跚，我们肯定早就跟不上莱昂纳多跳跃式的步伐了。

我的伙伴不如站在庭院时那样高大，实际上他没比我高多少。此刻，我站在他身旁，能感觉到他的步伐犹如水银般轻盈、稳健。他仍然挽着我，我向他作了自我介绍："我是戴安娜·黛米亚塔，来自罗马。"

"梅瑟·尼可洛，我相信你的女仆已经向你介绍过我了吧。尼可洛·马基雅维利，来自佛罗伦萨，第十战争大臣。"

现在看来，他的地位比办事员或训骡者高多了——他可是政府的高层秘书大臣,而且可能对政府还有点贡献。虽然在做生意时,我一度认为记住意大利全部显赫家族的姓氏很有必要,但现在我已经完全不记得马基雅维利家族在列表的什么位置。"那么,梅瑟·尼可洛·马基雅维利先生,我想你一定和佛罗伦萨的大使有联系吧。"

他转过头,仔细打量我,我也同样审视着他。他有着学者一般明亮的额头、精致的鼻子和闪闪发光的双眸,那两片薄薄的嘴唇红得如同冬日里燃烧的火焰。"如果非要说我与大使有什么联系,那得用一条极长的纽带才能把我们连上。他现在还待在佛罗伦萨呢。"他用哒哒哒的节奏说着这些,听起来活泼又率直。我算明白了为什么卡米拉会立刻迷上他。

"啊!我知道了。昨天晚上我和瓦伦蒂诺公爵一起吃饭的时候,他告诉我说佛罗伦萨派来了一名非常有趣的秘书大臣使安全协议谈判延期,我猜他就是在说你吧。"

我的这席话让尼可洛的表情变得严肃起来,他又重新打量了我,似乎是在琢磨我认识瓦伦蒂诺公爵是否可信。"大家都知道",他说,"公爵觉得我和他谈论的那些佛罗伦萨政府反复陈述的东西,就如同每次见面都唱同一首寓言诗一样,令他感到厌倦。"

"如果瓦伦蒂诺不能尽快和雇佣军达成一致的协议,"我说,"你在佛罗伦萨的尊贵大人们一定会交代给你新的论调。"

他立刻接过话来:"我尊贵的大人们最虔诚的心愿便是让这份协议永远得不到签署,为了得到这样美好的结果,他们每天反复祷告着。"

我注意到此刻他已是嘲弄的语气了:"难道你不相信他们的祷告会被上帝听到吗?"

"恐怕这些协议只是用来做做样子,没有人会真的在上面签字。"

此刻我们已经走到工厂的排水渠。这条长长的排水渠蜿蜒着,如同小溪涓涓地流淌,流水轻轻拍打着铺满白雪的两岸,微微溅起的水花似在吟唱欢快的乐曲。当我们走过结冰的木板桥时，我不得不紧紧抓住尼可洛的胳膊。

就在这个时候，莱昂纳多和他的同伴们已经到达位于桑泰尔诺河上的木桥。桑泰尔诺河在这个季节像一个湖，湖水浑浊，宽度超过八米。这座桥是一个临时建筑，尽管十分巨大，但它看起来像是完全由牙签搭成的。想到要走过这座桥我就不寒而栗。

"尼可洛先生，我会告诉你为什么我决定跟随你，就像你跟随莱昂纳多大师一样。"我停顿了一下，希望他能说几句，但他没有，"正如我告诉你的一样，我来自罗马，听命于亚历山大教皇。我奉他的圣意调查这起谋杀案——有个妇女被碎尸成四块，且尸体被分散到了乡村里。"

"是五块。如果你考虑到她的头颅，那么应该是被碎尸成五块。"

我本想要吓他一跳，但他迅捷的回复却让我毛骨悚然。"是的，头颅，"我说道，"它还没有被找到，尽管它可以证明这个不幸女人的身份，否则我们就能知道与她有关的一切了。"

此时他注意到我安静了片刻，但是我不清楚自己是否假装过了头，还有他是否后悔暴露出对这件事的兴趣。

不久，我们到达了桑泰尔诺桥。莱昂纳多和他的同伴已经走过了桥并离开了大路，正走下一个平缓的山坡到河的对岸去。那里长满了芦苇，芦苇丛上凝结着冰雪。当我们开始过桥时，我很难站稳，因为木桥的板上覆盖着被踩实的雪，十分光滑，而且这些木板很不紧实，我可以透过缝隙看到浑浊的水在桥下奔腾。整座桥在我面前摇晃，就像风中摇摆的树枝——桥上没有任何形式的栏杆。

毫无疑问，在我们到达桥的另一端后，我大声高喊了无数遍圣母玛利亚，梅瑟·尼可洛则在停下后向右岸看去。在那里，我们可以看到莱昂纳多青灰色的头在高高的芦苇丛中若隐若现，距离我们有七八米。

"那里有流沙和挖出沙砾后的大坑。"梅瑟·尼可洛说，他深信这样讲，我会放弃和他去更远的地方探险。

"但是有你，梅瑟。"我回复道，"我很想跟公爵的军事工程师到一个冰天雪地的沼泽中。"我停顿了一下，继续说道："为什么你的政府这么关心莱昂纳多大师的乡村旅行呢？"

他凝望着芦苇丛，寻找消失的目标。突然，他在自己身上画着十字，像一个滑稽小丑讽刺先前的探险经历。"如果你要跟我一起，最好立即动身。"

我们在芦苇丛中走了不到二十步，我的膝盖就已半浸入水中，冰水时不时淹没到我的大腿。尽管我坚定继续探险，沙砾却总是在我脚下流动，我随时面临被流沙吞没的威胁。我看不到前方的任何事物，除了第十战争时期的大臣梅瑟·尼可洛·马基雅维利的细长后背。他时不时回头看看我，我不知道他是希望我向他求救，还是仅仅想看我到底走没走。

正当我害怕梅瑟·尼可洛超出我的视线范围时，我差点踩到他身上，他正蹲伏在芦苇丛中，示意我保持安静。但我忍不住像赛马节后的马一样粗重呼吸，感觉喘不过气来。突然，我听到一个尖锐的男高音说道："开始清理这些雪，它被埋在这附近。"

我和梅瑟·尼可洛交换了一下眼色，他指了指这个可怕的沼泽倾斜向上的地方。我们沿着河岸，很快逃离了这冰冷的囚困之处，到了往上约七八米的地方，直到梅瑟·尼可洛在一片小白杨林中停下来。当时正值初冬季节，白杨树叶纷纷飘落，露出灰色的枝干。

现在我们能看到这三个男人在我们下方的芦苇丛中四处敲打，这儿离被白雪覆盖的伊莫拉市约半英里远。然而，在我站起身前得到一个的启示，仿佛来自上帝，就像帕特摩斯岛上的圣约翰被神秘的审判预示一样，我震惊的眼睛简直无法睁开。

因为不能说得太大声，我急切地对梅瑟·尼可洛耳语道："他们相信她的头颅被埋在那里。"这里的寒冷可以有效保护头颅不腐烂，从而能够辨认出她是谁，我们也许很快就能发现她死亡的相关信息。

我注意到他的叹息中夹杂着怀疑。"我不能肯定她的头埋在那里。"

"莱昂纳多说它就埋在那里，我听得很清楚。"

"噢，我确定他们想在雪中找到一些东西。"梅瑟·尼可洛没有说其他话，而是眼神锐利地看着我，"我知道你来自罗马，因为宫殿的看门人告诉我了。昨天我也看到瓦伦蒂诺公爵的信使到你的房间去，所以你说昨晚和他一起进餐是真的。"这时他皱了皱眉，肯定是在想为什么公爵没有准许我加入莱昂纳多大师去乡村的队伍。"有传言说被谋杀的女人与甘迪亚公爵遇刺有关。"

这里我得到的另一个启示是：佛罗伦萨人已经怀疑这个妇女的谋杀和胡安的被刺有关，尽管他们也许只是听信了模糊不清的传言。但即使如此，也说明他们对这一切事情抱有极大兴趣——如果有任何事情可以将雇佣军和犯罪联系起来，不管瓦伦蒂诺多么想掩盖真相，它们都会驱使教皇抛弃尚未签署的协议而寻求复仇。

我也必须给梅瑟·尼可洛想得到的东西——他用这个问题试探我的诚意，而这个问题也许已经给了佛罗伦萨人满意的答案——也可能没有。无论如何，如果我希望了解任何关于佛罗伦萨调查的事，我就必须回答这个问题。所以我说了下面的话："我可以告诉你，亚历山大教皇圣座相信这件事与他儿子的被刺有关。"如果梅瑟·尼可洛了解胡安的护身符，他就会明白其中的详情；如果他不了解，我也不打算接受他的馈赠。

梅瑟·尼可洛绷着的脸微微松动了一下，他以沉思的姿态说道："如果瓦伦蒂诺公爵希望结束与雇佣军的合约，会发现很不方便，他仍没有得到维特罗佐·维特里的签名。"

正如我所推测的一样。"如果维特里在甘迪亚的谋杀案中是被怀疑对象，"我说道，"我可以想象，你们佛罗伦萨人将会为你们的解放高喊和撒那，而不是一天祈祷三次了。"

我本想从他的脸上看到一丝讥讽的笑意，然而他只是低头看着莱昂纳多和他的同伴们。"我必然会把那件事看作一个奇迹，"梅瑟·尼可洛说道，"但是因为缺少奇迹或者相似的好运气，所以，我们预料维特罗佐·维特里的军队两个月内就会进入佛罗伦萨。"

他眯起眼睛："他们找到埋着的东西了。"

莱昂纳多和他的两个助手聚集在芦苇丛里那个东西的周围，他们急切地用手掘开上面的雪。没多久，他们挖出一小堆河流里的石头，这些石头被堆成金字塔形，高度达到莱昂纳多大师的腰部。但是，尽管他们发现了这石冢，却根本没有试图去拆解它。

"头一定被埋在石头下面。"我说。

"头不在这里，"尼可洛直截了当地说，"不过，他们应该发现了她身体的一部分。"

"你是说凶手标注了这些地点？"

"除非莱昂纳多就是凶手，"尼可洛说，"因为我相信是大师建立了这个标志，这样他回来就可以找到准确的位置。"

这是我得到的第三个启示：梅瑟·尼可洛监视莱昂纳多大师的房子，因为他知道公爵的首席工程师已经开始调查谋杀案，并且可能会返回乡村做更进一步的调查。于是我问道："所以大师发现了她的部分尸体？"

"没有。在野兽开始吃那些部分前，农夫发现了它们。"他微微扬起一条眉毛，好像那是他发现的，"莱昂纳多被派去收集它们——那可怜的女人（的尸体）不是他在地下室发现的第一具尸体，但是很可能是第一个被杀的。"

我没想到莱昂纳多大师对尸体的兴趣仅限于解剖学。很多现代的艺术家，以及一些医师的解剖研究，都很好地揭示了自然的秘密。我从前认识一些参与解剖的绅士们，他们对待解剖就好像那些是戏剧活动。尽管如此，我还是很难想象莱昂纳多会不经过瓦伦蒂诺的许可就调查这个女人的遗体——他目前只是在乡村漫步而没有得到雇主的指令。

"现在他会到哪里去？"梅瑟·尼可洛问。那个漂亮男孩的鲜亮夹克很容易辨认，不过他已经抛弃那缺少载货架的手推车离开这里了。他在芦苇丛里步履艰难地向山峦走去，那些山环绕着西边的城市。正当我们研究他前进的方向时，一道强光朝我们射来。我注意到莱昂纳多大师将那只从家中带来的、圣物箱一般的盒子放在石堆上，盒子的顶部像是玻璃。在阳光的照耀下，盒顶跃动着一片金色。莱昂纳多上下摆动着脑袋，反复看着这个仪器，时不时轻轻用手推一下这个盒子。

"这是一个水手用的指南针，是不是？"我说。我曾认识一个红衣主教，他的书房里摆满了天体观测仪、指南针和其他类似的航海与天文仪器。这些指南针的表面总有个风向标，而指南针的圆形表面被均匀分为八个方向，每个方向以一个主要的风向命名。

我屏住呼吸。"风之角"的意思难道是说，我们下方的塔桥是其中的一个角落吗？

我并没有说出我的怀疑，即使莱昂纳多和他的助手们继续进行一系列令人困惑的测量。爬上低矮的小山丘后，那个漂亮的男孩停在500米以外并转过身来。当莱昂纳多像风向计般挥动手臂时，男孩向左右来回地走一步或两步，将粉色外表的标志物清楚地放置在精确的位置上。做完了这些，大师和他的占星家将他们的帆布包裹背在背上，动身了。后者将缺少载货架的手推车放在地上，让它在前面滚动。轮子滚过雪，径直朝向那漂亮的男孩。莱昂纳多跟在后面，手中捧着圣物箱一般的指南针。他和他的占星家看上去像是列队行进的奇怪乡村牧师。

梅瑟·尼可洛和我加快速度跟在他们身后。除了积雪的阻碍，在这平缓的山丘中行走比在沼泽河畔要快多了。很快，莱昂纳多和他的助手到达他们的地标处。他们拐了个直角弯，走上那个陡峭的斜坡，离伊莫拉越来越远。斜坡上挺立着一排排珍贵的橄榄树，有魁梧而盘枝错节的灰色树干。莱昂纳多有时会跪在地上查看他的指南针，从而重新调整轮子的滚动轨迹。

"维特鲁威描述过这种轮子，"我在莱昂纳多停下查看指南针并调整轮子轨迹时说道，"我记得曾经读过——"

"《建筑十书》，"尼可洛不耐烦地说道，"我相信这个轮子的周长有特定的尺寸——"

"而且边缘有记号，"我迅速说，"所以每一次旋转都被计入，所走的路程可以经由叠加计算得到。"

"是的，他们想准确知道他们离标志物多远。"尼可洛说这句话的时候已经不似先前观察时那么确定了。

对于"风之角"，我依然保持沉默。信息，很大程度上就像是晚餐的菜肴，抑或是爱人的支持，在细微的方面最有效。莱昂纳多和他的同伴们终于到达了一个正方形般的橄榄树林，这个树林边缘的矮护墙由石头整齐堆成。很快，他们将维特鲁威风格的轮子举着越过矮墙，继续向前。

梅瑟·尼可洛和我蹑手蹑脚走到矮墙处，并躲在后面。俯视着佛罗伦萨这座城市，我们已经到了与伊莫拉尖塔塔顶相同的高度。在阳光的照耀下，朝阳的砖墙散发出近乎粉红色且绚丽夺目的色彩。而在与此相反的方向，西南方的山峦重重叠叠，宛如一层层巨大的白色波浪。

"帝尔奇！"有人大声叫道，他的声音如戏剧中的布鲁图一样低沉。仿佛应和圣歌一般，一个男高音回复道："4.2公里。"照这样每组十个转数地观察着轮胎轨迹，这两人继续着他们的二重奏，直到接近橄榄树林远端的矮墙。但是他们没有爬过矮墙，而是将帆布袋子扔到矮墙底下。之后，莱昂纳多和占星家很快拿起他们的铁锹。

我陷入思考，就好像我正坐在普利麦罗牌桌旁，不得不提高我押的钱数或丢掉一些纸牌。

我站起身来，将裙子提在两腿之间，攀过了那道墙。

VI

　　“肮脏的鲜血。”一阵咒骂从我身后传来。梅瑟·尼可洛一直在后面小心翼翼跟着我。他一定没想到我们这么快就被发现了。

　　“让我分析一下当前的处境。”我一边爬，一边发表着观点。

　　当他们看见我们时，我们并未爬多高。他们三位开始顺着山坡往下滑，莱昂纳多大师的助手还在挥舞着那把铁锹。他们映在雪地上的长影如同幻影卫士一样陪伴着我们。

　　“莱昂纳多大师！”我希望这强有力的声音能掩盖我的畏惧，“我叫麦当娜·黛米亚塔。神圣的教宗亚历山大一世用他至高无上的教皇权威在罗马派我来调查此事。”

　　话音刚落，莱昂纳多就如同收到指示一般停了下来。他拥有年轻人的脸庞，脚上的木屐鞋半埋在雪地里，就站在离我不到四五米的地方。

　　这位大师的嘴唇略微动了动，但什么也没说。他并没有看我，而是用孔雀绿的眼睛看着尼可洛，并对他说：“我认识你，你是那个第十战争送来的罗马文化专家。”他的声音犹如男高音般洪亮，但听起来却像个男孩在抱怨：“你为什么在这里？”

　　“有一位女士被杀害了，如果经查明她是佛罗伦萨的市民，我将为政府提供相关资料。”尼可洛抢着回答，像是早就准备好了答案，这样的回答无疑是想在追踪前隐瞒政府的真实目的，“我相信凭你们的速度，很快会找到她的第五块尸首。"

"这个结果完全是你臆想出来的。我们一直都是凭借经验寻找，而不是证据。"莱昂纳多那响亮的男高音此刻听起来更富有魅力，就如同教堂的管风琴在悠扬地鸣奏。

尼可洛倾了倾他的脑袋，满脸疑惑："经验？"我猜他一定跟我一样，不是用普遍意义的经验来理解这个词，而是以某种科学目的来观察测量得到的经验。

"测量！"这一声感叹犹如银铃般在空中回荡，"前人的经验和自己亲身的测量是得出所有学问的基础。任何一个能被测量的事理都将被发现，相反，任何不能被精确测量的事理将永远不会被人类清楚认知。我当然不指望你们能明白这个道理。想想看，你们翻看古文献的时候，会不会发现我说的这句话，再用你们对古人智慧的崇高信仰思忖着它的含义。你们这些文人不是总在做这些事吗？"

"好吧，那么我们就假设这个测距轮是你的新发明。"尼可洛说完，我们两个都忍不住偷笑了，"现在我们要解决的问题是，你打算用什么样的权力与身份在乡间调查线索，是古人的还是现代的？"

莱昂纳多以富有男子气概的方式将双手交叉在胸前。炼金术士沿着山坡向下走了几步，他身前的那把铁锹像瑞士长枪一样支在地上。阳光照在他的四角帽（天主教神职人员用的）上，上面别着的徽章显得分外夺目。那徽章并不像我想象中的星座徽章，而是象征着炼金术士的身份。徽章上面的一圈一叉则象征着用来炼金丹的水银。

他大声咆哮道："莱昂纳多大师是公爵的建筑工程总管，我们在这附近的调查一直在瓦伦蒂诺公爵的监视下。"

"那么公爵有没有亲口告诉你，在山顶上能发现什么有用的线索呢？"尼可洛扬起下巴，似乎是指着上山的道路。尼可洛的提醒让我第一次发现上山小路上覆盖的雪确实已经被践踏过，有些地方已露出泥沙。

　　莱昂纳多站在原地瞥了一眼那个俊俏的小随从。小随从嘴角挂着不悦，泛紫的两片嘴唇活像魔鬼身边的一个堕落天使。这个年轻人从腰间拿出一把令人生畏的短剑，试了试刀刃，阴沉地说："我一定会把这东西插进他的咽喉。"

　　"大师！"我大声呼喊，"在教廷寓所的隐秘处，至高无上的教皇向我展示了从那个不幸女人尸体上找到的祷告卡，而这张祷告卡曾经属于他。"我用尖锐的声音宣布道："在这里，我敢用性命担保，如果你们能向我解释清什么是'风之角'，至高无上的亚历山大教皇会很愿意听一听你所发现的细节。现在，就让我们看一看你在上面会发现些什么吧。"

　　莱昂纳多用惊奇的眼睛盯着我，像是在看一只啾啾乱叫的猴子发表慷慨激昂的演讲。我很清楚"风之角"是一个只有波吉亚势力集团内部的人才懂的短语，莱昂纳多也恰在其中。就这样，尽管让莱昂纳多大为吃惊甚至稍有不快，我还是向这群人展示了我的善意并取得了他们的信任。很长一段时间里，他一直默默望着天空。但很明显，他并没有得到满意的回答，只能摆出一个苦涩的表情环视四周。他耸了耸肩，交叉在胸前的双臂如同摔在岩石上的鱼一样，重重地垂到身体两侧。最后他带领我们向橄榄树林的最高点进发。

※

　　我们来到山顶的小树林，远离了橄榄树林。山顶晶莹的白雪在阳光下熠熠生辉。在我们停下休息的地方，随处可见黄色的沙石和赭色的泥土上面有明显被乱踏的迹象，而这些蹄印与周围雪地里的蹄印来自同种动物。

　　"是狼。"莱昂纳多一边说，一边又拿起他的铁锹。

　　"是它们把尸体带走的？"我问。

　　"你这个说法可不太对。"突然，莱昂纳多把铁锹插向地面并开始挖掘起来。这一插并不是很深，但能看出土地并没有结冻。铁锹发出了沉闷的响声，听起来像是金属碰到石头的声音。

"托马索！"听到这声呼叫，那个占星家——更准确地说是刚才被我仔细观察过徽章的那个炼金术士——加入到莱昂纳多的行动中，与他一起翻开地表的沙石。不久，他们便挖出几块木板，看上去像是棺材盖。莱昂纳多用手撬开一块大约手掌宽的板子，说："这是用来抵御野兽的陷阱。"

的确，这不是严严实实钉住的棺材板儿，只是简单铺设在地上，由两端的巨石压盖固定。当莱昂纳多和托马索将两边的石头移开后，之前撬开缝的木板便可以完全移开了，木板下露出了内壁由小石子铺设的地窖。

我屏息注视着，地窖中隐约有什么黯淡的东西泛着微弱的白光。莱昂纳多和他的助手又移开了两块木板，阳光随之洒进地窖。

这东西在小心翼翼地挖掘和简单的清理后，看起来犹如凝脂般细腻，像是白色大理石雕成的古罗马风格雕塑的碎块。但实际上，这是一个裸体女人的右半边尸体。她的头部已经找不到了，尸体被从脖颈处切开，直到身体中部。事实上，肢解的切口十分整齐，犹如内科医师精准的手术。这块残留尸体的乳房保存完好，却看不到乳头，上臂自然放在身体的一侧，前臂柔和弯向身体的前方，使得手刚好放在肋下的位置，白皙的手指摆出与此情此景并不和谐的优雅曲线。这件"艺术品"的造型如此美好，可惜的是，从肚脐的位置包括骨盆以下都已消失。

如大家所知，我曾亲眼见过死亡，最惨不忍睹的就是亲眼目睹那位疼爱我、珍惜我，总对我平静微笑的胡安遭受枪击。虽然曾经历过这些，但看着这块尸体，风格酷似红衣主教书房里的古董雕塑碎块，我仍觉得毛骨悚然。这比看着一个人被绞死，尿液不断从他的脚趾滴下还要可怕。我快要吓晕了。

"曾经有个蠢货将生石灰洒在这具尸体上。"莱昂纳多观察一番后告诉我们。他跪在未被掀开的板子上说道，"他们一定认为这种方法能加速尸体腐坏。这人竟不知道洗衣妇女和盗墓者长久以来总结的智慧，选择用自己不靠谱的经验来处理尸体。他们有一天会知道，生石灰只能使尸体保存更久。"说到这儿，大师将胳膊伸进地窖，胳膊绷得笔直。他用手指拭去白色尸体胸部下方的生石灰，于是一条手指宽的深红色线条显露在尸体的肌肤上。他将手指放在鼻孔下面，用力嗅了嗅。

尼可洛一言不发跪在大师身边，也用自己的手指滑过尸体的腹部，同样留下一条深红色的印记。他也闻了闻自己的手指，但立刻转过头，像是闻到了世上最难闻的味道。

我现在脑子里满是眼前这可怕的场景。"这些生石灰已经在这儿很久了，"我说，"因为她的乳头已经腐蚀掉了。"说这句话的时候，我胃里忍不住翻江倒海。

莱昂纳多紧紧盯着这个石砌的墓室，说："这女人是被碎尸了。"他颤颤巍巍摇着头，对着这具残骸说："我们怀着崇敬的心情瞻仰您的身体，希望得到您的宽恕。"

尼可洛此时紧闭双唇，我们心中有着同样的疑惑：这是否是第二位被害妇女的残骸？

我极力遏制狂乱的心跳，对大师说："之前那位受害者两部分躯体上的乳头也都消失不见了？"

莱昂纳多点点头。

"之前那位受害者的部分尸骸几乎立刻就被找到了。"尼可洛用思量的语气陈述着，"这是因为它们都被抛在荒野上。"我推测这些应该是尼可洛的探子告诉他的。"但是第二位受害者的尸块被用这种方式小心地掩埋起来。"

"并不是你说的那样，"大师打断了他的话，"如果继续找下去，我们还不知道剩余的三部分在哪里。"

这只是她四部分尸体的第一块，也许还有第五块。现在我终于明白尼可洛提前询问是哪位大人派遣莱昂纳多到这里的原因了。"大师，"我说，"我想我们有必要知道是谁通知您到这里来的。"

莱昂纳多动了动嘴唇，欲言又止。

"是乡下人，"托马索回答说，"一些乡下人看到一群狼在地上刨东西，我们并不知道它们刨的是尸体残骸。"

尼可洛抬头狡黠地望着我，像是一个将牛蛙藏在大衣下面，在父母训诫时发出呱呱声的恶作剧男孩。"这并不能说明什么，"他对托马索说，"看起来只有你知道我们要走的这条路通向哪里，并对它做了仔细规划。"

此时，一片沉寂降临，唯有天边乌鸦"啊啊"的叫声。最终，托马索开口了，但是他并没有直接回答，而是将话题转移了："她手里的是什么？"

莱昂纳多再次将手伸进地窖。他细长、优雅的手指像苍白的狼蛛腿一样四下摸索着，最终在她的手中翻出一条红绳，那手并没有想象中僵硬。大师轻轻打开她的手指，像是不忍打扰她清梦般的小心和仔细。他成功取出女人手中握着的那张系着红绳的卡片，并将它凑到眼前细细打量。

卡片上面的文字似乎令他厌恶，莱昂纳多立刻又把这个祷告卡片展示给我看。

这张祷告卡和教皇曾展示给我的那张看起来完全一样，都是在便宜又粗糙的草纸上用天然颜料留下清晰的字迹。"罐子里的魔鬼。"我对着大家大声诵出上面的文字。但是，我的听众并不包含那个漂亮的男孩，那小子像是被狼群抓走了一样突然消失了踪影。我补充道："我猜这是罗马涅地区的方言。"

"罐子里的魔鬼。"炼金术士托马索知道这个短语的含义，"魔鬼出现在盛水的烧瓶中，他用魔咒召唤出迷失的……"

"愚蠢的迷信行为，"莱昂纳多脱口而出，"就像是无知群众高高举起的旗帜一般愚昧的信仰。他们如此坚信灵魂的存在，比自然科学还根深蒂固、难以动摇。由当权者主导的灵魂信仰已经深深融入人民群众的价值观中，甚至，人们觉得自然科学的存在无关紧要。"

"也许卡片上只是胡说八道，不过那上面的字看起来并不像山野村夫的迷信所为。"在莱昂纳多抱怨着灵魂信仰以及相信灵魂存在的那些人时，尼可洛已经起身将卡片从我手中夺走。他手持着这张卡片，使我和他都能看到上面的文字。

那上面用意大利托斯卡纳语写就的字迹与圣堂里用工整的黑墨水写下的一模一样。我像之前那样大声读出，发现后面还有一些已经模糊得无法辨认的文字——"方中有圆"。

尼可洛扬起枯瘦的脸颊，望着地窖，满脸倦容。不管他原来怎么想，现在看起来已经改变了主意。

莱昂纳多猛然站起来喊道："贾科莫！你有什么新发现？"

这个漂亮男孩站在离我们 20 米远的山坡上，用米兰人特有的慢吞吞语速低声说道："凶手也许已经跑到一公里外的什么地方去了。山上的这块地好像留下了一些行走的痕迹，但看起来不像是人类留下的。"

"两条狼。"莱昂纳多不耐烦地说。

"也不是什么野兽。"贾科莫觉得自己解密的方式很有趣。

"那究竟是什么呢，贾科莫？"莱昂纳多提问的方式像是在哄小孩子。

在凛冽的朔风中，贾科莫的话像在随风摇曳，让我们很难听清楚："那个杀人恶魔在这儿留下了脚印。"

VII

笼罩在橡树的阴影下，这条小路长满了类似罗马周边坎帕尼亚大区常见的又密又硬的灌木，虽然被白雪覆盖，但我们仍沿着上面的足迹追踪了一小段距离。这一对对的足迹尽管像是人留下的，但相比而言却小得多，比山羊的足迹还小，类似于狼爪印，其中的一些明显是偶蹄动物趾间分开的痕迹。

"高跷，"莱昂纳多大师弯腰仔细看着地上的痕迹，挺直身子说，"他是踩在高跷上走的。地上这些足迹的轮廓和深浅程度几乎完全一致。他一定是把高跷的末端大致割开几个口子来欺骗我们。"

"他欺骗我们？"尼可洛抬起头说，"也许杀人恶魔想造成是松鼠那类小动物留下脚印的假象，而让我们无法准确追踪他。"

大家都沉默了，所以我提出建议："趁着还有火把，我们还得继续跟着这些脚印，看看它们究竟通向何方。"

尼可洛听了我的话立刻动身了。但是我知道，尽管他的助手并不情愿，那位大师之所以继续跟着我们，完全是因为他不想让我们知道一些他所不知道的东西。

❀

我们沿着这条通向远山的小路走了大约 1.6 公里。路的两边是起伏的群山，偶尔也会经过一个葡萄园。葡萄园中光秃秃的藤蔓在雪中竖立着，像是豪猪背上的尖刺。一路上，我们在老橡树下微弱的光亮中前行，尽管橡树下的灌木丛很茂盛，我依旧能根据"松鼠"曾经走过的路辨识方向。

吸取了之前在橄榄树林的教训，这次我们走得很安静。走了一会儿，我拽了拽尼可洛的胳膊，这样我们就稍稍落后于莱昂纳多和他的助手们。"你是不是认为农民找到尸体的残骸不是一次意外？"我悄悄问他，"你认为他们是被买通而向公爵告密的吗？"

"说服他们并不困难。"尼可洛在我耳边回答，"这个村子遭受过可怕的洗劫，许多士兵都到这里掠夺财物和粮食，一个夸特里尼（古代意大利货币）就足够了。"

"但如果是雇佣兵们做了这些……我能明白为什么他们会在这儿挑拨离间，也许是想通过谋杀那个女人来激怒教皇吧，因为她与教皇之子暗杀事件有关联。"我仍然认为揭露雇佣军用教皇儿子的遗物来嘲弄教皇是不明智的，"那个可怜的女人之所以回到那里，也许是打算以某种相同的方式挑衅，但为什么是现在，在雇佣军保护伊莫拉和平的时候？"我担心我确实把整件事都搞错了。

"至少在这种情况下，我并不能确定所有的雇佣军都喜欢这种和平，比如奥尔西尼家族，对，还有维泰利家族。"尼可洛一边说一边耸着肩，像是在说"其实也不算很多嘛"。他盯着地面，又走了几步，说："每过一天，都会有新的战士加入雇佣军中。而瓦伦蒂诺放弃雇佣军队是因为他不能信任他们。我认为维泰利家族会为了保住自己的地位而继续拍教皇的马屁，以期他们能够延缓签署协议，为维泰利家族地位的提升创造机会。在我看来，他们的目标并不是想让公爵完全地放弃现有的条款，而是迫使他做出额外的让步。"

"什么样的让步呢？"我打断了尼可洛的话，因为我们已经快赶上莱昂纳多那伙人了。

贾科莫指向我们左边路上位于阴影中的一处橡树林。

"你看到他了吗？"尼可洛问。

贾科莫疲倦地垂下胳膊，说："他已经走了。"

我继续问道："他的确是踩在高跷上走的吗？"

贾科莫摇摇头："他穿着连有头巾的修道士服。"

"你看到他的脸了吗？"

贾科莫再次轻轻摇了摇头，接着补充说："他长着山羊那样的白胡子。"我不得不佩服贾科莫，他除了能在对方伪造的情况下辨识出那恶魔的脚印，还很擅长打这样充满创造性的比方。

莱昂纳多停顿一下脚步，说："他长得像山羊。"他的口气中除了肯定，更多的是一分轻蔑。

"不仅是穿着狂欢节式的高跷鞋，还戴着狂欢节的面罩，"尼可洛点了点头，表达对贾科莫观点的认同，"我们一定得多留心这位爱耍把戏的恶棍。"

"那是当然，"我说，一阵寒风吹向我的后背，"他一定在某个暗处注视着我们。"

* * *

一路上，杀人恶魔留下的脚印最终将我们领到一处用泥砖建造的古旧农舍。这座农舍建在圣马力诺河边一座山顶上，第一层是马厩，上面是农夫的住处，屋中还能隐约听到圣马力诺河河水在布满岩石的陡峭两岸间湍急流过的汩汩声。农舍的院子里有几间木棚、一间猪舍以及一个小菜园。虽然地上盖满白雪，但还是能看到没有任何植物，甚至没有适宜植物生长的泥土。当然，也看不到任何动物的踪迹。

那些成双成对的蹄印消失在雪未覆盖的地方——马厩前肮脏的门廊。尼可洛用手指向方砖砌成的柱子，上面用粉笔写了一些字——"士兵们曾来过这里。也许在那之前，农夫带走了所有的饲料，并把需要贮存的东西藏到地窖里，因而士兵们空手而归。不过，看样子农夫还未回来呢。"

得知这个地方曾被士兵占领过，我就不那么害怕了。

贾科莫再一次拔出腰间那给人深刻印象的短剑，毫无顾忌地走进门廊。莱昂纳多嘴中喃喃说着什么，也走了进去。最后托马索也只好不情愿地跟在后面。尼可洛弯了弯他的眉毛，又耸了耸肩。跟他们进屋前，我把藏在袖子里那把刀握在手里。

除了托马索待在门廊附近一直观望外，我们都径直走进那间没有门的牲畜棚，也许门已经被用作木柴了。牲畜棚内到处弥漫着动物臭烘烘的气味。在屋内，除了像被蝗虫洗劫过的遍布虫洞又脏兮兮的地板外，我们什么也没发现。尼可洛、莱昂纳多和贾科莫开始查看裸露在外的天花板，它被粗大的柱子支撑着。我推测他们是在寻找那种由楼上卧室开向马厩的活板门，以便在半夜有噪音时查看贮存物品的情况。

"大师！"托马索站在他门廊边放哨的位置喊着，"有人跟踪我们。"

我闻声向外望去，看见三个人站在门廊外边。在伊莫拉，我曾被一些脸庞英俊、长着美髯的罗马格纳农夫们抓过。但是，这三个人光着腿，披着马鬃斗篷，更像是遭受过痛苦折磨的野人：第一个人似乎得了某种职业病，脸部和脖子的皮肤如大象一般粗糙，看起来似乎有脓液不断流出；第二个人装着一个比泛红的皮肤要白得多的皮质假鼻子；第三个人满口黑牙，参差不齐，磨损得像七鳃鳗的牙齿。他手中紧紧握着一把镰刀，他另外两个同伴也拿着烤面包的大叉子和干草耙。不过他们三个都没有白胡子或者任何山羊似的特征。

在我刚发现这三个不速之客时，贾科莫就在后面指着天花板对我说："我敢打赌那家伙就在上面。"

尼可洛走到贾科莫身边，侧目看了看站在昏暗门廊下的三个"野人"。地上白雪反射的阳光照在他们身上，使我们看得更清楚。"快！"他说，"在他们进来之前推我一把，让我上去。"

莱昂纳多用胳膊抱住尼可洛的膝盖，稍一向上用力，就像推孩子一样把他推到了楼上。秘书用自己的手掌敲打活板门的缝隙，但是没有任何效果。毫无疑问，被闩住的活板门只能从上面的房间打开。

"他们进来了！"托马索在门廊边迅速抬高音调大声咆哮。这三个人分散开来，各自微微蜷缩着身子趴在地上，如同狼群作战似的向炼金术师匍匐前进。

尼可洛用一种极其镇定的语气建议道："最好能让他们三个知道我们这边有多少人。"话音刚落，莱昂纳多便跳回地面，贾科莫也拿着他的短剑和莱昂纳多一起冲向门廊。尼可洛命令我："你在离他们尽量远的地方待好。"

两伙人在仅有几步之遥的地方对峙着。对方手中都有武器，但我们在人数和身形上更有优势。这三个闯入者相互看了看对方，摇了摇头，并用罗马格纳地区特有的如同嗳气一般恶心的语调交谈着。我们丝毫听不懂，不过看样子他们并没有撤退的打算。

"他们是在等待援兵吗？"尼可洛问。

我的身后忽然又一阵响声，听起来像是一大堆雪从屋顶滑落砸在地上。那时，我眼角余光瞥见有什么黑色的东西飞过，仿佛天花板掉落在我周围。

我转过身看见活板门已经被打开了。借着折页的连接，活板门像风中的旗帜一样在天花板上前后摇摆。我气喘吁吁爬上去，透过厚木天花板上的方形观察窗，探着头望向楼上的一片漆黑。

接着，我又跑向了门廊，看见那三个不速之客突然间一齐飞了起来，引得棚上悬着的活板门吱嘎作响。没错，那魔鬼一定是在追捕这三人，不然他们怎么会这么快就消失在农庄的另一头。

尼可洛回身朝天花板又开了一枪。这时，所有人都瞄着天花板上那扇活板门。这扇小木门由铁丝交叉连接着几片木条制成，一直响个不停，让我们难以平复紧张不安的情绪。

经过刚才的较量，屋子里安静极了，只听见窗外风的嘶吼以及叹气般的低沉水声。

尼可洛径直朝活板门走去，站在下面仰望着方形的观察窗。可是，除了一片漆黑什么也没看见。他站在那仔细地听着什么，也许是等待一个山羊一样的面孔或戴着山羊面罩的人露出头来，不过最后他还是放弃了。"再把我推上去。"

尽管莱昂纳多满心不悦，但犹豫了一会儿后，他还是抬起了尼可洛。尼可洛很快在观察口的一边找到一个把手。他用力一拉，便跃到楼上那间屋子里。

起初，我们站在下面，还能看见他起身向四周环顾的样子。之后，他的身影便消失在黑暗中了。又过了一会儿，我们甚至连他踏在木地板上的脚步声都听不见了。贾科莫见势抄起了他的那把短剑，欲上楼支援尼可洛。不过还好大师及时抓住了他的胳膊，制止了他的鲁莽行为。

至于我，则站在一旁默默地吟诵着《万福玛利亚》，为梅瑟·尼可洛祈福。在我们默默等待的这段时间里，我大概吟诵了许多遍祷文，反而使我的心更为焦急。偶尔，我也能听到沉闷的砰砰声，但并不能分辨出是风吹动的声音，还是有人挪动物品的声音，抑或仅仅是不太清晰的脚步声。

突然，一个苍白的面孔浮现在观察窗内。认出那是尼可洛的一刻，我差不多要哭出来。莱昂纳多也深深吸了一口气。

"什么都没有，"他报告说，"这上面没有家具，没有磨刀石，甚至连尿壶都没有。不过我发现了这个。"尼可洛坐在观察口边，双腿从方形口垂下，手里拿着一个极其普通的泥质黄油罐。

不知是什么原因，大师和他的随从们都不愿接过尼可洛递过来的东西。于是，我接过了它，一股难闻的气味让我立刻屏住了呼吸。这个小罐子里装了半瓶子罗马妇女用来滋润皮肤的药膏。据说这药膏的配方是从犹太老妇人那里学来的，有末药（热带树脂，可作香料、药材）、硫磺和猪油。但从气味推测，这药膏里还含有其他的成分，比如刚刚压碎的带着苦涩和腐臭气味的莨菪，还有曼德拉草，或许还有天仙子和藜芦。

这气味太不同寻常了。有那么一瞬间，我感觉这辈子所有的痛苦遭遇又重新造访了我。

尼可洛轻巧地跳到了地面上。他站直了身子，掸了掸夹克衫袖子上的尘土，对我说："让大师闻一闻，他会认出这种气味。"

拿着这个罐子稍一呼吸，便会让我的喉咙一阵发紧。尼可洛和莱昂纳多之前都用手指擦了擦那个被杀死的可怜女人的尸体，然后轻轻闻了闻自己的指尖。现在，我终于搞懂了莱昂纳多在看到这个罐子时那异乎寻常的表现了，他一定猜到将会在这个罐子里闻到同样令人作呕的气味。

"这种药膏正是擦在她身上那种，对不对？"我的感叹多于疑问，"第一个女人的尸体上也有这种气味吧。"

莱昂纳多频频点头，他的鼻孔不断地抽动着。"没错。"他那洪亮的声音已略显嘶哑，"她们两个身上都有这种气味。"

尼可洛抬头把目光投向了那片他刚刚探寻过的黑暗中。"那么现在我敢肯定，"他说，"这里一定是她俩被杀害的第一现场。"

VIII

清晨，我们一行五人回到伊莫拉，随即赶往橄榄树林。在莱昂纳多增派士兵前，为了防御狼群的袭击，我们谨慎地调换了酒窖上的木板。我不敢靠近坟墓，虽然我尽量与坟墓保持距离，但还是有一种莫名的紧张。这种感觉越来越强烈，我不禁打了个寒战。

我跑向尼克洛，神经兮兮地说："他正盯着我们呢！"

尼克洛将信将疑地看着我。

我压低声音问："他现在应该就在那个农舍吧？但他得在你到那儿之前逃走，你看那些男人不就是来掩护他逃走的吗？"

"不一定，我看他们像是在找他，"尼克洛回答，"虽然我不知道他们的用意，甚至都不能确定他是否还在那间屋子里。你看，门闩坏了，或许我应该把门半开着，在门上做点手脚。"他举目张望，好像在观察我身后的灌木林。不一会儿，他收回目光，情不自禁地看着我。

当一个人的眼睛看着我时，我总能很快感觉到，尽管他不希望被我发现。这一次的眼神与平常没什么不同，但我还是能感觉到他的目光中还蕴涵着其他感情，他甚至很明了地说出来："你应该考虑离开伊莫拉。"

难道他真把自己当成我的监护人了？也许他还想象着在回罗马之前，我会给他一个充满感激的道别。

"为什么这么说？"我不客气地反问。

"因为我确信我们被恶魔缠住了。"当然，他这么说意味着他把那个男人当作恶魔，"现在，他已经知道我们是谁了。"

✳

之前我和尼克洛一道，与莱昂纳多那群人分两路来到伊莫拉。我当初跟莱昂纳多大师约好："我会马上给陛下写信，告诉他又发生了一起谋杀案。"但那只是哄哄他罢了，我并没真打算这么做，因为莱昂纳多什么也没说。所以我很担心莱昂纳多到底有没有告诉瓦伦蒂诺爵士，我曾明目张胆地跟着他的总工程师来到乡间，并暗中打听他的消息。

这里有很多商人，在熙熙攘攘的人群中招揽游客。街道两旁传来大商人和小商贩的叫卖声，女孩的声音嚷道："来尝尝栗子吧！""这里不含法国梅毒！"这个女孩的声音盖过了小旅馆前所有的嘈杂。我们好不容易走完这一段，终于不用喊叫就能听到对方的声音了。尼克洛打探了一下我的四周，小心地说："莱昂纳多也加入他们了。"

"怎么加入的？"

他摇摇头："很明显他没有杀人，这不是他的本性。但他在试图隐藏一个巨大的秘密，并且效果还不错，这点你也看到了。他那些表面上源于生活的画作看上去那么真实，几乎可以骗过所有人。但那只是艺术上的欺骗，他还远远称不上大师。"

我凑近尼克洛的耳朵，低声说道："作为一个军事工程师，在脱离瓦伦蒂诺之前，莱昂纳多不得不与那些雇佣军合作，或许是他们骗了他。"

尼克洛点点头："有些事只有大师和那个凶手本人才清楚，那些秘密让大师表现得好像只有绞刑才能让他真正解脱。"

沿着街道走到尽头，我和尼克洛转了一个弯。又走了没多远，我们就看到了罗卡。这个灰色的庞然大物在天空的映照下呈现出鱿鱼一样的深紫色，它旁边的护城河已然被描成黑色。大门由好几排马厩伪装而成，通道太窄，使得我们不得不分开依次进入。我对太多事情都一无所知，但也并不因此忧心忡忡。我们的到来引起马厩里的动物一阵骚动，好像恶魔也尾随着我们来了。

"我得去看看我的骡子。" 尼克洛说。因为害怕独自在院子里逗留，我跟着他一起去了马厩。

"你对这头牲口实在太好了。"我对他说。尼克洛亲热地拍拍那骡子的鼻子，光已经很微弱了，但我依稀还能看到骡子冲尼克洛感激地眨眨眼。

"我是从一个画木炭画的艺术家那儿得到的这头骡子。当时这个可怜的家伙被那个画家折腾得够呛——那画家让它驮沉重的葡萄藤，那些藤蔓摞起来得有阳台那么高，而它的肚子快垂到肮脏的泥土上了。我实在看不下去，就劝那个艺术家把这骡子卖给我。当然我那时想的是让骡子好好休息一下，然后可以载我回到佛罗伦萨。"

我这才彻底明白尼克洛买这骡子的用意：这骡子对他来说是一个对自己的承诺——他一定要回到故乡。就我对他的了解，我们是一类人。

他脸上露出一丝怜悯之情。"我从未如此确信，"他很悲伤地说，"那些杀人犯和瓦伦蒂诺、雇佣军之间说不定有什么盟约。"

我敢肯定，尼克洛还不知道胡安护身符的事，不然他就会跟我一样坚信第一个凶手杀人的目的是为了唤醒教皇。也许从表面上看，第二个凶手跟第一个凶手的目的相同，但实际上那只是一种蕴涵着讽刺意味的提醒。只是这种提醒的方式未免太残忍了。正如尼克洛几个小时前说的那样，维泰利的主要目的是为了让教会犹豫不决，并尽量拖延谈判时间。

但让我疑惑的是，尼克洛为什么冒着风险把他的推测告诉我。我很模糊地问他："你为什么这么推测？有什么根据？"

"因为我想起尸解的时候，他们切掉乳头，把一种含有麻醉剂的药膏涂在皮肤上。这项工作做得相当隐秘。"这时他轻微点了一下头,但又刻意让我看出来,似乎是在争取我的认可,"莱昂纳多把他掌握的秘密转移到一幅人体图上,上面有各种方块和圆圈,像一幅画谜,并假装这一切只是某个人残忍的娱乐方式。"

"没错。"我说,"这种谜一样的娱乐方式从古至今源源不绝——所罗门的钥匙、卡巴拉、赫尔墨斯·特利斯墨吉斯忒斯之谜,还有毕达哥拉斯,更不用说我还知道有些男人把用刀切女人当作消遣。"

这个世界的阴暗面实在太多了,我们知道的也太多了。尼克洛露出了一个悲哀的笑容。

"但是,"我继续说,"我相信想出这种娱乐方式的人们目的都是一样的,他们都是为了唤醒教皇。就像你今天下午刚说到的,也许维泰利对瓦伦蒂诺签订的盟约一无所知,而那些盟约对他们是那么有约束力。否则,他就不会拖延与那些狡猾残忍的游戏者的谈判,来争取时间。"

我挽起尼克洛的胳膊,把他拉到院子里。突然,我想起马上要做的事情。当我们走到楼梯时,我对他说:"一会儿我让女仆送点吃的和红酒到你房间去。"虽然我并不想像一个皮条客那样,但是我想到卡米拉那么动人——如果她还贞洁的话——她的陪伴一定会点燃他眼中之火;而晚餐也能让他吃得饱饱的——他看上去总是吃得不太好。

我本以为尼克洛得知不能和我一起吃饭会很失望,但让我惊奇的是,更确切地说,让我有点失望的是,他得知这个消息时没有表现一丝遗憾,反而松了一口气。他浅浅鞠了一躬,除此之外什么都没有做,径直向他的房间走去。

尽管他表现得完全不在意,但我不敢冒一丝风险。我怕他像我监视他一样,站在百叶窗后面暗中注意我的一举一动。我拖着疲惫的脚步走上楼梯,非常高兴地拥抱了卡米拉,而后让她带着红酒、奶酪、面包和煮好的鸡到院子里去。

只剩下我一个人了，我立刻振作起精神，洗了脸，换好衣服。

※

我十分幸运地看到今天的守卫和昨天晚上是同一个人，不出意外的话，这个人应该还记得我，虽然以后我不太可能拜托他帮我什么忙。

尽管去见公爵大人的秘书梅赛尔·阿加皮托需要提前预约，我还是去了前一天晚上喝酒时的接待室。进去以后，我发现餐桌被调换了。一个木桌子放在那儿，没有铺桌布，看上去十分简陋。石灰墙也一样，没有任何装饰，之前的挂毯换成了钉在十字架上的耶稣像和另一个不知名的古老圣像。

阿加皮托还穿着那身制服一样的天鹅绒外套，独自坐在小了一圈的桌子边发号施令。桌子另一边坐着几位绅士和一个紫铜色头发的女人。他用刀子叉了一大块肉，目光从餐盘移到对面的众人身上，而后又很快低下头，那瘦而结实的下巴颤动了一下。

我向他身后走去，在他耳边轻声说："今天我给公爵大人带来一个好消息，大人肯定会喜欢——一个他手下没有察觉的消息。"我这样说是为了赶在莱昂纳多前放出消息，同时引起瓦伦蒂诺的注意，让他知道那个大师忽略了一些东西。当然，这是一个危险的游戏。但是无论如何，肯定会引起瓦伦蒂诺的注意，我比他想象的有用多了。

阿加皮托像一头公牛那样咀嚼着食物，而我像一个服务生被冷落在那儿。我看向桌子对面的几个人，他们的紫貂皮衣领和瘦削的脸庞说明其中两个人是大使，旁边坐着的是他们的使者，奥利夫奥托·菲莫。挨着他坐的是那个紫铜色头发的女人，她有着金灿灿的卷发和丰盈的胸部，美丽得好像威尼斯第一夫人。

梅赛尔·阿加皮托站起来走向大房间的角落，直到消失在楼梯处。他一句话都没跟我说。

使者奥利夫奥托也看着阿加皮托离开，然后朝我点点头。

我回应他的问候:"晚上好,先生。"

"我不知道他还会不会和我们再见。"如果说莱昂纳多大师的声音像轻弹的管风琴乐,那么奥利夫奥托先生的话则是重拨的琵琶曲,"我到这里已经有一阵了。"

但是我帮不上忙,我唯一能做的就是好奇地猜一下他来这儿的时间是否足够杀死一个女人,然后等着这个消息传到罗马教皇的耳朵里,之后再等着他的神圣使者传来下一条命令,再一次秘密地残忍杀害第二个女人。

他的夫人也冲我点点头。"这身礼服非常好看,"她的声音婉转动听,"我很久都没看到这么好的料子了,你一定是好多年前做的吧?"我勉强笑了一下,她的口吻听上去像一个忌妒的小女人,如果这时我再坐到使者旁边,她就不仅是忌妒了,一定会对我充满敌意。

但我并不需要安慰奥利夫奥托使者,他转向充满醋意的老婆:"下次再玩这种小把戏的时候别说得这么直白。"

那个女人默默拿起旁边椅子上的小提琴,又走到桌子旁拉起曲子来。纤细的琴弓夹在她修长的食指、中指和拇指之间,在弦上来回往复,仿佛一个舞者跳出绝妙的舞蹈,尽管演奏出的调子不是那么悠扬。

在她弹奏的时候,她的男伴开始对一个银盘产生了兴趣——盘子里密密麻麻摆了很多细小的橄榄枝。尽管奥利夫奥托使者的手看上去比普通人的大一倍,他还是很小心地摆起橄榄枝。虽然看不出图形,但能看出他在试图把它们拼成某种造型。直到创作完成他才抬起头,眼神并不那么温柔,让我不禁吓了一跳。我没看明白他拼的是什么图案。"她能看懂。"他对我说,跟他的眼神相比语气温柔了许多,"这支曲子描绘的是一场战争,而且需要漫长的时间练习,最好从小开始。如果我教她,她还能拉得更好。"他微微抬了抬头,那副疲惫的样子好像前一晚在吊桥上度过。"但是我没必要教给你对吧?"

奥利夫奥托使者微微笑了笑，把盛有橄榄叶的盘子推到我面前，然后他站起身，手放到天鹅绒礼帽上，向我行了一个礼。他走到妻子旁边，突然伸手拉了一下她的胳膊，她毫无准备，以致琴弓在琴弦上划出一声刺耳的声响。

直到他们走了以后，我才认真地品味奥利夫奥托使者的作品。终于，我看懂了，他摆了一个意味深长的螺旋。

❋

我足足等了一个小时，梅赛尔·阿加皮托才回来。然而，他说在离开之前，我还得等更长时间。随着夜幕降临，大使们被召集起来，去找一个个子很高的人。拉米罗·达·洛尔卡也愤怒地赶来，本来就暗淡的皮肤简直变成了砖红色，鞋底"咔嗒咔嗒"发出一串不耐烦的声响。他其实不需要等候，因为他和公爵的对话非常简短。我很确信他还记得我，因为胡安死后的第二天，他就彻查了我的房子，但是他经过的时候看都没看我，在他心里，我一定声名狼藉。

最后，阿加皮托走下楼梯，在我身边沉默了片刻，像马萨诸塞州的牧师要给我神圣的豁免似的。最后他终于开口道："你可以去见公爵大人了。"

一个很大的烛台灯将楼梯照得通明，我觉得很奇怪，因为明明一盏油灯就足够了。阿加皮托敲了敲整条走廊里唯一的一扇门，之后又迅速打开了门。一个女人穿着一身像神父那样的白袍鬼魂一样滑了出来，她的乳头在衣衫下顶出一对暗色的痕迹。也许是因为太冷了才这样，我心里想着。直到我看到那女人的眼睛，才打消了这种念头。

我确实知道有这样的人，但在先前遇到的人里还不多见。大多数女人都会把自己保护得很好，否则她们很快会迷失自我。眼前这个女人就迷失了，好像漂泊在一望无际的大海里，没有星星，更没有任何声音指引她。她只是在苦苦追寻离开她的男人，在她的眼睛里有太多枷锁，甚至还有恐惧。

尽管如此，在这种状态下仍能感觉到一丝深刻的狂放，我在她的嘴上看到了这种感觉，虽然并不明显。她的下唇带着一种浮夸，而上唇却有一丝甜蜜。

当我注意到她金黄色的头发和我五年前看到的一模一样时，我才意识到遇到的是公爵大人的妹妹鲁克蕾齐亚，现在已经是费拉拉伯爵夫人了。更让我吃惊的是，我之前一直坚信那些乌七八糟的流言蜚语是真的——她是瓦伦蒂诺的情人——甚至胡安和教皇也这么说，但现在看来那些流言还不足为信。

我只看到这位伯爵夫人的下半张脸，另一半被粘着羽毛的化妆舞会面具挡住了。她一直盯着我看，甚至我经过之后还扭过头来看我。我感到她没把我当作敌人，反而好像我们的灵魂中有那么一点契合。

当我走进那昏暗的房间，刚才出现的女人仿佛变成一种幻觉。这是一个很大的书房，瓦伦蒂诺公爵坐在一张小小的桌子后面，除此之外，屋子里再没什么摆设。借着一点微弱的光，公爵正在研究一些文件，桌上还放着一叠厚厚的纸。他绣着花的领子快要贴到脸上了。

瓦伦蒂诺把那盏青铜色的灯推向一边，身子向后靠在椅子上，戴着手套在胸前摩挲。他从头到脚都是黑色，面色严肃，默不作声地审视我，弄得我浑身不自在，不过比想象的好——我本以为把我送回罗马之前，我的房间里都会笼罩着阴森，当然，我不愿意想象那些最坏的场景。

"来，我给你看看莱昂纳多给我画了些什么。"

我立刻意识到在我苦苦等待的时候，莱昂纳多已经见过瓦伦蒂诺公爵。毫无疑问，这里有很多不为人知的通道，就在我这么想的时候，我已看到他身后有一扇小门。

瓦伦蒂诺从椅子上一跃而起，敏捷得像一只美洲豹，但是他绕过桌子时那种无精打采的表情，又像那些因被困在牢笼中而失去生机的动物。他低下头，用手指在一摞纸里翻找，过了好一会，儿才找到几张画，他把画放到灯下，对我说："过来，来看看这个。"

这是一个男人强壮的手臂，淡红色的粉笔把肌肉描绘得活灵活现，甚至连皮肤和血管都表现出来了，像一根裸露的树干。另一只瘦一些的手臂像一根细一点儿的枝丫，同样栩栩如生。

"莱昂纳多作了很多这样的画。"瓦伦蒂诺说。看到这些，我的胃里很不舒服。我很好奇大师是不是也试图照着被屠杀的女人画她的臂膀。"我们时尚的画师们已经为上帝创造的人类做出了最好的诠释，但只有这个画匠表现出了皮肤下的奇妙之处。在这些画作中我们可以看出，是自然赋予了人之美——各种器官复杂而精细地组合与运转。"他用手指在画上一圈一圈地打着转，就好像是奥利夫奥托使者螺旋的再现。"莱昂纳多已经着手研究那些可以高度模仿自然创造物的机器，比如那些可以像人一样行走或者像鸟一样飞的机械结构。"

我还没理解这种超乎上帝与自然的壮志雄心。当瓦伦蒂诺挪开这张素描时，在它下面的那张更大的画作露了出来。画面布满了整张画纸，色彩浓烈。这张画是一幅建筑物的狂想曲，像是别墅又像是宫殿，结构复杂，浅色的砖像一条蜿蜒的巨龙盘踞在城堡四周，又像一面很大的旗帜，在风中飘拂。

突然我幻想自己被鹰抓住双肩，腾飞在数千尺的高空俯视地面，却被一座各样建筑组成的城市所吸引。的确，这就是当日我从群山俯瞰的伊莫拉。但是这一次，我是借着鸟儿的翅膀，透过鸟儿的眼睛看到它——每所要塞和住宅，每方院落、每条溪流都尽收眼底。那条淡蓝色的巨龙就是桑泰尔诺河，位置毫无变化，只是换作高空俯视的视角。我曾在梵蒂冈的一座大厦里，坐在金丝线绣的垫子上，研究指导我的水手探索新岛的地图。但是，我还从未见过这样复杂精致的地图。

"你过去见过大师的作品吗？"瓦伦蒂诺轻声说。尽管房间里鸦雀无声，他的声音还是微弱到我需拼凑和猜测才能确定。"既

莱昂纳多·达·芬奇的伊莫拉地图

Leonardo da Vinci's Map of Imola (伊莫拉)

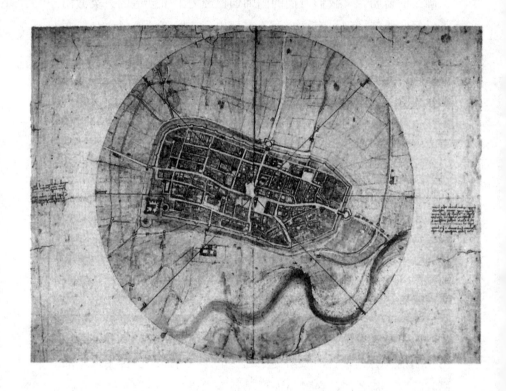

然他能看透人的身体，他也必然能带我们从另外的角度领略我们从未注意过的世界。如果我们能测量他画上的距离，"他的手指停在了城市角落里罗卡的位置，由于那个显眼的圆形塔的缘故，罗卡在画上可以很容易被分辨出来，然后他指向城市另一角的玛芝奥露天大市场，"这段距离，"之后他的手指又向城区之外的桑泰尔诺河移动，"这画上的距离比例和用仪器实际测量出的一模一样。莱昂纳多制作的地图恐怕是这世上最精确的了。实际的地形建筑物，现在正完美精确地掌握在我手里。"

尽管瓦伦蒂诺倾心赞美这幅精妙绝伦的地图，可我清楚地知道，这幅地图值得赞叹的地方绝不仅限于新颖的表现视角或精准的高度。这幅地图的中心也正是真实城市的中心，是罗马古道、艾米利亚古道和亚壁古道的交汇之处。在地图上，这个交汇点被用特殊的墨水勾勒出来。它还是某一个圆圈的中心，周围被城市、围墙、田野团团围住。跟其他的地理学家一样，莱昂纳多把这些蜿蜒迂回的路描绘得像一朵玫瑰，八条线从中心向四周辐射，代表了城市最主要的八条干道——北部的线叫作斯潘特，最北边的线上标有格瑞康的字样，勒菀特在东部，斯蒂洛克在东南部。被线条分割的部分像玫瑰的花瓣一样，每一条线都会触到图形的最外围，如同车轮，每一处都画得小巧精致。

"这当然非常精确。"我说，指尖轻轻触到地图，城市里标有"斯蒂洛克"的那条街道正好在桑泰尔诺河的转弯处，"这里应该就是第一个受害者被找到的地方。今天我看到大师曾经放在那里的石头标记了。"

沿着图上的线条，我指出另外三条同向中心的线路，旁边分别标着丽百可、大师、格瑞康，分别代表西南、西北和东北。"我们能从莱昂纳多这幅神秘的地图上隐约看出一个方形，这些线路都向这个方形的一角延伸。也许凶手可以骄傲地吹嘘他把那个女人的尸体分散在城市四角——这简直就是上帝的十字架啊！凶手一定见过这幅地图！"

我假设瓦伦蒂诺的雇佣军在背叛他之前看过这幅地图。

瓦伦蒂诺没给我任何鼓励。"你还没说完吧？"他无动于衷地说，"你还看出了什么，也说出来吧。"

莱昂纳多的地图精致得近乎完美无缺，甚至那天下午走的路都能在地图上找到。我的手指从河岸的石头堆，沿着南边的路、麦泽迪，一路指到城市南部的群山。我试图以今天下午走过的路为基准估计手指划过的距离有多长，但是，瓦伦蒂诺把我的手硬生生从地图上推了下来。

"我估计着莱昂纳多会再画这样一张图，"我说，"跟这张地图要表达的内容差不多。他今天下午一直在做某些测量。"我摇摇头。"这张地图有些问题，"我抄起手，"我今天遇到的一些东西地图上并没有体现。"

"大师仍在继续测量。"瓦伦蒂诺微微点头，好像他仅仅想要测试我的智商，看我能发现和忽略什么。

"从某种程度上说，凶手试图在这个方形区域里划出一条圆形的轨迹，"我以为莱昂纳多已经把关于博尔哈根的内容告诉了瓦伦蒂诺，"所以也就是说这张地图还没有最终完成，还会有更多的内容被添加进去。"我在暗指那个女人的尸体还会被分解并抛到其他地方。

但是瓦伦蒂诺并没给我任何回应。我接着说："你是否已派了拉米罗·达·洛尔卡去寻找那个女人剩下的部分？"据我的推断瓦伦蒂诺应该有此行动，因为我刚刚看到拉米罗来去匆匆，好像事情十分紧急。而且据我所知，在瓦伦蒂诺的众多手下里，他参与胡安谋杀案最多。

瓦伦蒂诺心不在焉地摇了摇头。"没有，我派拉米罗去里米尼给卫戍部队传达一些命令。他的调查方法有些过时，都是一些刑具啊、绳索啊、烫三角铁啊之类的，倒是莱昂纳多会用高科技的玩意儿折磨人。"

我的诧异在脸上暴露无疑，甚至还有些恐惧。在拉米罗依附

The Corners of the Winds 风之角

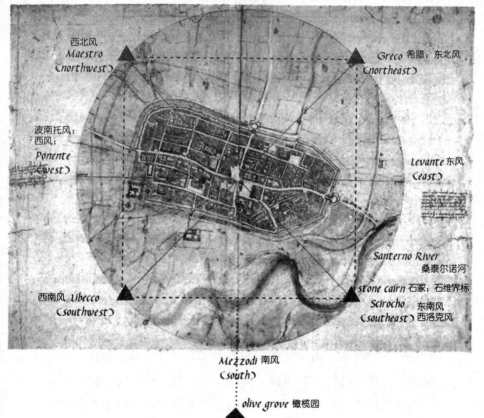

Septantrione 北部；北风
(north) 北方

西北风
Maestro
(northwest)

Greco 希腊：东北风
(northeast)

波南托风；
西风；
Ponente
(west)

Levante 东风
(east)

Santerno River
桑泰尔诺河

stone cairn 石冢；石维界标
西南风 Libecco
(southwest)

Scirocho
(southeast) 东南风
西洛克风

Mezzodi 南风
(south)

olive grove 橄榄园

▲ "corners of the winds": remains of first victim "风之角"：第一个遇难者的遗物

◆ torso of second victim 第二个遇难者的躯干

于瓦伦蒂诺的事实公之于众之前,他曾经是教皇最信任的人,忠诚得像儿子对父亲那样。如果拉米罗不参与这次调查,那就一定是由莱昂纳多全权负责了。这第二场谋杀好像是让人们从第一场谋杀上转移注意力,不过也许瓦伦蒂诺早就看出这层居心了。

对于拉米罗之前的背叛,瓦伦蒂诺没作任何评论,却把话题转到我之前的推测上。"你认为我还会做更多的追查,进行更多的煽动?"他长长停顿了一下,间隔了好几下喘息,"没错,确实会有更多。"

他承认的目的并不是为了证实我心中更多的疑问,相反,他希望到此为止。但是我假装没有理解这层意思。

他重新打量了我一番,不过这次没有那么严肃了。我觉得他的眼神非常熟悉,这种沉默像是命令或恳求的序曲。在他的内心深处隐藏了某种渴望,这就是吸引他的关键:总有一些人希望能进入你的内心,用他的冲动、思考、情感把你填满。但在很多情况下并不能如愿,因为在他的内心深处已然住着一个姑娘,只有她奉献出自己的灵魂,他才能真正存活。

我打破了寂静:"那个女人非常爱你,希望你也对她仁慈一点。"我好像是在为自己请求。

他眨了眨眼:"除了我这副皮囊,她对我一无所知,只是住在这儿而已。"

过了一会儿,瓦伦蒂诺又低头看了看莱昂纳多的地图,低声说道:"我们已经掌握清楚了解这个世界的方法,唯一要做的就是做更加精确的测量。"他后面的话音变得很轻,好像不是对我说而是自言自语,"我们并不是要把这个世界变得一片混乱,更不是要制造战争。"

公爵大人转向门口。"大师会继续调查这件事的,"这时他的语气已经恢复了冷淡,"等有了新进展,我们可以再聊。"

IX

那天晚上，我充满恐惧地冲过吊桥，脑海里想象着黑暗的护城河里有手伸出来抓我。当我跑到街区时，粗重的喘息在面前凝结成一团白雾。在我等瓦伦蒂诺的时候，雪从山上刮下来，细小的雪屑在风中划过，刺痛了我的脸。

我在瓦伦蒂诺的习作中看到了不愿面对的真相，因此自欺欺人。公爵迟早会像抛弃那个一往情深的可怜女人那样抛弃我。我也一定不会被绞死或者"审问"——如果他只是简单地希望我消失，今晚就已经可以这么做了。相反，瓦伦蒂诺给我自由，以便在伊莫拉周围探寻；我甚至知道某些可以让他要求雇佣军做出更多让步的事。事实上，我猜测这就是为什么他命令莱昂纳多——一个如此有价值的家臣——继续追查一个他想掩盖的事实。但是很快奥利夫奥托先生就会将文件呈递给维特罗佐·维特里签字，那时这个交易将蒙蔽所有的当事人。

因此我毫发无损地回到了罗马，可那时我已来不及赎回我的小男孩。杀害他父亲的凶手的名字除了使他祖父心头的伤口更加疼痛之外，不再有任何意义。我没有获得任何复仇机会，教皇大人只能在我缓慢而痛苦的死亡中寄托他的安慰。即使圣母在天堂为我求情，我也会受到比地狱任何惩罚都严重的永恒折磨，因为自己的宝贵儿子在一个魔鬼家中长大。

换了睡衣之后，我穿过整个院子，走上通往对面厢房主厅的楼梯。我敲了敲梅瑟·尼可洛的门，迎接我的是一个幽灵，或者说像一个幽灵：那个穿着长睡衣的男孩如此的苍白纤弱，他能够推动门闩就是一个奇迹，更不用说抬起它了。他还不到17岁，却如同一个老人那样衰弱——他用一只眼睛阴沉地盯着我，另一只眼睛因结痂而紧闭着，他跌跌撞撞地往后退。

我跟着这个衣衫褴褛的人进入卧室，他倒在床垫上可怜地呻吟。在紧闭的窗前有一张小桌子，烛台上点着牛油蜡烛用来照明，桌上堆满了书和纸，空隙处放着一个墨水瓶。

梅瑟·尼可洛在这张小桌子上睡着了。他坐在一把老旧的椅子上，仍穿着他的衬衫和紧身裤，头像个绞死的人那样垂着。在他的文件中我发现了一些东西。除了几摞叠好的信和外交公文，我还找到了一本拉丁文的《蒂托·李维的几十年》，一封以"庄严的主"开头但没写完的信函——毫无疑问，这是写给佛罗伦萨的部长阁下的。

我很没礼貌地戳了一下他肩膀。"梅瑟·尼可洛，"我说，"我希望你觉得晚餐很愉快。"

他敏捷地一跃而起，眨了眨眼，给了我一个小手绢，像在嘲笑我们俩。"安东尼奥觉得它特别高兴——他能够从死亡中爬起来然后开吃，真是伊莫拉的奇迹。"他看了倒在床上的男孩一眼，小声说道，"安东尼奥把我的床垫当成了他的病床，所以我只有两个选择：他的简易床和这张桌子。安东尼奥没生病的时候，只要保持他的健康就行了；当他生病了，我必须努力去保证他健康，同时还得照顾我自己。"他补充道，"我已经失去了对特伦斯的兴趣。"特伦斯代指那些奴仆号令主人的喜剧。

"这就是你从枯燥的拉丁文中寻找乐趣的原因吗？你的那本李维的书上已经做满了笔记。"

他用手抚摸头顶上的大杂烩："蒂托·李维告诉我们：历史是治疗今日隐疾之良药。"

"噢，所以你不仅是你男仆的医生，更是意大利的医生。"

他稍稍抬起眼睑。

"那么，医生，"我继续说，"我发现自己同意你昨天告诉我的一些事儿，所有的一切都和莱昂纳多大师正在测量的东西有关。"

他揉了揉眼。"还有更多事情与之有千丝万缕的关系，但是我们必须从莱昂纳多正在测量的东西开始，因为这些会帮助我们了解凶手的本性和需求。"

"他的需求？"这似乎有一些哲学上的创新，"我一点都不关心这个卑鄙凶手的需求或本性。我只想知道他的名字。"我强烈怀疑奥利夫奥托·达·菲莫，但我不认为现在是透露这个的时机。

"不知道他的需求，我们就不知道他的名字。" 尼可洛回答道。在烛光下，很难说他是换上了一个调皮男孩的表情，还是一个更接近魔鬼的表情。

但这是一个解救我们两个的机会。"我已经看到了风之角。"于是我开始告诉他莱昂纳多的伊莫拉地图，描绘了第一个女人身体的各个部分如何被准确放在风向图四个等距的点上。

我说完后，尼可洛低头，把指尖放在他的蒂托·李维上。"是的，一个用人的血肉画出的素描。但是莱昂纳多已经知道这事儿了。那么现在我们的大师还在测量什么呢？"

我摇了摇头，接着说道："大师在橄榄树林里测量的那一点并不在他的地图上。你自己说过，这整个是一个谜语。我想橄榄树林的位置可能是这个谜语的关键。可能莱昂纳多相信他的测量结果会指导他找到第一个受害者的头。"

"我一点都不喜欢几何学。"梅瑟·尼可洛的手指仍留在他的蒂托·李维上，"我第一个想知道的答案是：为什么这是个谜语？"

"为了戏弄教皇。"我不耐烦地说，清晰地回想起教皇阁下在圣厅的愤怒，"用这些游戏迷惑并惹怒教皇，使得教皇将推迟谈判的压力从维特里那儿接过来，因为他手下的雇佣兵更渴望和平。我想是你指导我考虑这些的。当雇佣更多的士兵并在数量上占优势后，维特里希望通过施压获得额外的让步。"我想不明白，为什么要不断提醒梅瑟·尼可洛他曾经说过的话。

"我不知道。可能这是这位谋杀者的需要——嘲笑教皇，或者只是他的本性。"

我没有更多的时间浪费在这个哲学废话上。"我给你一个提议，梅瑟·尼可洛。我打算检查莱昂纳多大师的工作室，看看是否有他记录的画或是笔记，或许有这个谋杀者的几何特征。我邀请你与我同行。"

"你要去拜访他？那在半夜敲他的门之前你要不要先送卡米拉和晚餐过去？"他对自己的娱乐精神毫不掩饰。

"我要去拜访他，"我说，"就在今晚。但我不打算敲门。"

我又一次让他的微笑凝固了。梅瑟·尼可洛的手指在纸页上缓缓滑动，好像在爱抚一个孩子的脸。当他抬起眼睛看我时，黑色的眼睛因蜡烛的光而闪烁着，我能看见他之前极力隐藏的渴望，但我也能看出他并不信任我。

最后他摇了摇头，很明显因为自己的决定而无奈，因为他说："如果你打算立刻出发，那我只能去取我的披肩了。"

梅瑟·尼可洛拿了包后，我带着他穿过庭院来到我的房间，以便我能尽快换一身衣服。当他等在我卧室外面时，我告诉卡米拉将要去的地方，然后她根据需要给我穿上了紧身裤和男士短夹克，头发向上拉起塞在四角帽下。

当我们回到梅瑟·尼可洛住处时，我告诉卡米拉："你需要闩上门，但我不说再会，因为我会很快回来。"

亲爱的她向我微笑，像巴尔干骑兵的长矛刺穿我心脏那样动人。

❋

我想这里我应该跟你们说一些关于齐亚·卡米拉的事儿，她的善良能让天使感到羞愧。她于公元 1494 年，即法国人进驻罗马的那年来到我身边。那年，查理八世和他庞大的军队已于 12 月的最后一天抵达，驱赶亚历山大教皇离开梵蒂冈并进入圣天使堡。教皇大人虽然在武器和军队上很赢弱，但是远比那个留着口水、眼睛水汪汪的小国王聪明。在我亲爱的老恩主——枢机主教阿斯卡尼奥·斯福尔扎的援助下，停战谈判开始了，这保证了教皇比基督教国王殿下获得更多利益。

法国士兵被允许进入罗马，他们像一群被拴住的豹子。虽然大多在军队控制之下，但是他们中仍有足够多的人获得了自由：他们洗劫房屋，点燃桌子和椅子扔进篝火，喝光我们最好的葡萄酒，无偿地劫掠各式各样的美食——尽管查理国王亲自签署了法令，保证没有名妓受到伤害。然而甚至教皇家臣的房子和教皇大人孩子的母亲——你们的祖母——也不能幸免，而可怜的奴仆和犹太人的遭遇还不如家具。

那一年我 26 岁，声名显赫，从特拉斯提弗列在大桶中踏着尿的漂洗工到圣彼得皇位上的教皇，在罗马没有人不知道我的名字。我用远扬的名声挣来了班奇街最好的房子。直到现在，我还能闻到那些房间里橘子水和薰衣草的香气，还有春夏季每天都陪着我的玫瑰、康乃馨、茉莉和风信子。

但是，我遇到齐亚·卡米拉的那天却是寒风冷雨交加。我顶着冷雨出门，去看望一直保卫我房子的卫士。在那样艰难的日子里，他们还告诉了我法国劫犯的下落，而且断定我们应该逃离。我就在圣天使桥之上目睹了社区的疏散，在那里，朦胧如羽毛般的烟雾直升到铅灰色的天空中。这些难民把所有要保留的东西都放到骡子上：钱箱、衣服、银盘，所有的一切。我收留了一些因为当初轻信法国人的承诺而现在几乎发狂的灵魂。当我准备关门时，看到两个骑在骡子上的人从班奇街上小跑下来，正朝着这些麻烦聚集的方向而来：男人的鼻子上有两个完好的肿块，满是胡渣的脸颊上有道白色的伤疤；女孩的年龄只有他的一半，不超过14岁，她有着细瘦柔弱的脸和早已经历一切的黑眼睛。

我推测骡子和那个女孩儿都是男人偷来的，于是出声叫住那个贼。"伙计，"我说，"你打算带我朋友的骡子去哪儿？"

他把披肩向后扬起，手伸向腰带上的佩剑，直到看见我的卫士走出门廊。"你所说的朋友是谁？"他眯着眼睛问道。

"瓦纳萨·卡特内女士。"我说。她是你们的祖母，虽然关于她拥有骡子的事儿完全是我捏造的。我希望这个小偷知道他遇到了一个更好的同行。

他给了我一个流氓般露齿的微笑："的确如此。瓦纳萨女士将这头骡子托付给我，让我在他们偷走它之前把它卖给山外之人。"他对着烟雾点了点头。

我知道他打算把骡子卖给法国人。"这个女孩是谁？"

"我的妹妹。当我听说修道士在圣塞西莉亚对她做的一切时，就决定带我的心肝宝贝离开那里。现在我真希望有一个更好的上帝保护着她。"

"是吗？我正想找人来诵读圣人列品祷文。"我从女孩赤裸的紫色的脚看出她来自染坊而非修道院，但你无法讲出这两个哪样更糟，"你觉得法国人会为哪个付更高的价钱，你的小妹妹还是骡子？"

他用脚后跟踢着骡子的肋骨想要逃走，但我示意男孩们抓住缰绳。我告诉那个流氓："我认为骡子被骑过这事儿对于山外之人来说没什么大不了的。"接着，我仔细地看着那个女孩："你想跟他走吗？"

我读懂了她眼睛里的话。过了一会儿，她摇了摇头。

"伙计，"我说，并向那个女孩伸出双臂，"我把骡子送你了。"

这就是卡米拉来我家的经过。

　　刚来的两周里，卡米拉虽然喝着家里的汤，吃着烤肉，并用那双机敏的能理解一切的眼睛观察着每一件事，但她并不信任我。她理所应当地认为，我会用她这个年纪普遍被差遣的方式奴役她，就像安德罗斯的女孩那样。但是有一天她跟随我进入卧室，四下环顾我的希腊花瓶和罗马纪念章时，她的眼神让我觉得她好像打算抢一些东西然后逃跑。就在这时，细小的声音出现了："女士，复活节之前我能一直住在这里吗？"

　　那是自从把她从骡子上接下来后，我第一次把卡米拉抱在怀中，在给了她至少一打的亲吻后我说："你可以永远住在这里。"

　　从那时起，她开始对我讲述她的故事。像我一样，她也是在泥土中出生的，用她的话确切地来说是坎帕尼亚大区那不勒斯的红色尘埃。余下是一个错综复杂的故事，很多部分甚至她也理不清，但是可以说，她被当成一篮子饱满的西班牙橄榄卖给了另一个家庭，去做他们女儿的玩伴。但那家女儿因瘟疫死了，然后她就被扔到了大街上。在那之后，她遭遇了跟奥维德笔下的迈斯特一样多的身份转变，直到最后她发现自己在马里奥山附近的一个染坊里踏衣服，但很快就被劫掠那里的法国士兵追赶。走投无路之际，她接受了那个丑角般人物的恶毒慈善，是我从后者手中将她最终挽救出来。

　　就像母亲教育我的那样，我教亲爱的卡米拉读书，我们的爱由此开始。然而，最后她并未获益，因为她陪伴我在特拉斯提弗列度过的岁月，比我们在班奇街宫殿里更久。但是，如果没有卡米拉，我没法一个人度过你初来人世的这段日子。当她可以独立生活时，她留在了你身边，把你当成自己的孩子，我亲爱的儿子。她是我的第一个孩子，你是第二个；我是你的第一位母亲，她是第二位。

　　我不再多说了，除了这句：我们天使的爱已经编织成的你我心灵的纬纱，没有什么能驱除它。

X

当我们到达梅瑟·尼可洛观察莱昂纳多宫殿的角落时，我说："旁边有一条小巷，"因为我已对这所大房子十分了解，"让我们看看他们的背后都有些什么。"那高耸的正面只有闩住的窗和巨大的橡木门。

没有铺石砖的小巷将我们带到一个疏于打理的花园。那里到处是花盆，倒在窄小且过于繁茂的果园中。在一个低矮的砖墙后有一块空地，主要种植南瓜。南瓜躺在一块延伸到城墙的雪上，那些雪看起来就像白地毯。有一刻，我以悲伤的惊奇环顾四周，想起了我们在特拉斯提弗列的花园。我看到你和亲爱的小埃梅斯四处跑，卡米拉在后面追赶着你们。现在，我唯一期盼的是，能再次听到你的笑声。

梅瑟·尼可洛和我检查了房子的背面。一楼更小的窗上覆盖着铁栅，大厅的拱形窗户关闭着，离我们有 10 个布拉乔奥高。我们在白雪点缀的灌木中不停翻动，找到了一个天然的梯子，是一根长杆，1 布拉乔奥左右就钉着一些废木材。

我使劲移动梯子，使它靠在其中一扇窗的石唇上，告诉尼可洛："我先进去。"

他看着我，好像我疯了一样。

"你是靠从房子里偷东西谋生吗？"

他很快笑了，但是笑容悲伤："作为佛罗伦萨共和国忠实的奴仆，我不需要谋生。我因花销而负债，仍在等待经费。"

我开始往上爬，废旧的梯子发出咯吱声，我的手套被裂片撕碎。到达百叶窗后，我用小刀将它们弄开，然后坐在宽敞的窗沿上，把脚垂进屋里。我能辨认出这是一间挺大的房间，可能它曾是主教的主厅。看起来，它已经准备好宴会了，三张大搁板桌上放了很多东西，虽然我无法辨认放了些什么。

我身下的地面并没有很大落差，但在跳下去前我仍十分紧张。

那张空白、幽灵般的脸几乎就在我的正对面。我想，我找到了她的头。

但是，这事儿并没这么可怕。一个漂白过的人类头骨以小古玩陈列的方式，明显地放在周围墙的宽檐上。我怀疑这个房间还藏有其他莱昂纳多大师从尸体上获得的物件，于是决定先找一找。

我观察到开放的门廊附近有一个火盆，散发着微弱光芒，增强了我腰带上的烛光。我再次转身，发现一个新世界翻滚散落在宴会桌上。

每走一步，我那闪烁的烛光都照亮了一个奇迹：漂白的股骨放在一个束在皮革里的希罗多德旁，上面是一个有着一系列小木齿轮和车轮、像微型加工品一样的东西。画作像11月的落叶散布着，很多刻画着人体的轮廓，但其余则跟瓦伦蒂诺展示给我的那幅相似，整个骨头、肌腱、神经和静脉构成的框架，就像他们被完整地从肉体剥离，像一个切成片状的鱼骨架。光在镜子、透镜、卡尺和天平上闪烁着，无数的纸片上写着测量结果、数据和几何证明。但是，最能抓住我眼球的是那些重复着的形状：石化的螺旋贝壳幻化成了奇怪木制机器的齿轮，这些图案只出现在画着旋风和旋涡的奇妙图纸上。

我逛了好一会儿，十分入迷，几乎直接走过了房里最重要的作品——至少按我的要求。那是一幅被几个笔记本和木质多边形随意包围的图表，可以看出，它是用红色的粉笔刻画在薄且半透明、像艺术家用来临摹的那种纸上。

　　"上帝保佑。"我大声说，"这就是你在测量的东西。"

XI

　　这张描图纸比一个多小时前瓦伦蒂诺给我看的那幅要大一些。莱昂纳多大师画了一个八等分的圆，能够看出这是一幅风向图；看起来莱昂纳多是从他自己的那幅伊莫拉地图上临摹了这个图案。他也在圆外周的四个等分点上标了红点，就像瓦伦蒂诺给我看的那样，这些点无疑是与风之角对应的。莱昂纳多还在这些点间连线，做出了一个圆内接正方形，只有四个顶点与圆相接。

　　这一点我可以预料到。但莱昂纳多在圆外又画了一个正方形，仅和圆相切于四点，切点构成了风的四角；以这种方式，大正方形相比小正方形旋转了一个角度，因此组合成一个全都咬合的正方形、圆、正方形的序列。

　　"圆在正方形里。"我大声说，虽然那时并不完全明白。

　　突然，我的蜡烛好像变得更亮了。我转过身。

　　莱昂纳多·达·芬奇大师站在门廊里，他穿着农民的衬衫和一条围裙，后者布满不规则的暗色斑点，我估计那是油漆。他右手拿着一个蜡烛灯，左手蜘蛛腿一般的手指抓着胸部的围裙。当我想起莱昂纳多在地下室解剖尸体时才明白，围裙是屠夫的罩衫，而上面暗色的点状血迹，是他从手指上擦拭掉的。

　　"你认为你看到了什么？"

　　他此时尖锐的男高音在橄榄树林里并未出现过。他像从令

The Circle within the Square 规矩与方圆

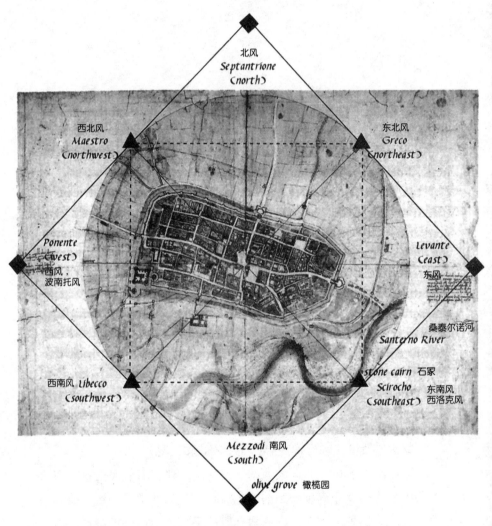

北风
Septantrione
(north)

西北风
Maestro
(northwest)

东北风
Greco
(northeast)

Ponente
(west)
西风，
波南托风

Levante
(east)
东风

桑泰尔诺河
Santerno River

stone cairn 石冢
Scirocho
(southeast)
东南风
西洛克风

西南风 Libecco
(southwest)

Mezzodi 南风
(south)

olive grove 橄榄园

▲ "corners of the winds": remains of first victim "风之角"：第一个遇难者的遗物

◆ remains of second victim 第二个遇难者的躯干

人炫目的自身智慧中汲取了力量一样，迈着狮子一般饱满的步伐向我走来。

但是，因为某些原因，我并不害怕。当他走到我身边，我说："公爵给我看了你的画，还有风之角。"

"你做了一个错误的假设。"他的声调更高了，还很愤怒，"这些风之角并不是我的作品。"

"不是。但凶手把它置于你的风向图上。"我把手指放在描图纸的大正方形角上，"假设这个点代表我们今天去过的那个橄榄树林里的位置，就是我们找到第二个女人四分之一尸体的地方。"按序列，我将手指移动到这个大正方形其余的每一个角上。"正方形的这些角就是你此后找到她其余的四分之三身体的地点。"我推断，莱昂纳多和他的助手那天晚上又回去了，或者可能瓦伦蒂诺的手下那天去过了其他三个地点，"一旦你测量到了那个橄榄树林，你就明白了怎么画这个正方形和其内切圆，因为，圆就是你自己的风向图，而你又知道了正方形的第一个点。"

"你再次做了一个错误的假设。我们从其他三处还没发现什么。在我们找到适当的时间进行试验前，公爵的士兵都会守在那里。"

不论我的假设多么草率，我都毫不怀疑，那个可怜女人尸体的剩余部分会在原始山坳中被发现。"大师，凶手正在利用你的地图。"我尖锐地说，"正如你的画作所证，他从中临摹出了自己的素描。谁有机会那么详细地检查你的地图？"

他的嘴唇无声地动了，我想他什么都不会说。"我是一个军事工程师，"他最后说，"这个城市的防御需要一套严格的测量。"

"那么我假设，公爵的军官和熟人都对你的地图很熟悉。"正像我跟梅瑟·尼可洛说的那样，公爵的总工程师无疑在背叛之前和公爵的雇佣军合作过。因为莱昂纳多并未对我之前的假设提出质疑，我立刻跳到下一个，希望能出其不意："你和奥利夫奥托·达·菲莫先生有什么联系吗？"

那些蜘蛛腿一般的手指又回到莱昂纳多的围裙上，好像他要在胸口挖洞似的。"只因为他是维特罗佐·维特里的手下。"

所以，他认识他们俩，并且显然对维特罗佐·维特里更熟悉——他通过派遣使者去伊莫拉以最隐秘狡诈的方式阻碍和平谈判，在所有的雇佣军中受益最多。但是大师确认了我对奥利夫奥托先生的怀疑，仅仅是因为他没有想到我会直接地质询，但是他不会再如此轻易地回答我的问题了。因此，我只是简单地说："大师，非常感谢！现在你可以让我走出你家的门吗？"莱昂纳多无声地引导我走下吱吱作响的木楼梯到了入口的门廊。当他在那个巨大的橡树门停留时，眼睛在我身上的各个地方游走，好像检查我的皮下组织一样。最后，他弯腰开了专供人通行的门上的锁。

"大师，"我说，"有人花了很大的心思将两个不幸的女人切成小块，并遵照您的地图放置，他这样做是想让其他人因他的罪行而受惩罚。这个推测不正确吗？"借此分析，我的暗示是很有用的——维特罗佐·维特里一旦成功地在谈判中占据上风，可能就会找一个替罪羊，给那些导致协议推迟的罪行——这个厄运很可能降临到我和公爵的总工程师身上。

莱昂纳多推开门，目光仍停留在我身上。"无论何时，只要好运进入一个屋子，忌妒也会困住这个地方。"他眨了眨眼，带着回忆时的表情，"而且忌妒最主要的武器就是诬告。"

背后的门一关上，我就匆忙通过小巷跑到大房子的背面。梅瑟·尼可洛仍忠实地守在梯子旁，雪落在了他的头和肩膀上。看到有人从拐角处过来他十分吃惊，立刻放下梯子，直到看清我的脸。按我的装束看，我更像是大师的仆人或亡命徒。我拉着他的手快步走到街上，在回亚壁大道前都没放慢脚步。

"发生了什么？"他说，"我看到光亮了，你惊动了整个屋子？"

我放开他的手，告诉他我在莱昂纳多大师的书房里看到的一切，直到走在艾米利亚大道的半路上了我才复述完："这个屠夫在莱昂纳多风向图的圆内外各做了一个正方形，全都像一个鸡蛋紧紧咬合着它的壳。大师相信，这样做的人会由于忌妒或是竞争而努力控诉他。"我回忆起瓦伦蒂诺是如何赞美莱昂纳多关于罗马的计划。可能雇佣军——那些只知道破坏艺术的男人，既害怕又忌妒这个总工程师，因为他威胁说要建立一个人人分享和平与繁荣的新城邦。"这可以解释为什么这个凶手如此忠实地按照大师的地图行事。"

我等了十多步路尼可洛才做了评论，厚厚的雪花凶猛地飞向我的脸。"是的。这个人对莱昂纳多很感兴趣，"他冥思着说，"忌妒？可能是。但我倾向于一个不同的观点：凶手更关心自己的娱乐——一种来自于迷惑我们全部人的乐趣。每一次看他做的这幅素描，就更难明白他的意思。"他把雪从杂乱的头发中摇下来。"不，他不希望通过错误的控告埋葬大师，而是希望他卷入一个可怕的游戏。"

我不能听这个。"现在你在想象，"——我的声调陡然提升——"屠夫和大师坐在一起玩特里谢塔什？"

尼可洛谨慎地看了我一眼。"你回忆一下，莱昂纳多大师曾告诉我们，他是被农民告知才到我们今天发现残骸的地点。但是从你刚才告诉我的情况看，莱昂纳多仅根据他关于第一个地点的测量就推测出了其余四分之三部分的下落。"

"有了正方形的一个点，"我避开一个充满泥浆的小洞，不耐烦地说，"他可以测量到其他三个，知道它们在风向图中的位置。"

"是的，正是如此。第一个受害者的遗骸被置于风之角上。这个凶手花钱请农民报告它们的位置并且要求不要弄乱那里，使得它们可以准确地以那样的图案被发现——而莱昂纳多大师肯定能认出那图案来。农民也会把我们今天打开的地穴告诉瓦伦蒂诺的部下。但是凶手并未让农民报告他埋葬其余四分之三遗骸地点周围的食腐动物。相反，他想考验莱昂纳多，看他能否发现新几何图案。"这时我们拐上通往城堡的路，虽然在雪幕中看不见城堡，"你看到了吗？通过第一个受害者，他建立起游戏规则。而通过第二个，他邀请莱昂纳多来和他对战——因此，在莱昂纳多完成他的测量，发现内含他自己的圆或是风向图的新正方形，并且找到通往它们的路前，它们不会被破坏。"

我几乎要告诉他甘迪亚公爵的护身符，并由此毫无疑问地证明这个看似没有意义的"游戏"是为了阻止梵蒂冈的愤怒——甚至还将错误的怀疑置于瓦伦蒂诺的总工程师身上。然而我只是评论了梅瑟·尼可洛可疑的方法，希望不要再听他的理论了："正如卢克莱修所说，'我们从很小的迹象中得出较大的推论，并将自己带向欺骗和迷惑。'"

他笑了，即使他是开玩笑的，我也并不意外。

快抵达我们的房子时，我们走过供人通行的小门进入马厩，发现里面的动物挤成一团以抵御寒冷。进入庭院后，我抬头看向百叶窗——它们紧闭着，除了卡米拉房间的灯，透过缝隙发着光亮，令人安心。

几乎就在百叶窗的正上方，一个动作吸引了我的眼球。透过落雪我看到一个东西栖息在屋顶的脊上，很像巨大的仓鸮幽灵般苍白的脸。几乎一瞬间，这个巨大的鸟就消失在灰色的天空中了。

"你看到了吗？"我转向尼可洛问道。

尼可洛窜入楼梯井，我只能带着彻底的困惑看着他跳上楼梯消失在平台上。

由于某种原因，我看着自己的脚。两双脚印通向楼梯井，第二双是尼可洛刚刚留下的。我跟着他向上跑，完全感觉不到我的脚与台阶接触。门打开着，我可以直接看到卧室，床下的小桌子上蜡烛仍在燃烧。突然，尼可洛出现在卧室的门槛上，脸和我刚才看到的仓鸮一样白。

　　我跑向他，尖叫着："告诉我她还在这儿！"

　　尼可洛把我往后推，就好像我是入侵者。他用放在我脑后的手把我的脸埋在他的斗篷里。除了那两个女人被屠杀的废弃农房外，我什么也看不见。

　　"她还在这儿。"他说。曾经，我和卡米拉一块攀登埃斯奎林山，参观古代尼禄金殿的废墟，在巨大的回音室里呼叫对方。尼可洛的声音就像那时一样空洞而遥远："你不能进去。"

XII

如果没有梅瑟·尼可洛，我想我熬不过漆黑无比的长夜与接踵而至的白天。一开始，他让我远离卧室，虽然他知道这样做会让我痛苦难安。后来，当我陷入无限悲痛时，尼可洛为死者做了一些生者必须承担的义务。因为我着实不敢跨出房间，我就睡在尼可洛房间里仆人的吊床上，并依靠他给我带来衣服和其他生活必需品。

第二天，我开始尝试恢复往常的精神状态，尼可洛在一旁鼓励着我。他将铜浴缸从我房间里搬过来，并让看守取来热水。随后，他留下我，自己去照看骡子。而我则让自己慢慢适应这个卡米拉已为我清洗干净的小浴缸。我很感激她做的这件事，她为了我不辞辛劳。然而，我几乎和伊莱克拉特一样懊恼，因为包裹着我的只有这金属的躯壳，而不是天使那充满爱的翅膀。所以，虽然水温渐凉，我却仍坐在浴缸中，将它当成保护我不被悲伤击溃的盔甲。

如果尼可洛不来找我，我大概会永远待在这里，像婴儿蜷缩在子宫里一样。"别藏了。"尼可洛说道。我依稀感觉他正忙碌着。他把毛巾递给我："你得自己穿好衣服。"

我站起来，并不关心是否有衣蔽身，但是尼可洛早已退出卧室。我没有擦拭自己仍湿漉漉的身体，便直接将替换衣物套了上去。而当尼可洛转头看过来时，我仍站在浴缸里。他随即抓起几条之前被抛在地上的毛巾走了进来，并要求我转身背对着他。他开始帮我弄干头发，就像卡米拉一直做的那样。

"你了解女人，梅瑟·尼可洛。"有人似乎曾这么说过，我认为事实的确如此。几乎每个男人都渴望得到女人的身体，却很少有人知道如何去真正了解女人。然而，让人惊讶的是，你家族中的男人们都属于后者。毫无疑问，你继承了这项家族遗产。

"你了解女人，不是吗，尼可洛？而且不仅仅了解你的妻子和姊妹们。"我们两人悲伤地守着夜。从对话简短的追问中，我了解到许多关于他的事。他有个年轻的新娘，来自一个富裕的家庭，却只带了很少的陪嫁。我们能看出这个娇惯的女孩为什么不能和尼可洛在贫困中继续热烈相爱。确实，他的妻子玛丽埃塔，拒绝给在伊莫拉的他写信，尽管他们已经有了一个不到一岁的女儿。

尽管没有从睡在身旁不再青春貌美的新娘身上得到慰藉，尼可洛却从其他女人那儿得到了。"你了解我们。"我用传达神谕般的声音继续说道，"你注视着我们，如同一只觅食的鹰，等待着那个时刻……"

我看着他。我灵魂的伤口似乎再次撕裂，流出的不仅仅是悲哀和愤怒，还有一种渴望，一种自你父亲去世后我都没有回应过的渴望。

我低下头——这是我惯用的端庄邀请——并注意到衣服的后摆垂进了浴缸，湿了。我将它揉成球状拧干，任凭水从我的腿间滴落。

当我抬头再看尼可洛时，我希望他刀锋般锐利的笑容能变得温情脉脉，且饱含肉欲。但是，他的眼底闪烁着诱惑。以前，我总是觉得这些饱含欲望的微妙表情是对我虚荣心的最大肯定——并且，因为尼可洛之前的冷淡，此刻，我的感受更加强烈。他的身体只是摆出了一种同等微妙的姿势，而我则像一个嗜酒的女人将其吞噬。

我们唇间的距离不及手掌宽。我轻声说道："这一刻我属于你。"我禁不住颤抖起来。

我能感觉到他叹息中蕴涵的一丝温暖。当他闭上眼时,眼睛依旧在微微颤动。

然而,他又睁开了双眼,我只能从那里看见怜悯。

我像祈祷那样闭上双眼。"尼可洛,我是一个骗子、小偷和妓女。"我用无限疲惫的声音表达忏悔,"我爱的人都会被命运诅咒。出于对我的怨恨,她会把一切夺走。"

我希望他能在意那警告,但是,他依旧站在那儿。"把自己擦干,"他说,"穿好衣服,到我被子里来。"我不解他为什么不从我的房间拿厚点儿的被子。"我去弄些汤来,我们可以在火盆上把汤煮一煮。"

尼可洛关门离开后,我蜷缩起来,空气中只有我单调的心跳声。在随之而来的寂静中,我发现如果我死在罗马格纳,那么我刚刚说的话会是仅有的墓志铭。我这一生所有爱过的人中,只有你能孤单地活下去。但是,作为你祖父家中的一名囚犯,我的身后将充满质疑和愤怒。

正是这个想法给了我踏出冰冷浴缸的勇气。我开始从痛苦的深渊往上爬,并一步一步从地狱的深渊走向令人治愈和遗忘的睡梦中。

第三天,我开始找回自己的理性和目标。在一个临近市中心、古老而又小巧的本笃会教堂里,我们举办了葬礼弥撒。我为此准备了五十磅精美的蜡烛。我们将她埋葬在教堂钟楼的影子里——在那里,古老的墓碑像老妇的牙齿拥挤地排列着。在我们将亲爱的卡米拉的身体放入圣地前,我把尼可洛拉进石匠店里一条阴暗且肮脏的拱廊。这家石匠店位于公墓对面,而石匠们正在这儿为卡米拉的墓碑上雕刻诗句。诗句是我从彼特拉克的诗集中摘录出的:"她勇敢而可爱的灵魂向我们走来,带我们走上直通天堂的道路。"

我打开斗篷，从脖子上取下一个东西，将它放进尼可洛冰冷的手中，嘱咐他将其放进灵柩。我不忍朝那个橡木匣子里看，但我也不想让我亲爱的天使遗体旁缺少家庭的信物。

"你可以看看它。"当尼可洛合起手掌握紧那个小小的项链时，我对他说，"它连着一个刻着乔瓦尼幼时肖像的浮雕。"在我们守夜的时候，我告诉尼可洛很多关于你的事。但是，我没有告诉他你的父亲是谁。

尼克洛盯着我看了一会儿，在他要离开时，我拉住了他。"最亲爱的尼可洛，"我直视着他说，"教皇陛下发配我时，在梵蒂冈扣留了一个人质迫使我配合。我的乔瓦尼，我的儿子，就是教皇用来逼迫我在这件差事中合作的人质。我应该早点告诉你的。现在，我知道你的小女儿也同样处在危机之中。"我知道他十分思念他的宝贝女儿。"我不能再要求你，用你对她的希望为我冒险，即便是为了我的儿子。"

尼可洛抿着双唇，鼻子呼呼出着气，我不确定他正痛苦地背负着怎样的情绪。但是在他转身并开始从参差不齐的墓碑中寻找道路时，我有些明白了。

❀

葬礼结束时，我告诉尼可洛："我不能再回去了。"当然，我指的是卡米拉死去的地方。我挽着他的胳膊，走在通向伊莫拉中心广场的路上。这儿聚集着形形色色的人：许多工人正穿着破旧的斗篷开挖运河，虽然他们的人数和外国商人以及富足镇民的数量差不多，但是无论他们的衣领、翻领，或是帽子，都装饰着黑色或白色的貂毛，而且他们中的很多人身后都跟着穿亮色长筒袜和短夹克的男侍者或布拉维；女士们也在广场上，不仅有蜡烛店里的女孩，也有穿金戴银的妓女们；瓦伦蒂诺的士兵随处可见，他们脸颊通红，穿着铁甲，倚在德国制的长矛上。

"他们相信会有事发生。"尼可洛说，"他们听到了瓦伦蒂诺将很快离开伊莫拉的谣言。"

"这些谣言是真的吗？"如果真是这样，我将被遣送回罗马，面临更加悲苦的命运，"他要去哪儿？"

"我觉得，"尼可洛说："当维特罗佐·维特里开始全面让步时，瓦伦蒂诺将会从伊莫拉撤军，带着部队去南方与雇佣军会合，并着手准备春季行动。当维特里让步时，我们佛罗伦萨人将会失去一切——金钱、生命和自由。"

"你很确定瓦伦蒂诺会让维特罗佐·维特里吞并佛罗伦萨吗？"

"真希望我不这么肯定。维特罗佐掌控着一些阴谋家——奥尔西尼和奥利夫奥托·达·菲莫只听从他的指挥。三年前，佛罗伦萨雇佣了奥尔西尼的兄弟保罗，从反叛分子手中取回比萨城的海港。而当时这些反叛分子的雇主就是米兰公爵——与之前的罪犯类似，他先邀请法国人进入意大利，并最终使意大利人成为瓦卢瓦王朝的奴仆。当城墙被攻破后，步兵都在等着冲进城内，保罗·维特里却打算暂停这场袭击——这是个无法用常理来描述的决定，除非我们把他从米兰公爵那得到的贿赂考虑进去。结果，比萨城的背叛者们修复了城墙，我们却没能收回海港。我们中倒有一些人有勇气去观看保罗·维特里因叛国罪而被处决——但从那时起，除了让佛罗伦萨毁灭外，维特罗佐·维特里已没有任何信仰。"

我们走进一个露天厨房，在一堆熊熊燃烧的木炭上安放着一个巨大的铁烤架。一个穿着牛皮围裙的厨师正用一些在烤肉叉上哗啵作响的鳗鱼诱惑着我们。

"我相信为了实现他的这份和平，"尼可洛向卖家点了点头，继续说道，"瓦伦蒂诺将被迫在条约里添加一些附加条件——将佛罗伦萨卖给维特里。"

我停下脚步，转向他。我曾认为佛罗伦萨的沦丧是瓦伦蒂诺的条约导致的，但却从未想到，佛罗伦萨将会是这个条约的附加条件，并且如果没有它，维特罗佐·维特里就不会签约。这一被揭示的真相伴随着耳中一阵刺耳的巨响出现在我的脑海：佛罗伦萨自始至终都是维特罗佐用来敲诈的"附加妥协"，用一种最无以言表的残忍方式。

"并且你明白，"尼可洛说，"维特罗佐·维特里和奥利夫奥托·达·菲莫将以向加普亚允诺的形式进入佛罗伦萨。"

"加普亚？"即使在特拉斯提弗列，这个扼守通往那不勒斯关隘设有重防的城市，也逐渐在闲言碎语间变得人尽皆知。并且，这个名字正变得令人恐惧。

"瓦伦蒂诺去年曾带领一支人数可观的军队去对抗加普亚，"尼可洛回答说，"在他父亲的指挥下，这个教皇策划了一个阴谋——他们以那不勒斯为代价，换取法国和西班牙同盟者的军事支持。尽管瓦伦蒂诺是名义上的指挥者，但大部分在加普亚的战士是来自加斯科和德国的雇佣兵。当城墙被击垮，这个城市陷入火海，成百上千手无寸铁的平民被赶到大街上，或被刺，或被劈……男人……女人……孩子，都没有差别，十分残忍。"尼可洛摇着头，像在拒绝看到这些场景。"我们现在目睹了公爵是怎样绞死趁乱打劫的士兵，同时，他还让他的士兵远离罗马涅大区的要塞。然而，即便他想这么做，也不可能完全约束那些雇佣军，因为他不可能去加普亚。当瓦伦蒂诺和佣兵们完成谈判时，他们将会把他的灵魂送进地狱。"

我的耳朵依旧嗡嗡作响。我说："或许瓦伦蒂诺相信，他对和平和公正的追求会掩盖这些荣耀上的污点。"

"我最担心的是，"尼可洛道，"公爵会以另一个加普亚为代价，换取这样的和平。"

✳

一路继续着令人忧伤的谈话，我们走到位于广场远端的古老公民宫。田园风格的石砌建筑物下方，身着泥色头巾的劳工和工匠们围成了一个小圆圈，圈子中心是一个坐在街角的酒箱上讲故事的人。他弹着琵琶，手舞足蹈，像个木偶，唱起一首人们耳熟能详的歌谣。歌曲描写的是一个叫做吉尼芙拉·德利·艾米瑞的佛罗伦萨女人——她富有的丈夫误认为她已死于鼠疫而将她活埋。歌者通过传神的模仿，唱出了她丈夫虚假的悲伤。之后，歌者甚至更加传神地演绎了灵柩里的吉尼芙拉——他手抱琵琶，保持站姿，眼睛紧闭，身子僵直。他的表演如此逼真，以致人群中出现了不安的骚动。当他迅速睁开双眼瞪着一个想象中的墓碑时，人们方才长舒了一口气并欢呼起来。为了达到同样的效果，他继续惟妙惟肖地扮演吉尼芙拉从墓穴中逃跑，并展现出她决心再也不回到丈夫家中的这一幕。终于，在她的第二次生命中，她找到了归宿——一个穷苦的男人，一个她永远真诚爱着的男人。

表演结束后，我们穿过挥舞着帽子欢呼的人群。我悄悄对尼可洛说："柏拉图认为，人死后，灵魂会转世投胎，因此我们可以自由选择来世的生活。然而，为了避免重蹈前世的错误或者因为邪恶的念头，我们常常做出不明智的选择。"这些话让我获得了些许安慰，因为卡米拉或许已选择了来世生活在一个永远不用离开的家中。

"先前富有的时候，"尼可洛说，"我服务于不多的主上，这些人都有出众的智慧与勇敢。"他淡淡的微笑和他的双眼一样让人难以捉摸。

"尼可洛，如果此刻你就可以从这里离开，就像吉尼芙拉·德利·艾米瑞那样重新开始生活，你会怎么做？"

他闭上双眼，模仿着死去的吉尼芙拉。我担心他会把这个问题视为一个需要重建理性的女人带给他的又一个诱惑。

但是此刻，当尼可洛再次看着我时，我却从他眼中看到了完全不同的答案。

我们继续走着，不久就进入一家旅馆，一大群服务员正穿着马靴和短马甲在马厩前乱转。穿过那群人后，尼可洛向我们来时的路回看了一眼——自我们离开广场后，他已这样回看了多次。

"你认识他吗？"尼可洛将我拉到一边，用头示意着一个高而健壮、身着黑貂领长风衣的男人，就在我们身后大约二十步远的地方，站在药剂师小铺的凉廊下。小铺里的烧杯和药水瓶在桌子上发出耀眼的光芒。奥利夫奥托·达·菲莫先生正摩挲着沙黄色长卷发上的小天鹅绒帽子，对他的意图毫不掩饰。他微笑着，嘴边露出伤疤般深深的皱纹。

"是他，就是他杀了我的天使。"我发出神谕使者般的声音。但是尼可洛已经挡在了我的面前，他的手就像老虎钳一样扣住我的双臂。

"即使他这么做了，"尼可洛咬着牙说，"你现在也不能在这里了结此事。"他一边嘟囔一边把我向后推，我愤怒地呜咽着，反抗他的阻挠。"我们要收集证据来对付他。就算你现在就和他对质，对卡米拉和你儿子也没有任何益处。"

我们没有再说话，直到进入马厩。尼可洛审视着我，他的脸通红，喘着粗气。"为什么你会认为是奥利夫奥托·达·菲莫杀了卡米拉？"

如果尼可洛需要并值得被告知真相的话，此刻正是恰当的时机。"尼可洛，正如你猜测的那样，这和甘迪亚公爵被暗杀有关。教皇陛下赐给他儿子的护身符被放在这个女人的手袋中……"我努力抗拒着一个个袭来的画面，"在胡安被杀的那晚，护身符才从他的身上被拿走。"

他轻轻点了点头，但是我几乎能听见他大脑思考的声音——可以说，就像磨石转动一般吱吱作响。"所以教皇的确相信是雇佣军杀了他的儿子。"

"我相信教皇内心知道是他们做的。"我说，"但是他却极力逃避这个事实。一旦他接受这个真相，那么就必须承认是他亲手将挚爱的儿子送入了虎口，是他让胡安去攻打奥尔西尼和维特里的。"

尼可洛低着头，不让我从他眼中看出可能的控告和怀疑。"是的，在甘迪亚公爵被杀时，奥尔西尼或许希望教皇维持和平——即使甘迪亚没有任何成就，保卫他们的土地和要塞已经成为明显的负担。事实上，奥尔西尼将这些土地的繁荣看得重于一切，而维特里所做的反抗是为了对付奥尔西尼，因为在罗马他们没有需要保卫的财产。所以说，波吉亚和奥尔西尼间的战争只是为了他们自己的利益。"我的印象也是这样。"奥利夫奥托·达·菲莫是维特里一手带大的——菲莫像孤儿一般由维特里照料，而维特里对他则像对亲生儿子一样。如今，菲莫娶了维特罗佐的女儿。"我曾听说他们实际上不是一家人。"甘迪亚公爵被杀时他在罗马吗？"

"我不知道。"

"他真是够坏的。"尼可洛小心翼翼看着我，"我以为你知道他舅舅的事呢。"

"我知道，奥利夫奥托·达·菲莫几乎如加普亚一样臭名昭著。但是在特拉斯提弗列，想得到详情很难。"

"今年初，在同维特里起义不久后，奥利夫奥托便回到家，设宴表示对舅舅和这个城市其他领导者的尊敬。宴会结束后，奥利夫奥托邀请舅舅和客人们进入一个小房间，享用秘密的饭后甜点……"尼可洛大声地叹了口气，"聚会中，他们都被杀害了。接着奥利夫奥托的党羽们去了这些绅士们的家……"他双手抱着头，好像正为这些人的罪恶忏悔一样。"毫不夸张地说，奥利夫奥托成为唯一合法的菲莫城君主后，已不再惧怕任何挑战。"

尽管尼可洛未能明言，我也知道奥利夫奥托对那些上层贵族的孩子进行了清洗。然而，我还是猜不到那些他不想让我知道的事。

我只能在脑海中想象出一片灰色的大陆上，断壁残垣随处可见，一切都燃成了灰烬。这是奥利夫奥托等人野心造成的恶果，实际上，教皇也是这类人。

"尼可洛，我带着一个简单的信念来到伊莫拉。"我十分迫切地说着，好像只要坦承了那份信念，我就能忠于它一样，"我认为杀害教皇儿子的雇佣军同样谋杀了那个贫穷的女人。我一定会找到她和这些恶魔间的联系。当我和卡米拉带着这些证据回到罗马时，我可以用这个秘密去赎回我的宝贝儿子，并离开教皇，然后找那些真正应该受到惩罚的人复仇。"

我停下来，因为啜泣几乎使我无法呼吸。尼可洛扶着我，而我痛哭着、喘息不止，好像要吐出自己的整个灵魂。等我哭完，一切似乎都烟消云散，我能想到的只有这个事实——我的儿子正在罗马等着我。可能这个男孩还不知道，在他祖父迷人的笑容和美妙的诺言背后，隐藏着魔鬼般的阴谋。

最后，我擦干了眼泪："尼可洛，我得学会在哪里跌倒就从哪里爬起来。"我是指我自己的房间，"你不需要再对我隐瞒真相了，现在正是说明你的发现的时候。"

XIII

我看见尼可洛拿出钥匙打开门，他应该是为了保护我的东西才上了锁。微弱的光透过百叶窗照射进来。地板上放着一篮子木炭，旁边是一箱酒，酒瓶子还被稻草覆盖着。煤块在火盆中早已燃成了灰，屋里似乎比街上还要冷一些。

我走到房间门口，站了一会儿。"把它打开吧。"我对站在百叶窗下，似乎正等着我允许的尼可洛说道。

我们的桃木行李箱依然被放在床脚的地板上。卡米拉的箱子带着蓓什特·格里塞尔达的画像，这种侧面绘有精美图案的箱子十分适合她。而我的箱子则画着圣乔治刺杀龙的场景，我一直十分喜爱这个故事。床的右侧有一个二手的壁橱，上面放着蓝色的陶罐、毛巾、梳子和化妆匣。窗户下的一张小桌上，黄铜烛架几乎被凝固的烛蜡掩埋。卡米拉那本彼特拉克的歌曲副本依旧摊开着——我一看见这本小书，眼泪就在眼眶中打转。

显然，除了把那个棉花床垫从床罩下取出，尼可洛非常小心地没有触动任何东西。我指着床上的垫子，说不出话来。

"是看门人烧毁了它。"

我盯着尼可洛，却发现他那憔悴痛苦的表情简直和我如出一辙。"告诉我吧。"我说，"对于我们两个人来说，现在是时候了。她没有被剁成几块吧？"

他的脸色几乎像那天夜晚一样苍白："她的头……"

"我知道，尼可洛。"当他坚持不让我见她时，我就已猜到了，"像那个女人吗？"我指的是那个我们在橄榄丛中找到一半躯体的女人，她的脖子被划开，伤口干净而整齐。我希望这令人恐惧的慈悲也能发生在我挚爱的卡米拉身上。

"他只用刀切开了她脖子的一部分。剩下的……那些都被撕扯掉了。"

我剧烈地颤抖着，觉得自己要像木偶一样瘫软下来。这个怪物几乎撕掉了她的头。"他是一个有力的男人。"我一边说着，一边想起了奥利夫奥托先生巨大的手掌，"还有……还有其他的吗？"

"他没有脱掉她的衣服，更不用说给她涂抹药膏了。他……卸掉了……她的右臂，就像对她的头所做的那样。首先切掉一部分……接着……"

我倔强地在脑海中描绘着当时的场景。"还有其他的吗？"

"没有了。他没有在她身上留下任何物品和痕迹。"

"但是他拿走了她的头，还有她的手臂，那条带着其他信息的手臂。"我对自己观察到的这一点非常惊讶。

尼可洛点着头。他的眼神有些游离。

"怎么了？"我朝他大叫道。

他把话咽了下去，就像是那些话语卡在了喉咙里一般。"如果你把可怜的卡米拉的被杀和前面两起谋杀看成是同一个性质，我觉得你会误入歧途。"

"你疯了！"我尖叫起来，"你就不能相信这一点吗？它们之间没有联系？"

"它们之间有联系，但却没有必然性。我甚至认为那不是同一个人所为。"

最后，我不想再听尼可洛说下去。然而，我忽然想到，他曾目睹这间房子发生悲剧后的惨状——并且现在被迫去再现它——

他或许比我清醒。"你为什么会这么想呢，尼可洛？"

"因为前两个谋杀案的凶手很谨慎。即使是外科医生也不会切割得这么精确：乳头被小心地割下来；皮肤上涂抹了药膏。那些留在公告板上的谜语，那些用莱昂纳多的地图折成的几何图形——"

"你已经注意到这些了。"

"他们启发我找到凶手的意图。"

"对他来说，折磨和激怒教皇是必要的。"我说，"或者，如果你十分肯定你最近所想的话，他只是想引诱我们进入他残忍的游戏。

"现在看来，他不仅仅将这个视为游戏。他想要的是虚荣。他用鲜血策划了这一切，能和任何绘画、雕塑或建筑大师比肩。我们是他的观众，必须敬佩他的才华和成就。"

"教皇才是他的观众。"我回到最初的念头上，"他并不关心其余的人。"

"不。刚开始时，他就对教皇和莱昂纳多都感兴趣。现在……正如你那天所看到的，他正在观察我们。恐怕，他正观察着你。"午后的太阳一定已从云后露了出来，因为阳光正从对面的屋顶反射过来，灿烂的阳光照在尼可洛的头上。"一旦他知道了你，他会派人来搜索你的房间，寻找关于你的东西。"

"他'派人'？"

"他肯定不会亲自做这件事，就像画家工作室的大师一定会雇佣助手或学徒一样。由于这项工作的特殊性，他可能只会雇佣一到两个人。模仿魔鬼的人肯定也是魔鬼。我猜他的助手们会帮他勘察野外，帮他把尸块丢弃在风向图的几个点上——就跟莱昂纳多和他的随从们没什么两样。"从他的表情来看，他或许已经闻到了腐肉的味道。"他的助手肯定事先帮他绑架了这些可怜的女人。"

我用手捂住双眼。"他打算把我的卡米拉带去那个农舍，但是卡米拉挣扎着不让他把自己带出这个门。魔鬼也不强迫她，她一定曾反抗过……你找到她的刀了吗？"

"没有。刀可能被他带走了。但是你得记住：凶手是因愤怒杀了你亲爱的朋友。因为他不能对她做他想做的事，因而他无法完成雇主交予的任务。他背后的雇主是不会允许他……"尼可洛举起双手，像一个正在祷告的神父，"这个邪恶的大师没有怒而杀人。带着对受害者的漠视，他的谋杀行动都是精心策划的。我认为他杀人时没有任何激情。"

我忽然觉得异常疲惫，一下子瘫软在小桌边的那把古老的扶手椅里——在我美丽的卡米拉与我们这些可怜又可悲的罪人一起度过的最后时光里，她有时会坐在这儿。

"尼可洛，我知道他是谁了，我看过他的脸和眼睛。对我而言，如果他当真杀过人，那他杀人的理由对我来说一点也不重要。"我尽量保持平静，"现在我需要的就是证据。或许莱昂纳多会从那些几何图形中找出些线索——一些能够指引我们找到……那些头颅的关键线索。"或许还能找到我可爱的卡米拉的头颅。"寒冷利于它们的保存。当我们找到第一个女人的头颅时，我们就会知道。然后，我们就可以将这些魔鬼和他们所犯的罪行联系起来了。"

尼可洛飞快眨了眨眼："不。莱昂纳多的测量轮、地图和几何图形不会给我们提供任何线索。我们现在要做的是探索他的心，看他在想些什么。无论这个团伙的主谋是奥利夫奥托·达·菲莫还是其他人，我们必须先弄清对方所想。"

我们生活在一个充满非凡发明的时代，即使是籍籍无名的大臣，也能站在前人的肩膀上激发出人类智慧的极限。在看过莱昂纳多解剖学的画作后，我觉得这位大师比起梅瑟·尼可洛来更有可能在人体内行走一圈。

"谢谢，非常感谢，我亲爱的尼可洛。"我对他说，"你为我所做的一切，我感激不尽。对米卡拉而言，也是如此。我会永远感激你的。"我站起身拥抱他,尽管这时,我的肩头像是背负着整个世界。"现在,我必须设法让自己面对悲伤。"

尼可洛谨慎地看着我。或许他对我理智的关心程度,就像我对他的一样。他张开嘴想要说话,但却没有出声。随后,他闭上了眼,转过身离开了我。

※

当我又坐下来时,我已不在那个房间里了。就像西门尼底重建他记忆中的宫殿一样,我走回到我们在特拉斯提弗列的小花园,那是我挚爱的卡米拉两星期前还深深牵挂的地方。她已经在等我了,就跟我们第一天到这儿时一样,那天距你父亲被杀大概八个月。那时,我们不会在同一屋檐下逗留超过三个晚上,我们混迹在我做生意时认识的各种女士中间。我们有时躲在仆人睡的衣柜里,有时躲在楼梯下的厕所里。我们不停地挥手告别,因为女主人们经常无法抵挡住诱惑——那诱惑来自于你祖父数目惊人的不义之财。在你出生的第一天,卡米拉在特拉斯提弗列为我们找到了避难所。她把我们藏在死尸和发臭的牛皮下,用制革工人的手推车把我们送到那里。由于接生婆没有时间处理胞衣,又不想让它缩回去影响我的身体,我只好用一根绳子将胞衣系在大腿上。那一天,这个小小的花园对我来说就像是蒙难地。我确定你祖父的人会追踪我们到这里——一个和我们逃离的世界同样诡异的地方,这里黑暗而混沌,树被葡萄藤缠绕着,像老鼠的巢穴一般。

然而卡米拉把我们从蒙难地带到了伊甸园。我记忆中的园子是这样的:在漫长的春日里,我们锄草、修剪、种树栽花,铺出一条石砾小道,并且敲打出一个属于我们的小棚子。我们看着你一天天地长大,我们的小男孩也变得越来越像他的父亲。

我在花园里一直待到薄暮升起,冷风吹得身边桌子上的书页沙沙作响。几年前,我把这本彼特拉克的小诗集送给卡米拉,她在那些喜欢的诗句上留下了小小的圆形花状墨迹。我看到她为这句话做了标记："希望时光能淡化我那甜美的欲望……"

我站起身关上百叶窗，然后躺在光秃秃的床垫上，将有毛皮衬里的大衣盖在身上。我觉得我没有睡着，但是，我似乎从一个梦漂泊到了另一个梦，梦里充满生者、死者和遗憾的面孔，他们层层叠叠，不断浮现。

我只记得最后的一些画面。我在我可爱的卧室里，俯瞰着维德邦其大街。一个男人站在百叶窗前，太阳把他变成了一团光芒，像金黄色的火焰般炙热而闪耀。他缓慢地转向我，虽然无法认出他的脸，但我知道他是胡安，因为他通体都是被刀刺过形成的深长的暗色伤口。阴影穿过这些伤口，迅速凝结成黑色的血。

我挣扎着想清醒过来，但是一张苍白的脸靠近了我，他用手遮住我的嘴使我无法呼吸。我想，他是在悄声对我说："我想听你唱歌。"

接着我听见自己的尖叫声，一个念头占据我的大脑：这不是一个梦！

XIV

压在我嘴和鼻子上的重量似乎比羽绒枕稍重一些，但仍使我不能呼吸。一个声音轻唤着我的小名，我已经很多年没有被这样叫过了。我想这是胡安在唤我回到梦里，回到死亡中。

"黛米，黛米。不要叫。我是西泽尔。别叫。"已为全欧洲所知的瓦伦蒂诺将手从我的嘴上挪开。

"圣母玛利亚。"我喘着气说。我依稀辨认出那张颇有特色的脸——那脸长而严肃，但又十分俊美，我感觉就像基督亲自坐在我床边。

"我不得不像强盗一样破门而入。"他低语的声音有些刺耳，甚至令人害怕，"看守正在睡觉。我不能冒险引起他的注意。"

"为什么？你是公爵啊！"

"我不能相信任何人，即便是我的父亲。这儿的看守是他指派的，我甚至不能派米凯洛托过来。黛米？"他脱去手套，用手背贴着我的脸颊，"你浑身冰凉，黛米，你这儿怎么一点热度也没有。"事实上，冰凉的是他的手。

"我记得她，你的卡米拉。她是那么可爱、又充满活力。如果可以的话，我愿意用很久前就不再相信的信念来安慰你。"虽然我只能模糊地看到他的脸，但是他的表情似乎突然变得凝重起来，"我父亲不应该送你来这儿。他应该让胡安安心长眠，并且

118

把孩子留给你。但是现在……"

他端坐着，身躯像站着一样挺拔。"当搜索队从河边赶回，告诉父亲已找到胡安的时候，他连回头看我一眼都不肯。"他的声音冷冰冰的。"我想这仅仅是因为他不能忍受命运宽恕了我，而夺走了他心中的最爱。我清楚地记得他再次看我时的场景。他不吃不喝，把自己关在卧室里五天。我带着一只蜡烛进入那个坟墓一样的房间，都快认不出他了。他的眼睛又青又肿，除了瞳孔，其他所有的地方都是青一块紫一块，就好像他曾尝试着把它们从眼窝里拽出来一样。"我能听见他发出的叹息声。"然而当他带着这些伤盯着我时，我有生以来第一次有了这样的念头：我的父亲正眼看我了。我立刻知道，他认为我是命运女神和凶手的共犯。"回忆中的瓦伦蒂诺双眼紧闭，但现在我能看见他眼中的微光。"有时候我觉得天下没有教皇不怀疑的人，直到这一天。"

"那么当务之急应该是让雇佣军负起责任。"

他摇着头，我不确定他的意思是不同意，还是决定放弃对公正的追求。"黛米，有些关于莱昂纳多地图的事情，我想你应该知道。直到十月中旬，大师才完成它。那时，我的雇佣军已经宣布叛变了。夏初以来，他们就没有来过伊莫拉。"

"那奥利夫奥托·达·菲莫呢？"

"一个星期以前，他才和保罗·奥尔西尼一起到了这里。"

我无法接受这一点。第一个女人的被杀至少发生在三周前。

"黛米，你明白我在说什么吗？我家里的叛徒，可能还不止一个。不是所有的背叛者都在十月份表明了身份。"

因此，尼可洛确实是对的：那个杀手——集团的主谋——招揽了一些帮凶。如果他们委托了一些人——那些人可能是瓦伦蒂诺的自己人——来办这些事的话，那么想要把这些罪行和雇佣军联系起来将会更加困难。

瓦伦蒂诺向我俯下身子，把两只手分放在我头的两侧，就像他要爬到我身上一样。"胡安自己不要求任何东西。"他轻声道，

"然而，他却对别人的东西念念不忘。他渴望着——索取着——他所接触的人身上的一切。一直都是这样，即便他死了。有时我想，教皇看见从天堂坠落的不是新耶路撒冷，而是复活的胡安。"

我低声回应他道："你也一样，渴望着一切。"

他举起右手，身体由另一只手支撑着，并用他的指背摩挲我的脸颊。此刻，他的触碰就像一个滚烫的烙印，硬生生将我带回那个我可以俯瞰维德邦其大街的房间。一个夏日的午后，骄阳把一切都变成了苍白的石头，整个房间和所有的家具就像被镶上了白色的红条纹玛瑙，甚至连我的床单和胴体都被染上了冰冷的光泽。

他的手指颤抖着。他的脸离我太近了，以致我都可以闻到他呼吸中带着的迷迭香味。"我知道一些你不知道的事，这些事情我甚至都没有禀告父亲。我觉得不应该告诉你……"他再次站起来，"这些事关乎一个女人，这个女人有胡安的护身符。"

心脏猛烈地敲击着我的肋骨，我问："你知道她是谁吗？"

"我不会告诉你她的名字，也不会告诉你她居住的农舍，或者小屋。你应该明白我为什么守着这个秘密——她是维特罗佐·维特里的情妇。"

"上帝啊。"看来，在我和他最后一次交谈时，他们就已找到了她的头颅。"你看见她的脸了吗？"

"没有，没有人找到那颗头颅。"他停了下来，像是为说出此事而感到愧疚一样，"但是我知道，维特罗佐在伊莫拉的时候，在方济会旁的妓院里有个女人。那是个乡村女孩。他喜欢把她们的脚翻过来看带着泥污的袜底。这个女人和一些其他的妓女是游戏中人。"

"你是说她们举办了戴安娜的游戏？"女巫的游戏。特拉斯提弗列——这个我在此长大的小镇，以及镇上的每一个人都了解巫术——女巫的信仰——和戴安娜的游戏。女巫将这些游戏称为集会。

"她们的游戏主要是夜晚围着小麦地赤裸着跳舞，并和自称男巫的耕童一起像狗一样发情。"瓦伦蒂诺说，"我不谴责她们，更不认为我们应该烧死她们。但是有人告诉我这些女巫的集会还包括占卜。"

"罐子里的魔鬼。"我说。据莱昂纳多的助手托马索所说，这种占卜会用到一罐水。"罐子里的恶魔。"

瓦伦蒂诺点点头。"这是她们的游戏之一。她们还会骑山羊，还会用麻醉药膏给人制造出一种神志恍惚的状态。"

回忆如洪水般涌现，混合着我们在那被诅咒的农舍里找到的小罐里的恶臭。

"女巫们相信，山羊是魔鬼的化身，骑在山羊的背上能让她们飞去很远的地方。"瓦伦蒂诺说，"莱昂纳多在所有的尸体上都找到了这种药膏，药膏几乎覆盖了她们的整个身体。"

"因此凶手用女巫的魔法来对付她们。就像一个小偷，用屠夫的刀杀了屠夫一样。"

他点点头："魔法在诱拐事件中确实起到了作用。"

"但是为什么呢？为什么不直接从后面打晕她，或是用手捂住她的嘴？为什么留下的是这些东西？地图、游戏、谜语……"所有的事尼可洛都注意到了。"并且还杀害了亲爱的卡米拉……为什么？"

"至于卡米拉，我不能说……我不知道。"他激动地摇着头，十分恐惧，"但是我想，女巫被杀不会只是为了布下谜语这么简单——就像你和莱昂纳多大师向我描述的那样。"他停了下来，就像下面的话会成为诅咒一般。"我觉得这两个女巫肯定知道些什么。"

"一些关于雇佣兵的事。"

我又听到一声叹息。"某些情况溯及胡安谋杀案，蹊跷程度甚至连胡安的护身符都无从护佑。"

"这些事是维特罗佐·维特里的情妇无意中听到的？接着，她告诉了团体中的朋友？那是一些需要她们共同守秘的事？"

瓦伦蒂诺站起身，盯着床边的火盆看了一阵子。"你得加点儿木炭了。"然后，他转过身朝百叶窗外看去。"这已不仅是战与和的问题了，这关系到我们家族的荣誉。我父亲为复仇已等了五年多。除此之外，他已没有任何其他念头……"他站得笔直。"我本该在当权时处理掉这些雇佣兵。但是胡安必须按照他自己的方式行事，一直都是这样。我们必须挖开他的坟墓，并带着尸体走上阿利桑达瑞纳大道。"他并不掩饰他的辛酸。"我不能再忍受了。我们必须得弄清楚这些女人知道些什么。如果胡安死了还得不到安宁，那么意大利也将永远不再和平。"

"你想让我去那家妓院看看能否有任何发现吗？"

"我不知道，我必须考虑下一步……"

忽然，他开始往门口走去，空气中只留下他回答的声音。当我听见门闩响时，我向他喊道："西泽尔，你父亲怀疑乔瓦尼可能是你的儿子。他对我说了很多，他说乔瓦尼将很快知道他的父亲是谁。"

我只听见门被关上的声音。

破晓之后，我穿过庭院。那个幽灵般的加松男孩给我开了门。尼可洛正睡在那个男孩的小吊床上，身上盖着斗篷，头发乱糟糟的，加上那副年轻的面庞，他看起来就像是一个可怜的、被人蓄养的男仆。

我习惯性地溜进卧室，将百叶窗打开一些，然后捧起桌上的书籍继续读下去。送往佛罗伦萨递交给尼可洛主上的邮件都不会放在显眼的地方。李维的《蒂托·李维的几十年》还是像以前一样摊开着，书页上有从一些书信里撕下来的纸片。根据这些纸片，尼可洛已经列了两个名单。第一个上面写着：

亚力山大·费雷

珀耳修斯

德米特里厄斯

苏拉

卡里古拉

尼禄

我记得前三个名字出现在普鲁塔克的《比较列传》中。至于其他的，苏拉显然是残忍的罗马独裁者，卡里古拉和尼禄是以堕落而臭名昭著的君王。在这个写满魔鬼名字的纸片下面，尼可洛写道：

享受

傲慢

虚荣

雄心

冷酷

敬畏

我困惑地摇头。我无法理解第二个单子的意思，我知道第一个名单说明尼可洛想要在这些历史上的恶棍中寻找凶手——那些已经死了很久的人，可能以某种方式返回，屠杀了……可能已经回来屠杀了罗马格纳的女巫。我觉得是时候叫醒尼可洛了。

"尼可洛！"

他差点跳起来，慌慌张张坐起身，一边挠着后脑勺一边扭身看着我。

"穿上你的夹克。"他睡觉时只穿着衬衫和长筒袜，"去我的房间吧，我有一件很重要的事情要和你谈。"

之前火盆里就放好了木炭，我用蜡烛点燃后，让他靠着枕头躺在床上。随后，我也躺上床，用外套和羊毛斗篷盖在我俩身上。我想，现在我要他做的事情，是之前我被悲伤折磨得神志不清时，我俩想都不敢想的亲密之举。

"你对我真的太好了，尼可洛。远远好于我这个罪人应得的，所以我必须得告诉你一些你应该知道的事。"我等着，直到我能直视他的双眼，"我的孩子乔瓦尼，那个在罗马等我的孩子，是甘迪亚公爵的儿子。"

尼可洛的眼睛丝毫没有掩饰他的惊讶。但我能感受到他身体的震动，就像人睡觉前的痉挛。

"此外，尼可洛。教皇陛下认为我和杀害我儿子父亲的凶手是同谋。正如我之前告诉你的，教皇陛下将我珍贵的孩子当作他的人质，并且，假使我不能证明雇佣军是杀害胡安的凶手，那他会很难再回到我身边。我告诉你这些不是想博取你的同情，也不是为了祈求你更多的帮助：我是想警告你，这样你就会知道我需要并且必须去承担什么样的风险了。我问你，尼可洛，你会为你的国家——这个把你送进虎穴、且毫不关心你和你女儿的国家，冒怎样的风险？这段时间，他们没有派给你一个人，也没有给你任何补偿，这样的国家简直太可耻了。"

知道最坏的情况发生时，人总会长舒一口气。听完我说的这些，尼可洛如释重负："我的酬劳永远都会由下一个信使带来——这个被商人和银行家主宰的城市中，许诺是我们记账的一种方式。他们巴不得我在拨款前死去。"

"尼可洛，上帝见证，我采纳了你在橄榄园中给我提的建议。现在我希望你也能听我的话，离开伊莫拉，今天就走。如果是为了钱，不管你想要多少，我都可以给你。任何正直的人都不会因为你放弃这个使命而指责你，它只能给所有佛罗伦萨人带来灾难。

回家吧，不管你的妻子如何，你可爱的小女儿需要你。"

"我对我的普瑞梅拉娜只有一个愿望。"尼可洛的声音如同弹奏着由我的悲伤和刺痛组成的琴弦，"这也是我可怜的父母对我的期望。我希望她能成长在自由的佛罗伦萨。"

我忍不住想要拥抱他。"尼可洛，"我低声道，"那个有胡安护身符的女人，是维特罗佐·维特里的情妇。"

"你怎么会知道这个的？消息来自莱昂纳多？"但他听起来毫不怀疑。

若是以前，我会让尼可洛自己推测，从而掩饰事实的真相，但是现在我直言不讳道："是瓦伦蒂诺公爵告诉我的。"我没有透露那场会面的情景，"他觉得她是方济会旁妓院里的妓女，或许第二个女人也在那儿工作。显然，她们属于同一个女巫集会。"

"是的。这个推断十分合理。"

"还有，尼可洛，你听说过骑山羊吗？"

他点点头。"我父亲在佛罗伦萨旁有一个小农场。当我还是孩子时，我听到房客们谈论女巫如何在夜晚飞去参加戴安娜的游戏，她们是骑在山羊的背上飞过去的。"

"从某种程度而言，那是一种昏迷状态。瓦伦蒂诺说她们会在身上涂麻醉药膏，气味就和你在农舍找到的那种药膏以及从那些女人身上闻到的一模一样。公爵认为这些麻醉药剂协助了绑架案。"

尼可洛转向了我，我知道他眼里带着疑问：为什么瓦伦蒂诺公爵直到现在才告诉你这些？但是，他是经验丰富且有涵养的外交家，因此才没有发话。没有发问的问题通常能得到最好的解答，何况他可能已经自己找到答案了：瓦伦蒂诺不信任他的父亲——并且不确定他父亲秘使的可靠程度。

我继续说道："尼可洛，我应该请求你的原谅，因为瓦伦蒂诺公爵和你一样认为这个杀手雇佣了一个帮手。第一件谋杀案发生时，奥利夫奥托·达·菲莫不在伊莫拉。据此我推测，他事先将阴谋的实施步骤像连环画一样画在纸上，他的帮手看画获得任务，然后付诸实施。"

"公爵同你一样认为，"尼可洛说，"奥利夫奥托·达·菲莫是犯罪集团的主谋？"

"瓦伦蒂诺公爵没有提出他的看法。"

尼可洛的胸部反复起伏着。片刻后，他说道："我们必须得确定这件事的主谋到底是谁。如果我们说奥利夫奥托·达·菲莫是犯罪集团的主谋，但事实却是维特罗佐·维特里，那么雇佣军不仅愚弄了我们，还会做出更坏的事来。我们正在对付的犯罪集团，是意大利最强大、最凶残以及最老练的骗子们。如果我们在推理中出现了任何错误，即使是微小的失误，他们都可以扭转颓势转而对付我们。我们将会像臭虫一样被碾死，即使是公爵也无法避免受到伤害。"

我将被子拉到下巴的位置。"你是对的，尼可洛。除非我有确凿的证据，否则无法确定杀手是谁。你也得像我这样，把揣测凶手心理和在历史人物中寻找凶手的事情放在一边。我看到你写的记录了，除了鼓励我们去反思人类邪恶的天性外，亚力山大·费雷和尼禄与这件事有什么关系？"

我几乎被他脸上浮现的一丝苦笑感染了。"要想真正了解人的天性，"他说，"你必须得明白，普遍性对于不同的人、不同的时间和不同的地点，意味着什么。"

"嗯，你确实有自己的想法。"我用一种既不显得轻信又不表示怀疑的口吻说道，"我猜你正在探索左右人类天性的法则，就像数学家寻找适用于圆锥体和圆形的一般法则一样，是吗？"

"我为什么不可以这么做呢？时代更迭，但人性不变。"

我开始感受到他精妙的逻辑。"所以你认为，如果你能了解尼禄或卡里古拉魔鬼般的行为，就可以了解凶手的本性。

"我们可以通过仔细研究进行有用的对比，就像普鲁塔克在《比较列传》中做的那样。"

"我赞同你的观点。普鲁塔克向我们展示了，一个人的性格是如何决定一个城邦，甚至整个帝国的命运。但是尼可洛，我很好奇，蒂托·李维、普鲁塔克和史维都尼亚斯真的会告诉我们凶手的想法吗？还是仅仅会告诉我们他们自己的想法呢？"

他从被子下抽出一只手，放在蓬乱的头发上，像是尝试抚平头发。"精明的史学家可以分析社会条件，因为这是影响历史人物行为的因素，进而就人物的性格进行评价。"

"即使是这样，你也只是依靠前人去评价这些人啊。"

"不是。"他坐得更加笔直，"我能透过历史学家的评价看得更远。正如他们所说，我必须钻研得更深。"

"嗯。所以你现在一定是在深渊里撒网——并且希望能捕获些什么。"

他咧嘴笑着，像是报酬已经到手。"让我给你举个例子：汉尼拔。如果我真的想了解汉尼拔，我得感觉他像站在我旁边一样，正如此刻的你一般真实。然后，我会转过身面对着他，并对他说道：'在康奈战争后，你身边的智囊都建议你满足已有的胜利，并利用这次胜利让迦太基在罗马的谈判中占据主动。但是你在元老院的同僚却认为，你们将会取得更大的胜利，罗马将会被你们征服。你为什么选择那个会把你的国家带向灭亡的选项呢？'并且，如果我研究得足够仔细，我完全可以走进汉尼拔的内心。"他用一只手指指着自己的前额，"这里，将会是汉尼拔回答我问题的地方。"

"好吧，你已经用你的网捕获了一些东西，"我说，"虽然我说不出你捕获到的是鱼还是鸟。"确实，我懂得尼可洛的推理。虽然如此，但如果人们不将他和汉尼拔的对话视为某种通灵术的话，人们肯定会以为他疯了。"你认为你可以像这样询问凶手，他为什么做出这些可怕的事情？但是我觉得，想和这个屠夫对话会比和汉尼拔对话困难得多。已有许多历史故事描绘过汉尼拔，他的言行早已人尽皆知。但是，你坚持认为我们不能先假定知道凶手的名字。此外，他留给我们的全部东西只有'风之角'和'方中有圆'。"

"这正是我现在所面临的困难。"从他平静的语气判断，尼可洛基本不在意他方法中的缺陷。"我坚信凶手会回答我的问题，我很快就能认出他的脸。"

我紧握着他的手。或许梅瑟·尼可洛·马基雅维利奇怪的人类学说会被证明是有价值的。而更有可能的是，它会被证明为一种荒唐的学说，被马基雅维利自己迅速遗忘。但是，他是一个优秀而无畏的男人，如果他希望从充满悲伤的尘世逃离到历史故事中，并与老将军们对话，我也无法指责他。

"我最亲爱的尼可洛。"我说，"如果死去的女人依然活着的话，那么她们可能仍在妓院里。我打算今晚去那儿。"我接受了瓦伦蒂诺的矛盾心理——或者说困惑——并将这视为一个理由充分的许可。"但是，我需要你再帮我一次。"

我非常害怕他会拒绝我，这样做有悖于他的谨慎。

"唉，"他叹了一口气，"必须要做的事我都会去做。"

"如果命运眷顾我们，"我带着重生的希望说，"那么，你可以在明天早上前，把凶手的名字写进那张历史恶魔名录里。"

XV

瓦伦蒂诺提到的方济会成立处是一个巨大又古老的教堂，时光在砖墙上留下的灰色痕迹使它显得更为沧桑。尼可洛和我到达的那天晚上，街上挤满了卖蜡烛的女人。这样说吧，她们开店就是为了招徕那些刚刚闭铺的强壮手艺人和工匠。还有许多其他的小贩也在卖各种如镜子、火柴、肥皂、饼干之类的商品。火把的光在黄昏中闪耀，又很快消失在茫茫黑夜中。

我们此行的目的地是一个年代比教堂和修道院更加久远的石质建筑，它可能一度是一个主教的宫殿。教会一方面毫无罪恶感地把它租给妓女，另一方面又在诅咒这个为其带来利润的妓院。宏伟的橡木门前是孤独的布拉沃站岗者，他是个看起来穷酸的年轻男子：腰带上系着匕首，衬衫从袖子处切开，很像高等妓女的款式。明显偏小的短上衣下摆距离臀部有一掌远，倒更好地展示出半个西瓜大的鳕鱼片。

我把尼可洛带到一旁，说道："我需要你守在门边。"

在特拉斯提弗列的时候，我曾经掩藏过一些逃生密道，但从未想过会学到这么多关于这种成立处的事。我接着对尼可洛说："如果我真找到了那个身处险境的女人，她一定会尽可能摆脱我，而你不能让她逃掉。这个布拉沃人肯定会帮你的，因为他以为那个女的从皮条客那里偷了东西，他想分一半。"

这个古老建筑低矮的石阶经历了无数的到访者后已经毁坏，从中间向两边塌陷。然而当我打算爬上石阶，我以七大教堂之名发誓，在眼前层层升起的石阶就像炼狱山一样。

＊

亲爱的，如果你想了解妓院给我带来的恐惧，你得收起所有幼稚的情绪，然后面对面地看着我，就像基督使徒说的那样。而这样一来，我也必须告诉你一些你可能不太想知道的关于你母亲的事。如果命运已决定让你留在波吉亚家，那么你一定已经从家人那里得知我是什么人了。在这里，波吉亚永远是一个共和者，而非独裁者：所有的孩子都是平等的，不管他们来到这个世界的时候是平民还是贵族。所以不必向兄弟姊妹们抱歉。

他们不是生来的贵族。你的叔叔和兄弟姊妹们都跟你一样，出身平民之家。

同理，我也不会道歉。你看，这世上所有女孩生来就有这么几种选择，也只有这么几种选择：妻子、修女或者妓女。如果她的父亲能出得起嫁妆，那就嫁为人妻。她把贞洁、财产和自由都献给了丈夫，并向圣灵祷告她的父亲给她买了个好丈夫。如果她的父亲付不起或不想出嫁妆，总是可以让耶稣基督当女婿，这是个方便的法子，也让女修道院人满为患，更让那些自称僧侣的无耻之徒迫不及待地想给自己的圣父戴绿帽子。

最后就是妓女了。从一开始，她们就与前两者不同——她们根本无从选择。我向你保证我也是一样的情况。我的故事是这样的：

在我很小的时候，我的母亲，也就是你的外祖母，经常从一个小城镇搬到另一个小城镇，就像卡普里和卢卡一样。我12岁时，她才把我带到罗马。罗马大街上有着匆匆忙忙的数不清的基督教总会和黎凡特的人，他们嘴里蹦的都是乱七八糟的话，可把我吓坏了。更糟的是，你的外祖母被一种可怕的黏膜炎困扰数月，不得不去医院。所以有一天，她把我丢给一个叫麦当娜·泰迪亚的人照顾。麦当娜在鲜花广场附近古老的宫殿三楼有些房间，她就住在那里，那里有笨重的家具和雕塑碎片。她是我见过的第一个戴假发的女人——上了年纪的脸被涂抹得像圣人雕像。几周过去了，我的母亲还没回来，却有个很年轻的女士来拜访了麦当娜·泰迪亚。我从没见过长成她那样的人，她有着奶油般的脸，玛瑙一样的眼睛，血红的嘴唇，还涂抹了一点胭脂，就像是从彼特拉克的合组歌或普尔西的寓言里召唤出来的。

"我是麦当娜·甘碧拉，斯奎拉切王子的亲生女。"她说话的方式如同喷泉中喷射的水流。不过，其实她并不是公主，而是王子的私生女。我当时太纯洁，没想到她话里也有瞎编的成分。介绍完自己以后，甘碧拉继续挑剔地打量我，像牙医一样瞧我的牙齿，跟挑牲口没什么两样。她挑好后说道："好了，以后你就是我的姐妹了，你叫桑西亚。"她一边说话一边点头，好像这个名字是神使暗示给她的，"以后你就来我家住。"

"但我妈妈要回来了，"我说，"她怎么能找到你家呢？"

甘碧拉玛瑙般的眼睛突然闪着金色的光，她抬头看了看麦当娜·泰迪亚，然后像个天使一样，对我露出我这辈子从未见过的迷人表情。她向我保证这点小事不成问题。"我就住在朱利亚大道，离这里很近，你扔个石子就能扔到那里，不用担心你妈妈找不到你。"

而我变成甘碧拉的妹妹以后的故事，恐怕写两本《圣经》那么多的字也描绘不了其中的二分之一。她在朱利亚大道上的房子不算豪华，我十年后在班奇街的房子比那儿宏伟得多。不过当她把我带到楼上的沙龙，鲜花和香水的味道还是让我迷醉了，以为自己身处天堂。

我的第一顿"工作餐"是在一个大人物的宫殿里吃的，现在我知道他是枢密主教的秘书和会计。不过对于当时渺小的我来说，他就是教皇。他不算年轻，但染了发，于是看上去年轻很多，不过耷拉的眼睛还是出卖了他的年龄。还有很多人在那里，甘碧拉滔滔不绝地献着殷勤，大部分是意大利语，有时也夹杂一些法语和拉丁语。

那顿晚餐本身也许是最大的奇迹——我从没见过雕塑一样的甜点，也没见过一辈子也吃不完的猪肉和鸡肉。可是当我小口地吃完东西后，甘碧拉把我拉到一旁说："那位大人物今晚想占有你，不过他就付了这么点东西。"然后她假装是个手里拿着那话儿的男人在我的大腿间摩挲，"你只管把裙子脱了，把大腿收紧，不管他怎么尝试，都不能让他进去，他没付足够的钱，就让他在你大腿旁摩挲就好。"接着，她在我那里重重一挤，"要是他强来，你就叫，我会过来的。他那话儿可能会在你腿间留下些脏东西，所以等他完事了，回来清洗一下。他可以亲你，但是别让他的舌头或者其他任何东西进来，记着我的话，是为你好。"

我只能告诉你，我照着她说的做了，之后用在床边弄湿的毛巾清洗了自己。我在黑夜中轻轻擦了擦自己私处——我从不知道男人的种子跟庄稼的种子那么不一样。而在那时我也知道，母亲不会回来找我了。

可能和你想象的不同，我完全没有哭泣。相反，我回忆着但丁的《地狱篇》，那是我读的第一本书。诗人进入地狱的大门，映入眼帘的都是灰暗的墓穴。当时我还只是个女孩，摆在我面前的生活一点也不比地狱好。我觉得是母亲抛弃了我，我恨她，但实际上，让我陷入这种境地的却另有其人。

正在此时，甘碧拉闯了进来，呼吸急促。"我们走。"她轻声催促道，急匆匆抓着我的手把我带进了一间屋子。那间屋子只点着一根蜡烛，不过我还是能看出到处都摆放着古董和书。

甘碧拉像个猫头鹰般摇头晃脑地鉴赏着这些财宝。"拿点什么吧。"她不无恶意地说。

突然她走向一个桌子，手指像鹰爪般，拿走了她的"酬金"——那是她自己的说法，其实就是偷窃。我只看到她攥着一个大大的硬币，肯定是某种古董。"如果你不每次都拿点什么，"她死盯着我说，"你肯定会死在妓院的，被那些变态弱智的所谓基督教徒折磨死。"

我突然感到很害怕，自己的命运原来比现在更糟。我拿起一本比其他的小一些而装饰古朴的书，紧攥着它，像带着最后的希望出了街市。

等我回到卧室时才发现书的封面上赫然写着《常用语法》，那时我都不知道这只是一本小孩子读的拉丁语法书。我翻看着这本书，被那些拉丁符号搞得惊奇不已，仿佛它们就是宇宙所有谜题的答案。

从那以后，我和我的"小偷"姐姐出入各种晚餐、花园派对、舞厅、音乐会和剧院，就这样过了差不多四年。期间，甘碧拉把我的贞操卖给了一个出价最高的德国人，整个过程里，他不停叫唤着像个采石工人。他为此付了 400 金币，不过在我们看，他获得的快乐不如一滩泥。

但是在这四年里，我也终于能够从常用语法出发，前往奥维德和贺拉斯，然后去了西塞罗和塔西佗。我也很快变得足够聪明，能轻易从一个博学的男人脑中得到知识，就如同从一个大师的工作室里偷一件手稿那样容易。用这样的方法，我获得了一个荣誉，并最终使我见到一些文学界最杰出的男人，还有彻奇的亲王们。当罗德里戈·波吉亚成为教皇（那是一个没有阿斯卡尼奥·斯福尔扎主教——我杰出的朋友和赞助人——非凡的帮助不可能获得的职位）时，隔天我就和很多人一起与这位新教皇共进晚餐。他年仅 24 岁就坐到了这样的位置，要知道这是全罗马任何男人拼了自己的右手，甚至右睾丸也别想得到的位置。

与此同时，我从未停止攀爬雅各布的学习和财富之梯，直到若干年之后在西班牙遇见你父亲。你父亲胡安回到罗马，并当上了罗马教皇军队的总司令——除了他，这是一个被所有人觊觎的职位，至少看上去是。除了有些鲁莽、变化无常、过于贪婪和野心勃勃，你父亲是我见过的唯一一个值得去爱的男人。他们嘲笑胡安自大与愚蠢的土耳其风俗，然而永远不能明白他们模仿的是他的虚荣与自大——满足于每天活着就好，仿佛落日永远不会再升起。我敬佩他的品德，但是对于他不能容忍自己缺点的行为，我很费解。我祈祷你能继承他的品德，而不是缺陷。

所以，亲爱的，我就是以这种方式做了能做的最好选择。年复一年，我尽可能地获取新知识，争取着修女和妇人难以想象的一点自由。我拥有了自己的财产，也可以自由地跟别人聊着感兴趣的话题。我经常出现在大事件的中心，并与大人物熟识。而且不止如此，我甚至知道他们的一些怪癖——当然这也是为了谋求自己的利益。

然而，即使是像我这样足够幸运、能够有自己产业的名妓，也必须害怕我最紧要的财产——我的年轻美貌正不可避免地流失。岁月让我们的乳房干瘪。虽然有一些名妓善于管理收入，能够舒服地离开这个行当。但是大部分妓女得继续工作，哪怕她们只剩下一层皮，还得靠皮囊下仅剩的青春苦撑。如果一个妓女不得不住在妓院，除非她死了，否则很难搬出去了。每天她都会祈祷，这次是最后一次了。这是一个比《圣经》还确凿的真理：宁愿相信一个妓女把自己埋进坟墓，也别相信她能走出妓院的大门。

XVI

但是比起对妓院的恐惧，我更害怕让你留在你祖父家里。我站在那里平复心情，直到终于克服心中的恐惧能够正常呼吸。我强迫自己深吸一口气，爬上台阶。

那个刺客在前门遇到我，他一边用昏昏欲睡的双眼在我身上来回打量，一边将我带进一个相当大的房间。房间里点着腻脂的蜡烛，还有一个赤褐色的壁炉，上面是个小棚，像农舍屋顶一样宽，里面火烧得正旺。房间中央摆着张简陋搁板充当的桌子，上面摆满了罐子、玻璃杯、盘子，还有吃剩的骨头。各式各样的人坐在粗制的椅子上：秘书、农民、戴着毛绒装饰帽的商人、穿着金色刺绣夹克的骑兵长官。那个在他们中间东张西望的女孩，穿着连女仆都不会在星期天穿的羊毛裙子。几个人吹嘘着他们的峥嵘岁月，然而铅白也无法掩饰他们的痘痕和脓疱。还有几个人仍保留着乡村姑娘常有的朴素之美。我祈求上帝恩典这里所有的女士，我非常清楚，仁慈的上帝会在未来的每一天，一点一点将佑护收回。

即便在人头攒动的人群中，也不难一眼找到皮条客——但凡有个什么营生的人，决不会穿着西班牙式的鞋子如此之久，也绝不会在阉鸡的脚趾上吐口痰。我举起手示意他过来。

他臀部朝前，后退着向我走来。他的四色长筒袜非常紧，以致膝盖部分已经泛红。他裤子前面的褶毫无疑问是从刺客那里获得的另一半好处。法式的痘疮像一颗核桃一样粗糙地留在他脸上。他随便把手搭在我的臀部，那动作比一个红衣主教的侍从索要小费还快。

"我不是来为你这样像一块破烂抹布的人服务的。"我说，这话让他愤怒不已。他举起手，想打我耳光，但是又放下了，因为我已经从斗篷里掏出了几枚达克特（"一战"前欧洲贸易专用货币）。"我想要一些女孩。"我说道，"之前我已经让一个佛罗伦萨的羊毛小贩回到我的宅邸，他几乎吞掉了我们丢给他的每一片肉，到现在也无法从桌子边站起来。如果你能挪开你松软的手，我想上去看看她们。"

这个皮条客跟着我上楼，几条肮脏的窗帘将房间分成了好几个小隔间。一个看不见的长号手玩弄着乐器，我只能偶尔听见咕哝声和热情消散的呜咽。我轻声叫了一下，做下一步指示。"我要一个漂亮的女孩和一个托斯卡纳扬声器——客人喜欢让她们做这些，而且，如果他不用指挥姑娘的话，会给十达克特。如果你明白我的意思，我希望她熟知更高级的男人的口味。"当然，我指的是像雇佣兵队长这样的绅士。

这个皮条客经过我身边，嘴里嘟囔着什么。他快要走到门厅的尽头，然后拉开一个窗帘，看上去是用使用了很久却从未洗过的床单制成的。里面的女人依然穿着连衣裙，跪在简陋的稻草床上——稻草床并不比卖给租庇利朝圣者的好多少。此时，她的客人已经穿上乡下人的粗糙短上衣，而她的头却还遮着客人的大作。

这个女孩看上去并不熟悉高级男人的品味，对此我欲给予抗议。但此刻，她的农场主正冲着我微笑，就像是我被召唤去伺候他肮脏的肉体。

可我认出了他黑色的八目鳗般的牙齿，这牙齿在他同样认出我时迅速消失不见：显然他在那间昏暗的农舍里很清楚地见过我。他推开那女孩的头，突然跳到我面前，以致我只能转过身向后退去。他拉着裤子，飞快地冲出了门。

"快阻止他！"我叫道。

皮条客转向女孩，她好像刚从祭坛上站起来："他付账了吗？"

我看出她一定在夏天时染白了长发，因为一掌宽的黑发渐渐长了出来，现在就像一个颜色多样的头盔。她的脸像一张铅白制成的面具，嘴像一条粉红色的伤疤，远没有胭脂的斑痕明亮。她的两只眼睛大又圆，就像镶嵌在双颊上的法式网球。她乌黑的双眼左右移动着，然后向皮条客点了点头。

皮条客抬起头，做了个耸肩的姿势。女孩立刻从我们身旁飞奔而过。我从没见过一个女人穿着内衣还能跑得这么快。当然除了甘碧拉，她是我偷窃的导师，她曾经跑过浦圣天使桥，而且威尼斯城的使者就跟在她两步之后。但是我真的没有见过一个女人穿着内衣，跑得像我被追赶时那么快。

前门的守卫已经不在了，我希望那个刺客已经去追逃跑的妓女。但是，他反而好像破坏了一场战斗或是其他类似的事情，因为当我追到台阶上时看见尼可洛就在底下，女孩像一个泼妇一样抓着他的脸，八目鳗跟在他后面向前走着。但是八目鳗明显没有带武器。我急忙从袖子里拿出小刀，高举过头顶朝他喊道："喂！我现在就让雇佣的刺客放了你的女人，然后抓住你，把你按在地上！这样是不是你就满意了？"

比起一个拿刀的男人，男人总是更害怕一个带着刀的女人，因为他们认为女人不会听道理。无论八目鳗有怎样强烈的意愿想要夺回那女人的自由，这意愿也立刻消失了，就像他消失在人群中那样。毫无疑问，我们已经用网逮住了一只喜爱歌唱的鸟。

我冲下台阶，一把拽住这只尖叫鸟的头发。我真的太使劲了，她立刻停止对尼可洛的尖叫，松开她的锐爪，想要保住头皮。在吸引她足够的注意力后，我将小刀亮给她看，并有效威慑了她的同伴。"现在，如果你闭上嘴和我们谈谈，"我咬着牙说，"今晚的结束,比起它的开始,会给你带来更多好处。如果你不这么做,"我拿刀逼着她的脸,"你将会比现在拥有的还少。"

在这场战斗中,如果她想逃跑,已经没有任何机会。

※

我们从那条街出来后,我买了些东西:从杂货小贩那儿买了些绳子和一个手电筒;从一个二手商人那儿买了一个斗篷;从炭火烤架上挑了个新鲜出炉的烤鸡。我并没有故意带这个可怜的女孩在城里四处游荡,这会给我们带来不必要的关注。我决定在临近的小巷里忙我们的事情。于是,我们在街对面的一个巨大宅邸后找到一条小巷,那宅子的上一任主人是一个当地的专制者,他曾被瓦伦蒂诺驱逐过。由于这儿没有给流浪汉栖身的楼梯和阳台,所以相当的清静。

尼可洛抓着我们的俘虏,我将她的双膝系在一起,把她的双手绑在背后。确定她被缚牢后,我将光线四射的手电筒照向她的脸。光线足够清楚,令我能看清她的脸。在那铅白的面具下,是一个不到20岁的少女,她细长的眼睛里闪烁着害怕和怨恨的光芒。我问她:"那个在你喉咙上作画的男人是谁?他甘愿承受生殖器断掉的风险,认为你值得被拯救吗?"

"腐肉。"她斗嘴道。

"她骂你是行尸走肉。"尼可洛对我说。他在罗马涅住过很久,因而一听便懂。接着他淡定地告诉女孩:"你的朋友是一个魔法师。"又把目光转向我翻译道:"魔法师。"意指男巫,他们通常会参加女巫的集会并提供保护——如果走运,当仪式进入狂欢高潮时他们还有机会与妓女通宵厮混。"我想那天来农舍的男人都是男巫。"尼可洛补充道。

女孩开始默念"圣安东尼,我的恩人",并挣扎着想挣脱双臂的绳索,似乎想要在胸前画十字,抑或想作出刺向邪恶之眼的利角手势。

　　我对她说："如果你说托斯卡纳语的话，我们可以帮你。我也知道你朋友逃跑的原因，他知道我曾见过他。但是，我并不认识你，你对我来说可以是任何一个妓女。你为什么要跑呢？"

　　她整个下颚都在颤抖着。"我们都快死了。"她的托斯卡纳语非常好，尽管带着当地嗡嗡的语调。

　　"谁快要死了？"

　　"我。他们。你。"

　　"我们将会怎样死去？"

　　"骑山羊。"

　　"你的朋友骑山羊了吗？"她知道我指什么，但是她反抗地眨着眼睛。因此我继续说："在你的集会里的两个女孩，现在已经死了。她们骑了山羊。你知道某个人在找你，不是吗？你认为我到那个妓院是为了让你骑山羊，是吗？"

　　说到这儿，她冲自己的脚上吐了口痰，并开始一遍又一遍地唱："圣安东尼，我的恩人。"

　　这时我才发现她脖子上系着的红线，我拽下她连衣裙下的"公告"。她不断重复的那个句子已经被写在一张小卡片上：圣安东尼，我的恩人。这句话的意思是：这是给圣·安东尼的恳求。我翻到卡片背面，上面写着另一个祈求：洁白的天使，是圣洁的化身。这与托斯卡纳语很接近，意思是：洁白的天使，带着你的神圣。洁白的天使是魔鬼撒旦的另一个名字。

　　但是在这个给地狱天使的祈求下面，潦草地写着另一个名字：齐嘉·凯瑟琳。我抬头看着这个女孩，"齐嘉？"

　　"齐亚。"她说着，像是想要愚弄我。

　　"哈，一个老巫婆。"我对尼可洛说，而他正眯着眼看那个女孩，"毫无疑问，这类老巫婆会将男人的手帕系成一个结，使他爱上你——或者挖一棵曼德拉草根，并用放置很久的男人尿液浇灌，来保护你永远远离诅咒。每个在罗马的妓女都会有一个像这样的'齐亚'。而且，其他的人都会叫这个'齐亚'为'女巫'。"

我转向那个女孩："你认识这个凯瑟琳阿姨吗？"

她咬着嘴唇，并带着轻蔑哼哼道："你不会找到她的。不在这里。不在那里。"

"真的吗？"但是，我不会直接问她，为什么凯瑟林阿姨如此小心让自己无影无踪，我想用卡拉布里亚的方式达到目的："你在妓院工作多久了？"

"十个月。"

十个月……当她在那间妓院时，雇佣兵队长的阴谋仍在酝酿中。"你知道和一个士兵做生意的女孩吗？一个非常重要的士兵，一个雇佣兵首领。"

她眯起眼睛，就像油画里的犹大。

"他的名字是维特罗佐·维特里吗？"

"维泰洛。"她说，用的是托斯卡纳语里"牛犊"这个词语，而这个名字恰恰是从那个词演变而来的。但她接下来摇了摇头，如同我在向她描述一个只有半胸的人，半面人，就像是人身牛头怪物。"不是维泰洛。"

"奥利夫奥托·达·菲莫？"

她的头摇得更剧烈，也更不耐烦，仿佛正在听咒语而背诵着没有意义的名字。

我用手捏着她的下颚。"那你以前见过一个护身符吗？不到你拇指的末端大，雕成牛头的形状，一个非常古老的护身符。"

她几乎要嘲笑这句话了，像是完全是我编的一样。尼可洛把手搭在我的胳膊上，提醒我无路可走了。

如果瓦伦蒂诺没有对我吐露他的想法，并且告诉我杀手不只是参与到胡安的护身符事件中，我可能已完全迷惑了。"你的那些骑了山羊且再也没有回来的朋友们，"我说，"她们知道些什么，不是吗？她们知道这位士兵说的一个秘密。"

"秘密。"她用一种近乎蛇语的"嘶嘶"声说道。这是一个罗马尼奥洛词语，而不是托斯卡纳语里的秘密。她皱着眉头，似乎对我已经有了一些判断，但是并不透彻。

"秘密是什么？"我温柔地说，"是关系到一个被谋杀的男人吗？"

犹大的眼睛张开了，但是同时，像是我向她揭露了这个秘密一样，她缩回了头。

突然，尼可洛伸出手，像是要抓住这个女孩的喉咙，但只是将手指放在她的"公告"上。然而，这个动作在女孩看来没有任何善意，她眼中阴险的怨恨又出现了。

"齐亚·凯瑟琳知道这个秘密。"尼可洛说，毫无疑问他自己推理出齐亚·凯瑟琳有充分的理由来掩盖事实，"我们要怎么找到齐亚·凯瑟琳呢？"

"不！"她咆哮并责备着。

尼可洛盯着我："齐亚·凯瑟琳参与了这些事。"当我点头表示同意时，他补充道，"如果我们想找到她，需要更有效的方法。"

的确，我已经准备了这样的方法，原本希望不会用在她们身上。我抓起那个摊放在地上的二手斗篷和放在其上的烤野鸡，炫耀式地咬了一口。"毫无疑问这味道比你之前吃的香肠要好多了。"我说，"我们有两种选择：把你包裹在这个斗篷里，让你和这只烤鸡一起离开。或者，我们留下你的斗篷，吃掉野鸡，然后让你穿着连衣裙滚出去。为了不忘记你，我将留下你的鼻子。"

当我见她仍保持着反抗姿态时，我可能已将用来威胁她的小刀吞进肚子里。"我只是想和齐亚·凯瑟琳谈话。"我带着绝望说，"没什么其他的。我们可以帮助她。那个正在找她的男人将会从她那里拿走更多的东西，到那时就不仅仅是鼻子了。"

"洁白的天使，带着你的神圣！洁白的天使，带着你的神圣！洁白的天使，带着你的神圣！"

我愤怒地把她抵到房子的石墙上，咆哮道："圣人的天堂还不够坚固，不是吗？ 魔鬼是你的捐助人，是吗？"我用刀紧贴在她的鼻子和眼睛之间，划出一道血痕，"但是，无论是天堂还是地狱都不会来救你的脸。"

在清楚地明白正在冒险的和已失去的东西之后，我要派我的灵魂去切掉她的鼻子，但尼可洛抓住了我的手腕。"等一下。"他拉回我的胳膊，把刀从我僵硬的手里撬出来，握在自己手里。就在他制止我拿刀径直刺向女孩的脖子时，我不知道是应该诅咒还是该感谢他。就在那时，女孩尖叫起来。

尼可洛麻利地切断了她身上卡纸（被当做护身符使）的挂绳，并将它从胸前扯了下来。

"洁白的天使，带着你的神圣！洁白的天使，带着你的神圣！"那个可怜的女孩压抑着同时对天堂和地狱的祈求，直到眼泪在她铅白的脸上留下一道道痕迹。

尼可洛轻声对她说话时，她依然用力地挣扎。"只要你把我们带到齐亚·凯瑟琳那里，你就可以拿回你的卡纸。"

最后，她剧烈地颤动着，几乎是喷射出那些字句："你去找奉承石头。被诅咒的夜晚。"

"什么是'奉承石头'？"尼可洛问。

"去博洛尼亚，三英里。到奉承石头。你看见它。大的石头。讨好它。"

"从艾米利亚走三英里到博洛尼亚。"尼可洛说，"并且她会在奉承石头和我们会面？明天晚上吗？"

"是的。被诅咒的夜晚。她们会来的。"

尼可洛薄薄的嘴唇几乎没有了血色。"希望齐亚·凯瑟琳不会令我们失望，我将把你的卡纸留给她。否则我会用它去做一个邪恶之术。"一个诅咒。

她喉头紧张地蠕动着，点点头。

"我们应该联合这个女人。"尼可洛说，"并且回报给她应得的东西。"

这个女孩用斗篷快速地将自己包裹起来，她拿起野鸡后，像一个影子一样跑过我们，消失在大街上。

我忽然间感到非常疲倦、悲伤，并且充满了恐惧，以致无法抑制地大声说出我灵魂早已知道的东西。"尼可洛，我不喜欢发生这样的事，但这一切都已经发生了。我们将会在那儿灭亡的。"

"是的。最有可能发生的就是某个人将会杀了我们。"尼可洛像莱昂纳多那样咕哝着，"可我也很想知道，到底是谁想杀我们。"

XVII

尼可洛带我回到家，在我床边坐了一会儿。尽管我们没有说话，可我相信他也知道，如果这就是我们生命的最后一晚，我们的思想将与那些一起生活过的人同在，并将一起迅速消亡。然而，即使我们安静地并排坐着，我也有一种独特而强烈的感觉：我们的灵魂在很久以前就以某种形式相遇，或许是在柏拉图说的那个极乐世界，在那里我们已决定了自己的来生。而且，我们的灵魂在那里就协商好，要再次相聚在伊莫拉，分享相同的命运。

大约过了一刻钟，尼可洛说在我们明天离开前他还有急件要写，让我闩好自己的门。

✳

我最挚爱的乔瓦尼，在卡米拉和我离开罗马前，我就开始坚持这样的记述，希冀有一天你能了解我们分离时的情景。同时我也记录了教皇给我的命令，以及随后发生的事件，它们将告诉你有权势的人如何扭曲事实以对抗我。同时，我也需要一个完整而准确的编年史记录我的行动，这样就没人怀疑我诚恳的意图了——我也可以记录下会遗忘的特殊片段。

但是我并不想让一个小男孩来读这些。在泰迪亚太太的家，当年母亲离开我时，我才 12 岁。这么多年以来，对我来说，尝试去忘记她要比记住她容易得多，我一直带着困惑和愤怒想她为什么不回来找我。如果我不能回到罗马，你将在波吉亚家族中长大。并且，这段记忆对抗着一个小男孩难以理解的指控，对他来说，忘记我远比留住一段模糊的记忆容易。然而，根据我自己的人生经历，我也知道，当你有疑问时，这一天就会到来。被掩埋的真相将会变成你胸中最深的伤痛——对你来说，被告知的这个谎言甚至会威胁你在那个房子里的安全。这就是为什么我被安慰，去相信我们挚爱的卡米拉会活下来。即使我不相信，并打算以某种方式传递给你真相，也应当是在你准备好聆听的时候。

但是命运的不公正总是有另一种设计。如今，我想要包裹起这一捆记录，并将它们通过信使送到富格尔家族在罗马的银行。我随包裹寄了一封信，信里要求在公元1518年的2月10日寄给你。你的第 20 个生日，那时你已经成为一个男人，准备好在这个可怕又美丽的世界找到一条属于你自己的路。并且，大概你也准备好记住我了。

我最珍贵而令人崇敬的儿子，我带着满腔的信念给你写这些话，如果你正在看它们，说明你已经在上帝恩惠的帮助下成为一个男人。并且，由于福琼女神的怨恨，我已经死去 15 年了，只剩下白骨和灰尘。

由此看来，我的故事在这里就应当结束了。最好的结束应当是我告诉你事情的最初样子。

✳

我的故事，从一个小女孩开始，她出生在波河河谷的一个小村庄或是农舍。我猜是这样的，尽管从来没有确定过。她的妈妈，即使她从没有这样叫过，大概只有一些被村子里的小混混留在烤箱里的面包和空洞的诺言。如果这个妈妈将私生子丢进波河或是某些沟渠的话，她很有可能不再被她的家或成长的村子欢迎了。因此，这个小女孩和她可能不超过 15 岁的妈妈，从一个村子流浪到另一个村子。妈妈贩卖着自己唯一拥有的东西，就是在她两腿之间的作坊里造出来的东西，直到村子里的泼妇用石头和咒骂将她赶走。东西永远都不够吃，只有栗子玉米粥或豆子伴着一块培根，有时候只有乡下人俗称蛇饼的东西——斑叶阿若母花的根，煮起来像蓟。你能想象这个母亲有多爱她的小女儿吗？她可以将小女孩留在一级门阶上——或者更糟——之后自己走了，又变成一个漂亮的处女。即使是我们敬爱的上帝也不再那么爱我们了。噢，我知道上帝正在十字架上受罚。那个母亲这些年里都经历了些什么啊，让那些肥胖的、放着屁的畸形儿，让那些嘴巴像厕所、留着像豪猪一样的胡子的人，一次一次地在她的身上踩躏吗？

她们进行了许许多多的冒险，从小城镇到像摩德纳或卢卡这样的地方，一路上学习着如何转向。从那时起，这个小女孩就学会把装着烤苹果的篮子顶在头上在镇子里叫卖，同时她的妈妈在家里卖着自己。这个女孩晚上回到家，总能闻到男人身上的香水，还有润发脂的味道，她爱那样的味道，因为这通常意味着豆子里会有更多的培根。有时候，她们会吃到猪肉排或是画眉鸟。这个女孩也得到了她的第一双木屐，这样她就可以想象自己是那些名门贵族女士中的一个，踩着高木屐，重重地在鹅卵石上踏着走。

接着，就在嘉年华后的一年，事情变得更糟了。同样的男人来了又来——这个女孩再也没有见过他，但是她知道他的味道，有点像杏仁的苦味。几个月里他每天都来，直到她们又回去吃栗子玉米粥或是煮熟的蓟。妈妈变成了一个骨瘦如柴的人，她的皮肤就像用来糊窗户、被刮擦过的羊皮纸。女孩诅咒上帝，因为她相依为命的妈妈快死了。

直到有一天，当小女孩带着她的空篮子回家时，妈妈说有东西要给她看。妈妈拿出了一捆牛皮，可以看到老鼠和昆虫咬过的痕迹，古老的就像圣人的遗物。她打开了这个破破烂烂的东西，给女儿看里面包裹着的纸张。毫无疑问，它们是用过多次的最便宜的羊皮纸，用糟糕的牛皮覆盖着。这个小女孩很单纯。她人生中第一次看到书的纸张，那些粗糙的页面就像你如今在奥尔德斯·马纽夏斯的印刷店里找到的一样。"神曲，"女孩的妈妈指着第一面的字句说，"但丁。"她看着女儿，消瘦得像碧翠斯（注：《神世》中的女神，原型也是但丁的爱慕对象）一样。那时她第一次揭开自己的面纱，光辉令但丁倾倒。"现在这是我们的了。从我怀着你时我就开始学习看这本书了。现在，我打算教你。"

因此，那些日子的每一天，这位母亲不仅靠出售自己去买那本书，同时还请了一位语法老师——一位牧师。这个牧师说，她买那本书，买那些知识，用的是她堕落肉体的罪恶。但这不是真的。她是用爱——纯洁、慈祥的爱，超越了所有理解的爱。这种爱，就像无限的同情一样伟大，能转变永恒的时光。这是一位母亲的爱。

✳

眼泪滴落在纸上，形成一个个小斑点。而我，此刻正在这上面书写着。眼泪将会变得比 15 年后古老的骸骨干枯，但是你可以看见它们晕开墨水的地方。正如你现在所知道的，那个同样为我放弃了一切的妈妈再也不会回到我身边。我确定妈妈将我留给罗马的麦当娜·泰迪亚后很快就死了，但是，我不知道她是如何去上帝那里的，正如你可能永远不知道我的人生旅途是如何结束的。但是我相信在我的灵魂里，挚爱的妈妈死在了医院，在发烧的错乱中，还在用最后一丝浅浅的呼吸唤着我的名字：劳拉，彼特拉克最爱的名字。那个变成桑西亚的劳拉，斯奎拉切王子的私生女，接着是达米埃塔，梵蒂冈教廷的阿佛洛狄忒。那个名字来自波河河谷污垢的小女孩，被天堂里圣洁的母亲永久保佑的记忆深爱着，爱之切超过天地万物。同一个小女孩，此刻正写着她最后的遗嘱，在伊莫拉一个寒冷的小房间里，在冰冻的罗马涅中部。

我现在必须走了，我亲爱的乔瓦尼，我挚爱的小男孩现在变成了一个男人，他只能通过特拉斯提弗列一间小屋里升起的回忆之霾，来了解自己的妈妈，她在无尽的安眠前，最后一次，断断续续地低语着。我请求你，将这些文字吮吸到你的灵魂里，即使你觉得它们是一杯无味的葡萄酒。再凝视着你最敬爱的那双眼，去发现我对你爱的回声，那是无穷的。

尊敬的弗朗西斯科·圭恰迪尼

1527 年 1 月 9 日

　　这是黛米亚塔编年史的终结。如同《埃涅阿斯纪》效仿《伊利亚特》，我在这三章节中所呈现的思想都继承于她。和黛米亚塔一样，当这些事发生时，我便立即意识到它们的重要性。所以在之后的数小时甚至几天里，我事无巨细地记录下当时发生的谈话与事件。但直到几个月前，我才试着把这些琐碎记忆汇成一个完整的故事。不过，我并没有试图塑造一个紧密联系的事件，而是向你展现凯撒在内战中的不同侧面——噢，那是被描述成"新羊毛历史"的战争。在提笔回忆这段历史时，它们便成为辅助材料，经由修剪、裁定和编排后穿插在叙述中。

　　柏拉图认为每个孩子的出生都意味着一个灵魂回到人间。行文至此，我完全沉浸在回忆中。我深信现实中的我更接近灵魂，因为现在我居住在真正属于我的地方，就像 24 年前，那时我很年轻，整个世界等待着我去发现。共和国需要繁荣，意大利需要复兴。可惜，就像塞尼卡笔下所言，命运天定。我们生命的轨迹其实早已注定。

　　祝 安好

　　尼可洛·马基雅维利

人性之本

伊莫拉与切塞纳: 1502 年 12 月 9 日—1502 年 12 月 26 日

第 1 章

即使命运的垂青只有一线希望，你也要主动争取；倘若停滞不前，就只能面对破碎的现实。

上述话来自我的著作《战争的艺术》。我把它作为开场白来概括这一章，因为接下来我会理屈词穷。当你开始阅读后，会渐渐明白，为什么我要直面危机，而不是干扰读者的判断。

当青楼的良宵美景已逝，我道别黛米亚塔，一个人在书桌旁沉思了数个晚上。最后我决定再努力一次，劝说领主广场的贵族们开一次全体会议，而后派代表与瓦伦蒂诺达成协议——鉴于对雇佣军的不信任态度，公爵可能会退出与他们签订的条约。我相信这个决策会有助于拯救整个共和国，但是能否实现我不抱希望，因为那些一向鼠目寸光的贵族们从不知道放远眼光。

第二天来临，我必须为晚上的远足做准备，因为我估计晚上不能及时回来。首先我得保证我可爱的孩子普瑞梅拉娜和妻子收到我寄自佛罗伦萨的汇款，同时还要照顾骡子——这些可怜的搬运工们需要饲料与人的照料。这些事都不易办，我居然在远行前仍没有料理妥当。

虽然如此，在黄昏前两小时，黛米亚塔和我还是如约走出了城门。我们在城门口稍微停留了一会儿，因为那里有些浅黄色的石头——通往艾米利亚的伊莫拉就是由类似的石头建成的。这是一个好地方，我想，若能偷得半日闲暇，在这里漫无目的地游荡必是一个好主意，抑或找找某人在附近设置的恶作剧陷阱，探查一下是不是有谁从伊莫拉一路偷偷跟着我们。我已经把一头脚力甚健的骡子租给了黛米亚塔那懒鬼代步，不过我并不想要什么租金。我自己步行跟随，哦，我只是想给自己的骡子节省点力气，因为等下会有体力活需要它帮忙。

走出城市，波河平原的大路上寒风翻腾，夹杂着干冷的雪花，如同粗略加工的谷粒，向我们袭来——这种以往一月份才有的天气如今整整提早了一个月。来自北方的沁骨寒意席卷平原，大片的雪花如同铅块坠落。可惜啊，我们早已有所准备。黛米亚塔穿戴着珍贵的黑貂皮制作的头巾和披肩，我看到她黑色的外套下露出的羊毛袜和布裙。而我，则披上了几乎所有行头，包括一双农民的木靴，以保证双脚干燥。虽然如此，我们也得尽快完成和齐亚·凯瑟琳的交易，否则这彻骨的寒冷迟早会麻痹我们的知觉，甚至恐惧。

波河平原的土地在狂风的呼啸下被雪彻底覆盖，遮住了原本污水四溢的土壤。如果不是这场暴风雪，那么只要有人走过，就会轻易找到古代罗马帝国留在这片土地上的痕迹，而不仅是调查员们能找到的通往艾米利亚的笔直通道。可是，修建如此伟大工程的技术今天已经失传，整个平原由东到西已全部成为旷野牧场，被完美分割成面积相当的两部分。这两个部分被艾米利亚通道几乎精确地隔开，艾米利亚通道就像上帝手中的垂直线，公平对待着这座平原上的人民。多少个世纪过去，这条土地的分界线被前人用各种手段明确标注：用来灌溉的沟渠，狭窄的雪泥路，桑柏之路，灌木篱笆丛……

当我还是一个小男孩时，我就知道那片广阔的土地与一般的乡村完全不同。我的父亲曾经在圣安德烈拥有一小片土地与一幢屋子，我还记得那片土地在普特库西纳附近，离佛罗伦萨大约9.6

公里。我们全家的收入与食物都来自那片土地。那是一座低矮的小山丘，密密麻麻地分布着橄榄园、葡萄园和木材林，其间还夹杂着一间杂货店。在某个闪耀着阳光的八月清晨，我跑过几乎和我一样高、开着蓝花的亚麻林。当我歪着头，我可以想象身处蓝色的海洋，踏风踏浪。稍后，我会消失在阴凉的木材堆后面，听着野兔与野鸡惊慌失措地逃跑，掠过鸡窝和猪圈旁的声音。

我的思绪又回到那个寒冷的下午。一路上，我们都没遇到什么同伴。随后我们乘上一辆骡子拉的火车，同车的除了几堆木炭，还有一些穿着披风大衣的农民，其中一个的肩膀上挎着一对打死的兔子。这里的交通如此不发达，就像眼前这个猎人的捕猎收获一样让人失望。这一切，都揭示着这片地区各项物资的贫乏。恶劣的气候条件和军队经过村庄的扫荡是造成这一切的根源。看到我们这些外国人上车，那些农民不屑地往雪地上吐痰，以示轻蔑和对外来雇佣军的愤恨。

劲风割面使交流变得困难，但并没让我们的感官迟钝。过了大概不到一小时后，我叫喊起来："我看到了我们要找的石头。"我们已经过了12个岔道口，但是这次遇到的四个拐角与之前的完全不同，这不禁使得我们两眼放光。在这些角落里，有一块古老的石灰板露了出来，经历了漫长岁月后，它显得很陈旧。但即使如此，它露出雪层的部分也几乎与我一样高。我正琢磨着，要是能在上面发现一头几个世纪前雕刻的小鹿石像，就赚大钱了。

当我们靠近检查那些雕刻时，我立即发现石板没有想象中久远。那些用力刻上的字母个个都有我手臂那么长，用拉丁语写下的铭文也很容易解读：神圣伟大的农牧神，一位古代奉献者向圣洁的农牧神致敬。

"农牧神的石板。"我脱口而出，怀疑这会不会是我误判之后最没有用的发现。然而在纪念碑横穿道路的另一边，有一个灰白色的石柱矗立于雪层之上，附近有一架起重机正伸长木制吊车虎视眈眈望着它。"我们必须过去看看，"我说，"如果我们想找个地方藏身的话，那儿是不错的选择。"

我们走过的那条路通向远方，消失在地平线另一端。或许顺着这条路一直向前，能看到亚得里亚海的波涛。这条笔直的白色道路两边是无穷无尽的桑树林，枝繁叶茂，遮挡住太阳的光线，好像雪域平原上的一条黑色丝带。

黛米亚塔停下脚步，注视着这条路，专注的神情就好像在探索我们未来的命运。"莱昂纳多曾在地图上标注过这里，"她用一种近乎狂喜的声音说道，"我从没见过这样的情况，他以前用血管、神经、肌腱来描述河流、小溪和港湾，就像这些桑树的枝干一样。"她转向我，"那位大师已经发现了这个秘密的世界，它就在我们皮肤底下。"

她忽然扯开头巾，露出激动的面庞，昏暗的背景让她的蓝色瞳孔显得更加深邃。对绘画者而言，最神秘的蓝色来自大海的波涛汹涌，那么朋友，你不妨循着亚美利哥当年的路程起航，去大海深处寻找你向往的色彩。

这样的凝视可能在一瞬间消失，一瞬间再现。她的眼就像一盏灯，可以瞬间焕发光彩与热情。只要这样看着黛米亚塔一会儿，我就会被她的神情吸引。或者说，不仅是吸引，按照古拉丁文里的描述，我已经着迷了。

所以，当她的眼里浮现出谨慎的目光，而不是激动的神情时，我就开始懊恼这些家伙真是无可救药的小偷，偷走了所有美好的感觉与令人愉快的理由。

❋

黛米亚塔小步走近那口井的青石边缘。她扫视了一眼覆满白雪的井边，立即收回了目光。

我走到她跟前，一边向下窥探，一边嘀咕她到底看到了什么。但是目之所及，我也仅见一个黑暗的空间。透过这口井，我以一个男人的直觉开始猜想这起犯罪的真相——因为当我盯着黑暗的水井时，发觉有什么东西一直待在井底，但是一时看不清楚。

"现在先让我们假设有两个女巫因什么秘密的原因而被甘迪亚公爵所害，"我说道，保证黛米亚塔能跟上我的思路，"但是这件事是被隐瞒还是被公开了？"

"毫无疑问，是被隐瞒了。"黛米亚塔马上回答道，"那些领袖知道真相，但是他们希望真相永远被掩盖起来。"

"这是个合理的结论，但是为什么他们只盯着受害者？"

黛米亚塔抬起了头，很警惕地问我："尼可洛，你刚才说什么？"

"也有可能这个女巫隐藏了一个秘密，不过，这个已经惨遭毒手的可怜人也不会告诉我们什么，除非她还活着。。"

她看着我，带着一丝嘲讽："那么，除非我们去地狱找那个女巫谈谈，否则我们是一无所获了。"

"我们应该去找找那种有奇特禀赋的人，"我费尽力气寻找那些合适的措辞，"一种非常少见的禀赋，但是除非我们了解那个秘密，否则根本找不到他。可以肯定的是，只有他才能发现那个秘密，也就是说，他的某个方面是完全异于常人的。"

黛米亚塔皱起眉、撅着嘴，这两个动作差点让我兴奋到疯狂。因此我命令自己立刻摆出极度不满的态度。

"你想要通过某种方式来满足那个人的虚荣心，然后引他上钩？他的特点就是对游戏与解谜感兴趣？尼可洛，好吧，我告诉你，据我所知，这完全不是什么稀有的禀赋，很多男人都有，尤其是身居高位的那些人。"

我清楚，现在很难让黛米亚塔相信我的结论，事实上我自己也不是很确信。于是在那段时间里，我如同风中的树叶东游西荡，期望在落地之前找到支持我结论的证据。

"我相信这是个特别的人，"我说道，"因为在我们的记录中，他这样的人很少。"

"我也和你一样，读过希罗多德和塔西佗的文章，尼可洛。"

哎，说实话，黛米亚塔极高的文学修养和她的美丽容貌一样，对我都有致命的吸引力，抑或是一种挑战。她接着说："如果没有关于那些虚荣的或残忍的人的详细笔记，那么我们的历史记录其实是不可靠的。"

"几乎所有人的杀戮心的产生，都源于波动的情绪和强烈的刺激。"我说，"他们的勃勃野心、对其他人的戒备，都会使他们心情激荡。尤其当他们努力追求希望的地位、荣誉，并且已经看到胜利的曙光时，他们会很担心突然一瞬间输掉一切拥有的东西，就像那些被他们打败的竞争对手。"

"是的。你早就说过你不会去评价凶杀案里的感情对错。"她略带怒气，"但是要说一个男人盛怒之下引发了这场犯罪，卷入教皇甚至瓦伦蒂诺公爵前来寻仇，最后他失去了性命和社会地位，你觉得这合理吗？这说得通吗？"

"我告诉你的那些理由并不是用来解释那个男人的行为——"

"那么你相信他当时是血气上涌、火气突生，你相信他当时满脑子都是愤怒？"

"不，考虑到那个人深谋远虑，而且碎尸手法细腻，可以推测出他能力出众、心理素质极好。"我侃侃而谈，衣袖掠过雪地抚向井沿，闪光的雪粒融进黑暗的井水，"我们的前人即便再优秀，也难以达到那个男人的高度。"

黛米亚塔捋了捋前额的头发，纤细的手臂包裹在灰白的羊绒衫里，这一个小小的动作让我觉得美就在眼前，比大理石雕刻的阿佛洛狄忒（司爱与美之女神）还要可爱。"但是，尼可洛，你要给这样的人做一个列表了，不是吗？"

我耸耸肩："普鲁塔克说过，在古代费雷的塞萨利城，有一个暴君亚历山大，常常毫无理由或因违反常理的兴趣屠杀无辜的人民，并且，他非常喜欢在屠杀之前强迫别人对他顶礼膜拜。他冷漠到用枪亲手刺死他的前辈赫卡柏和安德洛玛克，毫无后世舞台上所表演的怜惜悔改之意。不过，普鲁塔克没有注意到的是，与当世的其他暴君相比，费雷的亚历山大是那种极为少见的人。而且我们的历史也记载了一些类似的人，他们的残暴行为都来自一种违反常理的消遣兴趣。比如德米特里和珀耳修斯（宙斯之子），比如罗马独裁者苏拉，比如卡里古拉和尼禄皇帝。柏拉图认为这些人的堕落行为都源于精神的病态，但是可能由于他们太少见了，所以这些人精神上的病态或畸形并没有引起希波克拉底或者迦林（古希腊名医以及医术作家）的关注，甚至马可·奥勒留、奥格斯特尼也没有对此进行相关的描述。"

"尼可洛，你想，如果这些人如此异于常人，那我们岂不是很容易就会发现他们吗？当时的罗马人即便没有力量抗争，也应该知道尼禄和卡里古拉的那些疯狂行为啊？"

"唔，这正是困扰我的地方。有一种可能是，罗马城里的人，甚至是皇帝身边的人，都一度被蒙骗了，苏拉也大致干过同样的事。他们虽然性格古怪却能压抑自己的欲望，直到掌握了足够强大的权力，才释放出那些荒淫无道的想法。"

"如何掩盖呢？"她歪头浅笑，"我猜想，你没有想过即使是撒旦的掩饰也会被莱昂纳多的助手拆穿。"

抛开这个问题的重要性不谈，我对她的反击无话可说，只能死盯着那口井，把它当作一面黑色的镜子。"有可能这就是他的秘密啊。"我自言自语，"恩，斯芬克斯的谜语呢。"

当旅行者没能回答出斯芬克斯的谜语，他们才会意识到自己的无知。"尼可洛，可能你正好擅长那方面，今晚要么我们能找出他谜语的答案，要么幸运女神始终与我们无缘。"她牵着我的手并且整个靠了上来，"我以前和你说过，尼可洛，你对我这样的女人很有吸引力，不是吗？"

那一瞬间我很享受这样交谈的感觉。大家想必都清楚，法国里昂那些对你献殷勤的站街女没有天赋和才华，完全不能和佛罗伦萨的舞蹈者和歌唱者相提并论。但是我不了解她这样的女人。

感受到我的沉默，黛米亚塔又问了一句："那就是你不相信我的理由？”

"当你说我对某些事无能为力时，我相信你，因为那是事实。"我在她耳边低声细语，完全不提她现在犯下的三宗罪：说谎、偷窃与偷腥。

她笑了起来，露出珍珠般洁白的牙齿："在所有事情发生前，如果我在罗马就认识你，我们会成为很好的朋友，而且我也不需要像现在这样祈求你的信任。"

"如果你在罗马就认识我，我会成为你家门口留宿的那群人中的一个，除了一个眼神的鼓励，就不敢多奢求了。"这只是一种说法，想要和她单独待一个晚上，我得花整整一年的时光来等待。

她的目光垂了下来。"不，如果这样，我会很快把你区分开来，或者是我过去找你搭讪，又或是寂寞了去找你陪我。"她再一次抬起头，用手指按住我的心口，另一只手也开始抚摸我的身体，"现在我们之间已经有了联系，尼可洛。"她双眼迷离地望着我，吐气如兰，"当我知道是你的时候，我真是既惶恐又兴奋，就好像很久以前，我们的灵魂就已经约定，在这个地方这个时间相会。"

这种情况下，我已经无法描述我们到底是什么关系，实际上，我什么都没有办法想了。我看着她海一般蓝色的眼睛，消失在她的热情里。黛米亚塔就是那个带我登堂入室的人，就像比阿特丽斯之于但丁，或者她就是赛斯，那个迷住我身体与灵魂的女人。

第 2 章

这是一个事实，你知道的越少，就越会不自觉地怀疑一切。

月上中天，星辰运转。夜深了，一个人出现在农牧神的石板前。"他一定是那些家伙的侦查员。"我笑了，和黛米亚塔穿过原野朝他走去，骡子跟在我们后面。

那是一个少年，甚至比我雇来窥探莱昂纳多住所的男孩还要小。我估计他至多有十岁，梳着整齐的发型，但却和其他的罗马少年一样，严肃奇怪，脸色阴沉，就好像他们从没有过开心事。我很清楚其中一个原因——在瓦伦蒂诺眼中，罗马人民拥有其他地区所没有的和平与正义。只是可惜，不久之后，这片土地就遭受了战火的侵袭。

这个男孩穿着郡县的标准制服：亚麻衬衫、木制靴子和马鬃毛衣。当他稚嫩的高分贝嗓音在黑夜中响起时，我们仅仅回应了一句问好。

"你们想要罐子里的魔鬼？"

"恩，是为了和齐亚·凯瑟琳交易。"我回答道。

"噢，我知道她。"

"她在哪儿？"

他伸出胳膊指向北方，指向那条一望无际、周围植满桑树的大路尽头——波河平原。

随后黛米亚塔和我一齐骑上骡子，因为我不希望别人轻易分开我们。可是很快，我便对这种毫无来由的微小谨慎感到后悔。那个男孩迅速拉住骡子的缰绳，然后像个向导一样引领我们前进，他脚上的木底鞋却阻碍着他，并渐渐让他步履蹒跚。他带着我们在那条路上走了 3 公里，天空万里无云，渐渐明朗的月光与星光通过天空照亮了我们的身影，那感觉就像天上也有一条道路，星月正随我们的脚步一同前行。

疲惫的少年迈着碎步，把我们带进一条狭窄的弄堂。弄堂里干枯的树枝组成了一个藤架，悬在我们头顶。我永远不会忘记那天晚上那种独特的味道——橘子的清香、细微的玫瑰花香，还有一种强烈的百合花的芬芳朝我涌来，甚至新鲜的落雪都沾染了黛米亚塔的气息。那时的我沉醉在纯粹的香味中不能自拔，甚至忘了黛米亚塔的存在。

我们走在灌溉沟渠边的人行道上。带路的少年不得不去哄骗骡子尽量走在道上，因为另一边尽是桑树林，伸出的枝桠错综复杂，很容易划破他的衣服。当骡子走在正确的道上时，他又绕到后面，使劲拍着它的屁股，好让它走快一点。"走啊，去找齐亚·凯瑟琳！"他一边说一边拍。突然我觉得不对，扭头一看，少年已不见身影，仿佛他被骡子一脚踢进了沟渠。

走了几百步，黛米亚塔对我耳语："听到了吗，尼可洛？若有若无的响声。嗯，就像女巫走路时身上摇动的铜铃。"

"你是说有什么人在暗处跟着我们？"

那种细微的声音随后渐渐变成了噔噔噔的响声，但是过了一会儿就消失了，四周只剩下风吹动桑树枝的嘎嘎声。

大概又走了 400 米的路程，我们忽然听到一声大吼，似乎是一个老男人正在用力咳嗓子。我脖子上的汗毛立刻竖了起来。

竟然有一只野猪一样大的獒，出人意料地出现在我们眼前，暗黑的体形与落满白雪的小路形成了鲜明对比，就好像它是巫婆瞬间召唤来的。它慢慢向我们走过来，我能看到它明晃晃的锋利白牙和一颗花篮般大小的脑袋。而那个男人紧跟在它后面。

那只獒停下了脚步，颤抖地看着我们，似乎在做进攻的准备。而它身后的饲养者则拉紧了手中的缰绳，就像神箭手拉紧了弓弦。

这一人一兽如临大敌的样子让我们很是心惊胆颤，直到那个男人的声音再次响起："你们是来找罐子里的魔鬼？"

我们不约而同："是的，是的。"

那个獒的饲养者拉住了缰绳，然后按住了它硕大的脑袋，不管他凶猛宠物的狂吼大叫，说道："你们可以从这条路走。"

❋

这个带着头巾的饲养者按一开始的架势，用绳索绑住了猛兽，为我们领路。他走的路线很是诡异，比奥德修斯（《奥德赛》的主人公，以木马计赢得特洛伊之战）从特洛伊出征伊萨卡岛的行军路线还要曲折。他有时横冲直撞，有时突然转向或者往回走。我试着在星光的照耀下默记他的方向，却因复杂到头晕而放弃。

我不知道在那个人带领下到底走了多久，昏昏欲睡的头脑在黛米亚塔转过身来抱住我时才突然清醒。她的手臂搂着我的脖子，额头和鼻子贴在我的脸上，身上的味道也似乎包围了我。

黛米亚塔目光闪烁，低声说道："尼可洛，如果今晚有什么事情发生，你一定要立即丢下我迅速回去，回到你的宝贝女儿身边，然后好好对待你的妻子——她只是一个小女孩，你要爱她，她会为你成长。"她的嘴唇不停地颤抖，我甚至能感到她话语中的温情，"还有一点你也要记得。我还没把自己全部献给你，呵，其实这也是我想要的，就算现在我很害怕，也还是要讲出来。不过，如果我们能活过今晚——"

忽的，一只猫头鹰哀嚎着远去。而后我们的向导似乎想要追逐它飞行的轨迹，蛮横地牵着骡子的缰绳向前拉去。我们猝不及防，从骡子背上摔了下来，掉在结了一层薄冰的灌溉沟渠里。冰层立即破裂，寒冷的水流淹没了我的脚踝。我的手迅速拦腰抱住黛米亚塔，不让她被溅出的水泼到。

短时间内，我觉察到橘黄色的火花，随即在平原的边缘看到一个守夜人小屋的轮廓。这幢粗制滥造的小屋比一般的房子要稍大一些，甚至可以挤进整个家族居住。不过眼下这里只住了一个养着野兽的粗人，地上散落着石块、芦苇、木板和瓦片。那个饲养者打手势让我们走过去，并站在小屋旁边。

黛米亚塔轻轻说道："那么这里应该是拉韦纳。"她脸上没有半分戏谑，用我以前那种公事公办的口吻说道。而我在怀疑我们是到达了目的地，还是地狱的大门口。

小屋的门由树枝捆绑而成。我们的向导打手势让我们进去，他则带着他的小狗在门口侍立。地面上尽是煤渣碎末和葡萄藤烧过的痕迹。在这可笑的场景之后，是一副圣洁的画面。一个女子坐在后面的一把椅子上，头上包裹着绿色的头巾。她庞大的裙摆和层层叠叠的衬衫把椅子完全遮住；她头上围着绿色的毛巾，展现出男人一样的强势气场；不过，她的眉毛是一条细细的弧线，犹如一个银行家的太太。看起来她像25岁，但是她应该只有17岁。在波河平原上，一个女子达到如黛米亚塔这样的岁数意味着少女时代的结束。

就在一瞬间，那个女人抬起头打量了我们一眼。黛米亚塔微微倒吸了一口冷气，同时一种恐惧感从头到脚束缚住了我的身体。那个女人灰白色的眼睛里泛着水银色的光芒，就像一头饿狼打量着自己的猎物。平原上的农民都把具有这种色泽的眼睛称为猛兽的眼睛。

她伸展了一下手臂在膝盖边甩了甩，好像是扫掉宽大衬衫上的木屑。不过，我觉得她是在故意炫耀手上戴的十颗戒指和腕上的手镯。"我就是凯瑟琳，两位有何贵干？"她的托斯卡纳语说得实在不错。

"有一桩凶杀案。"黛米亚塔迅速回答，反应比我快得多，"有个人杀了我最好的朋友，还有另外两个无辜的女人也卷入其中。"

那个女巫的眼睛渐渐眯上，像一只猫盯着墙上的火炬："那么你是想要去询问安吉洛·班克？"

"是的。"黛米亚塔说道，她扫了我一眼，心中也是忐忑不安。但是现在，我们已经没办法回头了。

那扇劣质的门嘎吱嘎吱地打开，走进来另一个年轻女子。与黛米亚塔相比，她更加高挑、苗条，但皮肤却没那么白皙；身上只佩戴了大概凯瑟琳一半数目的戒指与手镯；她的脑袋不停地摇摆，眼珠不停地打量四周，看起来就像吸了鸦片进入了快要疯癫的状态，又或者她只是刚从狂奔的羊背上下来，还没缓过劲。

这个女巫是随着一个身穿羊毛外衣、长着白色的皮革鼻子的男子进来的。我正在猜测这个男子的身份，怀疑他就是我们曾在那些废弃的农舍看到的祭司。更让我吃惊的是，他后面还跟着两个孩子，一男一女，都是大约 8～10 岁的年纪。那两个孩子都穿着麻布衬衫，没有任何悲伤或恐惧的表情，似乎是来参加基督礼拜，在唱诗班拿着蜡烛高声祈祷。他们跟着那个女巫的脚步，进入一顶用树枝和马鬃建起的小帐篷。孩子们似乎很好奇，一路小跑钻进去，活像是小老鼠钻洞。

那个长着硕大鼻子的男子把凯瑟琳和她的椅子一起搬到桌子附近。桌子上静静陈列着一只干净的玻璃烧瓶，它大到可以容下一瓶酒，不过现在里面盛满了水。

齐亚·凯瑟琳再一次挥动手臂，还是像要把什么东西从膝盖上掸走。但是这次她的裙子上摊着一本打开的书，她试图摁住书页使其平整。我想我错过了什么关键之处，因为我看到那两个孩子又探出了脑袋。那本书已经被她宽大的裙子包裹起来。如果我比较好骗的话，还会以为她用魔法变出了书。

齐亚·凯瑟琳翻开书页，我发现这不是常见的印刷本——书旧得掉渣，羊皮纸也几乎被皮革的装订物给弄脏了。这看起来像是一个学生的几何课程练习册。我相信这个判断，因为在书页的边缘有正方形与圆形的手绘，虽然页码已经模糊。

"这本书有难以言说的魅力。"她一边翻动书页，一边自然地接受她的女巫同伴和拥有皮革鼻子的男巫的注视，就好像她发现了真十字架的遗迹。最后，齐亚·凯瑟琳换了一个舒服点的姿势，凝视着帐篷，开始训导里面的孩子。她此时说话的语速如此之快，以致我根本听不清她说了什么，只记得一个家伙在那里碎碎念。

她讲完之后，很长一段时间都是沉默。大家都在沉默，眼观鼻、鼻观心地坐着，除了煤炭燃烧的爆裂声和小屋的嘎吱嘎吱声——小屋似乎也在狂风中战栗。

孩子们开始唧唧喳喳，他们的声音在颤抖，但是我能分辨出那些词："洁白的天使，带着你的神圣。"我想占卜还是需要些规矩的，比如神圣的撒旦只能用神圣的物品才能召唤，例如少女的贞洁。

我一直没有看到齐亚再碰过桌上的玻璃烧瓶，但是她肯定做过手脚，把某种试剂放了进去，因为瓶里的水开始翻腾并出现了微红色的闪光，像是许多萤火虫。

"风清云敛，"齐亚说道，"王者归来。"她手中突然出现一支笔，随即倾身向前，饱蘸浓墨。我吓了一跳，因为之前我没看到盛墨的容器，就像是随着这支笔凭空出现的。"谁有问题？"

"黛米亚塔。"黛米亚塔抬起下巴，鼓起勇气说道。

"那么就写吧。"齐亚说道，把膝盖上的书挪了过来。

身边烧红的煤炭不断爆出火星，黛米亚塔像是在火雨里穿梭，但她看起来毫无顾忌，坦然落笔于纸。黛米亚塔的披肩是系在衬衫上的，因而挡住了我的视线。我看不到她的表情，只能看到她心无旁骛的背影。因此，我也不知道她问了什么，只知道写完后她夹杂着恐惧与激动的语气道："我的灵魂会因此受到责罚吗？"

那个女巫用野兽般的眼神凝视着她，似乎在考虑要不要吞下她的灵魂："你看到了，很多贵族都在上面署名。"

我想你可以想象，我当时有多么渴望知道那些"贵族"的名字。如果那之中有奥利夫奥托·达·菲莫或者维特罗佐·维特里，甚至是保罗·奥尔西尼，那个署名能让人直接联系到教皇儿子的谋杀案。不过我很清楚，如果我继续咳嗽，黛米亚塔很可能会立即死于非命。

黛米亚塔开始翻页，羊皮纸发出的沙沙声像极了橡树叶被风吹动的声音。每当她翻动一页，她的肩膀就微微地抖动。对我而言这是很明显的举动，随着她肩膀的抖动，呼吸也开始粗重起来。

这时，黛米亚塔的声音已经完全充斥着恐惧而不再激动："您看到那些人的署名了吗？"

那个女巫的鼻翼抽搐了一下。在她背后，孩子们正吃吃地笑着。她凶狠的目光仍然盯着黛米亚塔的脸庞，微微点了一下头。无论这个时候她说什么，我都听不到。

但是我听到了背后那个向导从屋外传来的声音"利科尔诺"（Licorn），那确实是利科尔诺，不过，我以为听到的只是暗号。

那个饲养者闪过我身边，好像是被风带进来的。

黛米亚塔转了过来，脸色苍白。"拿着那本书，"她喊道，"他们都在——"

那个饲养者迅速抓住她的发辫，然后用铮亮的匕首顶在她的喉咙上。

我在一刹那就被打晕，过了好长才醒了过来。我躺在地板上，刚才袭击黛米亚塔的人正向屋外走去。

"跟着他！"黛米亚塔大叫，那个长着皮革鼻子的男巫立即抓住了她的手臂和发辫，控制了她，"他身上有那本书！"

我跌跌撞撞跑了出去。我看到了满是雪花的平原，也看到了那个家伙和他的狗正在逃跑——他们的身影穿过灌木丛，渐渐消失了。

我的身后传来一声鸣响。

我转过身，看到火焰灼烧着一匹马的鼻子和一头山羊的胡须。

这时，一枚炮弹似的东西击中了我的太阳穴。眼前光一闪，无边的黑暗如潮水一般涌了上来。

第 3 章

得到的希望比失去的担心更能打动人。

醒来时，我已身陷地狱，我所受的惩罚是我活着时不能忍受的。

以前我从来都静不下来，也不能长时间待在一个地方，我的家人和朋友常常对此抱怨不已。在这里，我将被永远冰冻起来，犹如一个子宫里的婴儿，双手紧抱双腿蜷缩，好像在保护自己，抵御外界的侵扰。

以前我喜好聚集一帮人，然后主导谈话；而现在，我在这无边无尽的黑暗中又哑又孤独。

幸好我还有视觉。因为我从不会在某个想法上停留太久，所以现在对我的惩罚，让我一瞬间有成千上百的想法：我从前见过的人、深爱过的人以及许多从未见过的生物和恶魔都在我脑海中一一闪现；像哈兰和法萨卢斯这样的伟大战争，犹如蚂蚁大军在我的脚底簇拥，而我对它们没有丝毫感觉；古罗马的所有参议员在我脑海中匆匆掠过，而我也来不及找个人问问题。我的灵魂穿梭在我曾经去过的地方，如里昂、锡耶纳、皮斯托亚、弗利，然后又如小鸟般飞入无人涉足的地方，这些地方有藏着熠熠夺目珠宝的城市，有由象牙砖砌成的镶着珍珠的城墙。我的思维飞转在这些充满奇观异物的地方，而我冰冻的身体却永远无法触及，我愚昧的大脑也无法领悟。

但是，在这样的地狱里还有一些睡眠时间，或者至少在这里我能睡上一会儿。当我再次醒来时，光线比我活着时的最后一刻还要明亮刺眼，还要令人痛苦不堪，就像有人把醋泼到了我的眼睛里。我还是能够动弹，尽管我不希望这样。我的双手四处乱抓，丝毫不在我的控制之下；双腿也痉挛着难以自控地高举着，几乎要碰到我的鼻子，令我倍受折磨。

我也能说话。当我的父亲再次出现，我们如浣衣女般闲聊了好几个小时。我们谈话的内容天马行空，一会儿法律一会儿医学，一会儿萨佛纳罗拉一会儿比翁多的历史，一会儿亚里士多德的诗集一会儿西塞罗的《论责任》。我妹妹又让我唱那首妈妈喜欢写的颂歌：噢，美丽而纯洁的花朵，维持着爱情……这首颂歌一直被改编重写，从它那演化来的诗歌数以百计。我和阿尔贝塔乔·科尔西尼之间发生了激烈的争执，她是玛丽埃塔部落的首领，我们争吵的内容是关于要把我年幼的女儿普瑞梅拉娜送到她那个位于纽芬兰的阴暗潮湿的托儿所。玛丽埃塔站在一旁低声哽咽，我随即向她张开双臂，她却转身离开了，与我活着时纤毫不差。

无论多么模糊不清，我开始理解这一切，理解我现在的真实处境。我将自己想象为阿基米德，躺在浴缸里，探索着这个神圣宇宙的奥秘。那些刺眼的光仅仅是耀眼的阳光透过驻扎小屋墙上的裂缝照耀进来的光束，尽管这间小屋比我先前去过的小很多。这空荡荡的地板冰冷如坟墓，而我也犹如新生儿般赤裸着身体。这地方闻起来像挤满了一千名医疗师，他们意见不一，争吵着要用哪种膏药。

我记得那种臭味。

我突然蹦起来，头剧烈地抽动，仿佛被马踢过一般。一种散发着恶臭味的贴胶贴在我身上的每一处：腿、鼻子、胸膛、后背甚至眼球上。我将那恶心的东西从眼睛上拭去，环顾四周。我竟然被裹在一个马鬃毛毯子里，衣服和木屐鞋堆在我的脚边。我只知道，无论是谁把我移到这儿，必定是不想我死的。他在我身旁还留下了一个黏土制成的锅。里面几乎没有东西，但还剩下一点儿涂抹在我身上的东西：一种由菟葵、天仙子、曼德拉草和颠茄制成的软膏。

昨晚，我还悠然自得地和黛米亚塔骑在骡子背上。

尽管不断抽搐的腿和四处乱抓的手依旧不受我的控制，我还是努力地穿上衣服，趔趔趄趄地走到门外。雪地上明亮的阳光几乎使我看不见任何东西，过了一会儿，我看见那个救我的人的足印；从他的足印中可以看出他的脚非常大，肯定是人类的脚。然而旁边单独的一串离开小屋的脚印则应该是魔鬼的。那个人踩着雕成偶蹄动物脚形状的高跷离开，我确定他与昨天晚上带着山羊魔鬼面具的人是同一个人。

我跟着那些脚印，希望它们能够把我带向黛米亚塔，我确信跟着它们肯定能找到一条路。我一瘸一拐沿着这条足迹走的时候，真相开始渐渐在我脑海闪现。那种涂在我身上，使我全身冻住的软膏，也涂在了那两个可怜的女人身上，只是经过了那个晚上，她们没有醒来。这些软膏让她们处于一种瘫痪的状态，一种类似第一步跨进死亡大门的状态。这样一来谋杀犯便可以精准地对她们进行肢解。但是我依旧不能明白事情的真相，因为我只跨出了死亡的第一步，而没有跨入肢解那一步。

我确定黛米亚塔也被这样冻住了身体，一想到恶魔不可能饶了我们俩，我便从骨子里感到恐惧。

很快我就来到结了冰的灌溉渠边，他们把这片地分成一个个网格。这里的冰向两边破裂，让我觉得带着恶魔面具的人可能在这里与他的同伙或者其他人见过面。我冒险挑了一边，走了一段距离，穿过一行柏树，但什么都没有发现，既没有走高跷的痕迹，也没有足印。

我的思绪依旧混乱不已，拖着沉重的步子，我穿过一大片农田，直到午后的阳光把雪地融化；我歇斯底里地呼喊着黛米亚塔的名字，直到再也发不出声。在这片广袤无垠的平原上，我的呼喊竟然没有引起任何当地居民的注意。一次又一次，我看见石膏般白色的平原上一排排灰烟袅袅升起，但是无论何时我走近一个农房，那些火都已被扑灭，而且没有一个人回应我的呼喊和敲门。

最终我想，我能帮助黛米亚塔最好的方法是回到伊莫拉组织一个搜救活动。当我找到艾米利亚时，天空已经变成炭灰色了，风中依旧夹杂着雪花的气息。奇怪的是，我的脚步突然因为一个鼓舞人心的决定而轻快起来。这完全受到黛米亚塔对我说的最后一句话的启发：他们都在名单上。可以肯定，她所指的是雇佣军中签署过齐亚·凯瑟琳魔法书的"伟大的地主"中的几个。如果真的是这样，那本书里就有那篇神圣的文章，也就是说，那本书可以把雇佣军与那两个遇害的女人联系起来，然后便可以此为据，揭发他们在教皇之子谋杀案中的罪行。

我继续蹒跚着踏过这片逐渐消融的灰色雪地，脑子里突然蹦出一个念头，虽然我们一路小心翼翼地防止被跟踪，但会不会是恶魔的弟子一路跟随我和黛米亚塔来到装魔鬼的瓶子里，然后将我们迫害至此。如果他真的得到了他要寻找的那本书，那么他就不会做我的带路人，而骑行也会变得截然不同。我之所以能够存活，就是因为那本书依旧在平原之外，在某些令女巫们极其恐惧的人手中，他们仍然认为我可能是那个将书藏起来的人。

想到这里，我猜测黛米亚塔也应该还活着。事实上，在毫无意义地将我打晕之后，如果恶魔的弟子能够去追赶那个带着神圣之书逃跑的人，那么黛米亚塔或许有很大的机会逃脱。

❉

天黑之后我才到达伊莫拉，却发现与上次离开时相比，这里有了很多变化。马车和载着行李的骡子充斥着大大小小的街道，它们载着各种各样的商品：从折叠椅、织布机，到种子和板栗，样样俱全。似乎这座城市所有的人都涌向了街道：疯狂忙碌的商人和他们的帮手，沉默不语的蜡烛店的小女孩，令人眼花缭乱的街摊商贩，眼神贪婪的牧师（他们能在每个小骚乱中看到利益）以及惶恐不安、身披马鬃毛披风的工人们。

我的内心焦虑不安，以致我几乎没有闲情去关注街道上混乱的活动。我径直走向玛奇雷利宫，急切地冲到黛米亚塔的房间，几近崩溃地憧憬着，她或许就坐在房间里，怀揣着同样急切的心情等待着我。但是出现在我面前的竟然是一位看管房屋的矮小女人，身上散发着酒桶底的味道，无情地告诉我黛米亚塔还没有回来，我重重地捶打着她的房门，就像一个迷途绝望的乞丐。

我拖着沉重的步伐穿过庭院，步履艰难地登上门口的阶梯。突然，眼前闪现出一捆斗篷包着的东西，我定睛一看，一条苍白的腿露在外面。

我瞬间跳上最后一个阶梯，心里一半是恐惧，一半却又充满了期望。

他慢慢抬起低埋的头。

"卢卡！"我尖叫道，"天啊，你在这干什么？"他就是我雇的那个年轻的小间谍，估计他来这儿是因为我不在的时间拖欠了他的佣金。

"尼可洛先生，他们带来了一些其他的东西。"

当踏上艾米利亚的路，我早已把所有的恐惧都抛在身后，更不用说会害怕他们曾经涂抹在我身上的毒药，听他这么一说，所有的事情瞬时涌上我的心头。

因为我清楚地知道，他所说的带进莱昂纳多解剖室的"东西"是什么。

第 4 章

被敌人困住时，我们绝不能相信他们持续不断的伪装，而应该揭开表象下隐藏的骗局。

我猛烈捶打着莱昂纳多豪宅前那扇橡木制大门，当观望的栅栏推开时，我咆哮道："我有预约！"随即，大门便畅通无阻地打开了，我知道这样说总有效。接着，我步入一座深深的庭院，四面围墙高耸，仿佛置身于一口深井中。从另一头很远的门边投来一道奇异的光线，弥漫在整个庭院里。

"你们主人在哪儿？"我问那个脸上长满胡茬的仆人，他衣着得体，但仅有那件绿色锦缎束腰外衣能让我羡慕几分。这个不幸的仆人失去了一只眼睛，手也只有一只。或许这是对他盗窃行为和其他犯罪行为的惩罚；莱昂纳多的房子显然是罪犯、残疾人以及骗子的集中营。那仆人还没来得及回答，我便听到一阵奇特的声音从远处传来："啊——哈。"

我嗅到一股臭气，并且紧紧黏在我的舌后。

"啊——哈。"那人又发出了一阵声音，但这次更加洪亮，音调也变高了。我猜，要么是个小男孩，要么是个女人。

"啊，啊，啊！"这就是几年后，医师将我关在史丁奇监狱里我经常听到的那种声音。

我穿过发出光亮的门道，来到一个潮湿的走廊，这里的气味像七月里的教堂，那时埋在教堂底下的尸体开始被夏日的热气和湿气焖烘和腐蚀。每向前迈出一步我都能感觉到光线在渐渐变强，当我走过那个拐角，瓷砖地板上投射出的亮光突然显现在我眼前。

　　我眨眨眼才看到脚下的木阶梯。

　　这些木阶梯通往一个地窖，里面散发的气味更像是八月里葬礼的味道。

　　"啊哈，啊哈，啊哈！"这绝对不是一个女人或者一头野兽发出的声音，而是女人和野兽混在一起的声响。

　　我慌乱地顺着阶梯往下走，几乎认定等我赶到时，黛米亚塔早已被剁成肉酱了。

　　我似乎走进一个深深的洞穴，以往画最后审判日的画家们都从没有描绘过如此深邃而又令人恐惧的地方。12个点亮的球体悬挂在空中，垂直在撒旦独享的筵席上。一具已完全肿胀的女尸被放置在台上，从喉咙到腹股沟都被切开，就像一只被掏空内脏的母猪。这便是晚宴的主菜。"你们究竟对她做了什么！" 我大喊道。

　　"今天早上在坎塔卢波附近的农场里发现她，身上没有被施暴的痕迹。"透过球体发出的光亮，我看到了这个迂腐的作者：莱昂纳多·达·芬奇。他就站在地窖的后门处，身着屠夫专用的罩衫，将双手在上面抹了抹。

　　纵使我内心千万个不情愿，我还是转过头重新观察了一遍那具尸体。那是一个丰满的女人，浑身赤裸，苍白的双臂平放在身边，双腿却放在稍微远一点的地方。她被放置在一匹亚麻布上，那块布又脏又硬，任何一个英国人都不愿意将自己的食物放在上面。她深色的头发衬托着铅灰色的脸，即使是在极其明亮的光线下，她的眼眶也显得空洞而无神。他用的锯子和擦得瓦亮的刀片就放在她的身旁，显然对她的暴行就在此处。但是我坚信，没有哪个解剖家的工具可以把我的黛米亚塔切割成这样。这是自她失踪之后，我第一次领悟到我应该去其他地方找她。

"我们已经证实了她死亡的原因。"莱昂纳多说道。他坐在一个铅制的浴缸前，那浴缸犹如一具棺材，被高高架在一个石头平台上，高度正好到莱昂纳多的腰部。在这个金属水槽两端，分别有一个像微型太阳的光团悬在灯柱上，那些光从不知如何放入的大型盛水玻璃球体的烛光中折射过来。这一媒介物使那些明亮的光异常稳定。

"正如你所想，这座城市会发生各种蠢昧的事情。"莱昂纳多继续用他的男高音说道，"小麦地里的鼠尾草说明她的死亡是一种致命的试剂导致的。撒旦为了将来过这里的所有证据全部销毁，派了一个下属，将一个很大的干苹果塞到这个女人的呼吸道。贾科莫，带他去看。"

我转过身去寻找莱昂纳多的小白脸跟班，吉安·贾科莫。他在自己的那张桌边忙活着，桌上放着一些从那具女尸上取出来的器官。在我这个未受过多少教育的人眼中，那些器官摆放的样式像极了一个古风笛——一种农村的风笛——即使这种乐器只有一个笛管，且只有我的手臂一半长，却犹如驳船的绳索那般粗壮，顶上装着一个顶饰。在笛管的另一头则是一对变紫的发光膀胱，很容易让人联想到新鲜的公牛肝脏。吉安·贾科莫一只手将那个顶饰紧紧扣在笛管上，同时另一只手压住一个膀胱的底部。

"啊！啊！啊哈哈！"

听到这种声音时，我才突然明白那两个膀胱原来是肺，而像笛管的东西则是气管。贾科莫一直都在以极为不雅的姿态捣腾那个可怜女人的尸体。在一具尸体呈现的无数欺诈和假象中，我相信没有任何一个讲故事的人想过会以这种方式来寻找真相。

当他干完手中的活，莱昂纳多这位伟大的玩肺大师猛地从桌上抽出一件东西，然后将它轻轻放在巴掌中展示。那褐色的物块和西班牙的橄榄差不多大。

"我认为，是那个女人自己吞下这东西的。"莱昂纳多说道，"就如我们刚刚看到的，她的肺部和喉咙以及她的整个呼吸系统，都是完好无损的。如果她能吐出那团东西，或者更充分地咀嚼，或许还能多活上40年。"

"那就是说，是命运女神杀了她喽，"我重拾耐心，回应道，"大师，我在找的都是——"

说到这里，我突然发现一些令我毛骨悚然的东西，立刻问道："大师，那个大缸里装的是什么？"

还没来得及等他回答，我禁不住走到地窖的后面，在我还没走到那个长长的金属浴缸边，我心中的怀疑似乎都得到了确认。事实上，那个所谓的浴缸正是一个像棺材一样的东西。一个铅制的管子在一头引入水流，从另一头流出，在将这个容器注入水的过程中，形成了一条温婉柔和的小溪。

水底放着两个打着石膏的东西。尽管我分清这些肢解后的部位仅仅是一些残留的阴毛，它们在水流中飘荡如同苔藓，我依旧能确定那两个东西一个是半边屁股，看上去是从骨盆处砍下，沿着胯部切开的，大腿仍与这半边屁股连在一起；另一个则是这条腿上的小腿部分，从膝盖处被切断。

我完全不能相信眼前这一切会发生在黛米亚塔身上。"昨晚黛米亚塔在平原那边被绑架了，他们会这样对她吗？"

"那就只能等等看了。"

"等等看？"

"看他们是否是同一群人。"我脑子里只有一个很模糊的概念，他所指的"他们"是谁，或者为什么他们不会是同一群人。莱昂纳多从他的桌上拿出一本笔记本。"你务必准确无误告诉我她的身高。"

我只知道当我和黛米亚塔面对面站着的时候她的眼睛到我什么地方。我用颤抖的手向他比划了黛米亚塔的身高。他用一根极长的棍子量了量我指的地方，然后在他的笔记本上记下。"那时她穿着半统靴吗？"

我确信无疑地点了点头。莱昂纳多用手把缸子里的东西都捞了起来，犹如渔民麻利地清理着渔网。他将那两块东西搁在那张又脏又硬的亚麻布上，布的一端还盖着他的第三个搁置架。当他将那个测量棒放在折射着光的小腿边时，我再也不敢多看一眼了。

在这段令我提心吊胆的时间里，我只能听见莱昂纳多手中吱吱的粉笔声，听到他犹如匆忙翻着乐谱找曲子的宫廷音乐家，猛烈地翻着他的笔记本。从这页到那页，仿佛在说一些如："G 对 h 的重要性就如 r 对 s……"但是大部分他嘟哝的东西都是断断续续的。

突然木阶梯被一阵脚步压得晃动不已，大师却依旧专注于他令人紧张的测量工作。托马索从台阶上走了下来，他是这里的肢解师。除了戴着傻气帽子的头部，那帽子外面翘着一根羊毛，和那双又大又黑的靴子，你看不到他身上的其他任何地方。他抱着一个柳条编成的篮子，身体完全被篮子挡住。那篮子是用来采摘熟葡萄的，形状犹如一个茶水壶，可以立在地上。但是篮子的上端开口处过宽，以致像托马索这样双臂张开犹如鹈鹕的羽翼的人都很难抱住。他把篮子放到莱昂纳多的桌子后，把里面的东西倒在那块布上。

那些被肢解下的部分像一个个大理石雕塑的碎片，被混乱地倒了出来。每个部位的切口处都非常平整，还泛着玫瑰的红色。上半身上的手臂从与肩膀相连的地方被切除。僵硬的胸部已经变成了死沉沉的蓝色，上面的乳头已经被切去，只留下那圈泛黑的乳晕。另外一只腿的两部分中，大腿的上端被切开的地方依旧残留着一些黑色的阴毛。手臂和手掌中间也被切开了一道深深的口子。

但是，让我晕眩的并不是眼前看到的这些肉体，而是它们发出来的恶臭，那种与我踏入地窖时附在鼻子上完全一样的恶臭。我渐渐觉得整个屋子都在晃动。

莱昂纳多将这些恐怖的肢体搬到桌上，然后试图去"重新组装"这具女尸。我站在距离他们较远的地方，恍忽间听到他说："你确定每个肢体应该放到哪里吗？"

　　此时，莱昂纳多停下手中的活儿，开始研究剩下的肢体，仿佛在画一幅壁画。他在铅制的大水槽边沉思着，过了一会儿，我似乎听到他嘟哝着"告诉我"——仿佛他在恳求这些肢体说话。但无论他问什么问题，这具死气沉沉的尸体也不会做出任何回答，大师皱了皱眉，转身冲上楼。

　　我在他的工作室里找到了他。这里同样有几个亮着的蜡烛球体，在烛光中，我可以清楚地看到黛米亚塔曾经向我描述过的混乱景象。大师匆匆翻阅着一沓拉丁文手抄稿，这是他从桌上一堆杂乱无章的文稿中找出的，看上去他似乎要用这些书来烧起熊熊的篝火。

　　"维特鲁威认为人体的各个部分都是以一定的数学比例组织在一起的，"莱昂纳多说道，一只粗壮的手指直直地指在那本书的某一页，"一个人的身高等于他手掌长度的 24 倍，并且其他部位的长度也是手掌长度的某倍数或者小数倍。我一个很好的朋友，帕修黎修士得出了一个计算这些比例的方程，被奉为盲信者之父的萨沃纳罗拉老师根据相同的原理制作了一些非常有用的表格。"莱昂纳多的声音越来越小，他紧皱着眉毛，在他的笔记本上写下了一些数字。

　　忽然之间，我全身紧绷，如同前两天那样。我肯定他想到了些什么。"你写的是什么？"

　　大师再次拿出了他的粉笔和笔记本，写下最后一段笔记。只见他摇了摇头，并不作声。

　　我实在难以抑制心中的恐慌，狮吼而出："看在上帝的分上，请你告诉我托马索那篮子里的女人到底是谁吧！"

"不是她。"

我剧烈跳动的心脏撑胀起了整个胸腔。但在那一刻，我却像个迟钝的小孩，只说了一句："所以你的意思是这些肢体拼凑起来与黛米亚塔的身高不相符。"

他抬头看了我一眼，仿佛我刚刚的问题是如何倒掉夜壶里的尿液。"两个都不成比例。这两个不幸的女人中，一个比黛米亚塔高出 12 厘米，另一个则比黛米亚塔矮了 8 厘米。"

听到这些，我目光呆滞空洞地望着他。

"它们显然不对称，"莱昂纳多说道，"小腿与盆骨和大腿骨部分不成比例。"他所指的是那个大水槽中的两个肢块，显而易见他所有的推测都是基于这两块东西。"如果我们测量托马索带来的那些肢块，我们也会发现这些不同点。"

我闭上双眼，不敢想象。"你的意思是——"

"这些肢体不可能来自同一具尸体。"

我站在那儿，内心已近崩溃，但他的话又让我重新看到希望。也就是说，黛米亚塔可能还活着。

但转念一想，那就是其他两个女人被分尸了：我十分肯定一个是齐亚·凯瑟琳，另一个是与她在一起的女巫；那个女巫看上去确实比黛米亚塔高一些。顿时，这些思绪让我感到嘴里的味道和皮肤上沾染的恶臭味一样令人恶心。

说完这些冰冷的但却令我宽慰的话，莱昂纳多便立即开始将桌上那一大堆肢块分类，完全无视我的存在。这一堆肢体的切块虽然混乱，但每一块上面都标有大师记下的数字和测量的长度。如果在这些东西中震惊地发现了黛米亚塔的某个部位，想到这里，我不敢继续往下想，脑子里充满了稍纵即逝但又无法避免的预感：所有这些肢块可能都拼凑不出一具完整的尸体。在莱昂纳多重组尸体的过程中，手稿中每一幅画的空白处都被写上了笔记或修改的笔迹。而每一个木质模型，不管是一座堡垒，还是一个新奇的齿轮装置，都散布在那堆肢块中，或被莱昂纳多拿走，或静静等待着他来拿。

和黛米亚塔一样，在我来到伊莫拉之前，我和莱昂纳多·达·芬奇没有什么交情；而在我来之后，也只有偶然的几次，在来去岩石区的时候见过他几面。当外面流言纷飞，说他神秘地收集女人被肢解的尸体，并与雇佣军和大教皇之子的谋杀案有关时，我才开始对瓦伦蒂诺的总工程师——莱昂纳多感兴趣。也正是那时候，我雇来了那个叫卢卡的男孩，来监视这个大师的豪宅，让他及时告知我都有谁或什么东西出入他家。但是直到在橄榄林的那个下午，我才第一次与他有了言语上的交流。

我知道莱昂纳多将这个混乱不堪的地下室视为自己的命根子。30年前，他因为犯鸡奸罪被从佛罗伦萨流放出来。当时美第奇是他的资助人，本可以保护他免于流放之苦。但当米兰的公爵出卖了莱昂纳多以及整个意大利时，美第奇后来的功劳变得毫无意义。也就是在这之后，莱昂纳多这位原先备受敬仰的大师被驱赶出曼托瓦和威尼斯。两年前，我们的共和国将他迎接回国，圣母领报大教堂的神父还为他提供了一个职务。但当瓦伦蒂诺接纳莱昂纳多时，他为这位男修道士留下了一幅巨大的画作。尽管只有一幅画，但簇拥的人群看到这幅画时总是目瞪口呆，犹如看到文艺复兴的早期意大利著名画家波提切利又重新拿起画笔创作的作品。

在一堆未完成的伟大画作中，莱昂纳多迅速找出了一些他之前完成的作品。黛米亚塔曾经向我描述过他画的伊莫拉的地图。我猜测公爵一定是为了协助莱昂纳多调查才把这张地图还给了他。我不得不承认，当我亲眼看到这张地图时，那种仿佛鸟瞰大地的感觉，令我惊叹得下巴都要掉下来了。

莱昂纳多立即用一张临摹的图纸盖住那幅地图，而我也马上被这张临摹纸吸引住了：上面有他已经用红色粉笔画好的方形、圆圈和矩形，这些几何图形他都曾经向黛米亚塔展示过。这张画恰如其分地与下面的地图相契合，尽管临摹纸要比地图大一些，临摹纸上的圆形和地图上的风向图的直径却完全相同。

"托马索。"莱昂纳多将他的助手召唤过来。托马索从楼上下来，走到莱昂纳多身旁。大师随即掀起那张临摹纸，地图又显现在我们眼前。"你指一指你找到这些肢块的地方，尽量确切一点。"

"这是第一处。" 托马索将他的手指按在地图中央的一个小小的空矩形上。这是伊莫拉的主要广场——马乔雷广场。

"是的，那半边臀部和大腿。"莱昂纳多说道，十分肯定是指我在解剖师的大桶里看到的那个硕大的腰部。

"小腿则是在这里发现的。"冶金术士指向了一个小型的街道，这街道位于一个看上去虽然小，但足以让人认出来的地方——多米尼加教堂，它确实在这个世界上，也确实在伊莫拉这座城市里。这座建筑坐落于马乔雷广场东北部大约几百布拉乔奥的地方。"我是被告知在这儿有只手臂的。"——他指了指亚壁古门外不远处，距马乔雷广场东面只有几百布拉乔奥的地方。

托马索每指出一个地点，莱昂纳多就将那张临摹纸重新盖到地图上，然后在临摹纸上画出一个标记点，并且在旁边标记相应的身体部位。整个过程依次进行，总共重复了七次之多：那具没有手臂的上半躯干在法恩扎大门那儿被发现；另一半臀部和大腿则是在伊莫拉南边的桑泰尔诺河的河岸边找到的，这条河位于那个大圆形或者说莱昂纳多那张地图上的风向圈边缘；小腿则是在这座城市西南方的山里找到的，它已经远远超出这个圆的外围了。

这时我突然问道："这些肢体是被埋起来了，还是裸露在地面上？"我内心猜测是后者。

"裸露在地面上。"莱昂纳多完成了对托马索所指出的地点标记后，拿起一把直尺，又开始忙碌地将这些标记点连起来。他不是仅仅在这些点中画出一些简单的线条，而是在自己的脑子里，画出一些如三角形和其他各种各样多边形的几何图形。

"但是动物们并没有吃掉这些裸露在地面上的肢体。"我说道。

"我们已经通知这些乡村地区的居民，如果他们发现这样的肢体，能将其保留原状并且避免动物吃掉的话，我们会给他们一些好处费。我们尽量将所有的肢体都收集起来。"

我暗自计算着这些我们已经收集到的恐怖肢体：除了已有的八处人体部位，仍有九个部分没有找到，还不包括人头。

莱昂纳多又开始自言自语，他四处移动他的直尺，仿佛这根直尺是一个里拉琴的弧面。但是他一次又一次摇头，跟之前找不到正确的笔记时一样。

最后我实在难以克制自己，对他说道："大师，或许在这些地点的方位上根本没有几何图形的存在，或者他们根本没有有意地设定这些地点。"

"那么他们为什么大老远跑到这些不同的地方放置这些肢体？"——莱昂纳多指着他的临摹纸——"那么为什么他会放弃他的任务？"显然，这位有一大堆未完成作品的大师没有听出这个问题的讽刺之处。

"或许这个人偏偏就不希望别人从这里看出某种有意图的设计，"我说道，"因为他在不断地改变他放置的方法。"

莱昂纳多依旧弓着背看着他的临摹纸，听到我的话，他回过头来扫了我一眼。"他仅仅在分尸和处置肢体的时候改变了他的方法。他在埋葬肢体时将它们直接放在地上变换。而且他现在分尸的方式是将其切成更多块，从而可以将它们放在更多的地点。事实上，他是有某个固定的抛尸模式的，只是我们现在还没有看出而已。"

我暗自总结着莱昂纳多和那个谋杀犯之间的相似处，因为他们竟然都能将这些肢解后的尸体视为所谓几何图形中的"点"。

"当然，他也预料到我们会猜想他的抛尸路径，"我说，"或许在这种情况下，他的意图恰恰是反其道而行之，让我们在这里被困住。"

"他的意图是通过几何图形制造谜语。"

"那么是为了达到什么目的呢，大师？"

"这就需要猜测了。"

"他的意图是为了让我们在这里耽误时间。他并不希望我们对他的抛尸路径失去兴趣，或者让我们看出这种路径的规律。因此他变化方法的途径并不是创造一个几何图形，因为这与我们所想的太过一致了。"我用手指着临摹纸，接着说道，"事实上，我们并不需要通过理解几何图形的含义，去找出这个人放置肢体的原因。那么他这么做的目的是什么？"

莱昂纳多猛烈地摇头，灰色的卷发也被四处甩动。"为什么我们一定要肆意猜测这些无边际的东西！我们还是回到对地点的讨论上。"

随后，大师再一次在他的桌上搜寻有用的信息。散布在桌上的东西有一半对他的艺术或科学事业毫无用处，这些东西应该与一些纸巾、床上用品、装满铜匠用的木炭的赤土陶壶和装满钉子的盒子放在一起。在一个玻璃罐子里装满了各种各样的东西，从闪闪发光的水银到米粒，大师在这些东西里翻来找去，终于从里面抽出一串已经干了的黑豆，然后将它们一个一个放在临摹纸上那些发现肢块的点上。

但莱昂纳多的豆子只能较好地解释前面两处放置尸体的地方，剩下那些地方简直一片混乱。这让他绝望不已，一气之下他将整个罐子摔到了临摹纸上，一边吼道："肯定有其他我没发现的东西！这些放置方法与之前的那些放置方法肯定有联系，就像那些球体里的圆柱体一定与阿基米德通过那些二维建筑物……它建立在球体最大的那个圆上……圆柱的表面和它的地基是三个半圆……只是我没有发现而已。这些放肢体的点肯定没有完全找出来。"他伸出大大的食指，轻轻敲着那些黑豆，像极了一个要数豆子的傻子。

"阿基米德，我要去读读阿基米德写的书。"突然他将黑豆甩到一边，"托马索！我们要赶紧为我们的旅行做准备了。我们有很多事要做，很多很多事。"

命运之谜

"旅行？"这个词如同一块从起重机上掉下的巨石重重砸在我头上。我比托马索还要吃惊，因为我本应该在看到街道上的活动时就立刻想到这些。而现在我只能用低沉沙哑的声音问道："公爵现在在哪儿？"

"今天早上他出发去切塞纳了，"莱昂纳多心不在焉地说道，"和整个军队一起。这件事非常紧迫，公爵让我们尽快完成任务，但是我们明天必须离开这儿。"

就如约伯坐在灰烬之中一般，我呆呆盯着莱昂纳多的临摹纸，上面依旧放着几粒黑豆。瓦伦蒂诺和他的军队离开这里无疑意味着条约的谈判已经结束；公爵和他的雇佣军将会在切塞纳或者其他一些南部地区会面，为达成的条约盖章，并与他们的军队会师。这一切当然都是为了征服佛罗伦萨。而我则被政府赋予的任务束缚着。在这次我离开领主广场的时候，他们再次强调了任务的内容：无论瓦伦蒂诺公爵是死是活，也不管我将面临什么样的命运，我务必要紧紧跟着他。因此如果我想要赶上公爵和他的军队，我也有很多事情要做。

对于这致命的财富，我心中仍有一块石头不能放下。"大师，当您见到公爵阁下时，请您务必转告他，有一本书能够将他哥哥的谋杀案与雇佣军联系到一起。它能将那几个拥有它的女巫，变成您在地窖中细查的肢体。我和黛米亚塔都在平原上看到过那本书。在此之后，她就失踪了。而我则被那个贾科莫也见过的面具恶魔的弟子打晕在地。我相信这本书，或许还有黛米亚塔都还在那个平原上。公爵应该从切塞纳派遣骑士去那里搜索。"事实上，我深知让行动迅捷的骑兵部队来搜索是很可能有结果的。

莱昂纳多抬起头，看了我一眼，然后点了点头。他开始在桌子之间踱着步，犹如一头灰色的狮子。他用手按住太阳穴，然后一个劲地将头发往后捋，仿佛想把它们统统剪掉。"告诉我！"莱昂纳多发出 d 音时犹如一只生气的猫，而说出这个单词的其他音节时语气则略带抱怨，"告诉我！告诉我！"

　　我回头看了看托马索，他飞速地摇着头。在切塞纳见到公爵前，我把我所知道的一切全都告诉了莱昂纳多。我径直朝门口走去，却又在门槛那儿停了下来。

　　我回头扫视了一眼这个杂乱无章的地下室，我想知道，如果莱昂纳多那些未完成的雕塑也变成了一项更具野心的使命会怎样。它肯定会像瓦伦蒂诺的新意大利，永远都不会有实现的时候。因为在它还未被建成之前，它的主人就已经掉进雇佣军设计的圈套之中。

第 5 章

以史为鉴，面向未来。

第二天一大早我便找了一个信使，他正好在找去切塞纳的马。切塞纳在伊莫拉南边大约 50 公里的地方，坐落于艾米利亚路。这匹马对我来说完全谈不上上帝的恩赐，它没有很好地驯养，很难被驾驭，而且给它找饲料也大大延误了我的行程。一般来说这段路只要半天，但因为这匹马，我竟然耗费了三天时间。

和我同样痛苦不堪的，还有一支在罗马涅战争中一直跟随瓦伦蒂诺军队的小部队，里面充斥着牧师、和尚、妓女、小偷、农民、兜售商人以及各种各样的机会主义者。不管是徒步行走，还是骑在那些饥饿的骡子或者公牛背上，他们日日夜夜都沿着艾米利亚路行进，只有走到新雪覆盖的地方才意味着旅程结束。

在切塞纳，我终于等来了一些好消息：瓦伦蒂诺和他的军队在这里驻扎下来，显然是要在这里停留一些时日。毫无疑问，切塞纳足够维持军队短期内的日常供应，同时这里也是很好的防守要塞。这座城市和伊莫拉很像，四面耸立着高高的城墙，城市大小也与伊莫拉差不多，只不过这里的主要堡垒是一座真正的城堡，耸立于陡峭的山顶之上，鸟瞰着山脚下的整座城市。如果在联盟形成之前，瓦伦蒂诺对与谋杀他弟弟的凶手合作感到后悔，他一

186

定会发现切塞纳是一个极其适合大战的堡垒。

　　和周边的乡村地带一样，这座城市受控于瓦伦蒂诺的士兵，他们散布在这里的每个角落。我好不容易才在中央广场附近的一座豪宅里找到了一个房间。抹在我皮肤上的恶臭试剂俨然已经渗入我的血液中，让我虚弱无力，而且还经常发烧。接下来的几天里，我原本想好好休息一下，养养病，但却一直困于艰难寻找食物和木炭以及接受上级派遣的任务中，这使我完全相信瓦伦蒂诺军队的力量。公爵的部队虽然人数是切塞纳人口的好几倍，但是雇佣军要是联合起来，人数上会有巨大的优势。因此我还是满腔怀疑，觉得瓦伦蒂诺此行南下与雇佣军和解，看上去更像是去投降。我请求阿加皮托让我与公爵见上一面，这样我还能将我知道的事情告诉他，或许还会将黛米亚塔的命运与佛罗伦萨的命运联系起来。但是他们对我充耳不闻，这更说明瓦伦蒂诺对这两件事的关心程度已大不如前了。

　　我依旧白天被各种各样的要求困扰，夜晚陷入对黛米亚塔痛苦的思念中。就如劳拉不在彼特拉克身边，以及她去世后，彼特拉克对她的思念有增无减一样。时光在无声无息地流逝，而我对黛米亚塔的回忆每天都会浮现在脑海里，萦绕在心间，让我更加想要找到她。在夜里，我幻想她如妖精一般爬上我的床，与我缠绵。有时她同我一样的兴奋、狂热，把被窝烘染得无比舒适和温暖；而有的时候，她的眼睑似乎凝着一层霜，手臂也如尸体般冰冷僵硬。

　　每次从这样的梦中醒来，我都满腔悔恨。我开始认为，是我抛弃了黛米亚塔，将她独身一人留在那个平原之上。我为她感到的难过，仿佛已存在于灵魂深处，因为我认定她已死去。我如基内维拉·艾米耶里一样，只是没有那么多财产。醒来时发现我虽然幸免于死亡，但却永远被封存在一个黑暗无光的坟墓里。

✳

　　在切塞纳停留的八天就要接近尾声的时候，我依旧被那些派遣缠身。当听到有人敲我的房门，我蹭地一下跳了起来。开门一看，一个身着护胸甲的战士站在那里，披着一件厚厚的斗篷，不用说我也知道是公爵派来的：在伊莫拉的时候，他也如这般召见我。我猜想公爵是召我去参与佛罗伦萨的演出，这可能是最后一场了，那个歌手和他的观众都是那样的小心翼翼。

我们的目的地是统治者的宫殿，除了巨大的钟塔外，它并没有比佛罗伦萨的那些私人豪宅更加恢宏高大。梅塞尔·阿加皮托在狭窄的门廊处停下来。"公爵阁下现在想见您。"

公爵的侍从将我领到一个大一点儿的会议室里，黄铜枝状的大烛台上燃着熊熊的烛火，使房间显得宽敞明亮。一块独角兽挂毯和四色天鹅绒窗帘垂挂在墙上。两张铺着柔软坐垫的椅子放在炉火边，瓦伦蒂诺就站在那儿，上身穿着一件白色的衬衫，衬衫末端塞进了帅气的骑士裤里；他那长长的略带红色的头发看上去有些湿，垂在他的衣领上。

记忆中，公爵从来都没有这么不正式地接见过我。在伊莫拉的时候，我每次都要在外面等到夜色降临后的四五个小时后才能见到他，我也习惯了那样的见面。书房外光线明亮，让人觉得在书房里的烛光下，看到那富有活力但又充满哀怨的瘦削脸庞极其不适应。

最让我印象深刻的并不是公爵的外貌特征。正如罗马人所说，瓦伦蒂诺脸上写满了超越他年龄的庄重和沉默，他总是一副威严和极富权势的样子，那种刚毅坚韧，让最老成的外交官和雇佣军都会在和他见面后双手颤抖，脸色惨白。也正因为此，和他打交道的人在他面前说话都会低声细语，更不用提说出或做出任何带威胁攻击性的事了。

"秘书。"他说这句话的时候，语气倒没有很大的变化。瓦伦蒂诺一直把我视为他的"秘书"，我想他是为了强调我的主人不愿意派遣一个真正的大使。他示意我在炉火前坐下，然后他也坐在旁边的椅子上，双手自然下垂。

很长一段时间里，他什么都没有说，只是凝神看着炉火。当我觉得这时间够我背六篇祈祷文的时候，他终于开口说话了。他的声音低沉，给人一种稳重的感觉："你也知道这里的人们会在他们的圣诞树上泼一点儿油。他们说这样可以从熊熊燃烧的火焰中看到未来。"

一段沉默不语后，他又问我："你认为怎样才可以战胜命运女神呢，秘书？"

在我们之前的会面中，公爵与我的谈话大多数都涉及严肃的国家大事，虽然他没有很认真看待我的国家处境，但我认为他对我的建议还是相当重视。这个问题俨然比较适合晚宴上的哲学讨论，但我还是真诚地做出了回答："首先，当命运即将给人们带来最悲惨的经历，以及让他们快要死去时，每个人都应该擦亮被蒙蔽的双眼，保持高度警惕。想要战胜命运，我们应该未雨绸缪，要时刻预计它们的攻击，并且做出慎重的防范部署工作。亡羊补牢，就为时已晚了。"

他的手快速移动了一下，"但是人们只有在它们的安全受到威胁的时候才会采取行动。当高楼摇摇欲坠时，他们才会跑出门外逃生。你认为这些人为什么会拒绝未雨绸缪呢？"

"这是人之常情，人们都倾向于看待事物本来的样子，而不是它们将会成为什么样，"我回答道，"但是我们都遗弃了古人创立的预测科学。自罗马帝国沦陷后，人们将他们的命运托付于上帝、命运以及教堂——但这些没有一个可以保护我们在洪水暴发或房梁柱倒塌时不死。"

"预测科学，就是指朝前看，不被自我满足所蒙蔽，绝对不能依靠预言家、先知家以及占星师所说的话。"瓦伦蒂诺说这些话的时候仿佛在一个书房里细致地观察一件新的古玩，"在命运还没有发生前对事情作出预期，可以改变甚至颠覆命运。你怎么会想到这样的逻辑？"

"我仅仅是跟随着古人的步伐进行揣摩。像历史学家蒂托·

李维和希罗多德，我会像他们一样思考过去，揣摩令历史上的国家和帝国无止境地从兴盛到衰亡的力量到底是什么。理解过去可以使人更好地预期将来会发生的事情。理解人之本性则可以更好地预计人民会做什么事。"

他点了点头，又似乎没有完全接受我的想法。"人之本性的理论则是预测科学中的错误。当然在这个新的时代，人性都是重生的，我们的思维发生了巨大的变化，甚至与我们自己的父亲都不一样。这时你怎样去预测一个全新的人呢？"

他在质疑我的科学根基。如果我对自己的信仰不深刻，抑或他的问题再深入一点，我可能真的会接受这份质疑。然后我说道："时代变更，有些事情更倾向于发生在具有某种特征或天性的人身上。当然，新的时代确实会铸造新的人，他或许会因为顺应时机而获得成功，而那些难以适应时代变化的人则会失败。但是人之本性永远都不会改变，无论时代如何更迭，我们的欲望、恐惧和生活必需品都是一样的。"

听了我这番话，他身体侧了侧，仍旧没有直视我。"但是一个人是可以改变他的天性的。"

在信仰基督教的人群中，没有人敢去和他进行这样的辩驳。短短的几年里，瓦伦蒂诺已经从一个无足轻重、处处受人嘲讽的红衣主教，蜕变成一个身为王子的战士，他的才智和野心一点也不比他的祖辈尤利乌斯·恺撒逊色。

"由于人的本性不会改变，"我说道，"某一个人的本性也不会改变。或许当他真正的本性被藏匿起来时，他可以变成一个全新的人。但是他会发现天性依旧深深藏在他的体内。"

"那些天性确实是不可改变的。"公爵赞同地点点头，仿佛已经找到令双方都满意的答案。一块烧着的炭突然爆裂，激起一阵火焰，就像是为我们的观点达成一致而欢呼雀跃。但是瓦伦蒂诺并没有注意到这个小小的预言性场面，因为他立刻说道："你没有一点她的消息？"

他的语调让我捉摸不透，我不确定瓦伦蒂诺到底是在问我问题，还是仅仅在陈述事实。我唯一确定的是我知道他说的"她"是谁。这样一来，似乎莱昂纳多已经替我向公爵传达了我的意思。

"在黛米亚塔从平原上消失之后我就再也没有听过她的消息，"我告诉他，"那正好是您带部队离开伊莫拉的前一天。"

在接下来的沉默中，我暗自想道：现在瓦伦蒂诺要去与雇佣军和解，似乎把自己的命运与整个军队视为一体。他或许真的希望齐亚·凯瑟琳的那本"咒语书"和其归罪于雇佣军的证据都消失不见。

瓦伦蒂诺完全转向我。我们面对面站着，这种和公爵的亲密感让我惴惴不安；当然，他正是想要达到这种目的。

"你跟我的总工程师提及的这本书，"瓦伦蒂诺把他苍白的手搭在他的大腿上，"你看到它到底是本什么书了吗？"

在我摇头否认我看过那本书前，我惶恐地咽了一下口水。"黛米亚塔看到了。她看到上面写有一些名字。"

"那是欧几里得几何学，是一个学生的几何书。那些无知的农民却以为那是一本所罗门的魔法书。那些女巫——将那本书拿给了罗卡。那是很久以前的事了。大概一年多以前，我的雇佣军——维特罗佐、奥利夫奥托、保罗，还有奥尔西尼的另一个堂兄都还在伊莫拉。"顿时我的头皮一阵刺痛。"对大家来说那简直是个笑话，那些农村人用一些骗人的预言糊弄大家。接着便出现了游戏，也就是当时最常见的女巫游戏。"

我已经不需要作出任何回应了；因为他自己已经指出杀害他弟弟的谋杀犯就是雇佣军。

紧接着，瓦伦蒂诺又以一种嘲讽的口气说道："大臣啊，要真正地战胜命运，仅仅靠你所谓的对变化和灾难的预期是完全不够的，因为那样，你至多也只能成为命运的同谋或者它的仆人，等待着她的化身来对我们作各种各样的坏事。要战胜命运，不能仅仅以史为鉴，还应该放眼未来，去探寻那些从来都没有被发现的事情或者规律。你要去探寻一个连命运本身都没有预料到的未来。"那种嘲讽的口气似乎只是为了让他忘却那本几何书上令人神伤的事实。他转过眼去凝视着火红的炉火。

"秘书，我在罗马涅正谋划一项非常伟大的事业。我们在这里建造的东西会很快让整个意大利得救。这也是为什么命运偏偏挑在这个时候让我遭受痛苦。"

我等待着他详细阐述他所谓的"伟大的事业"。为了不让最后一丝希望在他的沉默中匆匆溜走，我说道："那些雇佣军——"

突然他的一只手迅速伸到我们之间，让我误以为他要给我一巴掌。但是他仅仅把手放在那儿，手指伸直，大概距我的脸只有一个手掌的宽度。"是的。你认为雇佣军在这些事里都是罪魁祸首，因为你知道他们过去对我家庭的敌意。但是大臣啊，我不用手指数也知道在我自家庭院里，有多少人是可以完全相信，且不会因为钱财而出卖我的。"

事实上，听到这些我并没有大吃一惊，因为黛米亚塔曾经告诉过我瓦伦蒂诺怀疑他的亲信中有叛徒。但是我依旧很难想象公爵的整个王室家族都与他反目，我只能简单地认为，至少他身旁肯定有一个叛徒：那个人肯定很熟悉莱昂纳多地图的细节，因为他把这些信息都告诉了那个谋杀犯。

"作为秘书，你忽视了其他一些事情。"瓦伦蒂诺放下他的手，"现在请仔细听好，"他的声音微弱得只能听见丝丝的齿擦音，就如徐徐微风吹过山毛榉发出的声音，"你对她一无所知。"

而这句话，我很确定，绝不是一个问句。

第 6 章

难道你不知道，与尚未得到的东西相比，人们总会认为得到的东西没有那么好。

"第一次见到黛米亚塔的时候……我才 20 岁。"瓦伦蒂诺向后靠在椅子上，压得椅子咯吱作响，"那是春天时分，雨后的天空蔚蓝如洗，我漫步在阿斯卡尼奥·斯福尔扎的绝美花园中，那里种满各种各样修剪成装饰形状的灌木丛，还有一整片葱郁的小果园，里面有石榴树、柠檬树、橘子树。"他向我述说这些的时候仿佛又回到了那个场景。"那时她就站在这个小小的果园里，雪白的香肩半露，裙子紧贴着她的玉体，显得那金色的刺绣看上去像是绸缎衣服上的火纹。见到她之前，我一直以为我姐姐才是这个世界真正美丽的女人。"他微微地摇了摇头。"黛米亚塔站在那儿，完全不像一个衣着晚礼服和珍珠拖鞋闲逛的女人，而像戴安娜在阳光中沐浴。她金色的头发闪耀着迷人的光，徐徐的清风像一支无形的手拂过她的秀发，每一缕都光彩熠熠。"

他注视着那些火光，好像这些场景都在火光中显现。"那时候我只是一个小小的红衣主教，一个带着红色帽子的傻子，拿着固定的圣俸和其他一些公务收入。那时候我几乎对所有事情都没有半点话语权。直到我在那个花园里看到从星星上下凡的女神，我才发现之前在梵蒂冈的日子如此苍白，就在那一天，我暗自发誓。"他低沉的声音突然带着一丝颤抖，他闭上双眼，接着说道，"要开始一个全新的生活。"

虽然我不敢说出来，但是我理解那种许诺。

"我想相信她，秘书，想信任她，因为她已经成为我的一部分。"说到这里，他开始轻轻用指尖敲打大腿，"但是我父亲完全没有她的音信，你也完全没有她的消息。我已经派人回到伊莫拉对她展开搜救。我们已经找遍了所有可能的地方，但是连她的一根头发都没有找到。"

当我知道瓦伦蒂诺的手下已经对她进行搜救时，我突然释然了。但是为什么他只告诉我一个人，什么时候开始的，我在这件事上比其他人有用？

他继续说道："我们没有发现任何证明她已死的证据，也没有任何迹象告诉我们她去了别的地方。"他用指尖继续敲打着他的大腿，"是的，我确实想信任她。但是她背叛了我的弟弟。"瓦伦蒂诺说完这句话沉默了一会儿，让这句对黛米亚塔的控告在空气中凝住了一会儿，似乎这句话的内容应验了他父亲对她的怀疑。每当他述说这些过去时，他总是喃喃低语，像在读一段祈祷文，或者忏悔。"我们都背叛了他。"

一个无底的深渊在我脚边裂开。

"她在胡安遇害前几周才做我的情人，但是，我并不觉得我被她色诱了。"

听到这里，我才开始深思：她到底还向我隐藏了些什么？

"在所有胡安拥有的而我却无法得到的东西中，我最最觊觎的，是她，对她的渴望甚至多于对荣誉和财富的渴望。相信我，秘书，在那顶我父亲戴在我头上的荒谬的红色帽子下，我对荣誉和财富的渴望不会少于饥肠辘辘的人对面包屑的渴望。最重要的是，她深知我对她的仰慕。"他突然只用一根手指头敲打着大腿，"我们背叛过我的弟弟两次。一次是在她的床上。第一次和她交欢后，我发誓再也不去找她了。但是我却怎么也做不到……"他摇着头的样子，仿佛是看到黛米亚塔那独一无二的美艳时惊叹不已的神情。"第二次则是我弟弟被杀害的前一天。我知道那天晚上我弟弟要来找她。她以为他会从梵蒂冈过来，穿过圣天使桥。我告诉她不是，因为那晚，我和胡安要和我们的妈妈，在圣马蒂诺埃蒙提边上的埃斯奎林山上的葡萄庭院里共进晚餐。我相信那时她已经知道胡安对她说谎了，当他吃完饭离开我们时，他说想要去拜访在人民圣母教堂附近的米兰多拉伯爵夫人的家。"我看到公爵深深吐了一口气，"直到今天我都不知道，但是直到今天我依旧在质疑……"

他睁开眼睛，朝前靠了一点儿。"所有人都认为是雇佣军对胡安动的手。第一，因为胡安抵抗奥尔西尼的活动激怒了奥尔西尼，尽管他什么目的都没有达到。第二，为奥尔西尼打仗的维特里一家发现，若继续和我父亲敌对，可以带给他们一些私利，即使那时奥尔西尼已经开始和我父亲谈和了。而那时胡安根本就没有去抓奥尔西尼的人。那晚吃完饭离开时，他只带了一两个喝醉酒的男仆，而且他也没有穿盔甲。他唯一的武器是他那喜好到处游荡的天性——这样一来没有谁能够确切说出他什么时候去过什么地方。"瓦伦蒂诺用手指敲打大腿的速度如此之快，似乎用笛子练过莫雷斯卡舞曲，"我一直都想知道黛米亚塔到底有没有告诉他们那晚胡安在哪里，以及那之后胡安去了哪里。我相信她肯定告诉过维特里家里的某个人，或者黛米亚塔仅仅告诉了一个人，然后那人将这些告诉了维特里家的人。黛米亚塔因胡安和女伯爵调情而气愤不已。平常，她肯定会隐藏自己的愤怒的，因为她已经隐瞒了如此之多的事情。但是那天我和她在一起。我看见……"他眨眨眼，像在努力看清面纱遮住的情人脸。"黛米亚塔在整个城市里都有眼线，她有无数方式来获知这些消息，并出卖胡安。"

他的指尖突然停住。他凝视着自己的手，仿佛在好奇为什么他的手停了下来。"事实上，在某种方式上，我也成了她的同谋。

我告诉她胡安那晚的计划，这对胡安来说是最致命的真相。我当时说出那些话时也深知黛米亚塔会因为胡安另觅新欢而愤怒不已。俨然我那会对她的渴望已近疯狂。但是我依旧相信她是上帝赐予我的另一个礼物，就像那个教会军司令一样，都被胡安轻易且毫不在意地挥霍浪费了。因此，我有意背叛了我弟弟。"这些话让他双唇紧闭，仿佛喝下了苦涩的酒，"我们的主在该隐身上做了记号，以免看到他的人将他杀害……"

"阁下，我相信她是爱过你弟弟的。"如果黛米亚塔没有爱过胡安，那么这些联系到底有什么意义？

"她的确爱过他，这一点我是相信的。"瓦伦蒂诺承认这些的时候，仿佛爱情本身是一件令人伤感而又廉价的犯罪，"但是我必须向她问清楚，她除了背叛胡安之外，还有没有背叛我的父亲和我——当然还有你。"他再次转向我。"秘书，有没有可能是黛米亚塔在那场混乱中自己带着书逃跑了？"

想到黛米亚塔可能还活着，我心中充满了希望。但是接踵而来的却是无尽的恐惧：如果瓦伦蒂诺的猜测是正确的，那她不想让瓦伦蒂诺得到那本书的原因可能就是她信不过他。

我努力镇定下来，分析道，即使我告诉他发生在那个平原的一些事情，他会见我的方式依旧表明了他的意图。因此，我将罐子里的魔鬼的详细情况告诉了他，也向他讲述了那只獒的主人争夺咒语书的过程，甚至还说了我遇见戴面具的恶魔弟子的事。唯一没有告诉他的，是那些不断在我脑海闪现的和黛米亚塔共骑一头骡子的场景。

"我不明白黛米亚塔是如何追上那只獒的主人，因为那个带面具男子都没有追上，还把我打晕了。"我说道，"正如你所说，我也不相信这个戴面具的人拿到了那本书。如果他真的拿到了，那他绝对会杀了我，而不是把我打晕。"

公爵的双眼微微闭起，依旧聚精会神地注视着眼前的灰烬，仿佛在探究这些熊熊燃烧的火焰从何而来。

"秘书，在这件事上你务必细细想清楚。"在一段良久的沉默后，这一指示尖锐得如同一把匕首，"在葵的主人跑出那个小屋的时候，你有没有看到他手里拿着那本书？"

"我当时被击倒了。我……"我知道瓦伦蒂诺到底要问什么了。我只是轻信了黛米亚塔告诉我的话：他手里有那本书！"不，我并没有看见他拿着那本书。"

"那么大臣，你再仔细想想，有没有可能是黛米亚塔示意你去追赶这个人，这样她就可以与那些人讨价还价？我猜她手下有很多人，而且你也知道，她既聪明又极富说服性。"而且她还是一个众所周知的骗子和小偷，"别伤心，你肯定不是她欺骗的第一个男人。"

当然，她也不是第一个骗我的女人。

"我父亲让黛米亚塔参与到这件事情中是一个巨大的错误，并且造成了很严重的后果，"瓦伦蒂诺说道，他的语调似乎在配合我的懊悔，"而且他让那个男孩参与进来是一个更大的错误。毋庸置疑，她想要乔瓦尼回来，但他那无比神圣的样子只会让她内心更加痛苦，更加有动机去那样做。"

我点点头。如果有必要，黛米亚塔肯定会将撒旦招募进去。

"秘书，你说过如果要战胜命运女神，我们就必须去预期那些将要发生的事。如果黛米亚塔真的有这本书，她会用它来干什么呢？她会不会去我父亲那里，说服他放了她的儿子呢？抑或她会冒险去找雇佣军，以销毁与那两个遇害的女人之间联系的证据为名，将那本书作为交换，要求他们确保释放她的儿子？"

我想瓦伦蒂诺的意思是雇佣军将采取一点点逼迫他离开伊莫拉的手段，来"确保释放她的儿子"。或者说，他们会明目张胆地以攻打教皇的城堡或梵蒂冈为由。瓦伦蒂诺已经谈及他的地位被逐步削弱的敏感问题。

"考虑到黛米亚塔与你父亲之间的过节，"我说，"她或许会去和雇佣军谈条件。"

"我也这么想。如果她以前和雇佣军之间有过联系，这种可能性将更大。"

这所谓的"联系"指的是他们合谋杀害了他弟弟这件事。但是公爵并没有对这一"如果"做更多的解释。

瓦伦蒂诺疲惫地向后靠在椅子上，这种疲惫是我从来都没有在他身上看到过的，他的肩膀下垂，下巴也耷拉在那儿。"大臣，你知道曼托瓦的那个修女吗？"他声音又降了下来，仿佛只能在他的卧室说这些，"你认识那个大家经常谈论到的女先知师或预言师吗？她叫欧莎娜。她曾预言波吉亚家族的统治只是昙花一现。"

我从他的语气里听出了一丝埋怨，而那愤怒的声音则在房子里四处乱窜。

"从呼吸第一口空气之时，我们便开始了与命运女神的赛跑。"他用绝望的语气说着，"命运之神给每个人的生命都画了一幅地图，并且在每个人死亡的地方都做好了标记，她希望我们与她比赛，希望我们朝着目标跑得更快，但是实现目标的那个点却在我们死亡的那个点之外。对于圣母玛利亚来说，她的生命线很短，但是内容却非常明确。"

我似乎看到了他眼角泛起的泪光。"或许曼托瓦的那个修女看到了我的生命地图，如果我没有找到这个学生的几何书，那么我对于建立一个新的意大利的所有希望，将会消逝得比昙花一现还快。"

第 7 章

完全清楚且不带任何疑点的事物是不存在的。

离开统治者的宫殿后，我便开始在切塞纳的街道上游荡，再来到这里时，恍若隔世，我在这座小小城市的街角穿梭，心中困惑不已。我脑子里的每一个细胞都告诉我，瓦伦蒂诺对于黛米亚塔的怀疑是合乎情理的，并非毫无根据，他比我想象中更了解她。毕竟他曾经将她搂在怀里，摸过她丰满圆润的胸部。想到这里我便忌妒无比，曾经我以为在我的天性中，不存在这样的妒忌之心；这些思绪也提醒着我自己——我现在处于神志不清的状态。但是我的灵魂依旧无法抗拒地深信着黛米亚塔。而且瓦伦蒂诺因自己的罪恶感痛苦不堪的时候，误会黛米亚塔也不无可能。可以肯定的是，除了他们俩，还有其他人也知道胡安公爵遇害那天晚上的行程。不过，就算我相信黛米亚塔，也不得不承认她对我调查胡安公爵谋杀案的过程了如指掌，那时她保持沉默，不过是为了掩盖她的谎言，掩盖她背叛甘迪亚公爵，成为瓦伦蒂诺情人的行为。

而另一方面，瓦伦蒂诺的个人意图并不明显，他对未来所展现出的绝望也表现的含糊不清。他有没有想到，当那些证据阻碍了他和雇佣军和解时，这些东西可能会成为他重建意大利的最大绊脚石，或者他有没有把雇佣军视为实现目标的障碍或对他生命安全的主要威胁？如果是后者，那么他从伊莫拉撤军，与雇佣军的和解之说，便只是他的缓兵之计。他只是为了先堵住一些人的嘴，然后当他得到可以治他们罪的证据时，他便会东山再起。但若为前者，他希望得到那本书的原因仅仅是为了销毁它，或者将它作为一份求和礼交给雇佣军。

我的推理不断地循环着，正如我自己在切塞纳不断巡回地游荡。

当我走到离家不远的一座住宅时，已是晚上七点了，在这段时间里，我不停地走，突然一阵难以承受的疲劳牵绊了我前进的步伐。我一个趔趄，在结了冰的人行道上蹭出了一点刺耳的声音，幸好站稳了。这个时候，我周围的切塞纳犹如一个安静的墓园。

突然，我听到一阵熟悉的喧闹声，尽管那声音并不是从这里发出的。

这是另一座城市天亮后的嘈杂声，犹如佛罗伦萨开始了新的一天：一只巨大的乌鸦，人和其他各种动物的叫声、吠声，一个吱吱作响的马车跑过街头，铁匠敲打锤子的声音以及泥瓦匠砌墙的声音。这些声音让我仿佛回到了七岁那年，当时我呆呆站在位于迪街的小房子门口。

那天是我和我的拉丁文家教巴蒂斯塔老师见面的第一天，她任职于多莫附近的圣碧涛教堂。我从来都没有只身一人穿过亚诺河，它有这座城市的一半宽。那天早晨吃饭的时候，我的下巴都开始颤抖了。母亲看到我这样，就炸好小小的面粉蛋糕，在上面放满樱桃酱，然后开始祷告："给那些受压迫之人带来正义之光的主啊，让那些饥肠辘辘的人得以温饱的主啊，让我们精神自由的主啊……"

她用纸巾包好一些糖果，然后走到门口塞给我。"我亲爱的尼可洛啊，我的大儿子啊。"在母亲说话的时候，我把那些糖果放进包里，与那些石片放在一起，"你一定会成为像你爸爸一样学识渊博的人，你也一定会成为我国的栋梁之才，并在共和国的政府里有一席之地。"

母亲的预言对于我来说是很不现实的。连爸爸都从未在政府谋过一职，他也从没想过这样做，他从来都不是那种备受青睐的达官显贵。其实在共和国政府里任职，仅仅是像爸爸妈妈这样小人物的梦想，当洛伦佐·美第奇驾着马车走在那些华而不实的嘉年华游行队伍的最前面时，他的奉承者和仆人犹如一条巨大的彩蛇紧跟着他。而我的父母却紧闭门窗，对这些充耳不闻。

妈妈用干枯粗糙的手捧住我的脸。我出生的时候她大概40岁，现在她看起来像一个年纪很大的女人，额头上镌满了皱纹，嘴唇也干瘪得没有颜色。"尼可洛，在你出世之前很久，我便对主许下最庄重的诺言。我发誓我会把我怀的第一个孩子奉献给美丽的佛罗伦萨（此处是意大利语）和她的解放事业。"她用有点像猫的眼睛，直直地看着我，"你今天要开始去履行那一誓言。你一定要学会去爱我们的贝拉费伦泽，到那时候你就会知道你为什么一定要救她，也会明白你为什么一定要为她所有的国民，而不是为少部分人争取解放，争取自由。"

因为母亲的这番话，我来到了佛罗伦萨。当我穿过旧桥，泪水已溢满眼睛，因为我知道我再也不能像一个小宠物一样，每天跟在深爱的妈妈屁股后面了。而且在那一天，我并没有爱上贝拉费伦泽，因为我的内心充斥着对未来生活的恐惧。

但是，还不到一个星期的时间，吃完早饭我就开始跑出门，一路小跑穿过那座桥，没几百步远便来到了繁华的欧洲商业中心。在我眼里，街道两边的建筑物像极了巨大的帆船。那里的丝绸店面朝塔楼，里面经常垂挂着巨大的绸缎横幅，发出微微的光。而在每个如宫殿般大小的羊毛工厂的窗户上，都可以看到刚洗好的纤维织布，如丝绸一般细腻光鲜，悬挂在风中，摇来摆去。我在人群之中穿过了以纺织店数目众多而闻名的卡尔查依欧利路（意大利语地名），而这些商店都在门口的大街上支起了遮篷卖些其他东西，鞋匠、金匠、制灯师、装订商到处都是，还有我们的第一印刷店。

这浓厚的商业氛围在我看来像极了一场伟大而又引人注目的战争，我在这里看到了让人惊叹的美丽。在卡尔查依欧利路，我可以在欧兰米凯莱教堂周围闲逛，无忧无虑地抬头仰望那些栩栩如生的圣人雕像，如多纳泰罗的圣·马克和圣·乔治，与早于我们古老艺术和文字的生硬乌鸦雕刻相比，本身就是一个奇迹。街道的尾端是宏伟的大教堂，它的墙由白绿色的大理石砌成，顶部则是由菲利波·布鲁内列斯基建造的恢宏圆顶。每次我经过这里，总要抬头仰视它，这总让我有一种将要摔倒的感觉。一想到这样的建筑是由像我一样的佛罗伦萨人建造的，我的内心就洋溢着无限的自豪感。

美丽的佛罗伦萨最伟大的景观是那个未经修饰的领主广场，它位于这座城市的东边，与那粗糙质朴的石头宫殿相邻。多年后，我真的实现了妈妈的预言，在这座石头宫殿里为共和国效命。领主广场是一个巨大的思想交流平台，在这里，信息的传递速度异常迅速。这里汇集了各种各样的人：穿着厚重皮革围裙的铁匠、律师和销售皮毛制成的斗篷的羊毛商人。即使我能够在喧嚣中听到他们的对话，也几乎听不懂他们所讨论的事情。我很乐于观察他们说话，在这个过程中我可以研究一个人如何通过手势、点头、扮鬼脸、思考和转身这些肢体语言来表达他的意思。

或许我身体的一部分依旧留在切塞纳的某一个门道前，但我的内心却仿佛完全掉进过去的回忆中：记忆里的我只是一个七岁大的孩子，我扫视了一眼领主广场，脑子里憧憬着未来的美好生活。这些鲜活的记忆缓缓淡去，使我在刚刚那一小段时间里，完全沉醉于追忆往事，静静地渴望着能够再次听到妈妈的声音，再次在费伦泽的街道上四处游逛。

当我回过神来知道自己所站之处时，我便有了答案。我不怕艰难险阻来到切塞纳的原因，并不是因为我信任瓦伦蒂诺或者黛米亚塔，也不是因为战争。

"我只属于我们的共和国，属于我们的解放事业，属于我们的美丽的佛罗伦萨。"我轻声地告诉自己，这些字似乎在寒冷的空气中静止了，如同牧师的香炉中袅袅升起的烟气，"为了挽救这座城市，无论要我做什么，我都会去做。"

❋

我对自己宣誓的话音刚落，就看到身旁站着一个人，他看起来很像我离开佛罗伦萨时抛在身后的幽灵。他站在街道上距我大约35米远的地方，穿着斗篷，看上去像一个靠在商店百叶窗旁的黑影，他的脸完全被头巾遮住，只能看到一个骨白色嘉年华面具。直到现在，我才发现我在平原上匆匆一瞥所见的是一个瘦骨嶙峋的死神，而不是粘着山羊胡子的恶魔面具。令我毛骨悚然的是，我突然想到，这个人那晚也出现了。

我想此时逃跑是很危险的。如果他确实是谋杀犯的徒弟，或者是那个商店的主人，我的逃跑行为只会让情况更加糟糕。

因此我朝他走去，我的心脏狂跳不已。当我走到离他只有一半距离的时候，除了他的脸或者说他的面具，我依旧难以看清他的其他东西。

我站在他面前，像一个冥顽不灵的异教徒，发出一阵绝望的吼声："你在这儿！你换了新面具？"

突然他的头巾闪现出奇异的变化，仿佛一个被漂白的头盖骨开始注满虚弱的血肉。如果我看到的不是他的眼睛，那看到的应该是他黑色的牙槽。

他的斗篷像一只鹰要展翅高飞般突然张开，我立刻准备防守。但是他却突然转身，大步流星地离开了。他的脚步如此之快，以致我还没来得及吸一口气，他已经走到了拱门的尽头。直到他完全消失，我才意识到如果我这样走掉，会直接将他带到我住的地方，而在这周围，他可以找到无数躲起来或者等待我的地方。

我追过去的步伐如此之快，以致寒冷的空气模糊了我的视线。当我在街角处走过时，几乎被脚下踩的东西滑倒。

幸好在滑了一段距离后，我停了下来。

"你看到那个人了吗？"

我抬起头。那完完全全是一张人脸，尽管那人的嘴已经被冻成了O型。记起他的声音后，我瞬间认出了他。"贾科莫？"

"他直接从我身边跑过去了，"莱昂纳多大师的助手愤愤不平地说道，"要不是我往旁边退了一步，他肯定会把我撞倒的。"

"你看到他的脸了吗？"

他摇摇头，说："那不是个人吧。"

"不知道，不是你那天在树林里看到的那个面具。"我俩在平原上看到了同一个面具。

"不，月光下的那张脸看上去像猫头鹰。"贾科莫研究着他的匕首，然后将它放回腰带里，"或者根本就没有脸。"

我对他最后这一点没有脸的描述非常赞同，因为我觉得这个要比他带着"死亡面具"更易于接受。我的科学，如果我可以这么叫它，竟然至今为止还没有查出这个杀人犯长着一张什么样的脸。他只让我看到了他的面具，或许他真的没有脸。

想完这些，我才回过神来问道："贾科莫，你为什么在这儿啊？"

"当然是等你喽。"他说这句话的时候仿佛在暗示他的不适以及他今晚碰见这个没有脸的魔鬼都是因为我，"大师让我来找你过去。"

说到这里，我至少知道了一件事：瓦伦蒂诺肯定已经把我们的谈话告诉了莱昂纳多，而且显而易见，他这回召见我肯定也是应公爵的要求。"大师在这个时间还想见我吗？"

贾科莫点了点头，他那米兰人的说话方式依旧慵懒懈怠："大师从来都不睡觉的。"

第8章

你认可一件事并不是因为理由充分，而是因为你必须去认可它。

贾科莫将我带到城市的另一端，我们来到一座看似早已废弃的教堂食堂。在百叶窗的缝隙中，我可以清楚地看到这座如仓库一样的建筑亮如白昼。我们往上走了两个阶梯，贾科莫便猛地冲进去，像监狱里的警官去抓犯人似的。

在我心里，这绝对不亚于第二次踏入地狱。

一进去，便是一个巨大的厅堂，它原来肯定是一个简朴的餐厅，或许以前这些墙上都挂过壁画，但现在都用石膏重新刷了一遍。房间中央摆放着两张大大的高脚架桌子，可能是一些僧人留下的。现在的食堂已被移作他用，这所谓的"他用"绝对是曾经在这里吃喝的人都难以想象的。当然，我也难以想象。

为了给中间那两张桌子腾出地方，整个地板上都放满了大师工作时所用的设备：一些带有齿轮的机器、小船、形状奇异的梯子、一张巨大的弯弓和一个快顶到天花板梁柱的轮子，上面挂了至少二十几个桶。还有一些东西我甚至都难以用言语描述。

莱昂纳多身穿一件羚羊皮斗篷、一件红色的绸缎背心，专注地看着一张画着几个形如牙齿的图案，这些图案极为不规则，并且看上去由数字组成。当我想到这些数字肯定与那个谋杀犯的素描图有关，或者与那些受他所害的人有关时，便立刻走到他旁边。

"公爵和我将要去建造一整座城市，就在这里，切塞纳。"直到这时我才知道，他刚刚是在仔细查阅一个粗略的地图，上面有一些测算城市方向的方法；伊莫拉地图估计也是用同样的方法画出来的。"这座全新的城市一定会让所有古人都歆羡，这里有水管系统、地下水渠道、运河、门锁装置、医院、法院、庆祝喜事和解放的公共建筑。我已经画好这些建筑了，随后公爵便会和我一起建造它们。这将会是一个没有肮脏、没有饥饿、没有黑暗的世界。而这个世界，会从这里开始。"

要不是我深知瓦伦蒂诺也有如此信仰，而且他也是所有人中最有能力建立新世界的人，我肯定会认为莱昂纳多疯了。不过显而易见的是，公爵肯定没有让他的总工程师将此事告知我。"大师，您让我来是因为什么要紧事吧？" 为即将要开始的解剖课，我定了定神。

"这些东西是两天前从伊莫拉拿过来的，是公爵阁下派去搜救黛米亚塔女士的士兵搜到的。"他提及黛米亚塔的名字时敬畏的语气让我有些吃惊，那种敬畏感几乎相当于他提及神圣的麦当娜女神。

莱昂纳多将两根手指伸入绑在他腰带上的钱包中，一开始取出一根红色的纱线；当他接着拿出一个粘在红线上的小卡片时，我紧闭着双眼简直不敢看。"这些东西是怎么找到的？"

"在一个手中。在我们离开伊莫拉之前，他们找到了我们不能定位的那个手臂。"

"你的意思是那个手臂是那两个女巫的，也就是说不是黛米亚塔的喽？"

"不，当然不是她。"他把那张卡片递给我，"这有没有使你想起一些事？"

这张卡片可能是被血或者是烂泥和红土染上色了。尽管上面有很多污渍和一些粗糙的涂写，我依旧可以看出那句矛盾的咒符：圣安东尼奥，我的恩人。洁白的天使，带着你的神圣。

"这上面的墨水和字迹与我们在橄榄树林里找到的卡片上的是一样的。"我告诉莱昂纳多，"我猜这是齐亚·凯瑟琳写的。"说到这里，我脑子里浮想起这个已死女巫翻白的眼睛，"我有足够的理由相信，她是那群人中唯一一个会写字的人，当然仅限于她们的母语。"

我翻过卡片，在卡片后面，我惊喜地发现了另一段隽秀的托斯卡纳文字。"而且这字迹和中国墨水，"我说道，"与先前那张卡片背面的一样。大师，我以为在这张卡片寄去梵蒂冈时你已经看过了。"我所指的卡片是大教皇给黛米亚塔看的那张卡片。在那个已被肢解的女尸的袋子里，找到了那张卡片。此时莱昂纳多已将她的尸体重新拼凑起来了，所以我才想到他应该看过她身上的所有东西——当然也包括胡安的护身符。"而且我也认为'风之角'，"我继续说道，"也是来自写这张卡片的人。"

莱昂纳多看着我手上的这张卡片，那眼神似乎希望它燃烧起来。"你的猜想是正确的。这基于两个原因。不过你一定要过来看看这个。"

我微微斜视着那行紧密而又微小的话：这个方形是第一个圆圈。

"'这个方形是第一个圆圈'，"我说道，"那么这就是一个几何图形，与先前那两个的形式是一样的。也就是说，这也是一个谜语。但是第一个圆圈是你地图上画的那个风向图。而那个方形则是风之角。你说这是不是他故意要让我们想起之前的那些图形？或是指引我们去发现一些我们先前没有注意到的东西。"但当我话音刚落，我便立刻看出了这个人的诡计。

"这段话描述了他的新素描。"当莱昂纳多说这句话时，我并不是特别惊讶。"贾科莫！"贾科莫似乎已经要上床睡觉了，"托马索找到阿基米德了吗？"

贾科莫摇晃着他的脑袋，好像他已经对这样的询问感到非常厌倦。我对他深感同情，莱昂纳多的思维异常混乱，他的性情似乎要将他的思绪弄得如地上的东西一样乱七八糟，而我也对这样的他近乎厌倦——尽管我早已知道他是这样一个人。

　　"我们要找出阿基米德证明公式所在的地方，"莱昂纳多说道，但是他的再次强调听起来并不是特别的坚定，"那样我们才能找到解决方法。我十分确定这'第一个圆圈'能够在阿基米德的证明中找到。"

　　莱昂纳多显然已经等不及托马索下来帮他了，他开始在繁多的手稿中翻找，那些手稿中有一些捆在一起，另一些则松散地堆在他跟前的桌子上。"由于我们先前动过这些东西，所以弄乱了。"他解释道——当然，他的话中并不带任何讽刺。

　　就在他说这些闲话的时候，我趁机看了一下散落出来的纸张，它们让我想起以前在我父亲那个小小的图书室里松散的手稿。这些手稿大部分都是拉丁文，但也有少许极其古老的希腊文，都是关于数学的内容。这些密密麻麻的文字旁边经常配有一些带有文字说明的图表，或者各种各样的多边形。当然，我一丁点儿都看不懂这些。

　　不一会儿，我发现桌上有一张写有拉丁文的手稿，凑近一看，发现上面记载着一个患有希腊人称"凯普哈吉亚"的头疾症状。这种病会"使人精神涣散，会诱发失声的症状，并最后使人丧命"。莱昂纳多在他的那堆东西中翻来倒去时，我发现了一整套有着一样笔迹的手稿，显然他要么是个内科医师，要么就是个抄写家，因为他不仅描述了所有的疾病，还写了许多关于如何验尸的知识，其中还有不少是关于大脑中的疟疾会带来的症状：出现幻想、失忆、发呆以及希腊人称之为精神病的狂暴症。在这些案例中，还有一个是关于已经执行死刑的罪犯，这极大激发了我的兴趣，因此我竟然对身旁毫无成果的莱昂纳多问道："大师，这个内科医师的手稿你是从哪得来的？"

"这些都是本尼维耶尼的医学案例,"莱昂纳多淡淡地回答道,"安东尼奥·本尼维耶尼。"他看我一脸迷惑,便突然又解释道,"他是佛罗伦萨的内科医师。"

这时我才想起,本尼维耶尼是一位极富盛名的医生,其名声之大犹如莱昂纳多,他也受命去重组这些被肢解的尸体。

"如果你的数学不好,那么你很难对解剖学学以致用,"莱昂纳多说道,"就如你所见,本尼维耶尼所做的那些没有一点儿价值,因为他没有进行任何测量。"

如果是我,绝对不会挑起对内科医师的攻击。但我还是附和地说道:"亲爱的大师,当你测算并鉴定出这些新几何图形的含义时,考虑到设计这些东西的谋杀犯性格,你认为会有什么样的发现呢?"

"那就得等到那时候才知道了。"

我认为是时候让大师知道刚刚我来之前发生的事情了。"大师,贾科莫和我今晚在大街上都看到了那个人,或者是他的学徒。显然,当他们四处游荡要做一些丑事时,他们所戴的面具至少有两个,一个是恶魔面具,另一个则是死神面具,这些我都是近距离亲眼所见。而且我坚定地认为,这个操纵人生死的人会继续他的小伎俩,不断向我们展示新面具、新谜语还有新的几何图形,通过这些东西将他所做的事情向我们展露出来,尽管他并不希望这样。这也是为什么他一定要得到这本欧几里得几何学书的缘故,而且我确信他的名字肯定被记录在上面。"

莱昂纳多在听我说话的时候嘴里依旧在嘟哝些什么。

"大师,我认为这个人在日常生活中和其他人一样没有戴面具,但他有能力隐藏他的真实面貌。而且就如我之前告诉你的,我最确信的就是,只有我们进入他的那种思维模式和了解到他的需求才能够找出他来。"

"需求?"莱昂纳多的声音突然尖锐得如一个皮法洛的高音,"你真的明白你说的这些话到底意味着什么吗?你无休止地提及必要性，你———你不过就是一个拉丁文家，你的思维都被那些古老的东西束缚了！"莱昂纳多说话的时候缩回自己的头，似乎是在回避一种恐惧，"你以为我找的那些证据是像你这样的演讲家用华丽的辞藻组成的吗？你有没有经过计算？还有你的经验又是什么？"

"是的，或许你可以将你的尺子放到一个人的头骨边对它进行测量，"我回应道，"但这些绝对不会告诉你这个人脑子里的欲望和需求。"

莱昂纳多冲我摇了摇他的手指。"我所敬仰的文人，那请你告诉我这个被解剖了大脑但无法被测量欲望的人，你用什么工具来测量这些人脑子里的欲望呢？难道你认为仅仅是伸出双手像赤足的傻子一般测量他的菜地那样吗？请告诉我是你独自测量出人的欲望的吗？我想你更适合去测量他的屎。"

"如果你执意想得到我所用的工具的话，那就是以史为鉴的人的智慧。像希罗多德、普鲁塔克、修昔底德、蒂托·李维这些人，都为我们如何去衡量一个人的欲望和野性提供了方法——就如李维所说，'在历史的长河中，你会在无限的变化之中发现人类的一般规律。'这就是我的经验了。"

"我不否认对历史的探索和学习能够为我们的智力带来营养，"莱昂纳多稍微平复了一下说道，"但是你——你并没有将犯罪本身的表象考虑进去。"

"'表象'？大师，你指的是那些不幸女人的肢体吗？我已经将这些肢块都考虑进去了，不但考虑了他希望我们如何发现这些肢块，还考虑了他对这些肢块的布局。如果不考虑这些，你将会迷失在一片黑暗中，苦苦找寻一张仅存于你脑海里的设计图！"

我停了下来，然后细致地观察着莱昂纳多，忽然间，我全身一缩。"一定有其他事情，是不是？大师，你肯定向我隐瞒了什么。"

他巨大的手指在他的斗篷上抽搐了一下，仿佛在努力拔去上面的芒刺，每只手都独立地活动着。"心脏是由一些极富能量和活力的肌肉组成，"他终于还是告诉了我，"大自然如此精妙地创造了心脏瓣膜，从而使得血流可以永恒地朝一个方向流进心脏，我们的血充满活力地流经我们的所有动脉，如同一条河冲过一个狭窄的管道。"大师犹豫地低声描述着这些极富生气的运动，仿佛他在发表一篇寂静的演讲，"当我们研究河流流经的地段时，会发现在较长的一段时间里，河水能够冲开坚硬的石头……而对于人体来说，带有如此极大能量的血流能够冲破人脑中的血管……所以对于年老的人而言，冲破血管会最终导致脑血塞和血管变厚，直到血流再也不能以充分的血量在人体内循环…"

听到这里我感到血管里的血凉凉的。"大师，不要再说了。我知道这些女人不是因为她们的动脉变厚而死。"

"但是当血液循环停止后，血液会在肢体残缺的部分积聚。但是这些肢块上却没有如我预想的那样形成积聚。"莱昂纳多颤抖的脸已经变成灰色，"也就是说，在肢解的过程中，她们被放血了。"

突然间我才明白，我对那个夜晚的回忆已经被和黛米亚塔一起骑骡子这件事情给美化了。那天晚上，那些试剂使我身体瘫痪，但是我依旧能感到疼痛。当我挣扎着想动一动时，我感觉像是一个锥子在我的肌肉和关节处刺入。那些可怜的女人在全身被那些恶心的试剂弄得不能动弹时被肢解了，或许她们连声音都发不出。但是我知道她们肯定能够感觉到恐惧和痛苦，还有那极其可怕的对她们鲜活肉体的肢解。

我低下头去看先前仔细看过的那张纸。"大师，"我嘟哝道，"如果你认为本尼维耶尼医生的论文毫无价值，那你可不可以把它们其中一部分给我呢？"

莱昂纳多的姿势像极了一个年老的女人向前掷出一个纸飞机。"你想拿多少就拿多少去吧，"他低声说道，"还是那句话，本尼维耶尼真的没有测量出任何东西。"

✳

一回到家锁上门，我便立刻点燃了一个蜡烛，然后坐在那个放满自己写的东西的小桌旁。我将自己的手稿收拾好放在一旁，然后将本尼维耶尼的文章放在上面。那个案例是关于一个无用又极其险恶的人，叫雅科波。他是一个惯偷，因犯下无数罪行而被绞死。但是当人们要把他从绞刑架上弄下来的时候，雅科波竟然又活了过来，而且经过治疗，他最后恢复了健康。不过由于天性恶劣，雅科波无视他重生的奇迹，马上又开始盗窃。结果又被判处绞刑，而这次他再也没有那么幸运了，被活活绞死在绞刑架上。

本尼维耶尼医生亲自操刀做了许多尸体解剖实验，来确定因解剖所带来的疾病和死亡，同时他也想找到雅科波那无可救药的行为的原因。当本尼维耶尼医生将雅科波完全切开后，发现在他的头部有一个大脑房室，一直被认为是记忆的圣座——即"记忆座椅"，或者说得更好听些，是"记忆的辖区"。本尼维耶尼发现在这个人的大脑中，此部分的物质要比一般人少很多。"由于这里的缺陷"，这个内科医师写道，雅科波"几乎记不住他之前犯过的罪行和受到过的惩罚，因此他又毫无罪恶感地继续犯相同的罪，正所谓'江山易改，本性难移'，这样一来他最终将自己送上了绞刑架，结束了自己的生命。"

我坐在吱吱作响的椅子里，手指一直敲打着这张纸上的最后一句话。我当然知道本尼维耶尼的结论是毫无意义的。尽管解剖后发现雅科波有生理上的缺陷，但是就这样断定他会忘记之前所犯的罪行绝对是不合逻辑的，因为他还很清楚要如何去作案。尽管这样，我还是不能完全无视这个内科医师的解释。在我看来，这个非常普通的雅科波，为那些极为罕见的历史人物打上了一个相同的标签，不论是亚历山大·费雷、罗马独裁者苏拉，还是卡里古拉皇帝或尼禄，不管他们生活的时代和环境是否相同，他们都不知廉耻且毫无罪恶感地不断重复罪行，而且也完全不在乎对他们的惩罚（历史证明古代所犯罪行与雅科波差不多的暴君没有一个是安乐而死的）。这个无足轻重的雅科波没有那么大的权力使他完全暴露自己邪恶的天性，但他确实一直在犯罪，直到死去。暴君尼禄则绝对享有盛权，但是我相信，即使他是一个牧羊人或补鞋匠，他也会非常热衷做出那些残酷的行为。实际上，本尼维耶尼描述了一种倾向——"江山易改，本性难移"，这些人都由一种动物的本能驱使，一次又一次犯下那些已沾污了他们灵魂的罪行。

正如我跟公爵说的那样，不论时间如何变化，人的本性是不会发生改变的，每个人生来就有一个固定的特性。因此我情不自禁地偏向本尼维耶尼医生的观点：这一缺陷，不管它是柏拉图所谓的"灵魂的疾病"，还是大脑本身的缺陷，都一直会存在于这个生而有之的人体内。因此是天性塑造了这些恶劣的秉性，而无论是人本身还是命运都无法改变它们。

一阵冷风吹过百叶窗。我穿上身边的夹克衫，然后转换思维模式，把自己想象为这个罕见的人。当我进入汉尼拔或者恺撒的思维模式时，我便开始质问他们。尽管本能让我赶紧逃跑，我还是走进了这个令人恐惧的迷宫，然后开始安静地与他们相处。

你的目的仅仅是为了摧毁他人的生活，为了毫无良心或怜悯之心地享受那些无辜受害者承受的痛苦。自你在母亲的子宫发育时，这些就已经成为你的天性。但是你总能以某种方式将魔鬼般的面目隐藏在面具之下。

风呼呼地穿过门的缝隙。

但是我现在认出你来了，即使我还不知道你的真面目或你的名字。因为只有我知道了你的秘密，在你呼吸第一口空气时，我才会了解你和我们所有人都不一样。当然这并不是隐藏在你有缺陷的灵魂下的秘密，而是一个非常恐怖的骗局。

你生来就没有灵魂。

第9章

破坏敌人计划的最佳方法，就是知己知彼。

两天后——也就是冬至日的次日——我依旧没有黛米亚塔半点消息，瓦伦蒂诺那儿也没有一点动静。然而，切塞纳这座城市却呈现出以往的繁华和喧闹。

舞会在市民宫殿里举行。宫殿坐落在城市主广场北侧静谧的城堡脚下，从正面看由两层拱形窗户组成，毗邻一座山顶城堡建筑般的堡垒——不同之处在于毗邻的城堡要小，事实上它只有一个较大的塔楼，所以最多称得上是一个小堡垒，而远非一个城堡。市民宫殿和堡垒首尾相连，组成了一个庞大的石质建筑群。在如此特殊的夜晚，近半的城墙幽幽如漆黑的井底，而市民宫殿却灯火辉煌，仿若一个军工厂。

切塞纳人对这座宫殿高大的厅堂进行了令人钦佩的改造，墙上精美的绣帷与青葱的树枝交相辉映，玲珑的石榴点缀其间。与大厅相连的房间里有一个极大的餐具柜，上面摆满各种各样的食物：辛香的美酒、肉松糕点、棉花糖和水果味糖果等。

节日的音乐由超过五种不同的长号演奏而成，数量是双簧管和笛子的两倍，和里拉硬币的数量一样多，还有一个剧院里的便携风琴也在同时进行演奏。秋季常在伊莫拉待的外交官以及众多名妓，现在依旧期盼着切塞纳的冬天，那个人尽皆知的葡萄牙人，也会不辞辛苦来到这里。或许她曾经是一个忧伤的、矮胖的小男孩，但现在，她身着一件绸缎紧身上衣，将胸部往上推束，活像一个肥胖的男人。

而对其他女人来说——切塞纳的主妇们，离开她们的丈夫后，这里的一切都令人异常兴奋。她们站在餐具柜旁，高兴地接受着那些世俗的男人注目。当然，我也身在其中，但是却倍感尴尬，因为大使要来，看看我到底打听到了多少有用的消息。当我被一群渴求男士青睐的妇女团团围住时，一阵号角声响起，这群女士便都匆忙地赶去前厅，绊倒了我，震天的隆隆声传来："公爵来了！我们的公爵到这里来了！"

瓦伦蒂诺没有让他的民众失望。他像帝王般鞠了一躬，然后把我们都带到里昂奇洛。他的女伴是当地贵族家庭中的标致女子，她衣着完美，衬托着高耸圆润的胸部，当然，这样的美胸也配得上这样的袒露。但她仅仅是公爵的一个饰物而已，因为所有目光都凝聚在公爵身上。他看上去身材纤瘦，但在黑色夹克和紧身裤的衬托下丝毫不显得轻薄瘦弱。他跳舞的时候动作轻盈，力量和缓，恰到好处。

我被当地一个女孩拉去跳舞，她与我的妻子年龄相若，很多地方也都很像，这使我心头一皱：她没有玛丽埃塔那般白皙，但是她的小鼻子却与玛丽埃塔一模一样，举手投足中散发的女孩骄傲和由感而发的优雅，都和我妻子极其相似。她看我的时候，有时羞涩扭捏，有时又满含渴望。离开佛罗伦萨后，我第一次如此强烈地想要抱住玛丽埃塔，尽管我仅仅想要去安慰她、告诉她，对这场不幸的婚姻，我感到多么自责，多么愧疚。

我和舞伴在盖洛西亚的舞步远非协调，我发现自己总像西瓜子一样被甩出去。重新走到前厅中的餐台边时，我喝下一杯桑娇维赛，想用酒精来麻痹自己，忘却忧伤。这时乐队奏起了莫雷斯卡舞曲，皮法洛管（一种意大利吹管乐器，形状类似横笛）发出巨响，舞者在悠扬的舞曲中翩翩起舞。

看到奥利夫奥托·达·菲莫时，我差点被酒呛到，他犹如受难剧中突然出现的恶魔，不知从哪儿冒出来的。他和古铜色头发的威尼斯女伴在人群中旋转，看得出他们很尽兴，那卷起的头发随旋转飘荡而起——他的头发和女伴的头发差不多长。到切塞纳之后，我就没有听到奥利夫奥托的任何消息，所以，我觉得他在这里出现是很不受欢迎的。他来这里最大的可能是促成安排瓦伦蒂诺和雇佣军和解。

莫雷斯卡舞曲悄然循环着，混着嘈杂的歌声，伴随我身边的事件慢慢展开，我的头也不禁跟着音乐摇晃。突然，我感到有人在我手上轻抚，便立刻打住，然后盯着眼前的这个狂欢面具。在瓦伦蒂诺的舞会上，戴面具已经成为一种潮流，不管它适不适合这个季节。眼前的面具似乎是从绿色丝绸上裁下来的，在双眼的周边镶上了珠子，面具上的鹦鹉嘴盖着她的鼻子。

她并没有把我带到舞池中跳舞，而是拉着我过了一道门廊，然后走到前厅的后门，这里可以通向门厅或者后面的小房间。再往里走时，我看到一些白花花的腿缠在另一些白花花的腿上，耳边传来男女的呻吟声。我一直想看清楚身边这个女人的脸，但只是徒劳，那张面具只露出了她的嘴唇和眼眸。

"想知道你的朋友现在怎么样了吗？"她柔弱的声音听上去有些犹豫。

我立刻反应过来她指的"朋友"是谁。"她还活着吗？她在哪儿？"

面具女郎抓紧我的手，然后把我拖过那对缠绵的男女。我们前面的门厅冷冰冰的，而且散发出潮湿的石头气味。在门厅的尾端，她打开了一扇小门，我弯下腰钻了进去。

只见一面巨大的墙壁出现在我们眼前，如同一个巨大的影子，这是连接市民宫殿和那座只有一个塔楼的堡垒的墙壁。面具女郎指着那个冷冰冰的长楼梯，它从那个冰冷的庭院中延伸而下，一直到这个巨大的石壁顶端。

"是谁派你……"

我的话还未说完，她便已经将我身后那扇门关上了。当我用力想要打开它时，竟然发现门没有锁，所以我立刻放弃了要追出去的念头。很可能有人已经给了她几个硬币，让她不要泄密，因此她不大可能会告诉我，到底是谁派她带我来这里的。现在我的脑子里充满了各种各样的猜测。瓦伦蒂诺是不是已经找到了黛米亚塔，然后把她关到这个堡垒里？或者作为维特罗佐·维特里的手下，他坚持要将黛米亚塔关起来？或者更糟的是，她在平原上发现了某些东西，使她再也不能回到教皇身边了。

我像猴子一般，缓缓爬上了那高高的陡峭梯子。当爬到壁垒的顶端时，我看到下面有一条走道，两边是肩膀那么高的石头扶手。那里并没有其他人。我马上从梯子上跳到那结冰的人行道上，差点撞到外侧扶手上那些尖锐的锯齿。在这里远眺切塞纳别有一番风韵，高远的天空中泛着一层薄薄的云，像一抹丝巾蒙着天空的脸。整座城市的烟囱升起闪亮的灰烟，平原上散布着几间农房，那些农房的烟囱中也冒出袅袅灰烟，直直地升上缥缈的天空。在我视线的尽头，在那黑暗之中，是亚得里亚海岸。在切塞纳下游的地方，艾米利亚路开始沿着海岸向下游行进。而在那墨黑海岸的某处，雇佣军正在那儿驻扎等待。

在走道的另一头是那座塔楼，我想他们最有可能把人关在那儿。塔楼的外形是奇特的八边形，而不是常见的圆形，它的大门朝着这块壁垒敞开着。我极其谨慎，蹑手蹑脚地走了进去，但还是差点掉进门口那矩形的坑中。我细细观察，有一个很窄的阶梯通向下面的房间。

我往里探了探头，那种漆黑色如此厚重，仿佛伸手一抓就能将这些黑暗握在我的手里。

突然，一张脸在黑暗之中闪现。我以为是一个被砍下来的头朝我扔了过来，吓得猛地向后一退，摔倒在地。我的头撞到了地面，然后便晕厥过去了。

当我清醒过来时，这个吓人的鬼怪已经站在我的面前。他那满是肌肉的腿塞在黑色的紧身裤里。他的头则离我更远，几乎看不到他的脸。

"站起来。"他向我伸出了一只厚实的手，将我扶了起来。

我端详了一会儿他的脸，才认出是拉米罗·达·洛尔卡，教皇非常信任他，五年前还派他去调查教皇的儿子被谋杀一案。但据我所知，瓦伦蒂诺为了不让他在这起谋杀案中碍事，把他派到里米尼去了。拉米罗身上因香水和润发油用得太多而散发出一种香得过腻的臭味，他的头发像一块黑色的膏状物黏在他的头皮上。尽管他头发凝成的圆润壳子让他看起来有点女性化的时髦感，但对瘦弱的东方人来说，他依旧是个笨重的大块头。

"我的手下还在搜查下面那个地窖。"拉米罗说道，语气中流露出一种他们完全有权利这样做的愉悦感，"你不应该参与到这件事中。但是你已经……"一股烟气从他的鼻子中冒出来，"你并不是第一个被甘迪亚公爵的妓女欺骗的人。你知道为什么瓦伦蒂诺公爵仍旧想要将她关起来吗？"

我点点头，但是大脑已经不能思考了。

"是我成就了他。"拉米罗的声音遥远飘渺，他的眼睛直直地凝视着我身后那块空无一人、结满冰霜的壁垒，"甘迪亚公爵被杀害后，我们原本决定将西泽尔长期安置于办公室工作。但是教皇后来又让我带他去法国，并确保他得到公爵的赏赐，而且还要如约与阿拉贡的卡尔洛塔完婚。当然这是帮助路易斯国王离婚所得到的奖赏，我们给予的。"我注意到他说的那句"我们给予的"，听上去似乎拉米罗已经将自己视为教皇做决定时的伙伴了。"你肯定认不出当年骑着汗血宝马飞奔至西弄的花花公子是瓦伦蒂诺。当时整个法国都认为他徒有虚名，而且还称他为'小公爵'。"

拉米罗突然往我们脚底下那个楼梯井探头一看，他举手示意我不要说话。过了一会儿他又开始说道："当阿拉贡的卡尔洛塔也和那些人一起嘲笑西泽尔时，是我阻止了他像可怜的男修道士削去头发一般从法国逃回意大利，也正是我重新为他谈下了和夏洛特·德·阿尔贝雷特的婚事，然后他收到了她父亲对他的封赐，被封为瓦伦蒂诺公爵。因此，是我成就了这个叫瓦伦蒂诺的男人。"拉米罗的眼神一片黑暗，就如涂上了颠茄，"罗马涅是耶稣基督的土地，是他把这片土地交给教皇用来立国的。这片土地并不是瓦伦蒂诺公爵想给谁就可以给谁的。"

此时，天边开始闪现黎明之光。尽管拉米罗对黛米亚塔还心存怀疑，但眼下看来，他是最有可能成为我盟友的人，而且也很有可能成为她的盟友。"你打算干什么？"我问，"把黛米亚塔带回罗马？"

"我必须知道那本书在哪儿。"拉米罗问道，"她有没有把那本书带走？"

一股冰冷的感觉突然窜过我的后背。我猜当时女巫将那本书拿给罗卡的时候拉米罗也在场；还有可能平原上的那场混乱他也参与了。但我觉得既然瓦伦蒂诺将拉米罗流放到里米尼，他就不可能会将我与他在罐子里的魔鬼的细节告诉拉米罗，尤其是这些东西只有我、公爵和他的总工程师知道。

当拉米罗效力于波吉亚家族时，他肯定审问过好几百个人，因此他一点也不难发现我怀疑的神情。"其实我知道，一些和我一起被瓦伦蒂诺流放到里米尼的人，对他已经没有那么忠心耿耿了。而且只有傻子和叛徒才会还对他抱有忠心。"说这话的时候，他的鼻子又冒出一股烟气，"我派人跟踪了甘迪亚的那个妓女，而且是一直跟踪着，甚至还跟到了平原地区。"

我不知道他在玩什么花样，但我主动发起了攻势："在平原的时候，我看到了你派的人的面具，是一张魔鬼面具。我想他放我一马是因为他没有拿到那本书。"

我以为我这么说会让拉米罗感到罪恶，我以为他会否认这些。然而，他却用一种熔岩玻璃般透彻的眼神瞟了我一眼，然后说道：

"很多人都从那个小屋里逃了出来,男人、女人、小孩都有逃出来的。但就是你和其他两个人没有逃走。"他所说的"其他两个人"无疑是那两个不幸的女巫。但我依旧恼怒,想知道是不是拉米罗的手下打晕了我,并且对那两个女人下手,还是他只是一个旁观者。"追赶了很久后,我的属下才发现一个逃走的人,就是养了一只大型犬的男子,他和那条狗的喉咙都被切开了。当然,那人身上根本就没有那本书,但是留下了一匹马的足迹。"

"一匹马,"我迟钝地回应道,"那骑马的人是谁?"

拉米罗高傲地抬起他那方形的下巴:"一会儿你就知道了。据我猜测那个男人是甘迪亚公爵的妓女所雇用的诱饵。"他的这种说法,和瓦伦蒂诺推测是黛米亚塔拿了那本书另作他用的论断很一致。

拉米罗踏出门去,然后又看了一眼壁垒,但很快又走回我身边,他深邃的眼睛里闪烁着我难以琢磨的愁绪:或许是恐惧,或许是愤怒,或许两者皆有。"你问问自己,"他突然很严肃地低声说道,"为什么瓦伦蒂诺公爵要保护奥利夫奥托·达·菲莫?"

"我想大概是因为公爵大人在这件事上没有其他选择了,他必须接受雇佣军所提出的任何条件。"

拉米罗嗤之以鼻:"如果你相信那些话,那你肯定没有做好准备回答这些问题。那个杀人犯在加普亚。你明白这意味着什么吗?"我只知道大概在一年半以前有许多雇佣军围攻并且还洗劫过加普亚。"那个杀害了甘迪亚公爵还将那些女人分尸的凶手肯定还屠杀了许多加普亚的市民。"他再次看了看门道那儿,语调沉静,"你可以向瓦伦蒂诺公爵打听一下加普亚的女人,问问他这些人发生了什么事。"

说完这些,他马上大步流星地往那结满冰霜的壁垒上走去,走过大概三分之一时,他便停了下来,驻足而立,挺着身躯,呼出的雾气在他面前升起。

他呼出第四口气时,我才知道他在等待什么。

第 10 章

想远离阴谋的王子，要警惕身边的宠臣，而非他已经多次打击过的政敌。

壁垒的另一端突然走出五个人。两个没带武器者走在三个十字弓手前面；从轮廓上我一眼就认出了那两人。一个是瓦伦蒂诺，他身着夹克和紧身裤，另一个是奥利夫奥托·达·菲莫，他身穿束腰外衣，一件无袖黑貂皮外衣罩在外面。站在奥利夫奥托·达·菲莫旁边，瓦伦蒂诺略显单薄。

奥利夫奥托面无表情。但当瓦伦蒂诺快靠近时，我注意到他怒目圆睁。瓦伦蒂诺没有停，径直走到拉米罗面前，这是一个近至击掌或拍肩的距离。

他停下来，用比眼神镇定得多的口吻说："我向你指示过，到达后直接来找我，"显然瓦伦蒂诺是从里米尼那里将拉米罗传唤过来的，"听说你的手下正在这里搜查。为什么？"

"我在找大教皇派来的那个妓女。"

"而你认为她被我关起来了？"

"您怀疑她在您弟弟谋杀案中是共犯，"拉米罗说道，"我们也这样想。"

"那你们找到她了吗？"

"我的手下仍在下面找。"

"你是不会找到她的。"瓦伦蒂诺说这话时转向了奥利夫奥托，问道，"你知道那个女人在哪儿吗？"

"如果你想找到甘迪亚的那个妓女，你可以带梅塞尔·拉米罗去你的地牢里审问他。"奥利夫奥托伸展开他的腿，将大拇指插在腰带间，他的语气和姿态都是一副与人对簿公堂的架势，"你会发现他什么都知道。他就是你屋檐下的叛徒。"

拉米罗顿时感到脖子僵硬难以动弹："你还想继续保护这个恶人多久？"

奥利夫奥托愉快地说道："难道你还想反过来控告我吗？"

"公爵大人，您理智一点吧！"拉米罗的脸上充满了愤怒，仿佛一个凶狠的非洲摩尔人，"您的敌人在污水沟里发现了他，然后将他奉为上宾。"他面朝奥利夫奥托说道："维特罗佐·维特里发现这个卑鄙的人被他哥哥狠命地鸡奸时，就将这个人扔了出去。"

接下来发生的事出乎意料，在我心中刻下了深深的印记。我看到奥利夫奥托突然用刀刺向了拉米罗，拉米罗向后一躲，同时瓦伦蒂诺向前一跃，站在他俩中间，意图分开他们。这些事仅仅发生在眨眼之间。

那一秒我几乎恍惚了，稍稍站定才回了神。

✳

瓦伦蒂诺和奥利夫奥托如石像般对峙着，仿佛被美杜莎夫人扫视过。奥利夫奥托的手一伸出，便被人控制住了，他那硕大的拳头快到瓦伦蒂诺的腹部时，被拉米罗那双小手握住，就像一个小孩在比划着双手。当时唯一能听见的是市民宫殿的舞会中不落的长号声，遥远又低沉。

瓦伦蒂诺缓缓地抬起头，目光也从自己的肚子上转到了奥利夫奥托的脸上，而此时奥利夫奥托的脸色因激动而变得通红。

"只要再有一个大拇指的距离……你就能把我切开了。"瓦伦蒂诺说道，方才的紧张依旧可辨。

"您知道我这一刀不是挥向您的。"奥利夫奥托说道。但奇怪的是没有人敢放松，依旧僵硬地维持着刚才的姿势，仿佛这段意外的关于力量和意愿的竞赛又会马上开始。

"你父亲死后是你母亲的弟弟收养了你，是吗？"瓦伦蒂诺说起这些的时候，就像他们是在一个晚宴上轻松交谈，"是的。这位收养你的绅士叫乔瓦尼·佛格里奥诺。"他自问自答，"而且这位乔瓦尼舅舅帮了你一个大忙，是吧？他把你送到维特里家里，让你接受了良好的教养。维特罗佐和卡米罗，还有保罗，应该是你记忆中美好的三个人，而且你也给予他们父亲般的敬仰。在知道如何刮胡子之前，你就学会了军队的科学与艺术。"说到这些事，瓦伦蒂诺的肩膀稍稍起伏，仿佛在重新汇聚那些让他躲过一劫的力量。"其实我是忌妒你的，先生。我父亲给我戴上红衣主教的帽子时我都已经17岁了。或许他还有可能让我成为一个被阉了的唱诗班男孩。"公爵微微地苦笑了一番，"但是我依旧成了他最忠心的仆人，而你却背叛了你的舅舅。"

"我提醒你，波吉亚家族的利益在那晚也被明确地提了出来。"奥利夫奥托说这句话时紧咬着牙关，"我舅舅当时希望找到同盟者来对抗教皇。大人，您和其他所有人都应该知道，如果有能力的人想要战胜没太有能力的人，他们必须这样做。"

瓦伦蒂诺的眼神坚定。"今晚你有什么可以指控我吗？"他的声音突然变高，带着一点嘲讽的味道，"我明确告诉你这些事我已有所耳闻，因此你大可说明你对这些行为的看法。那些人并没有勇气面对我，而你却有，这要归功于维特里家族对你的教养，他们让你更加强硬。所以，先生，请指控是我谋害了我的弟弟。请明白地告诉我你刚刚所暗示的是什么，我的这种背叛是不是说明我可以赢过一个连剑都拿不起来的弟弟？"

奥利夫奥托微微倾斜了一下头。再一瞬间，他放松了肩膀，虽然不是大步向后，他还是缓缓地离开了公爵。瓦伦蒂诺依旧紧紧抓住他的手。

奥利夫奥托的目光慢慢移开，"大人，我从来没有想过控告你。"

瓦伦蒂诺满意地点了点头，才把奥利夫奥托的手放开。突然奥利夫奥托将刀转向自己，然后把象牙雕刻的把手交给了瓦伦蒂诺。"记得有一天，您说这个很好，"他说道，"现在我把它送给您。还有，请接受我对您的歉意。"

"不。你自己保管它就好。"瓦伦蒂诺的语调听上去有点不可思议。

公爵立刻对拉米罗说："你下去找你的手下，立刻搜查完。最好是找到你们想要的东西，到时候再来见我。"

当瓦伦蒂诺批准他们继续搜查下面那个地窖时，我和拉米罗都无比吃惊。拉米罗用一种悲伤的眼神扫了我一眼，仿佛我是他遗嘱的唯一证人，然后他便低下头，按照吩咐去下面搜查。当拉米罗消失在阶梯井时，瓦伦蒂诺招来一个十字弓手，吩咐他跟了下去。

"奥利夫奥托先生。"瓦伦蒂诺的称呼充满了官方的腔调，冷冰冰的，"我已经告诉你维特罗佐想要的答案。现在是你回到我们这群人中来结束这件事的时候了。"当然，瓦伦蒂诺指的是他与雇佣军之间的条约，而且他所说的"这件事"极有可能是指确保他得到佛罗伦萨的秘密遗嘱。

奥利夫奥托向瓦伦蒂诺深深地鞠了一躬，然后像信使一样，头也不回匆匆离开了。

"对了，最后一件事，先生。"瓦伦蒂诺向前追赶了几步，现在他们站的距离与刚刚恰好一样远，"我一直都在想，当你舅舅知道你背叛了他的那一刻，你有没有看着他的脸。"

奥利夫奥托斜着头若有所思，仿佛问这个问题的人是他一样。显然，问这个问题的时候，瓦伦蒂诺暴露了自己的弱点。

"你不需要现在就回答我的问题。也许你的脑海已浮现画面，就像画家看见耶稣饱受折磨的脸一样。我希望你能尽最大的努力去思考这个问题。但是我知道，即使有时候你并不希望想起你舅舅的脸，它依旧会不由自主地出现在你的脑海中。而且很快就会出现。"瓦伦蒂诺身体向他倾斜，仿佛要去闻他身上的气味，"下次见到你的时候，希望能得到你的答案。"

奥利夫奥托更加斜着头，他苍白无力的眼神像极了月光中柔柔的白雪。他突然环步转了转，然后趔趄地背对着公爵离开了。

瓦伦蒂诺摸了摸自己的头。等了一会儿，剩下的两个十字弓手朝着奥利夫奥托的方向前行穿过了壁垒。

❋

当我发现只有我和瓦伦蒂诺两个人身处这个黑暗壁垒中时，你可以想象我的思绪是多么地混乱如麻。他走到扶手边，向远处安静地眺望了一会儿，说道："秘书。"并示意我到他身边去。

"你发现了这些设计图案吗？"他伸出手，指着眼前的一片景象，"罗马人把艾米利亚大道（**古罗马连接各城市的道路通称大道**）这边的河岸的土地都划分了。"在这片白雪覆盖的乡村边，树干、树篱、沟渠和道路织成的黑色网格是古罗马人耕地的边界，在晚上依旧清晰可见。"他们把它称为'百户地'，就如他们将军队的每个单元称为'百人队'一样。当士兵们完成兵役，便被授予一片这样划分的土地。"他一边说一边点头，"通过自己的努力和意愿，罗马人将时间管理得有条不紊。"他突然又转向我，让我不由地往后一缩。"拉米罗把你叫到这里的吧？"

"是的。"我回答道，将他的陈述句视为一个问句，"他说他相信黛米亚塔被关在那个塔楼里了。"

"那你相信吗？"

"我只知道你也怀疑她。"

"我以我的名誉向你保证，我不知道她在哪儿。"

当瓦伦蒂诺以自己的名誉向我保证时，我觉得这比他对上帝起誓更加可信。"大人，奥利夫奥托说他也不知道黛米亚塔的去处，你信吗？"

他并没有马上回答我的问题。"我害怕的就是奥利夫奥托先生知道她在哪儿。如果真是这样，那么维特罗佐·维特里就很有可能已经拿到那本书了。"

与之前一样，瓦伦蒂诺的怀疑模棱两可，至少他对于黛米亚塔的怀疑，是十分不清晰的。他是否认为那晚黛米亚塔带着那本书逃脱之后，已被奥利夫奥托杀害？或者她仅仅是把那本书带给了雇佣军，然后近乎绝望地希望能够以此作为筹码交换她的儿子？

不过，我更倾向于拉米罗的解释，也就是说维特罗佐已经通过另外一种方式得到了那本书。尽管对于拉米罗来说，他的解释本意并不是要指出黛米亚塔无罪，但如果真是这样的话，黛米亚塔就确实无罪可言了。"大人，拉米罗派人跟踪我们到平原上，说有一个骑马者比他派去的间谍先找到那位獒犬的主人，切断了其喉咙。可能就是此人将那本书夺走了。"在说出谁有罪之前，我稍稍停了一会儿，然后用一个问句说道，"奥利夫奥托先生那时候还在伊莫拉吗？"

瓦伦蒂诺几乎从没有向别人表现出任何不高兴的样子，但是当我说到这儿时，他的脸上露出愁苦的神色，就像评论自己作为教堂的王子一样苦痛。"拉米罗还告诉你什么了？"

我猜他开始准备审问。因此我要很细致地回答，避免将拉米罗匆匆带过的事情遗漏掉。

"他向我讲述了陪您去法国的事，大人。他将您在那儿的成功都归到了他的帮助上。他还问我为什么您如此护着奥利夫奥托。"我快速地带过了这一段枯燥冗长的陈述，而且尽量避免强调其中任何一件事，"并且他坚持要我问你，关于加普亚的女人是怎么回事？"

瓦伦蒂诺闭上了眼睛，思索中时而温柔地点点头。"加普亚……在加普亚我看到也听到了一些事，但是我都不能……"他的喉咙似乎被什么堵住，"我宁愿一千个士兵被送到绞刑台上绞死，也不愿意看到我们的德意志雇佣兵从母亲手里抢过孩子作为战利品。对那些无比痛心的母亲来说，那些人就是野兽，是嘟哝作响臭气熏天的畜生，甚至连畜生都不如。他们是恶魔的化身。如果我闭上双眼，就能听到那场混乱中的惨叫声……"他拼命地摇头，我以为他会用手捂住自己的耳朵。"如果让我再听到那些声音，我肯定会马上变聋的……秘书，我在加普亚的时候只能直接指挥十分之一的部队。但是这样也不能消除我对那些人的罪恶。我要像捍卫自己姐姐的名誉一般捍卫那些女人的名誉。"

他向远处眺望，注视了广袤的罗马土地规划一会儿，似乎只有一个秩序井然的完美世界才能让他赎回对加普亚犯下的罪行。

"秘书。"他不再沉默，用尖锐的声音叫我，他的问题十分直接，"你认为是谁杀死了我的弟弟。"

我看见自己呼出的空气凝结成霜，飘荡在下方结冰的广场上。"我想就是在伊莫拉杀死那两个妓女的人。"权衡了一下自己的话后，我又说道，"而且，我相信那个人现在也在卡普拉。"这是拉米罗刚刚告诉我的。"我认为他肯定混在那些集市里买卖商品。"

"你还是认为那个人是雇佣军，"瓦伦蒂诺几乎心不在焉地说道，就像一个导师心里藏着更加高尚的事一样，"但是，是他们中的哪一个呢？你也知道这些人并不是一条心的。而无论做什么事，各怀鬼胎都是其最大的弱点。"

当他说到雇佣军弱点的时候，我异常兴奋。"这个人和他们中的其他人都不同。但是……我依旧不能确定他到底是谁……"我不禁往后一退，想着或许那个谋杀犯在刚刚的某个时刻就站在我俩面前。而且就算是在那时，我也不能肯定我看清了他的脸。事实上，我对拉米罗的怀疑和对奥利夫奥托或其他雇佣军的怀疑一样多。拉米罗最近才成为罗马涅的执政者，他比乡里人博学，而且他也看过莱昂纳多的地图。对于罗马涅人来说，拉米罗的残暴众所周知，大家对他随意绞死人，甚至折磨年幼的男童都嗤之以鼻，非常不满。这也是让我惴惴不安之处，他们这些人中，没有谁敢说出真相，敢说出残忍的谋杀犯到底是谁。

瓦伦蒂诺发出一声罕见的嘟哝，但我还是听见了，仿佛我所说的毫无意义——或许我所说的真的毫无意义。不过我坚信，不能通过猜测他的秘密盟友来判断他是谁，那样毫无依据，但是真面目是藏不住的。

"在这种状况下你肯定是看不到他的，但是卢比孔河就在那儿。"瓦伦蒂诺指着东边黑暗的地平线，说道，"木已成舟。"染色就要开始了。"每当凯撒穿过卢比孔河时，他就要说这句话。秘书，是真的，不到几天，那些颜色真的会很快染上去。但我们不希望命运女神掷骰子来决定我们的命运，不能让自己的姓名掌控在命运女神的手中。否则，我们就是自掘坟墓，在里面长眠不醒了。"

瓦伦蒂诺那痛苦的表情直截了当地表现出，他希望打败命运女神和她的士兵，以及雇佣军。我依旧认为，我还有时间，不论时间如何流逝，我都还有机会去支持他的目标。

显然这正是公爵希望自己人从这段对话中得到的信念，因为到这里他就打住了。他朝黑乎乎的塔楼走去，我相信在阶梯井下面他会更相信拉米罗·达·洛尔卡。但没走几步，瓦伦蒂诺突然转身，只听见冰面上一阵刺耳的声音，仿佛他已经完全忘记了那些很重要的事情。

"秘书，如我所说，所有人都在加普亚。维特罗佐和卡米罗，奥利夫奥托·达·菲莫，保罗·维特里和他的表兄弟们，当然还有我自己，"即使在昏暗的灯光中，我依旧可见他绿色的眼眸，"如此说来，我们之中没有人是无辜的。"

第 11 章

降生于世，无论生死，本性难移。

迄今为止，切塞纳的马拉特斯塔图书馆依旧是整个欧洲最美丽最现代化的图书馆。它的入口像极了希腊的小庙，门上装饰着石雕大象，还镌刻着建造者的箴言，马拉特斯塔说道："印度象从不害怕蚊子。"这句话让我想到了雇佣军的傲慢，在我看来，他们的行为犹如壮硕的大象嗜杀挥之不去的可怜蚊子。

这里的冬天很少有今天这样阳光明媚的日子，或许昨晚的舞会让大家心情愉悦，才有了今天的晴空万里。我这只蚊子已经迫不及待地想要走进这个大象图书馆了。一走进去，便见三条细长的过道，高大雄伟的圆柱和拱门横纵交错，地面上整齐地摆放着几十条长凳供阅读使用，长凳的一端配有诵经台一样的搁置架，上面摆放了许多书籍。一眼望去，马拉斯特塔图书馆就像一座崇拜知识的教堂。

我找到一个僧人，询问这里是否藏有苏埃托尼乌斯的著作《罗马十二帝王传》，他热情地将我带到一个长凳边。那卷书被放在一个加工过的琥珀色皮革中，还用铁链拴在书架上。我拿下来翻开一看，这是一本复印版，书上的拉丁文印刷排版正好是两列一面，并且书的大小很适合捧在手里，我猜想它大概是由一个较好的出版社出版的。

灿烂的阳光从拱形玻璃窗照射进来，使这里明亮而又适合阅读。我坐下来，开始一字一句拜读苏埃托尼乌斯的大作，仿佛走进了一个住满故人的客栈，因为我对古罗马帝王的传记已经了如指掌。但是这次看这本书是为了找到我们之中那个与众不同的人，揭发他不可告人的秘密。

三天前，我刚看完本尼维耶尼医生对一个不知悔改且毫不知耻的罪犯的解剖记录，看完后我得出一个结论：我要寻找的那个人天生就具有某些罕见的特性。倘若真的如此，那在其年幼时这种特性就应该展现出来了。

苏埃托尼乌斯在写这本书之前，曾经亲眼目睹过其中几个帝王的生活，并且他还研究了许多记载先帝的文献。苏埃托尼乌斯是一位热衷将发现的证据还原成史实的作者，因此我相信可以从他的著作中证实我的推断。

我忘我地读着这本书，随书中的旁白穿梭于不同的朝代。整个朱里亚·克劳狄王朝因权势扭曲成了魔鬼，他们沉溺在不切实际的野心中，骄奢淫逸，但又充满恐惧。唯有弗拉维王朝的前两位帝王维斯帕先皇帝和提图斯皇帝能够抵御这种奢腐的诱惑。提图斯在未登皇位时，还是一位品位低俗的人，但成为皇帝后，他洗心革面，严于律己。除了曾经和他很亲密、很了解他善良天性的人，所有人都被他的新面貌震惊。

卡里古拉和尼禄身上都存在一些与维斯帕先和提图斯不同的特征。卡里古拉和尼禄两人都因其残暴和所犯下的罪行遗臭万年，并且在未登基前就展现出残暴的特性。将卡里古拉养育成人的是提比略皇帝，他曾一度坦言道："我现在正为罗马人民培育一个恶如蛇蝎的人，为整个世界培育另一个法厄同。"——法厄同是太阳之神赫利俄斯之子，他偷走了父亲的太阳车，却因操纵不当而坠落地球，将非洲大陆烧成一片荒漠。

就如分尸那两个不幸的女人的恶魔，卡里古拉并不希望他的残虐快速杀死人，而是很享受那些受害者痛苦万分的样子。他下令执行者用微小的伤口来折磨人，而不是痛快地一刀将人杀死。卡里古拉最为人熟知的命令是——"让他感觉到自己正在死去！"这句话已经成了罗马人的谚语。

苏埃托尼乌斯将卡里古拉这种人性的缺陷归结为歇斯底里，一种被证实为癫痫的心理疾病，但是我并不苟同。因为癫痫只是短时间内会发生的头脑紊乱病症，而卡里古拉患的，再次引用柏拉图的话，则是"灵魂上的疾病"，这是一种生而有之的缺陷，会影响其一生。我相信卡里古拉这样的特性与我寻找之人的特性十分相似，因为在这两个人身上，连灵魂上的缺陷或疾病都称不上（或许我应该将高尚的灵魂概括为仁慈、同情心和懊悔），他们甚至是毫无灵魂可言。

对于尼禄来说也是如此，在他十岁的时候，他的家教老师、哲学家塞内卡晚上曾做噩梦，梦见尼禄是卡里古拉的转世。但是，卡里古拉和尼禄小的时候，都很谨慎地将这种暴虐天性掩藏起来。当卡里古拉极其不自然地掩饰天性时，又矫揉造作地展现出温顺的一面，因此别人经常说："他要不就是个无人能比的温顺奴隶，要不就是个恶毒无比的魔鬼。"尼禄早已习惯了那种暗中为害的生活，因此即使建造了一个让神仙都忌妒的宫殿，他依旧会在晚上偷偷迫害可怜的罗马老百姓。他经常戴上假发，穿上掩饰身份的衣服，然后像一个普通杀手那样大摇大摆地在街道上游荡。他有时去抢劫，有时去强暴无辜的女人，这些都随他白天的幻想而定，也因此让他的暴行更加地恶劣凶残。

看到这些描述的时候，我陷入了深深的思索中。突然一个人影向我猛扑下来，那么突然，那么令人惊慌失措，犹如一只鸟儿猛地去猎食它的猎物一般。她的脸在黑貂皮帽子衬托下更显苍白。

我还没来得及开口说话，她的唇便一下压在了我的唇上。

第 12 章

一个众所周知的事实：生来愚笨且容易相信任何事物的人是多么快乐。

有谁能用语言描绘这个吻？这个吻，就像卡图卢斯在诗中描写的，如同利比亚与昔兰尼之间广袤飘逸的飞沙；这个吻，就像彼特拉克所描述的"全身欲火难耐，心潮澎湃"；这个吻，融化了我的躯体，燃烧了我的灵魂；这个吻，就是我想从所爱女人身上得到的那种吻。这种吻值得濒死之人用尽最后一口气息；这种吻能赋予顽石鲜活的生命。

"我的上帝。"黛米亚塔的额头抵着我的额头，双手抚摸着我的脸庞，"亲爱的尼可洛。"

她如雪的肌肤明亮得让我几乎睁不开眼，她身上的玫瑰与百合香气让我神魂颠倒，难以呼吸。我的脑海里像有一支希腊戏剧合唱队，所有的感觉都用不同的"音高"剧烈地冲击我，惊讶、快乐、轻松，还有气愤、怀疑，甚至是妒忌。

"你是从哪……？"我甚至连问题都不会问了。

"我从那些人手里逃出来后藏到了乡下。那里的农民和房客保护了我，尼可洛。他们都是好人，是像我一样的贫寒人家。"她开始用炙热的红唇疯狂地亲吻我，"伟大的圣母应允了我无数

232

的祈祷，让你也活了下来！"

我挣扎着在嗡嗡作响的头脑中扳回一丝理智。我还有很多的问题要问，非常之多："你是怎么逃出来的？"

"是那个用皮革裹着鼻子的巫师一脚踢开了那不结实的小屋后墙，用刀架住我的脖子，把我从屋子里拖了出来。"如果她真的被带到了屋后，那么她就不可能看见我躺在门外了，"孩子们和我一起冲了出来。我挣脱巫师跑了两三英里才甩掉他。那时候，我不知道该何去何从。最后我找到了一户农民，他们收留了我。尼可洛，你是怎么跑掉的？"

"我是骑着山羊跑的。我一出小屋就被当头一棒，打我的人带着魔鬼的面具，长着一小撮山羊胡，就像贾科莫描述的那样。我醒来时躺在平原一带的另一间小屋里，全身都被涂满了赫克特的臭膏，那晚的两个女巫也骑上了山羊，但最后我在莱昂纳多的地窖里见到了她们的尸体。"

黛米亚塔在胸前画了两次十字："我真不应该把你带到那里。我只能无数次请求你的原谅。"

她拉起我的手，握在手里，不断地眨着眼睛，泪水从她两颊滑落，终于我心软了，因为即便我相信她展现的感情都是伪装的，那悔恨的样子也会让我无力反抗。要是能让她停止抽泣就好了，我强迫自己问道："你从那本书上看到了什么？"

她拭去脸上的泪水，环顾四周，只有一个修道士饶有兴趣地看着我们。"那就是一本学生用书，是拉丁文版的欧几里得原理。"听到黛米亚塔所说与瓦伦蒂诺所描述的颇为一致，我说道："你所说的'他们'都在这本书里，都是雇佣军的名字，对吗？"

"他们把名字写在了书的空白处，就像当时那个人让我写的一样。有维特罗佐·维特里、保罗、罗伯托·奥尔西尼和奥利夫奥托·达·菲莫。"

黛米亚塔所说的名字像在我脸上擦了冰雪，让我的神智更加清醒了。"这便是意大利最为卑劣的几个恶棍了。"我说道。

"齐亚·凯瑟琳为他们所有人施了罐子里的魔鬼，"这也正是瓦伦蒂诺跟我说的，"但是尼可洛，她在每页的空白处和一些章节结尾的空白处写了其他一些东西，比如关于咒语的描述，魔鬼所变出来的东西和人……我不太确定。因为她是用托斯卡纳语和罗马涅语写的，而且当时我也没太多时间去翻看。"

"当时齐亚·凯瑟琳或许写下了甘迪亚公爵护身的女巫的名字，"我说道，"会不会在那本书里还有关于那个护身符的描述呢？"如果真有，即便是瞎子也能看出雇佣军参与了甘迪亚公爵谋杀案。

"我不知道。尼可洛，你知道拿着书跑出去的那个人怎么样了？就是那个带着一条狗的人？"

我不禁怀疑黛米亚塔的这个问题是障眼法，因为瓦伦蒂诺和拉米罗都怀疑黛米亚塔就是用葵主人作为诱饵，然后自己把书拿走了，并且他们的猜测不是无中生有。"拉米罗·达·洛尔卡当时派人跟踪了我们，"我谨慎说道，"我想这个跟踪我们的人应该是拉米罗手下的一个士官，你看到过这个人吗？"

她摇了摇头，说："我谁也没看到。"

"拉米罗亲口告诉我他的手下找到了这个人和他的狗，但人与狗都已毙命，他们的尸体上也找不到那本书。"

黛米亚塔在胸前又画了一个十字，"那么是谁……？"

这个问题其实我更想问她，但是我想用稍微委婉的方式来打消我的疑虑："你逃出波河平原后又去了哪儿？"

"当我觉得安全之后，我回到了伊莫拉，那时你们已经都走了。你，瓦伦蒂诺，莱昂纳多，整个军队，都走了。我派人去了罗马取了一部分钱，然后就到这里来了。"

这些话似乎又印证了瓦伦蒂诺的怀疑。也许黛米亚塔在伊莫拉逗留就是想与雇佣军谈判，用那本书赎回她的儿子。也许那才是她现在来这里的原因。

我放开她的手，迫使自己看着她那闪亮的蓝色双眸。"你知道瓦伦蒂诺怀疑你与雇佣军串通一气吗？不光是他兄弟被杀这件事，还有关于那本书。"

她的眼睛闪烁着："我不相信……他不能让他爸爸的思想影响他……不能啊。"

"那你曾经是他的情人吗？"

她闭上眼睛，就像瓦伦蒂诺向我讲述时的样子。

"是的。"她重重地发出一声叹息，"尼可洛，我之前没有告诉你是因为……"好像她也无法填补真正的原因。泪水从她眼角滑落，她的双唇颤抖着。

我不知道该怎么面对接下来的沉寂，更不知道该怎么面对自己内心的感觉。周围的一切唤起了我的回忆，那是一个与现在境况颇为相似的场景。"记得在我小时候，父亲的图书馆让我无比敬畏。其实那个图书馆不过就是我家小屋二层的一个小小书房而已。书房里有一扇窗，一个书台，三把椅子，那时书架上最多不过 20 几本书，因为父亲常常会变卖这些书或者用这些书来换其他东西。在我还不识拉丁文的时候就常去这个书房，就是为了能抚摸着书页，嗅着清新的墨香和新装订的皮线的气味，尝试着阅读书上的文字。"

黛米亚塔朝我靠近了些，如同美梦中的妖姬。

"父亲的一些关于古罗马法律的书在佛罗伦萨是独一无二的。他常会对我说：'尼克洛，真相不是在人的心里，甚至也不存在于他的好心好意之中。真相就在这些书里。人们能让书说谎，但我们的印刷机能让所有人可以看到这些法律，这样我们就可以更好地评判书上的话，是用来为善还是为恶。只有拥有良好的法律制度，加以公平合理的执法，才能让我们从美第奇家族和那些寡头执政者中夺回自由。'"

父亲去世已经两年了，一时间我的悲伤喷涌蔓延，难以言表。

回忆至此，我说道："所以我的父亲一直保有一个希望，希望这些铅字和印刷机能把真理带到每一个角落，带给每一个人，那时人们就会了解真相。在我父亲孩提时，书籍的传播还要靠手抄来完成，而如今我们拥有的书籍数量至少是当时的 30 倍之多。如果说印刷机帮助人们不断传播人类积攒的智慧，那么它也能帮助传播谎言与欺诈。我们不能靠书籍和人们听到的次数来评判真理。"

黛米亚塔理解了我的意思：我已经不再信任她。她转过头来看着我，眼里噙着泪水，却给了我一个轻轻的微笑，说："那么在现代社会，最好的谎言是那种说 99 遍都是真的，但说到第 100 遍时才发现是假的。"

这一刻，我只能微笑。"而最好的真理常常混合 99% 的谎言和仅仅 1% 的真相。"

她在等我的详细解释，但我没有。最后她不得不问道："为什么这么说，尼可洛？"

"因为它需要我们用全部的信念去笃信那一丝的真相。"

黛米亚塔攥了一下我的手："尼可洛，你已经说了不少往事，我们还是出去走走吧。"

※

出门之前，黛米亚塔伸手把她的毛兜帽拉了起来，这样一来，只要她不抬头，即便是我也无法分辨出她与平常身边经过的交际花有何差别。我们走到了中央广场，广场旁小堡垒的塔楼目睹了前一晚这里发生的一切。现在黄昏已至，这里早已是灰蒙蒙的一片。我看到两个熟识的费拉勒斯大使馆的职员，他们都是在政府供职的小职员，两人面容苍白，疲惫不堪，可能和镜子中的我一个模样（除了一点，他们会认为我的穿着过于破旧）。"最好的消息是告诉我军队不会再南下了。"我和他们寒暄时说道。

"拉米罗·达·洛尔卡在他自己的旅店里。"一个职员冲着小堡垒的塔楼扬了一下头，"公爵正在监禁自己家的人。"

黛米亚塔紧紧地握着我的胳膊。

我问道："奥利夫奥托·达·菲莫也住在那家旅店里吗？"

其中一个职员耸了耸肩，说道："我想没有吧，奥利夫奥托先生与公爵阁下昨晚表现得颇为融洽啊。"

随后我们继续往前走，我说："黛米亚塔，你之前不知道拉米罗吗？"

她摇了摇头。这个回应对她来说是个很不好的兆头，因为这就意味着瓦伦蒂诺与他的父亲之间有着更为深远的隔阂。我之前就认为瓦伦蒂诺把拉米罗派到塔楼之后就把他抓起来了，这也许是因为拉米罗那天晚上说的话，让他落得个叛国的罪名，所以被囚禁。但我们之前听到的不过是些谣传。

"瓦伦蒂诺下令逮捕拉米罗那晚我也在场，"我尽可能模糊地说道，"奥利夫奥托也在场，事情的经过挺复杂的。我不敢确定自己看到的，也不知道它的意义。"

黛米亚塔并没有追问细节，反而说道："关于瓦伦蒂诺的事，我本应该对你更坦白一些。他肯定跟你说我在胡安生命的最后一晚背叛了他。"

"他说那天晚上是你们两个人第二次……以情人的名义在一起。"这句话仅仅说出来都这么困难，让我颇感惊讶，"他坚持说是他告诉了你胡安那晚的行踪，怀疑是你把这消息告诉刺杀他兄弟的刺客。他怀疑杀手就是维特里。"

她咬了一下嘴唇，说道："尼可洛，最后那个下午我告诉了西泽尔……"她的肩微微一耸，"我不会与瓦伦蒂诺去争论究竟是谁告诉了谁关于胡安的行程。但我很遗憾瓦伦蒂诺会因为这个怀疑我不忠，其实我也可以用同样的理由怀疑是他出卖了胡安。"

我们走到通往广场的南街，黛米亚塔在人群中站住了脚步，面对着我。"我以圣母和上帝的名义向你发誓，瓦伦蒂诺在这件事上错怪了我，就像他父亲错怪了他一样。"她的眼睛微微一眯，"尼可洛，也许你还不知道，教皇怀疑瓦伦蒂诺也参与了谋杀胡安。"

黄昏的光从高空如利箭般射下，照亮了黛米亚塔的整个脸庞。即便在这样的光亮下，她的肤色、双眸和殷红的嘴唇看上去都显得那么不真实。她的表情依旧如同瓦伦蒂诺老练外表下隐藏的秘密一样，令我难以捉摸。简单地说，我不相信自己能从那张可爱的面庞上读懂她的真实意思，除非她想让我读懂。但即便是那样，我又怎么能确定她不是为了隐藏更多的谎言，而仅仅展示给我一丝的真相呢？

"我想你应该去见公爵，消除他对你的怀疑。现在真正的杀人凶手逍遥法外，还在不断壮大势力，我们不能因为相互猜疑而产生不必要的隔阂。"我还是不能完全相信黛米亚塔是清白的，除非瓦伦蒂诺不再怀疑她。

黛米亚塔紧紧靠着我，她的胸脯贴着我的胳膊，我们就这样继续前行，走在结冰的街道上，发出咯吱咯吱的声音。"我不会去的，就让瓦伦蒂诺先怀疑着我吧。因为我现在没有证据给教皇，也没有可以赎回儿子的筹码。而且我也无法保证，瓦伦蒂诺不会为了保护条约，而利用我的信息找到那本书，然后将其隐藏起来。"

"我想他会用书上的那些证据去对质雇佣军，"我说道，"他推心置腹地告诉过我。"

"所以你就相信他的话了？"黛米亚塔质问道。

由于我父亲曾经是位律师，我从小就知道人们说的话可以锋芒毕露，亦可含沙射影。这几年的内阁工作经历和多次外交出访，也让我对这种现象有了更为深刻的认识。然而现在我需要黛米亚塔来提醒我，瓦伦蒂诺说那些话时没有做出任何承诺，也没有确切表明他的目标，而且说到他对雇佣军的意图时，跟我"推心置腹"（用我刚才的那个词）得也颇为小心谨慎。

在我默默回想时，黛米亚塔在一旁静静看着我："尼可洛，我想我死了更好，这样教皇和公爵就不会怀疑我了。"她紧了紧头上的兜帽，又将我拉近一些，好像她能把整个身体藏在我身侧似的，"为了完全证明我的清白，我需要拿到这本书，而且你也需要这本书来保护你的国家。"

"但这本书现在在哪儿呢？"黛米亚塔问道，轻松地用她的魅力"侵蚀"着我的意志和理智，尽管如此我还是怀疑黛米亚塔是知道这本书的下落的。

黛米亚塔接着说："我相信拉米罗的说法，有人在拉米罗手下之前找到了那个逃跑的祭主人，而且你也亲眼看见奥利夫奥托·达·菲莫在街上跟踪我。"

"你认为他也跟踪我们去了波河平原。"我昨晚已经跟瓦伦蒂诺这么说过了，但我不想让她听出我的怀疑，我接着说道，"但是如果奥利夫奥托那天已经拿到了那本书，那他为什么不杀了我？除了帮他找书我对他毫无价值。"

"也许他需要一个见证人。"黛米亚塔回答说。

这个回答让我大吃一惊："让我见证什么啊？"

"因为你看到了女巫对这本书施法的全过程，奥利夫奥托也许想让你证明这本书是货真价实的。"

我尝试理解一下其中的原委："我们先假设奥利夫奥托那晚拿到了那本书，他的名字和导师兼保护者维特罗佐·维特里的名字都在那本书上，那么他肯定会在破晓之前就把那本书烧掉。"

"那本书里还有个名字。"

"你的意思是还有另外一个雇佣军参与其中——"我停下脚步，惊讶地说不出话来，"你是说……"

她那难以启齿的表情比之前那副怀疑的模样真实许多。"瓦伦蒂诺也被罐子里的魔鬼的咒语召唤出来了，"她的声音轻微，如同耳语，"他的名字也在那本书里。"

"是的，我告诉瓦伦蒂诺时他已经知道了关于这本书的事。"现在我终于明白了拉米罗跟我说的话，知道了为什么瓦伦蒂诺被迫要"保护"奥利夫奥托·达·菲莫，"瓦伦蒂诺认为，由于他对此非常熟悉，所以就会让他的父亲有充分理由来怀疑他。瓦伦蒂诺，维特罗佐，奥利夫奥托……他们都参与了谋杀胡安，犯下了滔天罪行。他们当中任何一个人都有可能杀掉第一个女巫，然后把胡安的护身符放到她的魔法袋里，而且认定会有人发现这个护身符，最后转交到教皇手里。他们当中有一个人，策划导演了这场可怖的阴谋……"我没有说完，因为突然一阵强烈的恐惧向我袭来，麻木了我整个身体，让我无法再继续说下去。"而现如今，这场阴谋很可能以佛罗伦萨的毁灭收场。如果雇佣军拿到那本书，他们就没必要依靠装备精良的军队来逼迫瓦伦蒂诺与他们合作了。真是他妈的混蛋！"

黛米亚塔什么话都没说，仿佛她只有沉默才能给我些许安慰。她挽起我的手，领我在街上又走了一小段，直到走到一栋豪华的威尼斯建筑风格的大酒店旁才停下。

"在这儿我有一间不大的客房，"黛米亚塔跟我说道，她的嘴角边闪过一个浅浅的略带悲伤的微笑，"还有一些吃的哦。"

我站在结冰的街道，思忖着薄伽丘曾写过的一句话：做了而后悔总比未做而后悔强。

我们推门进了大厅，那里正在举行一场舞会。这与我前一天晚上去的舞会完全不是一个档次，更像是一场几个队伍混战的足球比赛。各种乐器的声音嘈杂地交织在一起，其中还混杂着男人的叫喊和女人的尖叫。场面很混乱，分不清跳舞的人中哪些是妓女，哪些是镇上的良家妇女，虽然后者大多衣着华丽，戴着更为贵重的首饰。离主显节还有差不多两周的时间，但跳舞的人中有一半都戴着面具，其中不少还带着那种鼻子特别长的面具。其实是刻意模仿普里阿普斯那勃起到一半的阳具。另外的人带着同样的白色骷髅面具，就是我和贾科莫曾在街上看到的那种——死亡之面。

整个酒店分为几个部分。我们到了最高层，三楼。走过一间间只剩下老旧沉重柜橱的房间，快到尽头时，黛米亚塔停在最后一个房间前，拿出钥匙，打开房门，回头跟我说道："在这儿等我一下。"我从门廊向里望去，黛米亚塔点了几根蜡烛，放在陶瓷灯里。

　　她在一个小卧室里示意我进去，这个卧室看上去更像个大壁橱，和这里一比，我住的房间像是一个小天堂：这个小卧室里放着一张大床，床头挂着东方绣帏，床脚放着一个大储物箱，箱上绘着《恋爱中的奥兰陀》一书中的场景——情人们在森林里喝着梅林井和厄洛斯溪中的爱恨水，台灯放在一个小桌上，旁边是一把小刀、一些帕尔玛奶酪、一根萨拉米香肠和一瓶红酒。

　　黛米亚塔示意我坐到床上，用火棍拨了拨火盆里的火。她脱下乔帕（文艺复兴时期意大利的长罩衣）放在我身边，露出灰绿色的衣服，她的脖子和肩膀就像上身穿着的那薄薄的衬衣一样洁白。她倒了两杯上好的桑娇维赛红酒，切了一些香肠，然后坐在我身边。"我可是早提醒过你了啊，真的只有一点儿吃的东西。"黛米亚塔说道。

　　"反正这不是你第一次提醒我了。"尽管黛米亚塔表示希望我拥有她，我却心不在焉（真是疯了），反而回忆起我们在波河平原的那晚。我记得她曾说过如果我们能幸免于难，她也不会让我拥有她。但现在，我不太确定她当时到底是什么意思，更不确定她是否还记得那晚她说过的话。

　　黛米亚塔小口吃着香肠，活像一只小老鼠。她说道："我知道我说过什么。"她吃完手里的香肠，把酒杯放在腿上，"尼可洛，你真的相信我会用你女儿的未来去换我的儿子吗？"

　　她问我的时候没有看着我，而我也避开了她的目光。但是我把她看得更为清楚了。

　　"我相信你不会的，"我回答道，"你不会让你的儿子生活在另一个不幸孩子的阴影下。"

　　她轻轻叹了口气，好像我的话减轻了她巨大的痛苦。"我当时在波河平原那么说……"她的手微微颤抖，杯中的酒也荡起圈圈波纹，"我当时那么说是希望你能爱上我。不是那种通过简单动作表现的爱，我希望得到你全身心的爱……但那却是最为残忍的爱，不是吗？就像遭到天谴的塞姬要去承受阿佛洛狄忒的无尽负担。"

"知道彼特拉克是怎么描写爱情的吗？"我问道，"爱是一种化成生命的死亡。"

"爱情是笨蛋们当成天堂的地狱，"我可以感觉到黛米亚塔在看着我，"我想我们已经彼此相爱了，尼可洛。作为朋友，我们一起经历了最为恐怖的事。而且，我们如此相似，我们都喜欢读史，我们都是大人物身边的小人物，很少有人知道那些大人物不过也是普通人，而我们是其中的两个。你有你那一套关于人们天性的理论，我也有我的一套，即使我的理论未能在蒂托·李维或是塔西佗那得到验证。但我就是想告诉你，还有更多事情能让我们走到一起……如果你相信柏拉图的话……"此刻，我感受到她的些许无奈。"尼可洛，我们应该下去跳个舞。"

我不再掩饰自己，我已经被黛米亚塔迷住了，再也控制不住当黛米亚塔不在时才有的渴望与后悔之情。当我离开这个房间时，也许我会逃脱阿佛洛狄忒的折磨，但我可能会丢掉灵魂。

黛米亚塔站了起来，拉起我的手，这样一来，我便什么也做不成，只能站在她身边。如果不这样的话，我会找个绞绳把自己吊死。我知道，她以为这么做是给我一个台阶下，但其实这更让我对她心生爱恋。

她慢慢抱住了我，就像我们将在她的房间跳舞一样，她炙热的脸颊贴着我的脸。

"尼可洛……一个星期后我们还能在这个世上吗？还能见到我们各自的孩子吗？"

我只能回答："我们会的。"

"你知道彼特拉克是怎么描写希望的吗？"

我苦笑了一下。我们在这个方面也颇为相似，即便我俩都站在绞刑架上，我们依旧能相视一笑。我答道："彼特拉克说'其实所有的希望都是失望'。"

她也笑出声来，如银铃般悦耳。我们相拥在一起，她的脸紧紧贴着我，她的嘴唇在我脸上游走，然后我们吻到一起。这个吻的感觉比先前的那个吻还要猛烈，我们亲吻着，牙齿和舌头轻轻地触碰到一起。

"还能感觉你身体的存在吗？"黛米亚塔喵喵问道，和我开起了玩笑。

其实她让我的腿都已经酥软了。

她的唇靠到了我的耳边，说道："亲爱的，我感觉到了。在那下面，在那深深的水下，我感觉到了一些命运女神没有想到的，阿佛洛狄忒的欲望没有触及到的东西，那是我们两个灵魂的秘密。"

为了补充完黛米亚塔的感觉，我轻声说道："也许这就是柏拉图所说的，我的一生因选择而始，但却是在生命的最后一刻才发现这一选择便是你。"

我们之后的亲吻与先前完全不同。现在的吻是遗忘之吻，让我忘却前世所有的回忆。

第 13 章

人因爱和恐惧而不断前进。

即便下一秒会死去我也会怀念那一晚，漂亮的蕾丝内衣滑过黛米亚塔的两肩和白雪般柔软的臀部，那凝白优美的身形让米开朗基罗都抽泣后悔。她双腿间有着小麦色的毛发，胸前的乳头如酒般暗红，像指尖一样竖立着。不像精通各种做爱技巧的高级妓女和性奴，她会让你体验到贞洁处女般的感觉。她在我耳边时而低语，时而喘息："亲爱的，我的至爱，我的灵魂。"这些情话的爱抚不亚于在我全身游移的手指。那一晚我们时而疯狂地交融在一起，像狂欢作乐的人想要吞噬彼此的身躯；时而甚至感觉不到对方身体，如同拥抱着西罗科热风。

❋

第二天清晨，我睁开眼看到黛米亚塔仍在我身旁熟睡。我端详她脸上每一寸肌肤，她太阳穴上浅浅的凹陷，她完美的肌肤上点缀着几颗小小的痣和雀斑，她湿润的上唇微微上卷。我的新生活就此开始。

我与黛米亚塔重逢后的第一天都在她房间里度过。拉米罗已被囚禁，她担心自己与教皇的关系会被一直寻找她的瓦伦蒂诺当作麻烦。但我们仍然希望事情没有那般糟糕，希望拉米罗被无罪释放。

大概中午的时候，我们坐在床上，吃完了昨天剩下的奶酪和香肠，黛米亚塔如伊甸园的夏娃赤身坐在我身边。她对我说道："在特拉斯提弗列的那几年，我白天除了去家里的花园外从不出门，只在夜幕降临后才出去工作，维持生计。"

我耸了一下肩，但还是感到些许伤害，觉得她好像没有重视我们的肌肤之亲。

她抱住我，亲吻着我的脖子，说："我以前倒卖偷来的文物。罗马徽章、钱币、浮雕，还有小雕像，只要是能藏在身上的值钱东西我都会拿。还有拉丁文和希腊文的手稿。尼可洛，即便你不信任我，我也想让你知道这些。从那个下午开始……"我知道她指胡安遇害那天，"我就摒弃了恶习，要做一个如雅典娜般贞洁的女子。"

我确实相信她，但这却是个可悲的讽刺：我可以原谅黛米亚塔有过无数情人（*我的确会原谅她*），但却不能完全原谅我的妻子玛丽埃塔有过一个情人。

尽管有片刻后悔，但我对过去生活的眷恋就像离门外那个世界一样遥远。像黛米亚塔这样能同时满足我头脑和肉体需求的完美伴侣，可遇不可求。当我的肉欲得到满足而且依旧兴奋之时，黛米亚塔还能与我交流思想。话题亦如激情，无穷无尽，持续了数小时。我们比较了卡图卢斯与提布鲁斯，塞勒斯特的凯撒与恺撒的凯撒，皮科·德拉·米兰多拉与柏拉图。我们一会儿回忆奥维德的《变形记》或是维吉尔的《田园诗》，一会儿又因谈到一位红衣主教喜欢收集穆拉诺岛玻璃黄瓜而放声大笑。

此后，我们一直用身体讲述着只有我和她的灵魂才能读懂的语言。

开始新生活的第二天是圣诞节。"我本想去做弥撒，"那天清晨我告诉黛米亚塔，因为我听到从教堂传来微弱的西班牙乐曲，"如果去了就是离开佛罗伦萨后第一次做弥撒，希望母亲在天之灵能原谅我——祈祷上帝别让她看到我的不虔之举。对神圣罗马教堂的虔诚之心刚被唤醒便被打消了，让它再沉寂一年吧。"

黛米亚塔在胸前画了一个十字，"难怪圣母看到教会现在的样子会伤心。"她说这话的表情非常严肃，差点让我笑了出来。虽说黛米亚塔对世间的许多丑恶颇为熟悉，而且很了解教会内部的丑恶，但上天给黛米亚塔最大的恩赐，莫过于让她现在还保存着虔诚与天真无邪。

圣诞节那天夜晚，我走出了房间，想去州长宫殿看看有什么消息。走进挤满使节的前厅，一个代表费拉勒斯的朋友潘多夫·克雷努奇奥走上前来，他因忧虑而爬满皱纹的脸几乎被黑貂帽子和领子埋了起来。"阿加皮托今晚竟然没来，"他皱着眉头对我说，"这个大厅还是非常安全的，你觉得这意味着什么呢？"

我回答道："等瓦伦蒂诺宣布处置拉米罗时，就会告诉我们他的选择。如果拉米罗无罪，那么公爵阁下会继续留在切塞纳，抵御雇佣军的攻击。"奥利夫奥托·达·菲莫的命运仍旧扑朔迷离，我不会冒险说，如果拉米罗真的被无罪释放，也许公爵就会把奥利夫奥托挟为人质。我接着说："如果拉米罗没那么幸运，那就预示着公爵不仅对自己的运气不抱太大希望，而且对他的军队更不抱什么希望。如果是这样，瓦伦蒂诺会挥师南下到里米尼或者更南的地方。而且到了那儿，瓦伦蒂诺和他的军队就会编入雇佣军部队，为维特罗佐·维特里卖命，再也无法完成罗马教廷的使命了。"

"我还有个想法，"克雷努奇奥冲我悲伤地笑了笑，"我们宫殿后还有些维奈西卡红酒，你可以用来庆祝上帝的生日，或是世界末日。"

"我还不如回去给战争委员会写信呢。"我拒绝了他的邀请。在没得到关于怎样处置拉米罗的消息前，对我的政府其实没什么可汇报的。我深信不疑，"如果拉米罗还活着，就还有希望。"

❋

在还有我和黛米亚塔存在的世界里，拉米罗之事久拖不决，证明我们俩有一定功劳，不仅让命运女神的命运之轮暂时停止转动，而且让宇宙都暂时停止运动，让时间在我们这个小小避难所里失去了意义。吃过晚饭，我们相拥于黑暗里，黛米亚塔在我耳边轻轻地说："与你长眠在无尽的夜中。"她借用的是卡图卢斯的诗中描写死亡的话。"尼可洛，今晚就将是我们的无尽长夜，"她一边吻着我一边小声说道，每一个词都吻入我的口中，"但是我们不会睡下。"

那一夜我仿佛用一个重获新生的身体与她缠绵，将一切尘嚣渣滓抛至九霄云外。我想象自己是在比阿特丽斯怀中的但丁，像闪电一样直入云霄，就像爱主宰的天堂所发出的圣洁光芒，但天堂里的任何光芒都没有黛米亚塔黑暗中的眼睛明亮。

这一晚的多数时间我们都在用身体交流，快天亮时，黛米亚塔悄声问道："尼可洛，当我们必须离开这间屋子时，你能信任我吗？"

她抛出的这个问题让我难以作答。

"应该告诉你婚礼那天发生了什么，"这是我的故事，"我可怜的老父亲生前为我做的最后一件事，就是让我与玛丽埃塔订婚，我订婚后不到三个星期他就去世了。如果取消婚约就是违背父亲的愿望。第二年八月，整个科尔西尼家族带着玛丽埃塔出嫁，穿过维琪奥桥，玛丽埃塔穿得像凯撒大帝，坐在宝座一样的镀金椅子上，身穿白色的婚纱，袖边是金色的绣花，面纱缀着许许多多珍珠，好似路上遇到了风雪，挂上了无数雪球。她身后跟着半个羊毛协会的人和貌似整个菲耶索莱和纽芬兰的人们。"

从那时起，我的回忆愈发困难。"我们订婚那天，玛丽埃塔就像她床头的石膏娃娃，还是个小女孩。而仅仅不到一年，她就奇迹般成长为一个成熟女人。但是看起来，她嫁给我的渴望还没有那个石膏娃娃强烈，我以为她是因为害怕和天气炎热才这样。直到婚礼晚宴开始，我才发现玛丽埃塔早已心有所属。"

"她的情人也在那里吗？不会在亲戚中吧？"

我不禁笑了起来："确实是以亲属身份在场，是一个和她一般大的帅气男孩，有着成熟男人的鼻子和下巴，一张天使般的面庞。我就像一场喜剧的观众，看着他们之间的各种手势、眼神交流，甚至还有偷偷的匆匆一吻。但我不是唯一的观众，由于爱慕之情太过明显，一些科尔西尼家族的好事之人都忍不住说：'嘿，看看那两个亲密的表兄妹，他们是多么喜欢对方啊。'我很快得知，那个男孩就是玛丽埃塔姐夫的表兄弟。所以接下来是一个可以让薄伽丘写诗的故事，曾经我以为婚姻面临的最大挑战是让玛丽埃塔摒弃对所有男性漠不关心的幼稚想法，可我未曾想过她对男人已经有了自己的品味。"

"但她还是与你同床了。"

"那是让洞房外科尔西尼家族的人们离开的唯一办法。当时房门半掩，那些人在门外敲锅敲碗，又吵又闹，就是为了看落红的床单。我可以确定玛丽埃塔是用咬嘴唇的方法让那些人满意离开的。"

"并不是每个女孩第一次都会落红啊。"黛米亚塔忍住咯咯的笑声，"不过我在很多第一次里落红了。"

"我先向你保证我并没有指责玛丽埃塔欺骗我。作为一个丈夫，妒忌就是失败……"我慢慢地说不出话来，已经说了这么多，很难再继续下去了。

黛米亚塔在黑暗中看着我，"上帝。"我能看到她眼中闪出的光芒，像是在说："现在我理解了。"

"女儿普瑞梅拉娜在我们婚后八个月零三周就降生了，"我一直想掩盖真实想法，但最后还是说了出来，那种苦楚难以形容，"愿上帝原谅，那时我就不相信这个孩子是我的。"

黛米亚塔给我了一记耳光，说："你怎么知道，八个月还是十个月你怎么能确定。孩子更可能是你的。我知道你很爱她。你难道没看出她很像你吗？"

"从纽芬兰的奶妈那里到我来到这个使馆，我就几乎再没见过这个孩子。现在玛丽埃塔已经带着普瑞梅拉娜回到她姐夫那里，就是她那个情人的姐夫。如果我不回到佛罗伦萨，科尔西尼家族就会紧紧抓住她们母女不放手。即便我真是普瑞梅拉娜的生父，她也不会对我有丝毫眷恋，也不再想听到我的名字。"

我知道这种推测无意中伤害了黛米亚塔，因为我感觉到她沉默前的颤抖。最后，黛米亚塔说："我最害怕我至爱的乔瓦尼会记得我的名字。他一旦说出来，那将成为一个诅咒。"她呼到我脸上的气息似乎冷了许多，"而且即使他真不记得我，波吉亚家族的人也会告诉他。"

❋

这一晚我们彻夜无眠，但也并非一个无尽之夜。我抱着黛米亚塔，看着黎明到来时灰蒙蒙的光线穿过小窗。很快，屋外嘈杂的声音也渗进小屋。这些声音并不是吱吱呀呀的水车声，也不是小城沉睡后苏醒的声音，而是一种柔和的嗡嗡声，就像几个人在我们窗下或是门外交谈。

我起床穿衣，刚穿上披肩，黛米亚塔就睁开了眼睛，诱惑地看着我，脸上挂着微笑。"军队也许正为某些事情做准备。"我故意含糊其辞，因为不想流露我的忧虑。我担心瓦伦蒂诺不断减少的部队准备离开切塞纳继续南下，加入更强大的雇佣军。"我出去看看。"

我走上结冰的街道，整个天空就像牡蛎壳的颜色，灰蒙蒙的，空中还飘着零零碎碎的雪花。走过街角，我看到几个披斗篷的工人在街上快步走着，除此之外，整个街上空荡荡的。引我而出的声音更清晰了，应该就是从广场附近传来的，是一大群人的声音，平静而崇敬。

穿过几条街，我来到了广场，那种豁然开朗之感仿佛广场一眨眼间就出现在眼前。这里人山人海，好似整个城市的人都被召唤到了这里。我不用问就知道人们聚集于此的原因。洛切塔塔楼像地狱泰坦一样矗立，望着脚下黑压压的人群。我站在塔楼最高的窗口向下望，我确定，那个不幸的人很快就会出现。

在楼下人群中我一眼就看到了莱昂纳多·达·芬奇扎眼的白胡子，他离塔楼非常近，近到被处死的人滑到绳子底端时很有可能踢到他的脑袋。当我费力挤开人群朝莱昂纳多靠近的时候，突然听到人群的声音发生了变化，我猜应该是主角出现了。这场行刑在罗马涅中心举行，当我还在外围时，本来安静的人群慢慢嘈杂起来，发出细微、紧张的祈祷声，之后便是死一般的寂静，这意味着死神已经降临。虽然我已经挤入人海，但和莱昂纳多还有5至7米，就在那一刻我看到了拉米罗·达·洛尔卡。

拉米罗紧闭的双眼毫无血色而且十分肿大，就像两个铅锤嵌在眼眶里。他结实的脸上满是瘀伤，瓦伦蒂诺肯定对他严刑拷问了，但显然没有得到想要的答案。我又向前走了两步，看到唯一撑着拉米罗脑袋的东西是插进他脖子的一根长矛。

我被这可怕的一幕惊呆了，我的希望也随拉米罗逝去了。直到快走到莱昂纳多身边我才回过神来，明白这一幕究竟意味着什么。塔楼下新落的雪上放了一张普通的亚麻布，拉米罗的尸体被放在上面，依旧穿着昂贵的锦袍，他的身旁放着刽子手的垫头木和一把如我小臂一般长的血淋淋的长刀。莱昂纳多灰白的头发和憔悴的面庞，让他看起来像来自一个毫无生气的世界。这时，莱昂纳多回头对我说道："你必须跟我来，我已经明白所有的事了。"

第 14 章

对勇士而言，没有什么比得过预知对手的计划。

莱昂纳多带我快步穿过小城，来到他的仓库。整个仓库被球形灯照得像春天一样明亮。我们站在一张大桌子前，上面摆满了各种几何模型：锥形，圆柱体，还有许多用纸或薄木片精制而成的多面体。

我们脚下还有一台机器。这台机器大约一掌高，长宽都如 66 厘米的木制盒子，侧面有个小曲柄。盒子上面有一块又圆又平、像大浅盘的木块，直径与盒子的宽度一样。木盘表面非常有光泽，像上了釉一样。这个木盘并没有直接贴在盒子上，而是用穿过盘心的轴与木盒相连，就像悬浮在那儿一样，侧面看去活像侧翻的马车轮子。

莱昂纳多并没有向我解释这个装置的作用（我习以为常），而是伸出他鹤翅般的胳膊从一叠图纸下翻出一本书。这本书用昂贵的深提尔紫色摩洛哥皮装订。

"阿基米德曾撰写过一本专著叫《螺旋线》。"莱昂纳多边说边打开这本书，翻阅泛黄的羊皮纸。这是一本不错的希腊语手抄本。莱昂纳多划过书页的手很快在一个地方停下来，另一只同样灵巧的手用拉丁文在书的边缘写着。他用不同粗细的笔和稍深的墨水书写,以区别原文。

"把我写的读出来。"大师说道,语气颇像对着工作室的学徒。

我照做了,把他写的翻译成托斯卡纳语后高声读了出来。

把直线的一端固定,按恒定速度做圆周运动,直到另一端回到起点,与此同时,有一个点从固定端出发,沿着这条直线按一定速度向另一端移动,最后就能得到一个螺旋。

我茫然的表情使莱昂纳多赶紧补充道:"我会演示给你看。"他走回机器旁,我才发现那完美木盘上覆盖着一层薄薄的蜡。莱昂纳多右手握着曲柄,慢慢地匀速摇动,圆盘就匀速转动起来。他左手拿出了一支绘图人常用的尖笔,放在圆盘中央,他握着尖笔直直地慢慢向外画,加上圆盘的转动,效果就出来了,薄蜡上出现一个十分完美的螺旋。

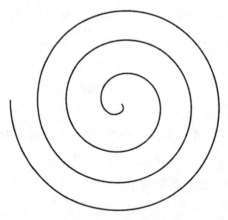

Archimedes Spiral 阿基米德螺旋

"这样我就画出一个阿基米德螺旋,"莱昂纳多说完,又继续看那本专著,"这一结论的成立为阿基米德提供了许多重要证据,但是必须加上他的注解才能让人明白。"他开始读出声来,将书中的话换成自己的语言："'把中心点与从此出发沿直线运动一周后的点之间的距离作为第一距离。'"大师抽出一本笔记本，又拿起一支粉笔。他从纸的中心开始，画了个和涂蜡木盘上差不多的螺旋，不同之处在于这个螺旋只绕中心转了一圈。他没用尺子就在中心点与螺旋尾端连出一条笔直的线段。

莱昂纳多翻了一页书，又在笔记本上画了起来。他没用圆规就画出一个以之前线段为半径的圆。"阿基米德称'这个以螺旋起点为中心，第一距离为半径的圆为第一圆环。'"

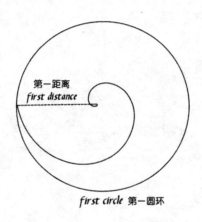

first circle 第一圆环

"那个正方形是第一圆环，"想起几天前他给我看的那张纸条，我不禁感到后背发凉，"这到底是……"

莱昂纳多已经拿出那张伊莫拉地图，他的手没有以往的颤动，而且稳稳地将之前在伊莫拉给我看过的追踪标记放在了地图上，这些标记立刻呈现出这样的形状：一个正方形中有一个圆。莱昂纳多又把另外一张同样大小的印着追踪标记的薄纸放了上去，然后用手抚平，让我能清楚地看到画在伊莫拉上的几何图形。

莱昂纳多证明了他是一个更为智慧的先知，因为现在这张图已经不仅仅是一张素描画了。

这是一张魔鬼的罪恶之图。

The Square is the First Circle 方是第一个圆

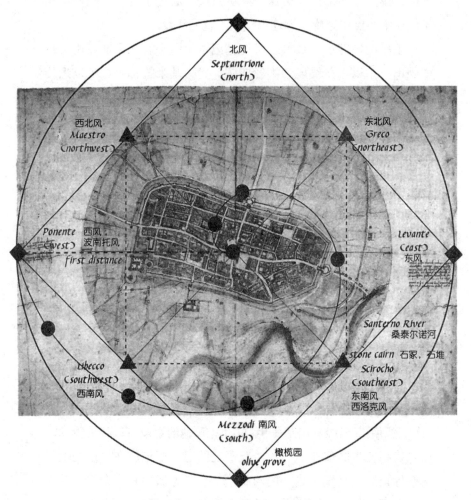

北风
Septantrione
(north)

西北风
Maestro
(northwest)

东北风
Greco
(northeast)

Ponente 西风
(west) 波南托风
first distance

Levante
(east)
东风

Santerno River
桑泰尔诺河

stone cairn 石冢，石堆
Libecco
(southwest)
西南风

Scirocho
(southeast)
东南风
西洛克风

Mezzodi 南风
(south)

橄榄园
olive grove

▲ "corners of the winds": remains of first victim "风之角"：第一个遇难者的遗物

◆ remains of second victim 第二个遇难者的躯干

● remains of third and fourth victims 第三个及第四个遇难者的遗物

※

　　地图最上面的两个追踪标记，与我两周前在他工作间看到的颇为相似，那时我看到的是莱昂纳多在非常泄气的情况下用豆子摆出的标记。现在他用符号代替了豆子，这样我也可以清楚看到那些被残忍肢解的尸体都是在哪儿发现的。在我之前的记忆中，那些点排列得毫无规律，但现在都被一条像鹦鹉螺的线连在一起。更精确点，是由阿基米德螺旋的一环连起来。在这个螺旋上，莱昂纳多画了一个以"第一距离"为半径的"第一圆环"。

　　但螺旋还不是这种新解释最为惊人的特点。莱昂纳多在图上标明了最先发现的四块尸体的罗盘上的方位点，并用一个圆将这些点连了起来，这个圆与原图上伊莫拉城圆形的分界线重合。此外，他也为第二组被找到的四块尸体标注了罗经点。连接起来的正方形边长正好是套在里面的圆形分界线的直径，并且这个正方形可以与"第一圆环"完美内切。圆环，正方形，圆环，三者可以精准地一环套一环。

　　"你的解释是正确的，大师。"我赞同地说道，"这是一个整体，遇害人的尸块并不是随意被丢弃的。我之前的想法是错误的。那个凶手用最残忍和出奇的方式标注出了地图上的几何图形。"

　　谜团终于解开，莱昂纳多并没有流露喜悦，他耷拉着脸。"我不过想知道事情的答案而已，"他低声说道，"这幅画在嘲笑我，要毁掉我和公爵想要建造的一切。"

　　我指了指摩洛哥皮装订的书，凶手肯定也仔细看过那几页。"大师，你从哪儿得到的这本书？"

　　"是公爵送给我的礼物。"

　　"拉米罗·达·洛尔卡知道这本书吗？"我问的时候，巨大的希望与渺小的期望并存——那个杀手已经在断头台得到命运的惩罚。

　　"拉米罗把我当成了他的对手。"显而易见，公爵调查这件事时更偏向莱昂纳多，"但我们从未说过话。"

"你说拉米罗会不会通过某种方式了解阿基米德的这些东西，从而画出这幅图呢？会不会通过这种方式来责难你，让公爵蒙羞呢？"

莱昂纳多的嘴唇微微颤动一下，双手在大腿上摩挲。

从大师的反应，可以看得出他明显在隐藏真相。我看到拉米罗的尸首后就特别想问这个问题："公爵或其他官员是否告诉过你拉米罗犯了什么罪？"

"倒卖粮食罪。还有对罗马涅人民犯下的罪。"

很明显瓦伦蒂诺考虑到还有弟弟被杀这件更为重大的事，所以他并不想在处理拉米罗的时候亮出自己的底牌。但如果雇佣军还有疑虑，或者还在等待某种信号的话，那么拉米罗的尸首就是他们最为满意的东西，这样就知道瓦伦蒂诺公爵要俯首称臣了。

我又问了一个让自己都汗毛倒立的问题："瓦伦蒂诺之前的某个雇佣兵会不会知道你那些阿基米德的东西呢？"

莱昂纳多此刻的表情像是要被人从高楼扔下去，这就是他一直以来深藏的秘密了。

"大师？"

"维特罗佐·维特里在背叛公爵前曾看过这本书。他和我一样对阿基米德的这些东西非常感兴趣，而且他还是一位炮术专家。"维特罗佐·维特里不仅是世界上最好的炮术师，还是现代兵法大师，"正如设计出投石车和大型围城弩来保卫锡拉库扎的阿基米德一样，维特罗佐·维特里也对弹射武器抛物线方程和定理颇感兴趣。"

造物主不但赋予了维特罗佐·维特里暴戾的性格，还给予了他过人的天资。从战术创新来看，只有瓦伦蒂诺公爵能与他匹敌。他曾将大批精锐步兵组成一堵坚不可摧的火力墙，这样的战术创新让本来颇为神秘的发射小小弹丸的单兵武器——火枪，变成击溃长枪兵的利器。

　　我决定把对维特罗佐·维特里怀疑先放在心里，然后又问了一个问题。这个问题不但说明我相信维特罗佐·维特里的天赋，也体现出我自身能力的不足："大师，不管这个凶手是谁，为了讨论这个问题，先假设凶手还在我们当中。你觉得接下来他会做什么，会再画一幅新的画吗？"

　　莱昂纳多开始用手在空气中画各种形状，只见手指在空中飞舞。"要是有更好的齿轮……加速器……水和风的涡旋……通过这些介质之动力和质量驱动……向中心运动。"他冲我眨了一下眼，"这种形状可以使它发生无限变化。"

　　就像莱昂纳多很难理解凶手为何要用别人的痛苦和死亡来滋养自己，我也不能理解这些所谓"无限变化"东西的数学运算。怕黛米亚塔久等，我最后再看了会那张罪恶之图。我的眼睛游走在精美的几何图形上，愤怒的灵魂提醒着我，每个点都代表一块无辜的躯体。不管是谁留下这可憎的图案，都反衬出莱昂纳多过人的才智和对各种涡旋形状的钟爱，旋风、旋涡，还有其他各种他画作中出现的涡旋。莱昂纳多甚至以螺旋为灵感源，做出了齿轮、轮齿和螺丝。

　　随后我又心生疑问，这个问题让我脊背发凉。这个可憎的地图绘制者是不是也曾为我画过看不懂的图画呢？这个螺旋会不会也是我在熬着人骨的半兽人家里费尽心思都未解开的谜团呢？

　　思忖至此，我更加迫切地想回到黛米亚塔身边，临走前我对莱昂纳多说："我相信你的正确会被再次证明的。他很快会让我们看到另一个'变化'。"

※

　　我用最快的速度跑过结冰的街道，回到黛米亚塔的住处。她已经反锁了房门，这意味着，我离开的时间过长，已经让她心生警觉了。当她打开房门时，只穿了一件黑色的卡莫拉。她静静地拉起我的手。

我开始跟她讲拉米罗的事，还加入了一些刚刚才有的想法。"看来我现在才理解拉米罗在瓦伦蒂诺公爵逮捕他之前说的话，"我对黛米亚塔说道，"拉米罗的意思是瓦伦蒂诺保护奥利夫奥托，不是因为奥利夫奥托和他舅舅强大军事力量的逼迫。他说杀人凶手在加普亚，还坚持让我问问公爵加普亚的那些女人是怎么回事。这就是他当时说的话。我可以理解为，瓦伦蒂诺与奥利夫奥托都在掩盖一些关于加普亚城的女人的事。一定是这样，你也一定听说过这样的传言吧？"

　　黛米亚塔摇了摇头："在特拉斯提弗列区没听到过这样的传言。"

　　"加普亚沦陷后不久，就有许多匿名信传到意大利的所有首府，信中说了许多不为人知的事：许多被挟为人质的妇女虽然在开始得到了会确保其人身安全的承诺，但她们离开加普亚城之后就遭到了强奸和杀害。还有一个广为流传的报告坚称有 40 名还是处子之身的女子被送到梵蒂冈供教皇享用。那时我还以为这不过是些有预谋的诽谤，而且也是威尼斯人惯用的伎俩。因为他们一直认为罗马涅是自己的封地，并对瓦伦蒂诺称霸罗马涅颇为不满。可现在看来，这些传言也许是真的。真实的情况或许更可怕，也许瓦伦蒂诺在交战中一时头脑发昏，允许了现在令他悔恨不已的事。这些事要比奥利夫奥托·达·菲莫犯下的人人皆知的罪还要严重。"

　　黛米亚塔放开我的手，在胸前画了个十字。

　　"是谁告诉你，"我问道，"奥利夫奥托在第一个女人被杀之后才到伊莫拉？"

　　黛米亚塔小声回答道："是瓦伦蒂诺。"

　　"我相信这就是瓦伦蒂诺要保护奥利夫奥托的真实原因。其实并非瓦伦蒂诺需要他同意这个协定。"

　　黛米亚塔挺起胸膛对我说道："你曾经告诉我雇佣军会把瓦伦蒂诺的灵魂带进地狱。也许在加普亚他的灵魂就已经被带到地狱了。"

我点了点头："不管他在加普亚做了什么令他耻辱的事，都不能通过拱手把意大利让给雇佣军来赎罪啊。"

黛米亚塔紧咬着嘴唇，陷入沉思。

我不得不告诉她在莱昂纳多仓库的所见所闻。当我向她描述那张罪恶之图时，她的脸色苍白，只得靠在床上保持平衡，用颤抖的手指在空气中画着那个螺旋。

"大师在玩魔头把戏。"我说道，"他知道我们在找他，所以一直在捉弄我们。"

黛米亚塔坐在那里，长久无语，好像一直在努力鼓起勇气抬头看我。最后她抬起了头，眼中噙满泪水。"你不能再说他不是疯子了，尼可洛。"看她的表情，似乎在生气，"你不能再那么说了。"

我的理论已经很受质疑，所以我没什么心情和她争论了。"即便他是疯子，他也非常聪明，用那张地图就让我们昏头转向，离真相更远。千万别忘记，欧几里得几何原本才是解决所有问题的关键。如果不能证明雇佣军与胡安的护身符有关，那么就无法让所有人信服。"

黛米亚塔深吸一口气，脸上恢复了一点血色："如果雇佣军拿到了那本书，就会攥在手里，用来强迫瓦伦蒂诺遵守约定。"

"我认为他们当中已经有人拿到了那本书，而且留在自己手里，好让其他雇佣军服从。问题是这个人是谁？我个人认为是维特罗佐·维特里，并且他还得到了马屁精奥利夫奥托的默许。但怎样才能拿到那本书呢？我们任何一个人出现在维特罗佐的家门口都会被立刻杀掉。"

黛米亚塔很快低下头。她失望地摇着头，说道："我不……"随后便抽泣起来。

我坐到她身旁，握着她冰冷的双手。但想到事情紧迫，我又不得不很快站起身来。"我必须回去向佛罗伦萨汇报这里的情况。

我相信拉米罗的死预示着瓦伦蒂诺很快就要离开切塞纳了。到时我们别无选择，只能一起离开。因为只有走到这条路的尽头才有希望找到《几何原本》。"我没必要解释这条路究竟通向何方，但不管是哪儿，都有雇佣军在等待我们。

黛米亚塔盯着地板。"的确，我们必须要做好离开的准备了。"她苦笑着说，"又要找一个新家了。"她那深邃的蓝色眼眸突然看向我："尼可洛，不管接下来几天或几周发生什么，你必须记住我下面说的话，即便我们分开你也一定要记住。如果能幸运地见到你的小普瑞梅拉娜，我也一直向圣母祈祷你会的，你要特别记住这一点。我亲爱的，至爱的尼可洛。最伟大的爱情是信念。信念可以承载所有的重担，承受所有的猜忌，而且永远不会磨灭。"

她站了起来，抱着我，在我耳边轻声说道："真正爱上一个人，会付出比信仰上帝还要多的信念。"

挣脱命运之缚

切塞纳—西尼加利亚：1502 年 12 月 26 日—1502 年 12 月 31 日

第 15 章

真正见过魔鬼的人都知道他头上的角较少，脸上的毛却更多。

那天我们起得很早，也许因为拉米罗被处死的不吉之兆，命运女神让这一天变得更加漫长。离开黛米亚塔的住处后，我顺道去了一趟公爵宫殿，发现走廊里全是各地的大使与使馆秘书。通常这里晚些时候才会有这么多人。我很快发现瓦伦蒂诺的高级将领都没有讨论拉米罗被处死的事。这些人已经被派到 24 公里之外的艾米利亚路去了，很明显他们是将驻扎在各处的部队召集起来准备向里米尼出发。但我还是在空荡的宫殿外与其他大使聊了很久，交流关于瓦伦蒂诺部队的事情。

大约上午 10 点我回到我的住处，信使送来一个来自佛罗伦萨的邮包。第一封信是一个叫比亚乔的朋友寄来的，信中说我的妻子是个扫把星，并且不断要求我寄钱给他，他是把我当成点石成金的炼金术师了吧。我无奈地叹了口气，把信扔到一边。第二封信是佛罗伦萨政府寄来的，信里附着一些钱，供我接下来三个多星期开销，如果我活得像个托钵修会修士的话，这些钱足够了。除了这寒酸的补贴，还有进一步指示，要我在任务完成前跟紧瓦伦蒂诺公爵。尽管我佛罗伦萨的公爵大人不太关心我的衣食冷暖，但还是非常看重我的汇报。

如果我要跟随瓦伦蒂诺大军，踏上无法回头的卢比孔河之旅，那么除了这些信件，我还要考虑许多关于佛罗伦萨在罗马涅的商业利益的事。黄昏将至，我才将寄往佛罗伦萨的信件交给信使，写明了最近发生的各种事情。交完信我立刻起身去找黛米亚塔。

我飞快跑上楼，想着今晚又能与佳人共度良宵，暂时逃出命运女神的手掌。不出所料，她的房门紧锁，敲了好久都没有回应，我以为她进城去办她的事情了，对于新的旅行，她要做的准备不比我少。

之后的几个小时，我一直在切塞纳的街上游荡，但还是没有看到黛米亚塔的身影。这期间我也几次回过黛米亚塔的房间，看看她是否已经回去。我第三次回去看时，她仍旧不在，这时我的担心达到极点。而我最担心的是，尽管黛米亚塔可以避开人们的视线，可瓦伦蒂诺会不会已经发现她在切塞纳了，也许还知道黛米亚塔的藏身之处，派人把她抓起来了。要知道现在瓦伦蒂诺想要与雇佣军修好，所以很可能已决意保护雇佣军不受黛米亚塔威胁。

我在黛米亚塔住的酒店里问过了，没人见她出去，更不用说看见什么人进来把她拖出去。我想过破门而入，但那么做的话她屋内的东西也许就会被随后赶来的人们看到，虽然她的东西我见过，无伤大雅。我继续每小时回酒店看一次，就这样来来回回了一个晚上。每次都期待奇迹发生，但每次都失望而归。恐惧涌上我的心头，吞噬了我的感觉和理智。

大约还有一个小时就天亮了，我悻悻地走回自己的住处。走到门前我突然站住了，因为听到了一些非常轻微的叮当声，像是钱袋里金币碰撞的声音，我迅速扭头向后望去。

小院里空无一人。但突然有一种强烈的直觉袭来让我全身颤动，我又迅速地转过头向我的房门看去。

那一瞬间，我竟然没看到什么人或是什么东西。那轻轻的叮当声好像是从天上传来的，我又朝这栋三层楼的房檐望去。

那是月亮还是一只仓鸮？或许那个东西根本就没有脸。它在房檐上只停留了一瞬间，我没法看清那究竟是什么，只看到一个苍白的影子。影子消失，叮当声也变成了轻轻的咔哒咔哒声，像只硕大的啮齿动物在屋瓦上乱窜。

我快步跑出院子来到街上，想看看那个东西朝哪儿跑了。但我再也没看到或听到房顶上有什么东西。看着屋旁的小巷，我想起发现可怜的卡米拉尸体那晚，黛米亚塔在我们楼顶上看到了"仓鸮"，我只看到它迅速闪过的影子。与此同时，我看见有人踏上去黛米亚塔房间的楼梯，于是快步跟上——在黛米亚塔卧室的所见让我全然忘却了房屋上的幽灵。现在我只能认为这个无法形容的残忍"鸮人"那晚也出现过，而且现在依旧戴着死亡之面悄悄地跟踪我们。

这让我得出一个更为恐怖的解释：这个魔鬼的学徒看着我进了黛米亚塔的房间，也许还看到我离开。卡米拉的尸体又浮现在我眼前，鲜血遍地，脖子和胳膊被扭断而露出骨头，就像被杀掉的牲口一般。

我像被闪电击中一样飞奔起来，想着在我死之前决不能让黛米亚塔重蹈可怜的卡米拉的命运。

但我很快停下了脚步。黛米亚塔并没有像卡米拉一样在她房间里等待；她的门锁着，说明她好几个小时之前就离开了。如果那个魔鬼的学徒像杀掉卡米拉那样杀掉黛米亚塔的话，她的房门应该开着。他人还在这里，还在观察我。很可能黛米亚塔逃出了他的魔爪，藏到了某个地方。而现在这个人想在这里守株待兔。

我打算把这个魔头引出来，所以转过小巷，回到我的屋里。

❋

刚才我着急寻找黛米亚塔，一直没锁门；回到屋里，我立马反锁房门。我刚才没有去黛米亚塔的住处肯定让他迷惑不解，因为他肯定一直盼着我去那里。现在，我会一直待在屋里，等他忍不住时来找我。

我点亮一支蜡烛，想从屋里找点东西做防身的武器。结果什么也没找到，因为之前打算随军出发，所以我已经把所有的东西都打了包。我还扫了地，现在地上只有火盆和一根拨火棍。我甚至把小书桌上的大部分纸张和手稿都收起来了。蜡烛从我手中掉到了地上，烛芯的火焰在我脚边忽明忽暗，还有一点光照出来。我断断续续祈祷着，祈祷着桌子上的那个东西只是我疲惫绝望的脑袋产生的幻觉。

　　我只知道随后我跑到了街上，精神几近崩溃。

第 16 章

发现新方法新原理的过程并不比征途探险安全。

莱昂纳多仓库的窗帘缝隙透出球形灯的亮光，如锻造厂坩埚里炽热的黄铜一般明亮。大门虚掩，我直接冲进他的废弃食堂，莱昂纳多和助手盯着我，以为我疯了。他们正在打包地上散落的东西，我察觉到，瓦伦蒂诺的离开让他的总工程师很是吃惊。

现在我确实精神不太正常，我冲到大师跟前，叫喊着："立刻跟我走！带上你那些测量的鬼东西！"

❄

"你知道我说的是什么。"我冷冷地冲大师说道。贾科莫把烛灯放到我的桌上，现在都能看清了。

莱昂纳多弯下腰，脸凑到离那只切下来的手不到一掌的距离。"这是一只女人的手。"他说道，声音中少了平常那种优美音调。

我不确定那是不是黛米亚塔的手。那只手已经微微肿胀，几乎所有手指都肿起来了，整个手沾满恐怖的深红色血迹，是从手腕被整齐切下的。

我转头看去，莱昂纳多开始测量那只手。我甚至听不到粉笔在他本上划来划去发出的可怕声音，上面记录着破解死亡的数字和字母。随后大师问道："你见过这个吗？"

红线像一条血迹从大师手上垂下来，但拴着的卡片却没沾上任何鲜血。莱昂纳多把那张卡片递给我，就像弥撒中神父赐给信徒盛饼一样。

我看的那面空空如也，我颤抖着用双手将卡片翻了过来，上面是我非常熟悉又漂亮的托斯卡纳语，是用中国墨汁写的。卡片上的话好像在梦里听过。

切塞纳蒂科盐场。

"在切塞纳蒂科，"我小声嘟囔着，切塞纳蒂科是切塞纳的海港，位于亚得里亚海海岸，在切塞纳东面大约 15 英里的地方，"这句话毫无意义啊。"

"在切塞纳有许多海盐盆地。"莱昂纳多说道。烛光从下方照在他脸上，他的脸看上去扭曲变形，像个怪物。

他接下来的沉默突然惊醒了我。"那是什么，大师？"我知道他肯定觉得我疯了，"你是不是已经知道了？那是不是黛米亚塔的手？"

莱昂纳多摇了摇头，好像完全不知道我在说什么。"我不能凭……这个就下定论，"他的声音低沉又沙哑，"这只手从手臂上切下后已经发生了许多变化。我只能说手从身上切下不超过一天，或是两天。还有些液体——"

突然莱昂纳多细长的手指伸过来，从我手里抽走卡片。

他仔细看着密文，脑袋一直摇晃。最后大师终于开了口。"也许这只手是留给你的，"他小声说道，又把那张卡片抓在胸前，"而卡片是给我的。"

那个无以言表的卑鄙凶手能让大师看了密文就理解其中的意思，能让瓦伦蒂诺的总工程师把跟随公爵出征这等大事暂放一边，真是有本事。莱昂纳多恢复了他威严的声音，命令助手着手准备，他要到切塞纳走一趟。然后大师转头对我说道："我需要几个小时来准备研究海盐盆地的工具。"我想起在大师仓库看到的像大型水车的东西，我猜不会要用这个"工具"来做刨洞挖沙的活吧。
"你必须做好准备，我们今天晚些时候启程去切塞纳。尽量多穿
衣服——暴风雪就要来了。"

莱昂纳多离开之前，小心地把断手放进他的帆布袋。我关上门，
满脑子都是那个场景：两天前，我还吻过那温暖柔软的手，那带
给我欢愉的手，治愈我灵魂的手，引导我走向新生活的手。现在
却变成一只断手，一块死肉。

在切塞纳，我会不会真的找到她剩下的尸首，支离破碎，毫
无血色？

大师直到中午才独自回来找我，他的助手已经先行出发了。
他决定让我们步行去切塞纳，因为他觉得走路要比骑驴快多了。

尽管已经整整一天没有合眼，但我迫切地想知道黛米亚塔究竟
怎么样了，即便一路跑到切塞纳我也可以做到，所以要跟上大师的
大步流星也不成问题。穿过无人看守的城门，我们踏上了去切塞纳
的路。这条路绝非罗马人所修，因为它没有罗马勘测员才能画出的
笔直轮廓，不然在这有精确边界的旷野里会显得非常对称。

出城大约 1.5 公里后，我们看到还有其他人在路上。他们
五六成群，有的甚至有二三十人，虽然从粗布斗篷看不出是否是
本地人，但能看到有些人脚上只缠着一些布条，有些人像圣方济
各会的修士一样赤着脚，我就知道他们都不是本地人。这些绝望
的乞丐是跟着瓦伦蒂诺军队从伊莫拉过来的朝圣者。妓女和教士
到了南方仍旧有办法维持生计，但这些农民只能期望在军队驻扎
过的切塞纳乡下找到点剩下的粮食充饥。他们不久之前才从伊莫
拉逃荒至此，而这里也将和伊莫拉一样，粮食很快会被军队消耗
得一干二净。

"他们正在寻找能去的农舍，"莱昂纳多同情地着摇头，"在
圣诞节到主显节期间，那些愚昧的农民都会敞开家门接待这些濒

死之人。他们认为这帮濒死的人中有已逝的灵魂，所以会在桌子上摆好食物，好像圣灵真的有嘴能吃东西似的！"

"今晚这些人要么能吃上为死人准备的食物，要么就真的成为死人。"看着那一帮人离开大路，我这么说道。他们就像一群饿得不知天南地北的野兽，靠着辘辘饥肠的指引，走在白雪皑皑的田野上。

我们很快把这些步伐沉重的寻食者甩在了身后。又走了几英里，我决定跟大师谈谈我对这个使我们跋山涉水去切塞纳的恶魔的看法。不管莱昂纳多对我的看法多么不屑，我都要说出来。

"尽管不知道该如何描述，但我认为这个人的性格有种怪异的缺陷，"我说道，"教会会说他是撒旦的子民。如果魔鬼真有创造这种人的本事，那么他为何不造出成千上万个这样的人，让世界都血流成河呢？所以我更愿意认为是万能的造物主出于一些我们无法理解的原因，在人类历史长河中造出很少一部分有着特殊缺陷的人。"这些人从出生那一刻起，就没有我们称之为灵魂的领悟与情感。

令我惊讶的是，莱昂纳多竟点头赞同。"大自然造就怪兽，而我们的世界既有神圣美好的人，也有怪异缺陷的人，还有存在两者之间的形形色色之人。那么对于人类普遍拥有的共通感的能力，亦是灵魂所在之处，是不是也会有这样形形色色的变化呢？"

"那么我们的看法差不多喽？"我几乎不敢相信我们能在这一问题上达成一致。

尽管已经走得很快，可莱昂纳多的步子开始迈得更大。"虽说我们在这一点上看法差不多，但你必须明白，人们的欲望和由欲望引发的事情，在任何情况下都是随机发生的，加上运气变化，事情会更加复杂。"他的语气表明他对目前的形势感到遗憾，"你没法像研究大自然里物质的合成与分解一样，去研究智者和人们的行为，你也无法预测他们。"

这么看来莱昂纳多好像完全否定了我研究的可行性——但是

大师还肯告诉我不可行的原因，这让我受宠若惊。所以我回应道：
"但就像人们因为任性或刻意忽视而造成的混乱一样，大自然也
有喜怒无常的时候。我也可以这么说：人类历史上的一系列混
乱——风暴、洪水、冰雹、地震、干旱与瘟疫，不就是大自然的
一部分吗？这与人们所造成的混乱有什么不同？"

"你真是太无知了，你没看到大自然的活动是遵循一定规律
的。不管是微风中的空气还是龙卷风中的空气，它们本质上是一
样的。大自然中的能量是守恒的，只不过会从一种形式转化为另
一种形式。从整个自然界来看，它总能达到完美和谐。你知道声、
光的传播与水的流动是遵循同一个原理吗？"

"怎么遵循同一个原理？"

"声、光和水都以波的形式传播。"

"波？"尽管我像个傻瓜似的问着问题，但我开始从这些波
里看出一个最有用的理论。

"我现在又不能扔草到水里演示给你看，"莱昂纳多厉声说道，
"也没法给你看人体、建筑的比例与优美的声音是相通的——"

"那么为什么不能说战争、革命和国家兴亡之中也存在规律
和原理呢？是因为人们还没发现这些规律吗？我没见过你说的光
波和声波，但你告诉我这是大自然的基本原理。我相信历史事件
也是有类似规律的。难道没看见无数例证吗，从亚述人到波斯人，
再到希腊和罗马，每个帝国都因美德而兴旺，因罪恶而衰亡。就
像承载万物起伏的波一样，这种必然而永不停歇、周而复始的国
家兴衰又是什么呢？"

莱昂纳多抬起双手，就像牧师举起圣饼一样。"你把国家当
成一个有机体，但只用诞生和灭亡解释她的一生。上帝啊！大自
然创造的东西能这么容易让你理解吗？在我们想解释人体这个精
妙的机器之前，我们不光要知道人体构造，还要知道其各部分的
功能，哪些神经传导哪些感觉，每块肌肉如何运动，连在哪块骨
头上，人们打哈欠、撅嘴、两眼同时活动时会牵动哪些肌肉，食

物在消化道是如何运动的，为什么眼睛能看到正像而暗箱却形成倒像，你只能通过不断地学习、测量才能得出答案！你——你能从你那些李维和希罗多德的东西里找到这些问题的答案吗？你能看完所有史书再得出事件间如此细微的联系吗？你只会像在未知海洋中航行一样迷茫。"

那天我对大师的问题无以言对。但我的答案是一生的辛劳积累，主要来自《蒂托·李维的最初十年》和《君主论》。尽管许多人认为，书中没有展示邪恶之人如何取胜，但我描写了如果豪杰不懂努力吸取经验教训，邪恶之人必将挡道。然而如果我的理论现在真的无用，我向上帝保证，只要我还活着，就会迎接大师在去切塞纳的路上给我的任何挑战。在我毕生耕耘中，我将越过未知的海洋，为祈祷平定安宁生活的后人引路。

✺

日渐黄昏，大自然凶残的一面慢慢展现。天空阴沉沉的，仿佛就要压到我们身上，之后，灰色的阴云似乎升高了一点，随即鹅毛大雪开始漫天飞舞。呼啸的厉风从海面吹来，好像上帝铁了心要阻止我们继续前行。

大雪时断时续，直到小镇出现在我们视野才停止。切塞纳并不是像比萨港那样的大海港，它只是一个坐落在入海支流的小镇，镇上只有几个教堂、几间仓库、商店和一个小广场。所谓的海港也只是在河口较宽阔处，伸入海中的海岬上建的几个码头。

"是公爵打算让我们在这儿建大港口，"莱昂纳多为了让我听见他说的话，背对着风喊道，"我也制订了相应计划来对这条支流清淤和挖深，以便较大地拓展港口面积，同时还可以巩固防御力量，达到更好的保护。这样一来就可以使切塞纳的面貌焕然一新，就像创造一个新罗马涅区一样！"他并没有对着我说这些话，而是冲着天空，他的话会让上帝听到。

我不相信瓦伦蒂诺还会继续建造这里，他只会把一手打造的这个梦想留在我们每个人心中而已。莱昂纳多所设想的罗马帝国有着比柏拉图和奥古斯丁的想象还要完美的城市。我心中的意大利帝国，是一个靠人民战士而不是雇佣兵来保卫家园的国家，是一个没有暴政和外国军队驻扎的国家，是一个无论贫富贵贱都能享受公平正义的国家。但我害怕来切塞纳后一无所获，只是在废墟般的城中闲逛一圈而已。

"那就是海盐。"莱昂纳多指着河流左岸的一排仓库后面。这盐场绝对是罗马人修建的，排列得就像一块块整齐的田地，每一边都砌着约半人多高的土墙。如棋盘般整齐的盐场大概有整个小镇大小，只靠稍稍高于海面的土墙和窄窄的海滩与大海隔开。方方正正的池子里有的几乎是黑色，有的是雪白一片。黑色的是因为刚灌进海水，白色的是因为海水已经完全蒸发，可以收获海盐了。一间仓库外堆放着小山一样的还未装袋的海盐，它的轮廓在风雪中也变得模糊不清。

莱昂纳多转头看着大海，说："我们必须以最快的速度前进。"

我看出他担心的原因。巨大的海浪在狂风中猛烈拍击着海岸，很快就会没过盐场的土墙，将它们淹没在海水之中。

我们进入左岸的小镇，走在一排仓库的小路上，盐场就在左手边。我们几乎走到海里去了——凄厉的风声中混杂着海浪的撞击声——我看到一个人影站在一块土墙上，满身风雪，他长长的头发和斗篷在风中飘摇。要不是第一眼看去并非想象中的黛米亚塔，我肯定会把那人当成罗得的妻子（源自《圣经》）。

"贾科莫！"莱昂纳多大喊着助手的名字，并朝他跑了过去；在我走到之前，他们进行了简单的交流。我爬上一块土墙，发现那是用非常厚的黏土砌成的。放眼望去，有块如中国墨汁一般的水池。池面被风吹起细小波纹，和旁边海水中轰鸣的巨浪一比，简直不值一提。巨浪拍打着海岸，溅起巨大的水花。

"我的上帝，这是什么啊？"我大喊着，吓得心脏差点跳出来。

这个鬼东西从我们脚下黑色的海水中浮出，头像大蝗虫的头，头上的眼睛有茶托那么大，还长着一根大象一样的长鼻子。这一刻我才相信撒旦的仆从真的就生活在我们脚下。这个巨大的玩意站起了身，开始往下摘它像昆虫一样的脑袋，它使劲拔了拔便摘了下来。

"托马索！"莱昂纳多喊道，"你找到了吗？"

莱昂纳多的助手托马索站在我们面前，胳膊夹着他刚才头上戴的有玻璃眼球的皮头盔。"就在这里！"他另一只手拿起一只大帆布袋。

莱昂纳多接过托马索的袋子，托马索抓起头盔上的象鼻子（其实就是两根管子），一直拉，就像渔夫收网。最后拖上来一个与管子相连像钟一样的晃动木浮筒。莱昂纳多大步向前走去，所以我只得快步跟上，没时间观察这些潜水用具。

莱昂纳多将我们领到盐场旁的仓库。这个仓库有些年头了，屋顶铺着红瓦，每一面墙都有几个大门。天气好时，估计仓库里堆满海盐，但现在只有几个装盐的小木桶。莱昂纳多的助手已经在小木桶上搭了木板给他当桌子。托马索站在那里，只穿着裤子和衬衣，浑身湿透，身上冻得发白，嘴唇发紫。

"这是什么机器？"我指着贾科莫随意放到地上的头盔、浮筒和管子问道。我感觉这是一个能让人在水下像鱼一样呼吸的新发明。

"你千万不能将这件神奇的发明透露出去，"莱昂纳多告诫我，"如果人们知道了这件东西，那些不怀好意的卑贱之人就会用它来作恶。千里之堤，溃于蚁穴啊。"大师一边说，一边把托马索袋子里的东西倒在拼起来的桌上。

倒出来的骨头上沾着许多泥，这些骨头看起来像胳膊上的骨头、腿骨、肋骨——还有一大块头骨。她不可能就剩下这些东西，我一边暗示自己，一边又木然地不敢想象如果真的如此该怎么办。

莱昂纳多卷起袖子，开始依次仔细地检查这些骨头。他先把泥刮掉，再从不同的角度观察，最后他像医生告知家属病人死亡一样摇了摇头。"这些骨头都是老古董了。就是这些吗？"

"我在水下搜寻了一刻钟。"托马索回答道，他的牙齿像西班牙舞者的手镲一样在打颤。

"那么还要再下去一趟。"莱昂纳多看了看我，"那个水池里还有一个槽，里面的泥都被挖了出来，因为人们发现那些泥对人体有益。这是我们测量港口时发现的。"

所以这个槽才是所谓的切塞纳最深的海盐——或是海盐盆地。但我在想莱昂纳多是否真的理解自己所说的话。"不管是谁派你来勘测这里，他都不是唯一一个知道你来过的人，事实上，我认为政府里大多数人都知道这一点，而且这个镇上的人也知道。不仅如此，那个魔头也知道你发现的独特地方。"

莱昂纳多悲伤地盯着我。"他们都知道。我是八月份来这儿勘测的。那时候人们还在把挖出的泥运给公爵和城里人，也给了维特罗佐·维特里、保罗·奥尔西尼，还有奥利夫奥托·达·菲莫。"他像濒死之人一样叹了口气，"他们当中任何人都可能……"

我们来切塞纳走了整整16公里，但到这儿后依旧离真相千里之遥。

大家静静站着，默不作声，外面巨大的浪涛咆哮、风声浪声夹杂在一起形成一种令人恐惧的声音。水漫进仓库，我们站在了冰冷的海水中。

莱昂纳多似乎在注视着一个更为巨大的灾难。当水渐渐退去，他大步走出敞开的大门。我跟着走了出去，看到海水正朝我们涌来，又渐渐退去，离海最近的土墙顶从水里露了出来，但水池之间的小土墙已被淹没。

"你不能再让托马索去水里找了！"我喊道。

莱昂纳多回过头看着贾科莫，好像在思量他适不适合做这项工作。最后他说道："今天就到这儿。到了明天什么都没有了，所有东西都会被卷进海里。"海水溅进他的眼睛，也可能是海水让他流下了眼泪。"对于寻求真理之光的人来说，现实总是这样。"

我们又回到仓库，突然发现如果浪足够高，我们会像在外面的水池一样被淹死。莱昂纳多拿起潜水用具，揽在怀里，好像牧羊人抱着死去的母羊。

　　"你有没有思考可能对这儿的勘测考虑过多，而没真正理解卡片的意思呢？'切塞纳最深的盐'！"我冲大师问道。

　　莱昂纳多并没有听我说话。

　　我继续思考着，托马索和贾科莫开始注视我，非常期待我能有个答案。"也许不是到最深的盐池里去找，而是到盐的最深处去找。"

　　莱昂纳多转过身对着我，白发像贴在他头皮上的一层石膏，他的面容如玛士撒拉般苍老。"盐的最深处？说来听听。"这不再是他平常那种刺耳的命令声，而是轻声细语，"告诉我，爸爸，告诉我。"

第 17 章

精明，在于知晓如何辨别各种劣势，并将其中最弱的转化为优势。

我带着莱昂纳多和他的助手到了进城时看到的巨大盐堆。海风呼啸，如同一只大手推着我们前进；大雪扑面，令人窒息。

"靠人力挖掘绝对行不通！"我们来到近乎两人高的盐堆前，莱昂纳多喊道，"这需要大量的人手和设备！"

"一两个人根本无法深入挖掘！"

莱昂纳多点了点头，雪花散落在他脸上。"我们必须将它的周界分成四部分，朝同一方向绕行。"他朝助手喊道，"用手挖，向最底部、最深处的盐挖！"

盐紧实厚重，并且很粗糙，很快我的手就因寒冷而疼痛起来，并被划出了几道伤口。我完全忽略了这些不适，一心只关注黛米亚塔的命运走向，甚至不顾接连传来的咆哮声。我跪在地上，一个浪头猛力向我扑来，将我冲出 16 米。

在莱昂纳多扯起我的衣领，按住我的脚后，我方才吐出了几口盐水。我们挣扎着逃向盐堆的高处。然而，海水呼啸而来，几近漫过膝盖，涡流在我们脚下肆虐着。我看到盐堆的两侧已经变窄了 1 米多，里面埋着的东西似有被冲走之势。

我听到贾科莫喊道："我找到了她的头发！我找到了她的头发！"

我似乎抓住了一根救命稻草：

这个女人也许还活着，她的头也还在。

我如魔鬼附身般疯狂地与水流搏斗，想要到贾科莫那里去。他站在盐地旁边，那里水流最为湍急。他抬着一只手臂，就像举着一个灯笼。

一堆长发缠在这个女人光秃的头上；她的脸被晒成牛皮一样的棕褐色，干燥的皮肤紧紧覆在头上；她的嘴唇有些萎缩，牙齿裸露在外，就像一条咸鱼。这让我感到了一丝安慰，不是针对她，而是因为那残缺不堪的牙齿让我发现这不是黛米亚塔。

我的轻松感很麻木，不带任何感情，并且转瞬即逝。

"又找到一个！"莱昂纳多喊道。我瞥见一颗晃动的头，脸被黑发遮住而模糊不清。他又喊道："另一个！托马索！快过来！尼可洛！"

托马索在我前面赶到，将手臂伸入水中。不一会儿他旁边就浮出一颗头颅，就像渔夫的浮舟。我近乎疯狂地将它的脸转向我，却只看到一副干枯的面容。我完全无法相信自己两天前还在亲吻的嘴唇和眼睛会这么快就变成这副模样。

我在浑浊的水中胡乱搅动，更加疯狂地在盐堆中挖掘。忽然，一缕海藻状的东西缠住了我的手臂。我将这些卷须缠住手腕用力一拉，提出的是一颗人头，就像从桶底浮出一个苹果。尽管双眼紧闭，我却觉得她正盯着我看。她露出的牙齿完美无缺，但当我试图寻找一些与黛米亚塔的共同点时，我担心即使我找到了她，还是否能认出她来——并且，如果我真的找到她了，我要怎样恢复理智？

我们继续搜寻着，似乎进入到一个可怕的阶段，虽然过程可能只持续了几分钟。"我们已经找到五个了！"莱昂纳多大声说道。他提着她们的头发，样子就像一个野蛮人首领在展示他的战利品。

　　我站起身来，思索着这个可怕的数字。这五颗头意味着有四位女巫和可怜的卡米拉已被杀害。如果桌上的手预言还有第六个受害者，那么可以肯定，黛米亚塔的头还埋在盐堆里。

　　"盒子！这里有几个盒子！"托马索喊道。

　　我朝他跑去，他正试图抓住那几个还在晃动的盒子，它们跟婴儿棺木一般大小——事实上，我很难相信它们不是。我帮他抓住了其中一个，但是其他几个飘向了大海。突然间，一股大浪向我涌来。为避免被水冲走，我不得不抓住一块突出的坚硬紧实的盐，并将其掰下一大块，好让水涌入，以获得许多更大的碎块。

　　如同黄蜂倾巢而出一般，许多个大个的棕色"瓜"阻挡了浪花的去路——一些"瓜"漂了过来，一些则拍打着我的手臂和胸脯。在我推开它们时，我发现这些黯淡无光的头发和皮肤就像干掉的无花果一样，即便我见过她们咯咯笑着时露出的牙齿和凹陷的脸颊。

　　"他杀了不止五个人！"我在风中喊道。很显然，那个凶手做这件事已有一阵子了，因为这些头比他最近杀害的人的要干枯得多。

　　我感慨万千。我知道这个杀人犯总是屈从他那罪恶的天性，但从未想过会发现这么一份可怕的档案，上面记录着人类少有的残酷行径。

　　莱昂纳多那双受伤的眼睛看着那些让人毛骨悚然的东西漂到海里。"我们必须马上到更高的地方去！"他喊道。话音刚落，他便拖着那些可怕的收藏品动身了。

　　正当我抬头时，突然看到一股 1.5 米高的巨浪扬起水面，几乎要将我们淹没，并且正以千军万马之势向我们袭来。

　　接下来我感到双脚离地，头晕眼花，眼睛和鼻子都似在燃烧一般。巨浪推着我疾步向前，直到我像一个空蛤壳般被卷到了地面上。我把手伸入湿黏土中呆了一会儿，意识到如果再一次被卷入海里，我可能会消失。

　　最后，海水放松了对我的监控。我抬脚奔向皑皑白雪之中，身后大风呼啸，这让我确定自己正在远离大海。直到我发现自己正在一堆密集的漂流物中跋涉，不再受制于惊涛骇浪，我才明白我安全了。

我停下脚步，四下张望，眼前几乎一片空白。"大师！"我大声喊着，惊奇地发现飞雪吞没了我的声音，仿佛我是在枕头里说话一样。

看来我已完全脱离了我的同伴们。我无法回到切塞纳蒂科，那里或许已被海水淹没。现在看来，我唯一能指望的，就是在走向城镇的途中偶遇一个小屋或农舍。我祈求上苍在我四肢麻木、向大雪投降之前找到一个避难之所。

天寒地冻，雪虐风饕。我在暴风雪中艰难跋涉，终于开始看到一些东西了，虽然这并未使我感到安慰。有时我甚至觉得有一艘黑色巨轮正向我驶来，实际情况却是大风挟着纷飞的雪花向我袭来。

瞬间，其中的一个幻影清晰起来，我喊道："大师！"

幻影朝我奔来，毫无疑问这是一个人。

"托马索！"我大声叫道。首先想到的是他会戴着他的潜水头盔，在那种情形下这个东西不会显得愚蠢。但是随后我就想起我们把托马索的特殊装备落在了衣柜里。

雪白的世界里突然出现了一张脸，它有着白色的山羊胡，公马的长鼻子和白色的鬃毛，前额中间还竖着一只长长的黑角。

独角兽。我听过这个词，在我们的罐子里的魔鬼结束前它只会让我心动。但它不是一个暗号。那晚我瞥见的那张面具——贾科莫数天前也从远处看到过——并非魔鬼的山羊脸，而是这个半羊半马、有一只角的恶魔。独角兽——纯洁和奔放情感的象征，如今却已误入歧途，成为可恶透顶的野蛮人的代名词。"独角兽"已经成为一个将要扮演魔鬼的傀儡的邪恶之名。

这个独角兽面具装备了恶人做巨额买卖时的基本工具——与其说那是一把刀，不如说是一把剑，像土耳其弯刀一般锋利。并非因为奥利夫奥托·达·菲莫曾展示过那把华丽的匕首，而是它的使用者身形跟奥利夫奥托很像，更不用说他握着它时的大拳头。所以，只有傻瓜才会被他的面具所愚弄。

"奥利夫奥托先生！"我在暴风中大声喊道，"我已经找到了你收集的那些头！这就是你召集我们去看的东西吗？"

在离我咫尺之余，怪物停下了，他身后的人也变得清晰起来，仿佛是被飞雪压缩了一般。

我呼吸急促，意识到弯刀穿过了我的肋骨，寒风侵袭着我的肺部。然而奇怪的是，尽管狂风呼啸，我却能清晰地听到外衣被撕裂的声音，如同被刀片割过一般。

我回过身凝视着独角兽的那张脸。雪花朝我飞舞着，又落下，如同葬礼上燃烧的灰烬。

第 18 章

越是身边的人越容易背叛。

我的攻击者静静地跪在我身旁，他扬起刀，泰然自若地割向我的脖子。仿佛被闪电照亮一般，我的眼前浮现出一个个缩影：妈妈、爸爸、亲爱的小普瑞梅拉娜，还有我的姐妹们，甚至还有玛丽埃塔。画面里的我异常愉悦，似乎最后还能够向玛丽埃塔道歉。然而在那些幻影里，我在黛米亚塔身边停留得最久。当我到达海滨尽头时，她在我耳边低语，告诉我何处是我灵魂的归宿。

他的身体和刀一起对准了我，我闭上眼睛，不想面对自己的死亡。

突然，我的胸前感受到一股巨大的力量。

"你还活着吗，梅瑟·尼可洛？"或许这是来自天堂的声音。

贾科莫站在我身边。

只见我的攻击者哀嚎着，压住我的身体并颤抖着。贾科莫弯下腰，伸手从此人宽大的后背抽回一把刀，尽管上面没有血迹，但是紧接着我听到独角兽濒死的咳喘声，他似乎含糊不清唱着圣母颂。

在贾科莫的帮助下，我推开了这个快要死掉的重物。我踉跄走了几步，发现自己并未受伤。也许我的攻击者只是用肩膀或手臂攻击了我，他的刀片仅仅撕裂了我的外套。无论如何，是莱昂纳多那整日无精打采的助手救了我一命。

"这个人还活着！"我惊呼道。我试图扯掉他的面具，如果有必要的话，我还想用他那把弯刀来看看他对黛米亚塔做了些什么。

"大师在那儿！"贾科莫在大雪中茫然地挥着手。

我决定将这个屠夫交给莱昂纳多，他或许更清楚如何清除喉头的血迹，以便我们能听到恶人的忏悔。贾科莫和我抓着那个人的衣服，开始将这只独角兽拖向一个斜坡。然而，似乎每走一步地势就变得更为陡峭，我开始如科林斯王般绝望，感觉拖着这个负担上坡简直是一种刑罚。我的四肢也快要僵硬了，如果这个可怕的负担没有偶尔发出几声呻吟，我会认为我们所做的一切都是徒劳。

突然贾科莫奔向雪中。但在我呼喊之前，我看到他默默地敲打着一扇迷雾环绕的大门。那看上去就是一间鬼屋。几乎一瞬间，他就消失在里面了。

进入那扇门里，我看到了另一幅令人惊奇的景象。映入眼帘的是一个被烟火照亮的农户餐厅，灶台前的桌子上摆满了各种美味佳肴：香肠、烤鹅、面包、大豆，还有玉米粥。但却不见农户和他的家人——或许他们不希望被饥饿的伊莫拉难民胡搅蛮缠——但是将死之人一定会去吃掉那些食物。莱昂纳多跪在桌旁的地上，五个头颅在他周围散开，就像收获的瓜果一样。他将手指插入其中一人张开的口中，似乎觉得能找到什么隐藏其中的东西，或许是关于那个凶手的讯息。托马索也没闲着，一直摆弄着他抢回的木盒子的盖子，并朝里窥视。

"我带回一个人，这个人与她们的死有关。"我一边说着，一边将独角兽拖过门槛，雪花也跟着飘了进来，"如果不是贾科莫救了我，这个恶魔就又多杀了一个人。我很感激贾科莫救了我一命。"（过去，我曾欠梅塞尔·贾科莫一笔债，不过他确认我已还清了，尽管那完全是另一件事——这件事和一幅贾科莫夫人的肖像画有关，画像的作者是莱昂纳多。）

莱昂纳多跪在我们的俘虏身边，听着他又含糊地唱了一遍圣母颂。之后，莱昂纳多将手伸到这个怪物粗大的脖子前，确定他还有心跳，接着又发现了一根小细绳，大师拉动这根绳子后，一个小小的红色皮革袋露了出来。

我迅速将手指伸入这个漂亮的袋子中，却发现里面仅有三个生锈且磨损的、近似方形的小铃铛。我摇动它们，声音很微弱。"这是女巫的铃铛，"我说道，"我父亲的佃农曾经戴过它们。他们认为会有女巫停下来数铃声，然后邪恶的思绪就会被扰乱。"说完这些，我感到一股寒意深入骨髓，连牙齿都在发抖。这些铃铛是在向我们宣告，也是在提醒那些被这个怪物杀害的可怜受害者们——魔鬼的傀儡正在我们身边，或者在我们身边的就是魔鬼。

"我们必须在他死前脱去他的伪装。"莱昂纳多边说边检查着他的头盔面具。在灯光的照射下，它显得更为栩栩如生：它是用公马的白毛、山羊的胡须，甚至是真实的羚羊角组装的。"它制作得太精美了，甚至能以假乱真。"莱昂纳多钦佩地说。

我问贾科莫："这是你那天在树林里见到的面具吗？"

过了一会儿，贾科莫很不情愿地点了点头，说道："他看上去很像魔鬼，不是吗？"

莱昂纳多抬头瞥了我们一眼，然后熟练地从这个濒死之人头上拉下了面具。

我们四个都倒吸了一口气。

❋

"他的脸完全毁了。" 数天前的一个晚上，贾科莫曾说过这句话，现在他又重复了一遍。而那天晚上，我们也都见过这个人。

贾科莫那天晚上的形容再恰当不过了。大自然赐予了我们一张初现雏形的独角兽的脸，那粉白色的伤疤，两颗圆溜溜的眼珠，还有鼻子和嘴巴的两道裂口，全都浑然天成。然而，这个受尽苦难的畜生脸上原本的青色稍浅了一些，因为一些白色粉末的闪亮残渣盖住了它。

"我认为这种物质是月光石的粉末，"我说道。蕴藏着这种闪亮"粉笔"的矿脉在伊莫拉周边分布很多，"两张脸似乎是同一张。这人有时戴着独角兽面具，有时用白粉来掩盖被毁的脸，就像妓女用铅粉来遮瑕一样。"

我在他身旁跪下，渴望能抑制对那张畸形脸的怜悯之心："你出什么事了？"

他那如胡椒般黑亮的眼睛转向我，我看到他没有眼睑和眉毛。他用一口流利的意大利语，带着一点罗马格纳口音，回答道："我被……在火上……烤。"他裂开的嘴起着血泡。奇怪的是，他看上去毫不在意自己经受的磨难和可怕的后果。"救救……我的灵魂。"

"如果一个新生儿脚先着地，"托马索说道，"那么助产者就会朝他吐唾沫，然后把他放在火上烤三次。否则他就会被巫术附身。"

"这些白痴真容易上当，他们像烧谷壳一样烧伤他。"莱昂纳多撇了撇嘴，嘲笑道。

为确定死者的数目，我不得不再一次去看看独角兽所造成的可怕后果。"最近两天你是否曾带过另一个女人的头颅来到切塞纳蒂科？"莱昂纳多说过，在那段时间里那只指针被切断了。

他来回晃动着脑袋，嘴里念念有词："三个星期……以前。两个女巫……从伊莫拉而来。"

似乎还有希望，这使我放松了一点，很显然，齐亚·凯瑟琳和她的同伴是这群人中的最后两个。但是我不得不问他："你是怎么拿回留在我房间里的那只指针呢？"

"伊莫拉……那个女巫……我们将它……留在了雪地里。"

莱昂纳多的嘴唇颤抖着。很显然他没能找到那只指针，或许它被埋在雪里已有一段时日；也或许他认为还没有将最后那两个女巫的残体收齐。

但我很是松了一口气。尽管黛米亚塔的命运仍然是个谜，但我有理由相信这个恶人没有杀她。然而还有一个残酷的真相我不知道。我迫切地抓住这个畜生的下巴，手指似乎要刺穿他的伤疤——它们经过多年的风吹日晒没有增厚或长茧，反而如青蛙皮一般光滑而脆弱。"你说'我们'把预言之手留在了雪地里，'我们'应该是指你和你的主人。他是谁？"

这个恶人目不转睛地盯着莱昂纳多。我不知道那个流血的伤口是如何做出微笑的表情，但它做到了。可是他不打算说话。

我问道："你需要一个牧师吗？"当然我们并不准备真的去找一个神父，我希望能向他提供一个虚幻的拯救机会，来换取他由衷的忏悔。

一丝血从他唇里渗出："我就是……一个牧师。"

尽管我们已经习惯了乡村牧师的恶行和堕落——更不必说罗马教廷了——但此人的身份还是很让我惊讶。

"这就解释了为何他可以完全自由地在村里干坏事。"我告诉莱昂纳多，"他可以自由穿行于天堂与地狱之间。这个团伙的头目的确选了一个好徒弟。"农民们很清楚，即便他们向当局告发这位牧师的罪行，他也只会受到教规的处罚。虽然教会对异教徒的惩罚很迅速，但对于犯了偷窃、强奸，甚至是杀人罪的牧师，往往会置之不理，让他们继续从事其事业——然后他们就会肆无忌惮地报复那些举报他们的人。

莱昂纳多极为厌恶地摇了摇头："这就是教会对内部人员的罪行放任不管的后果。"

"大师。"托马索终于打开了那个精心钉在小木箱上的盖子。一股麝香和枯萎的玫瑰花香扑鼻而来，尽管屋里已经弥漫着食物和腌肉等各种气味。

托马索拿出盒中芳香四溢的东西——一个酒瓶状的罐头，其材质是清透的彩色装饰玻璃；瓶口用蜡塞住了，瓶里装满了琥珀色的液体和许多类似小蛤壳的东西，每一个都只有拇指般大小，颜色近似灰色或暗红色。

莱昂纳多立刻从助手的手中抢过这个罕见的容器。他将它拿到最近的灯前观察，那样子仿佛他真的在这个罐子里见到了魔鬼。

"这些是什么，大师？"

"乳头，孩子。"莱昂纳多转向我，继续说道，"这些是女人的乳头，至少有 60 个。"

我不得不将手放到膝盖上。不论是在橄榄园还是莱昂纳多的地下室，每一次我见到的乳头都是从完好的乳房上切下来的。根据我对这个杀人犯的了解，几乎可以确定它们是在死者死前被切下的。"至少 60 个。"莱昂纳多说得很清楚，这意味着有不止 30 名妇女受过这种凌辱。

我探过身去，在这个恶人的耳边低声问道："你放过什么东西在盒子里吗？"

他咳出了点血，摇头说道："我只是……将盒子……埋了起来。"

我相信他的话。我抬头望着莱昂纳多说道："大师，根据你的观察，从那一堆干瘪的头颅来看，是否有那么一丁点可能，她们所有的人几乎是在同一时间被杀害的？"

看到我对他的技术重拾信心，莱昂纳多脸上流露出了些许安慰。"不，从脸部情况来看还无法得出结论。"因为之前做过错误的推断，此时他更加谨慎，继续讲道，"虽说那些头颅呈现出类似的腐化程度，但仍难以确定谋杀是在同一时间发生的。"

"那你觉得她们是在多久前死亡的？"

"这个我得推测一番。"莱昂纳多似乎对"推测"一词非常厌恶，"用来保存她们的物质是盐……从验尸情况看……我认为是好几个月以前。"

"一年或两年那么久？"

"差不多在那个范围内。"

"能不能肯定那些都是妇女的头？"这只是我观察那些头发、头骨的形状及大小后得出的结论，以及基于那些已然扭曲的特征而来的感觉。但它们也可能是年长一些的男孩的头颅。

莱昂纳多只是点点头，勉强表示同意。

我想我要知道的信息已经足够了。"大师，"我急切说出我的推理，"这个被诅咒的罐子里的乳头与从盐堆里挖出的头颅的数目是相符的。因此可以进一步推断出这些罪行——遗留这些淫秽之物的罪行，是此人在加入魔鬼阵营之前发生的。最后，我确信这些女人大约是在18个月前在加普亚被杀害的。"因此，正如我之前推断的那样，拉米罗·达·洛尔卡临死前的遗言是对的。这个杀人魔曾在加普亚犯下了滔天罪行。

我转向这个恶人，问了另一个问题："那些埋在盐堆里的盒子是谁给你的？"

他微微摇了摇头。

于是我委婉问道："那你帮他杀了多少人？"

"五个。"他叹了一口气，似乎她们曾是他的爱人。我确定他指的只是最近杀害的五个人。"荡妇！"他重重啐了一口，血随之喷溅而出，"魔鬼的……荡妇。她们全部……都是。"

我不由自主地想起他对可怜的卡米拉所做的疯狂暴行。也许是那伙人的头目使这个疯子相信，魔鬼的荡妇就应该受到地狱般的酷刑——尽管当时她们还活着。

"所以这是上帝的安排。"尽管我对他的话感到愤怒，但我还是需要深入他扭曲的思想中。

他又一次露出恶魔般的笑容。

"但我见过你在主人不在时所做的事情，模仿得很差劲。"

血从他那沟壑般残缺不堪的鼻子里流出。在他死之前我别无他求，只想为我们可爱的卡米拉报仇。

"不管你的主人跟你说了什么，你在马池雷利宫（*伊莫拉的历史遗迹兼饭店*）杀的女人不是一个女巫。"我说道，"上帝知道这一切。"他嘴唇上的血泡发出嘶嘶的响声。"但没有主人的指示，你就不能放手。你杀了一个无辜的人，因此你必须得下地狱，接受比她更加严酷的刑罚，每时每刻，永世轮回。"

他眼里的怒火似要喷射出来。尽管这个威胁根本不算什么，但我确信，对魔鬼的恐惧会让他改变态度。

"但是，为什么害你进地狱的人可以安然无恙，而你却独自一人陷入万劫不复的深渊呢？你的幕后指使者到底是谁？"

他嗓子哽了哽。

"我会帮你的。是奥利夫奥托·达·菲莫吗？还是维特罗佐·维特里？或者是他们俩一起害你变成这样的？这些大人物只会嘲笑你的死亡，因你陷入修罗地狱而举杯庆贺。"

狂风尖锐地拍打着门。但丁说人只会在撒旦面前讲真话，这个恶人似乎也明白这是对他最后的审判，地狱正向他招手。"斯佩加。"

我想他说的是"齐亚"。"一个女巫？"

"间谍。"他用尽全力蹦出一句意大利语。

"一个间谍？"

我将耳朵附到他嘴边。他已奄奄一息，在咽下最后一口气前说出了几个字，但是他的声音微弱犹如轻微的呼吸，我没有听懂他说了些什么。

莱昂纳多兴奋地看着我，我以为他会大声嚷着："快告诉我！快告诉我！"然而，他却只是问我，"他是谁？"他的声音沙哑而富有磁性，像是目睹了亲人的死亡。

"他没有告诉我名字，"我回答道，"他最后一句话是'他看着'。"

"他看着。"莱昂纳多重复着这句话，像个懵懂无知的孩子。

那一刻我看到了奥利夫奥托·达·菲莫，仿佛正站在切塞纳的城墙上，头微微扬起，苍白的眼神似乎要穿透瓦伦蒂诺的灵魂。我想，他是在等待着示弱的迹象。

✳

我决定将这只独角兽的尸体拖到外面去，让他在这冰原上自生自灭，就像他丢弃那些受害者的残躯一样。我没有寻求帮助，只是命令贾科莫留在门口，并不时喊着："我们在这里！"直到我回来。

这个恶人死去时我并没感到愤怒，这时却很快在愤怒情绪的刺激下，将他的尸体拖了好几十米。我仍然能听到贾科莫的声音，尽管很微弱。那时我意识到自己很傻，竟没有去搜寻这个畸形人的衣服——或许那里会有更多关于他主人的信息。我跪下来仔细检查他的全身，甚至连绑腿和鞋子也不放过，然而我只是在外套里找到了几枚硬币。虽然我囊空如洗，但也不想要这些钱，我把它们给了卡伦①。

我再次站起身。寒风蚀骨，纷飞的大雪中仿佛又出现了一个身影。我一度怀疑是贾科莫从农舍跑出来找我。

但很快我确定这不是一个人。难道我刚征服一个虚幻的怪物，又面临另一个怪物的危险？

"怪物只有一个。"我低语道，尽管我知道这个东西听不懂我的话。

---

①卡伦 (Charon)：在希腊神话中，Charon 是死人的摆渡者。赫尔墨斯把亡灵带到 Charon 那里，由 Charon 渡其过冥河。只有当这些死者被以合理的仪式埋葬或火葬，并付一枚钱币，Charon 才会接受他们，并助其渡河。因为这个缘故，总有一枚钱币放在死者舌头下。

第 19 章

福贵之门四方而开，人人易入，人人难出。

我只看到一个骑马者的模糊轮廓——看上去他正扯着马前腿，我相信那个造出独角兽的天才也造出了一只令人叹服的半人马。当这匹巨型战马移动身子，将头从一边摆到另一边时，幻象才消失。

我甚至没发觉有几个人站到了我身后。

刹那间，他们用头巾盖住我的头，几双有力的大手把我的手腕绑在身后。他们将我吊在马鞍上，即刻出发了。由于没有马镫和缰绳，我只能徒手去抓马的鬃毛。于是，我用尽全力使自己避免落马。

这幅情景实在令人难以想象：我双腿勾住一匹疾驰的马，手被绑着，头被蒙住，盲人一般。我什么也看不到，悬着的心不停地问自己：为什么他们不杀了我？

我经历过几个更糟的夜晚，其中有几次是在斯丁克监狱里度过的。在那里，我的手也同样被绳子绑在身后，并且还被吊在一条横梁上。当听到关节断裂的声音后，我知道我将一直保持这个折磨人的姿势，直到被确定为无罪——或被拉出去砍头的那天。

（后来我带着沉默和尊严离开了那座监狱，尽管留下了后遗症——我的肩膀每到冬天都会痛。）

但是对一个仍然畏惧着死亡的年轻人来说，今晚还是相当难熬的。唯一支撑我的动力，是从那已经下地狱的恶人身上看到的渺茫希望——那就是——黛米亚塔还活着。

我们已经至少走了一个多小时。根据风向，我判断我们在向内陆行进，很可能是要回切塞纳。旅途让我有机会思考自己的处境——至少从我混乱的思维中理出一些头绪。然而，我只能推测独角兽至少和一位骑手以同样的方式——如果拉米罗的话可信的话——曾跟着黛米亚塔和我来到了平原上。如果是这样，那么同一伙人也跟踪了莱昂纳多和我。除此之外，我不能确定独角兽和那些骑士是不是一伙的，更不能确定自己现在身在何方，又将去往何处。

我们突然调转了方向，风雪开始从后方吹来。从道路不变的指向来看，我们正位于艾米利亚大道，向着切塞纳的反方向，像玻瑞阿斯（希腊神话中的北风之神）一般朝南奔去。

尽管疼痛使我度日如年，我们还是继续在路上行进了好几个小时。就在我们照送信人的方式换马之时，我听到风中传来海水振动的声音。由此推断，我们可能是来到了里米尼一类的地方——那是艾米利亚大道向海岸的延伸之处，一股夹杂着风雪的咸味又一次袭来。

又是一段漫长的征途。后来，天开始明亮起来——或者说，我头巾下的世界有了一丝光亮，因此我大致判断了下时间。我猜测以一路上的速度，我们已经过了佩扎罗——那里是瓦伦蒂诺统治区域的最南端。佩扎罗南部的领地被一群雇佣军和他们的军队所占领。

我不需要凭地图或眼睛就可以判断，我会在道路尽头看到那个世间少见的令人生畏的人，他用他那残暴的游戏和可怕的谎言造谣惑众，混淆视听。

❀

在我第一次感受到黎明之光后，大约过了一个小时，我们又从海岸调转方向，开始上山和下山，方向并未有大的变动，这让我明白我们正处在另一条古罗马道的沿海终点——弗拉米尼亚大道上，与法诺镇反向而行。

后来，我听到前方人声鼎沸。我们转了个弯，在一条很陡的街道上缓慢前行，我想是进城了。当我们停下时，我被从马上拉下，一时没站稳摔倒了，引起了一阵哄笑，我并不怎么在意，就当作肋骨被踢了一脚。我被推搡着走上一条很长的楼梯，紧接着又似乎穿过了好几个门厅或走廊，这一路弥漫着火药的恶臭。我开始发抖，虽然此时我比一天中任何时候都感到温暖。

我们在一个房间里停了下来，屋子里散发着酒气和湿气，像一个葡萄酒商的地窖。然而，我也同时闻到了一股罕见的香水味，越来越浓。我马上意识到来了几位意大利的大人物。我的气味同样也令人印象深刻，因为一人说道："他闻起来像一条鱼。"

他们把我按在一张椅子上，扯下我的头巾。眼前光影闪烁，如琥珀色和棕色的波浪般起起伏伏，仿佛我置身于一条浑浊的江河之中。这些晃动的光亮是由一个砖制壁炉里的火苗发出的，那个壁炉大得足以盖住一个看守人的小屋，我能感觉到脸在发热。我的头上是一道巨大而老旧的橡木横梁，而我坐在桌前，与灶台隔了些距离，周围有三个男人和一个女人，桌布上散放着普利麦罗纸牌和银质的茶杯。

他们之中地位最高的是维特罗佐·维特里，他像一个被加冕的主教，坐在一张用丝绸流苏和黄铜饰钉装饰的豪华座椅上。然而，他只在亚麻衬衫外穿了一件绸缎背心，露出桶状的胸脯和如树桩般粗壮的双臂。自从他被政府派去帮助他的兄弟保罗镇压比萨城叛乱，我已有三年没见他了。那时，所有人都把他看作力量的化身，这一点从他那比头还宽的脖子和像马一样的下颚骨——如果那不是一个屁股，可以看出来。但是，现在看来，他那张充满力量的脸已有些浮肿；眉前的凸起使他看上去像个傻瓜；而那参差不齐的头发搭在脸上的肥肉前，就像一个男孩的帽子；眼皮耷拉着，无精打采地凝视着我，跟刚睡醒一样。

坐在维特罗佐右手边，像一个男孩一样专注的，是保罗·奥尔西尼先生。正如黛米亚塔的推断一般，这两个好吃懒做、眼睛下垂且矮胖的好色之徒最近几年过得很好。有位女士将第三个人与保罗先生隔开，她一定是位名妓，也很可能是个威尼斯人；如波提切利笔下的美惠三女神一样，她有着一头金发，美丽动人。我多希望我认识她，但是我一眼就认出她右边的那位。

那是奥利夫奥托·达·菲莫，他打扮得像刚刚操练完军队——一件天鹅绒的骑士披肩搭在好像刚上过漆的盔甲上。他眼神游离，随意而警惕，似乎在搜寻着某个会背叛我们每个人的小细节。

直到那时我才意识到，我的到来打断了他们的一局牌。维特罗佐翻起一张牌的一角偷看了一眼。"他妈的，人头牌！"他咕哝了一句，像个罗马涅人一样，"我现在只希望有个人跟牌或者弃牌。"他戏剧性地叹了一声。"你知道佛罗伦萨人干了些什么吗？"他对着桌子提出这个问题，声音就像一个演员，"这就是他们懦弱的本性。他们不派来瓦伦蒂诺公爵作使臣，却只送来这个小官，让这个小人物——而不是某个在穆格罗拥有一栋别墅的杰出商人——为他们的罪行献身将更有意义。其中一个窝囊废还丢了比萨城，而且他们不愿承认自己的无能，正急着将杀害我兄弟的罪行转嫁别处。佛罗伦萨每一个嗜血的懦夫，只能举起餐刀来保卫他们所谓的共和国；当我的兄弟被杀时，他们还发出胜利的欢呼声。那晚你在那儿吗，马基雅捣蛋鬼？"

他缩写了我的名字，我的朋友也曾用这种方式表达对我的喜爱——最近我的敌人也常这么做。马基雅，一个渗入血液的污点般的称呼。如果维特罗佐·维特里认为我也是一个懦夫，那么他错了。因为我宁可滥用天父之名，也不会让人侮辱我挚爱父亲的名字。

"我们丢掉了比萨城是因为你的兄弟背叛了我们,"我回答道,"是因为你兄弟在召回部队前花了两天时间等墙上的缺口修补好,还美其名曰不打无准备之仗;是因为你兄弟的胆怯和完全的背叛,这点你更胜于他。"瞬间我又仿佛看到了保罗·维特里的头颅——在黑暗场地里唯一的火把照射下,如同一个白色的幻影,伴着黑血从他的脖子前滴下,"当看到刽子手扬起你兄弟的头时,我还大声感谢了上帝。"

我已经准备为这些话而死,并孩子气地幻想着我的共和国会歌颂我的勇气。但是维特罗佐甚至都没从他的主教王座上起身。"也许我们会让你活下去,马基雅捣蛋鬼,让你看看维特里是怎么进入佛罗伦萨的——还有是怎么占有你的女人的。"他懒懒地眨了眨眼,要睡着似的,"或者也可以不这样做。"他翻开了另一张牌的一角:"他妈的,又是一张人头牌。"

❋

在维特罗佐为已故的兄弟和他的牌哀悼之后,奥利夫奥托赢了赌注,仅仅是 40 个。但在这场交易结束前,维特罗佐从膝下拿出了一个包裹,并将它放在桌子中间,似乎想要再赌一把。我立刻认出了这个油腻腻、脏乎乎的牛皮纸包着的小包——真难以相信会在这里见到它。

"这些钱并不多,不是吗?但我想知道你们是否有人能玩得起。"维特罗佐朝保罗·奥尔西尼点了点头,"也许你可以,保罗。我们维特里家族已经为你家的财富做了担保,以防有人抢夺它们。"他指的显然是罗马教皇。

这个自满的奥尔西尼军阀无法忍受维特罗佐的目光,与丢失家庭财富相比,保卫它们更可怕。

"还有你,奥利夫奥托,你必须再一次打败你的叔叔们,或者将你的头发卖给一个假发商。"维特罗佐香肠般的手指做了一个夸张的爱抚头发的手势。他扬了扬凝重的眉,向着这个他从小培养起的孩子微笑着，神情就如一个严厉的父亲嘲笑儿子。

奥利夫奥托觉得这种表情缺乏人情味，虽然维特罗佐只是稍微转了下头。

维特罗佐开始翻看那本几何书。他快速扫过书页，心领神会。"你也许会问：'为何这位出色的炮手和军事专家，会如此沉醉儿童学习的欧几里得几何学？'"他把书摊开着，从桌上推到我这边，"或许你知道这个谜底，马基雅捣蛋鬼。"

我把那本《几何学原理》摆正，以便于翻看，虽然我需要极大的勇气才不至于颤抖。这本书看来有些时日了，些许破损的羊皮纸说明它被用过多次，书上的拉丁文有些潦草，墨迹已然有些褪色。

书本边缘宽阔的空白处用廉价的橡树胆深色墨水标注了一些看上去糟糕幼稚、难以辨认的涂鸦：囚禁在罐子里的恶魔。紧随其后的是我们关注的一个女巫所作的标注：齐亚·弗吉尼亚，齐亚·玛塔莲娜，齐亚·弗朗西斯卡，最后还有齐亚·凯瑟琳——黛米亚塔和我曾目睹过这个有着白色眼睛的女预言家占卜，我可以肯定她就是那些潦草旁注的作者。

厄运女巫的名单下另附了几行祷文，巫婆涂鸦的每个名字历历清晰，而祷文的笔迹更加优雅。涂鸦的名字包括维特罗佐·维特里，保罗·奥尔西尼，还有奥利夫奥托·达·菲莫。

这些参与者的名单下是一句类似祈祷的话：*白色天使，为了你我的纯洁*。在这个恶魔的祷告下，齐亚·凯瑟琳用罗马涅语和意大利语混合记录下一个只有魔鬼才能回答的问题：*罐子里的魔鬼，告诉我们，有谁在两年前过世？*

我用手指触摸这一页的顶部，试图求得答案。此刻维特罗佐那双肿胀的爪子突然越过桌面，击打我那冻伤的手。

"别急，马基雅捣蛋鬼，等下我们就会告诉你答案。我的奥利夫奥托告诉我，你和教皇送来的妓女熟悉这种形式的占卜。"

正如我所怀疑的，我只能猜测奥利夫奥托那晚跟着我们来到了小屋，他就是那个追赶逃跑的獒犬主人的骑手，并且还从獒犬主人那儿得到了这本书。"那奥利夫奥托先生一定也告诉你了，我们的罐子里的魔鬼被打断了。"

"总之，告诉我们关于它的事情，否则我们将会认为你是一只毫无价值、只会喋喋不休的猴子，我们费力将你带过来，却只看到你的尾巴乱晃。你应该听过拉扯小猴子的四肢时，它们发出的嚎叫声。"

我认为这是一个完全可信的威胁。"齐亚将这本《几何学原理》描绘成了一本'咒语书'，召来了一些年轻的孩子和处女，恳求撒旦出现在她那瓶水中，"我用一种干瘪的声音告诉他，"我想这个恶魔代表了齐亚，这就是我们所有疑惑的答案。但正如所我说，我的预言被打断了。"

维特罗佐抬起肩膀，谨慎地笑着，仿佛真的大笑会使他痛苦不堪。"现在可以翻页了，马基雅捣蛋鬼。"

下一页的宽阔边缘处被人用直尺和深褐色墨水画满了简单的几何图形，显然这是一个学生的杰作。然而在底部齐亚·凯瑟琳写下了一个简短的答案——在罗马涅，谁会在新年到来前死去：*全部都死*。这意味着所有人都将逝去。

"那白眼睛的婊子八成是个骗子，"维特罗佐说道，"她和其他的女巫、妓女们已经完成了她们预言的那部分。现在翻开新的一页。"

这一页的边缘几乎标满了注释，在其顶部是我们所熟识的参与者，一篇对死去女巫的祷文和围坐桌边的三个人的名字。但这些名字后紧随着"山羊的特拉格特"。Capra 指的是山羊，这点很清楚。但我还是有点不明白 traget 这个词。这是不是托斯卡纳语中旅行的意思呢？

山羊骑。

接下来的几页更让我迷惑。在下一页的空白处潦草地写着许多拉丁文，而且简直是一个由名字和无意义的单词及短语组成的大杂烩。它们大部分出自齐亚潦草的笔迹，但有些出自纯洁而散漫的托斯卡纳意大利人之手。其中有拼错了的活人的名字，像乌尔森、维泰尔和菲莫；还有些名字代表的人已不在人世，像教皇和瓦伦丁公爵；有真实存在的或想象的地点，如罗马、天堂、地狱；有神圣的或世俗的东西，比如我的宝贝、钻石和马桶。我一目十行，想在维特罗佐再次抢走前，快速看完这些旁注。就在他抢书时，我看到了甘达——我曾一度把它当作是逝去的甘迪亚公爵的错误拼写。

"我想你已经知道了我们当时在做什么，马基雅混蛋猴子。告诉我。"

"这个女巫将莨葵、天仙子和颠茄这几种药草磨碎，并且加了一种药膏，然后将混合物涂满她们裸露的身体——这个秘方会导致一种情形，我们称之为'山羊骑'。在这个情景里，女巫和巫师们想象着他们穿行到了遥远的地方。你们可以自行想象那是怎样一种情形，不过一般而言，这个'山羊骑'很适合作为戴安娜的游戏的前奏。那是女巫们的游戏，更像是一种酒神节，尽情狂欢的节日。"

"的确如此，猴子。在奥利夫奥托帮助他的女巫妓女涂满身体之前，她一直喋喋不休说着。那之后……你一定想不到他在筹备什么。你知道还有别的事情发生。"

"这种混合后的东西会导致一种麻痹的状态，"我说道，"四肢会被冻住，并且当肢体被砍下时，你却无法发出尖叫声。"我观察着维特罗佐狭长的眼睛，试图弄清他是否目击了这一点，"即使一个人能完全感觉到疼痛。"

维特罗佐举起浮肿的手，轻轻晃了晃，做了一个"继续说"的手势。

"当四肢重新活动时，"我说道，"这个麻醉剂会使人开始说话——非常随意地，与那些不需要出现的人交谈。"

说到这里，维特罗佐假装鼓了鼓掌。"我喜欢聪明的宠物。难道你不是吗，保罗？我觉得这段山羊之旅最引人入胜。但是我们亲爱的奥利夫奥托再也不愿看到他最亲爱的舅舅乔瓦尼了。"

冰冷的手指慢慢攀上我的后背。我感觉当他的同伴进行"山羊骑"的时候，维特罗佐只是简单地观察着。这个不知名学徒的最后一句话——"他看着"——是一个新的转折点。

维特罗佐似乎灵光一闪，他看出我的不安。"但是你还没有讲到最后，不是吗，你这个马基雅猴子？讲完你的故事。"

"我只能根据你让我看到的内容判断。但是我猜想只有当他们的四肢解冻后，齐亚和这些先生们才能够记录下他们的思想。或许他们还会承认某些罪行，或者就某个从尸体上移除的部分进行讨论。"当然，我指的是那道护身符，我猜想桌前的某个人曾经从甘迪亚公爵流血的喉头上扯下它，在五年后又将其悄悄放入一个女巫的魔法袋中，而这个袋子已被他小心翼翼地砍成了碎片。

维特罗佐庞大的身躯又一次颤栗起来，痛苦的微笑在那张肿胀的脸上转瞬即逝。"所以你认为你看到了我拥有的一切，是吗，马基雅捣蛋鬼？"

我警惕地点点头，怀疑我是否已落入了他的圈套中。

"那么，看来你不是一个聪明的小佛罗伦萨猴子。"维特罗佐用那肥硕的手指敲了敲奥利夫奥托。这声敲击出人意料地发出了尖锐的爆裂声，仿佛他在召唤一个服务生一般。

似乎长期习惯于这种被奴役的状态，奥利夫奥托立刻起身走出那道黑色的橡木门。很快，他又在两个士兵的陪同下出现了——他们俩穿着跟他一样的盔甲。当奥利夫奥托把他的椅子降低并朝我走来时，我才注意到他拿着绳索。

维特罗佐等在那儿，直到奥利夫奥托站在我正后方。瞥了一眼他的护卫后，维特罗佐开始翻动那本几何课本的书页，我看到大部分边缘都标记着女巫的涂鸦。很显然他看到了我俩都感兴趣的东西，于是维特罗佐停下来，又将书推到我这边。

这一页的边缘是一个罐子里的魔鬼的记录，几乎与之前的一模一样，同样也有之前那四个女巫的名单。但是只有一个请愿人签了名，用拉丁语写下的不是他的名字而是头衔：罗曼多利·瓦伦蒂克标兵。因此，我完全能够确定，对于这本书里将会出现瓦伦蒂诺，黛米亚塔没有说谎。在后者的正式签名下，齐亚·凯瑟琳写下了一个新的问题：罐子里的魔鬼——告诉我们是谁杀了甘迪亚公爵。

"大约两年前我们在伊莫拉时就发现了这一点，齐亚·凯瑟琳既是一个妓女，也是一个女巫。"维特罗佐说道，"那时，我们的瓦伦蒂诺公爵才刚开始征战罗马涅。当我告诉他有关我们的娱乐活动时，他表现出很大的兴趣。但直到这个夏末，在我和这些人已然决定脱离他的队伍之后，我才发现他不会用类似的方法娱乐自己。好吧，你看他心里已经出现了疑问。"

仿佛早有准备一般，维特罗佐小心翼翼伸出手，又将这本《几何学原理》拿了回来。"如果你不偷看这本书，会觉得更有趣。你认为'囚禁在罐子里的魔鬼'会怎样答复公爵的问题呢？"

我猜想答案就在下一页："我想齐亚给了瓦伦蒂诺一个满意的答复。"

"那你觉得这个公爵想要一个怎样的答案呢？"

维特罗佐似乎只是撒下了这张网，想看看他是否能找出我所怀疑之人，因为之前我已对此事做过深入调查。"甘迪亚公爵在他被杀时已经抓捕了很多敌人，他们的名字在意大利人尽皆知。泽加或许告诉了瓦伦蒂诺其中某人的名字，或所有人的名字。"

"'他们的名字在意大利人尽皆知'，你们这些外交使臣尽说瞎话。"

我的双腿被一下绑紧，头又一次被布套蒙住。我再一次陷入黑暗之中，等待奥利夫奥托的绳子套在我的脖子上。然而那种情形并没有发生，他只是用绳子将我的手绑在身后。我冲向门外，却不小心绊了一跤。维特罗佐在后面向我喊道："马基雅捣蛋鬼！在我们把你绞死前你应该知道一件事。"他等着那些残暴的手下在我奔向最近的窗户时拦下我，"你那位朋友，梵蒂冈的那个名妓，已经来看过我了。"

第 20 章

当邪恶降临，你得将它如药物般吞下；否则，这个疯狂的家伙便会一直缠着你，品尝折磨你的滋味。

我吃力地迈步走下几级台阶，全身被包裹得严严实实。在听到一阵金属的铿铿声后，我便一步跳到了一级石阶上，大门在我身后砰砰作响。此时我这才发现这间小屋简直让我的大脑混乱不已，它就像一具腐烂的尸体，发着恶臭，让我厌恶。

这种不快与我内心的惊惶并无关系。我不相信黛米亚塔已见过维特罗佐·维特里，因为如果是她自愿来到这里，她不会不找我聊聊就离开她在切塞纳的住所。因此我可以想到，比炼狱更残忍无助的惩罚已降临到我深爱的女人身上。

❋

直到现在，我才知道自己只被禁闭了一个晚上。但其实在大门打开之前，我完全不知道我在这儿待了多久。在厚实的包裹下，我一路被推推搡搡，直到骑上马背。

我们在山间颠簸穿行。我的身体被马鞍疯狂地上下拉扯，只能脚踩马镫尽力保持平衡。大雪在身边像火药一般爆裂开，我的帽子也被风吹得走了形。此时我身边有许多不规则的畦地，它们

遍布山间，就像偶然碰撞在一起。比起罗马的简单住所，这景象
更像托斯卡纳的乡间。远处是地势更高的荒坡，冰雪覆盖，云雾
缭绕。

维特罗佐·维特里就在这愁云惨雾的地方，高居于深红色带
流苏的主教宝座上。不过，在这格外耀眼的光芒之下，他的身躯
与容貌就显得不那么臃肿与丑陋了。

他像往常一样穿着那件锁子甲和披肩，由奥利夫奥托·达·
菲莫照顾着。保罗·奥尔西尼先生由于某些原因没有加入这两个
领袖的行列。所以，尽管有六七个穿着无袖上衣、带着弓弩的士
兵（有两个是火枪兵，原文是意大利语）跟着他们，这些士兵仍
然处于备战状态，枪口对准着雪地。在这些人身后，是 12 位马夫
和数量相当的战马与骡子。我知道我背后也跟着荷枪实弹的士兵。

在这里，我打算用预言家的语言艺术来形容这一幕场景，因
为我在那里待了一会儿之后才开始观察。实际上，当我在感恩和
安慰自己时，我的帽子被蛮横地扯了下来，那一瞬间我几乎跪地。

❋

黛米亚塔站在维特罗佐的宝座后面，身后垂着白雪一样的窗
帘。她戴着黑貂皮帽子，精致的脸庞与面颊在朝阳淡淡的衬托下
熠熠生辉。

我并不奢望她看我一眼，实际上我很感激她没有尝试瞥我一
眼。她的脸庞像阿佛洛狄忒一般美丽，却比大理石更加冷艳，且
不具生机与情感。所以，我控制不住自己，一直盯着她的脸。她
没有我想象中自傲。

"我们必须尽快完成任务，"维特罗佐说道，将我的注意力
从黛米亚塔身上拉回来，"瓦伦蒂诺公爵即将加入我们的队伍，
为最后攻陷西尼加利亚堡垒而战。"作为亚得里亚海岸边几个驻
防的重镇之一，西尼加利亚还没有向教皇臣服。

"只要我们拿下西尼加利亚，罗马涅就会十分安全，我们的

队伍也可以向北集结。"维特罗佐抬手摸摸额头,仿佛他已经看见了这标志性的胜利在远方等着我们,"在远征之前,公爵和我会为了佛罗伦萨的征服计划好好准备。"

虽然我已多次在脑海中想过这个严峻的预言,想象着听到"征服佛罗伦萨"从最有能力与欲望的人口中说出时是一个怎样的感觉。但实际上,我听到这些话后仍感觉睾丸隐隐作痛,是意志的伟大力量让我不至于弯腰。

就在维特罗佐宣布我们国家的命运时,奥利夫奥托·达·菲莫指向了我身后的男人。片刻后,我听到了引线燃烧的声音,紧接着就是四射开来、激烈碰撞的火星。

但我没有感到自己被炸得粉身碎骨,我也不相信射手们打不到我,所以我大胆地转过身来。

那两个火枪兵被浓烟包围着。在离他们一百步远的地方,一个只穿着农民沙色外衣的男人被绑在一根木桩子上。他的嘴里被塞进一块圆木,像离水之鱼般痛苦。他不停扭动着脑袋,拼命想挣脱绑他的绳子。

我赶紧转身背对这丑陋的游戏。

"火枪的问题在于人,而不是数学运算。"维特罗佐说道,瞪向我满是恐惧的双眼,"有了固定火炮、可靠的火器铸造厂和稳定供应的火药,我只要计算具体的数字就行。当然,还需要关注风向,而这在大多数情况下是可预测的。但是士兵易受身体抽搐与突发奇想影响——他可以手臂微微垂下开一枪,然后又向右开另一枪,武器在他身上产生的威力就像子弹出膛一样,造成极大的变化。但这是武器的功用吗,我亲爱的奥利夫奥托?"他看了一眼他的学生,更像是责备他而非期待答案。"枪手的头脑会给他提供准确的数字吗?只有命运知道。"他点点头,走过我的身边,"目标可不知道。每次错误的射击只会加剧他的恐慌。"

维特罗佐继续做着其他的事。"那个教皇派去查探杀害他儿子真相的妓女，"他稍稍把头向黛米亚塔倾斜，"和你很像。"

"我知道那个女人。"

"那个妓女，"维特罗佐纠正道，"至少她让我们确信她是妓女，即使她没有使你相信。"奥利夫奥托微微一笑，就好像他的导师在逗他开心一样。"她说教皇相信她。我应不应该相信呢？"

我猜黛米亚塔是绝望到想利用她和教皇的关系来拯救自己和儿子。"她拥有教皇的信任，"我说道，内心相信真相只能帮助她自己，"她的儿子是教皇的人质。"

维特罗佐收下这个情报，却没有多说什么。可能他早就知道了这件事。

在我身后，引线吐着火苗，那些火枪兵仍在疯狂进行实弹演习，发出可怕的声音。有两下射击相隔很远，以至于我能听到每发子弹短促、哀嚎般的飞行声。其中，第二发子弹的威力就像公牛重重踩踏水果一般。

维特罗佐眯着眼走过我身边。"现在，是转变命运的时候了。我们先完成另一件重要的事情吧。"

这时，维特罗佐把手伸进了他的骑行披风，拿出了我们在他首席位置上检验过的《几何原本》。"我们必须先完成昨天的故事，对不对？"他快速地翻动着书页，"我们会让瓦伦蒂诺公爵期待恶魔出现在水瓶里——他会告诉公爵杀害他兄弟的凶手的名字。"

维特罗佐向奥利夫奥托点点头，后者在皮带上绑着用来杀害拉米罗·达·洛尔卡的那把匕首。奥利夫奥托戏剧性地看着我，像演员一样为我的每个动作对口型。他的手臂滑向我的背，仿佛对我自然的阿谀十分满意，并抚摸着我手背后的绳子。他的速度极快，甚至还握了握我的手腕。

"小心你流血的地方。"维特罗佐说道，把《几何原本》递给了我。

我擦了擦夹克上的血，并收下了书。维特罗佐将书翻到写着前些天问题的那一页：**罐子里的魔鬼，告诉我们谁杀了甘迪亚公爵。**

维特罗佐小声说道："打开这一页你就会找到答案。"

即使那个女巫的回答并不真的可信，我的双手仍颤抖着。羊皮纸碎裂发出噼啪的声响，好像我的手指点着了它。

虽然齐亚·凯瑟琳拼错了那些名字，但也足够辨认了：维特里先生和菲莫先生；还有一个：达玛塔小姐（"黛米亚塔"的拉丁语写法）。

我看着维特罗佐的眼睛，告诉他我见到的实情。"公爵得到了他期望的答案。就像你说的那样，齐亚·凯瑟琳是一个狡猾的骗子。"我突然想到，女巫可能已经听过黛米亚塔的名字和她所谓的罪行。这罪行是一个身为领袖的人骑在山羊上编造出的，或者说，是在瓦伦蒂诺的法庭上说出的。我审视自己的心：就算一个骗局也能阐释一个真理。而在这件事上，可能有两个真相和一个谎言。

维特罗佐耸了耸肩，叹息道："翻开那一页吧。"

下一页空白处的几个字也是巫婆随意涂写的：齐亚·凯瑟琳和瓦伦蒂诺公爵。

"只有他们两位，"维特罗佐说道，"是同一条船上的。我猜想当他们在美化自己的时候，我们英勇的瓦伦蒂诺向他的巫婆展示了连魔鬼和奥利夫奥托都不曾拥有的东西。但是我发现，你已经知道了这件事。"

原本在后面的一页纸不见了。我可以清楚地看到羊皮纸上用小刀划出的痕迹。这个痕迹好像是最近留下的，因为它不像书上其他地方那样污迹斑斑。

"有人裁下了书上的那一页纸，不是吗？你猜是不是梅塞尔·马基雅猴子干的？我猜你确实知道这件事，因为当瓦伦蒂诺在羊背或巫婆背上旅行时，曾说过一些意义重大的话，所以这页纸被撕掉了。"维特罗佐苦笑地看着我，"所以我聪明的佛罗伦萨先生，你认为公爵在那个令人昏昏欲睡的运送路途上，和那个巫婆妓女讨论了什么？"

我看着奥利夫奥托，他彷徨的眼睛仿佛闪着蓝灰色的光。我这才想到，可能瓦伦蒂诺正保护着奥利夫奥托。而后者正谋划着针对维特罗佐·维特里的阴谋，就像他当年背叛自己舅舅一样。

但我以更为笃定的语气回答维特罗佐："我相信在加普亚，公爵承认了罪行。"

"我们当时都在加普亚。"维特罗佐断然说道，瓦伦蒂诺也曾说过同样的话。

"所以你应该知道他可能感到悔恨了。"我很难让自己的话不那么具有讽刺意味。

维特罗佐微微耸了耸肩，自言自语了一句话，好像在嘲笑我的愚蠢。"最后我还有一个问题问你，"他说道，"最后"这个词让我愣住了，"你认为是谁杀害了甘迪亚公爵？"

我可能再也没有第二个机会来探寻答案了。"是他把罗马的巫婆切成四块，随风扔到了角落处；也是他在一个不曾露面的牧师帮助下，用巫婆的肉体来研究阿基米德螺旋。"我在维特罗佐眯得比钱币还小的眼睛中寻找真相，却只是徒劳，"在切塞纳蒂科，他用盐建了一座坟墓来存放女巫的头颅，还造了一个圣物箱，存放在加普亚奸杀的女人的遗骨和其他纪念品。"我仍然等待他的叹息。"杀了甘迪亚公爵的人是少有的杰出人物——杀人才是他唯一长存的方式；对他而言，挥动屠刀就像我们呼吸空气一样。"

维特罗佐像篱笆上的蜥蜴朝我眨眨眼睛，鼻子猛烈向外呼气。过了一会儿，他抬起粗大的手，又重重把手放到了膝盖上。

几个穿着整齐制服的随从蜂拥到他的座位边，迅速把他送到等候的马匹上，速度快的就像丢垃圾一样。他的其他随从动作也十分迅捷。

在黛米亚塔加入他们队伍前，我们最后对视了一眼。那双只有在诗人笔下才会出现的美丽眼睛向我轻轻瞥了下，带着一种独特的魅力，使我充满了永远的渴望与悔恨。然而，这双清澈的蓝眼睛，又如此赤裸裸地用痛苦和悔恨回答了关于人生的每一个问题。我相信在我重生的灵魂里，黛米亚塔还爱我，即使她不得不放弃我。

然后，她也转身离去了。

❋

维特罗佐的队伍在最近的山地迅速消失了。黛米亚塔离开人们视线时，正骑着一匹白色的母马，披着红色披肩，就像微缩画里的公爵夫人。接着，我就只听见狂风吹动白雪的声音。

我总结了我的处境：我已经大约两天没有吃东西了；不过，我穿着整齐，好像又一次被故意赦免了。可能我关于杀手的陈述，让维特罗佐·维特里相信我是一个目光敏锐且有用的证人，就像我被看作我们政府可靠的观察者一样。但也仅此而已，我对于他们而言并没有其他的价值。

然而，我发现自己错了。就在我继续盯着那座阻挡我观察维特罗佐队伍的山丘时，一个骑着白色战马的人出现了。就在心跳般短暂的一瞬间，他还在山顶上休憩；但是片刻之后，他就向我飞驰过来。大雪在他的马蹄下飞扬，就像思科普特人抽的烟，四散开去。

我怀疑奥利夫奥托·达·菲莫是不是单纯地想蹂躏我，他用力拉了拉缰绳，马的后腿便停了下来，只有前腿还高高抬着。接着，他从马鞍上一跃而下，飞快走向我。此时，他的盔甲显得格外透亮。

然而，他没用匕首指着我——这一事实既不可笑也不可悲。接着，奥利夫奥托大人停下了脚步，用手指梳理起蜷曲的头发，就好像我是为他拿镜子的仆人一样。当他开始用滚圆的蓝眼睛看着我的时候，他稍微歪了歪头，仿佛不需要调整角度就可以找到我的弱点。"你那晚和拉米罗·达·洛尔卡交谈过吗？回答我。"

当然，他指的是拉米罗被捕之前的那段时间。我点点头。

"他和你说什么了？"

就像以前一样，我相信只有实话可以拯救自己。"他说维特罗佐在保护你，还让我想想这是为什么。"

"你知道答案吗？"

"我猜这是因为你们都在加普亚，阁下。你们在那儿见到了某些东西，但公爵不希望其他意大利人见到。"

他的头倾斜得更厉害了。"我在成年之前就学会了一些东西。"奥利夫奥托似乎在重复维特罗佐在堡垒说过的话，因为两者是如此接近，以至于我可以回想起当时的对话来，"而且是我的父亲维特罗佐教会我的。"

他抬起巨大的双手，在我面前张开。他的手臂伸得很远，像是为了展示他的伤痕一样。接着，他迅速翻手抓着我的衣领。我的每一寸肌肉都紧缩着，为即将到来的死亡做准备。

"如果你在和女人性交时这样掐着她，会加剧她的快乐。如果能让她在死亡的门槛上徘徊并最终回到你身边，她会感激不尽。基本上每次这样做，她都会恳求你再来一次。但是如果你不立即收手——"奥利夫奥托耸了耸肩宽大的肩，"看在耶稣的份上我可以告诉你，关于这件事也有一些奇怪之处。对一个女人而言，在她生命最后的闪光消逝之前，她是不会害怕的——能见证这件事的确很奇妙。但在那一刻，我不相信有男人能忍住不射。"

奥利夫奥托放低了双手，低头看着自己放在护套里的匕首。"现在，"他沉思道，"如果你迅速用这个动作去试验一个人的胆量，你会发现这个人惊愕不已，但接着他会感到疑惑，最后他必须承认自己丢脸了。"他摇摇头，好像生命的那份顽固与坚持给他出了一道哲学上的难题。"我认为最好是在一个人眼睁睁看着自己妻儿死去的时候观察他。当然死去的是他深爱的其他人也行。那时，除了婴儿刚降生于世时感到的恐惧与悲痛外，他什么都没有了。当那人的愤怒消失后，他也就只想着如何再爬回母亲的子宫里去了。所以当我们来到佛罗伦萨的时候，或者在你快到达西尼加利亚时，你才会看透自己。"

刀疤一样的皱褶让奥利夫奥托的嘴巴显得比嘴唇抽搐还明显，看上去像在享受我表现出的无能一般。然而，我的苦难只是一件他不愿插手的小事。他转过身，走向他的坐骑。

"这是你赦免我的原因吗？"我喊道，声音随着身体颤抖着，"所以，怎么样才能见证另一个加普亚呢？"

奥利夫奥托扯了扯马鞍，马发出一声长啸。过了一会儿，他回头看了看我。

我鼓起勇气走向他："如果可以的话，我有一个问题想问阁下。"我知道这样做简直是冒险，我可能会被再次囚禁。"就是上次在切塞纳，公爵见你时间的那个问题，"这个问题让我想起了当他知道奥利夫奥托背叛自己时脸上浮现的表情。"你有机会去考虑答案吗？"

他对我报以一种被女人认为迷人的微笑。"那时，我亲爱的乔瓦尼舅舅只是看着我，"他毫无顾虑地说道，就像在晚饭桌上说顺口溜一样，"没有恐惧，没有愤怒，什么都没有。他甚至没有感到惊讶。基本上从我走进他家起，他就知道那一天会到来。那一年，我才六岁。"

我猛地摇头，因为我猜到这个少见的男人会在少年时就展现他的本性。我小心翼翼地问道："为什么在你小时候就猜到他会知道这些？"

"因为我六岁时，舅舅就把我卖作了奴隶。"和刚才不同，这次他的微笑里稍稍带着些敌意，"就在舅舅把我送到维特里兄弟那里的时候，保罗、卡米洛和维特罗佐这三个人开始在这座城市城堡的空房子里训练我。第一天早上他们找了条小狗给我做伴，但晚上就命令我亲手杀了它。第二天，维特里又给我带来了另一条小狗。那个夜晚……"他微微耸耸肩。"第三天也是如此。第四天当他们把狗交给我时，我就杀了它。从那一刻起，我被认为做好了准备，去学习如何成为一个战士。"

这个回答像奥利夫奥托大人其他话一样，让我惊讶。他将我留在原地回想，然后转身跨上马。他的斗篷在空中飞舞着，锁子甲发出"铃铃"的声音。他的战马猛烈吐着气，奥利夫奥托俯身跨过那个野兽的脖子，脸上的表情就好像地狱催生出的残忍恶魔。

　　"你应该也有兴趣知道，我看到了甘迪亚公爵认出凶手时脸上的表情。"他拉了拉缰绳，让马停在那里，"那晚我就在那儿，但我不是杀手。"

　　随后奥利夫奥托猛地策马扬鞭，一下将我撞倒在雪地里。当我再次抬头时，他的战马已在大地上飞驰渐远，目不能及。

第 21 章

欺骗他人的人通常只能欺骗那些听任自己受骗的人。

我认为可以循着奥利夫奥托和所有维特罗佐的人的轨迹，沿路取道西尼加利亚。但是，我想到了更好的方法，于是走向相反的方向。我曾经提出过一个对他们来说很没格调的设想，之后我就被丢到一边。那个让我倒霉的设想就是保留最近遭火刑的犯人们挣扎的痕迹。

我将那个犯人血淋淋的尸体放了下来，并埋葬在雪地里。我短暂地祈祷了一下，希望上帝保佑他的灵魂，随后就离开了。很快，我遇到了一些农民，遂决定到佩扎罗去——那是穿过艾米利亚通道后最近的城市，如果公爵仍是西尼加利亚的主人，并在那里任命了地方长官，我就能在那里找到瓦伦蒂诺的军队。

我的佩扎罗之旅，大部分时间都是在穿越白雪皑皑的旷野，或者沿着骡子走过的路径和灌溉沟渠行走。一路上，我边走边观察遇到的不同派别的雇佣军。无论他们的雇主是谁，这些雇佣兵的忠诚度和纪律性都备受怀疑和考量。正如我在严寒刺骨的夜晚四处走动时看到的一样，他们的营火如同天上的星座，在这乡村地带闪烁。我猜想他们的领袖已把这些武装力量精确地分割成更小的单位，这样他们的确切人数在抵达西尼加利亚之前就不容易被人弄清楚。我由此想到，瓦伦蒂诺会不会走进了一个比我以前的设想还要致命的圈套中。

* * *

12月30日拂晓，我终于来到佩扎罗，这个时间是在我询问一个裁缝的小厮后才得以确定的。同时我也得知，瓦伦蒂诺和他的军队在前一晚上还驻扎在佩扎罗附近。但在今天更早的时候，他们已出发前往法诺。在这里，幸运再次降临到我头上，因为我曾去过斯图法，虽然那时只是为了确定一些消息、沐浴及洗衣服。在那儿，我曾遇到一个可靠的信使。于是，在付给这位信使一些金币后，他答应赶到切塞纳去找回我写的东西和文件以及几件衣服，然后尽快返回。

我在炉子旁找到一个小房间，里面有张小床。我是如此疲惫，顾不得炉边的闷热就睡下了。我睡着了，梦到我回到维亚广场的房子，那里一楼有一个工作室，边上有一条通道通向街道，另一边有和其他几个家庭共享的庭院。夏季快结束时，人们都在从地里收割亚麻，将其梳理好，一堆堆码在院子里。这些亚麻像是几捆巨大的灰褐色头发，仿佛巨人剪发之后掉落的，每一捆亚麻都有5岁的尼可洛那样大。妈妈总是和几个妇女一起把亚麻纤维纺成线，有时候她也会找来我的两个姐姐一起干活。那段时间，工作室里总会有半打粗线团胡乱地放着，常让我想起田野里的稻草人，因为每个稻草人都是由一根棍子粘在三脚架上制成的。头发一样粗细的亚麻被捆在棍子顶部，扎出一个女人脑袋的形状。有时候，在梦中我会浮现独特的自我意识，我知道这些亚麻束代表头，因为多年以后我会在切塞纳蒂科看到。于是，这么说来，当年的小尼可洛似乎是收到了一些可怕的预言。

然而，我也看到有人站在门槛上，然后走上街头。亚麻工作室总是充满阳光，但外面看上去却是星光黯淡的永夜。来往的游客似乎只是一个阴影，生时无名，死如草芥。一天，工作室里来了一个参观者，我突然意识到他是一个生产车间的主人，只不过他的车间生产出了问题。

他的声音就像一条蛇一样在地板上滑行。那声音实在瘆人，我觉得身上的汗毛全都竖了起来，而自己好像快要消失在空气中一般。

"你几乎就在这里，尼可洛，你就在我迷宫的中心。不过你看不到我的脸，直到我转身离去。"

我大汗淋漓地惊醒了，像在洗澡似的。我的额头冷得像冰一样。那个可怕的家伙在我梦里的喃喃自语仍在我脑海里回荡。我的理智一遍又一遍劝导我，这声音只能是维特罗佐·维特里或者奥利夫奥托·达·菲莫的。不过，一种莫名的直觉提醒着我，其中一人一定正在背后筹划着阴谋。即使是在面对面的时候，维特罗佐这个人对我来说仍然是个谜。而当我将奥利夫奥托的可怕话语与凶手的事迹做对比时，一个唠叨的声音在我脑中不断响起，并告诉我奥利夫奥托的残暴和赤裸裸的野心和其他领主一样，他心里滋生的暴力与谋杀倾向也并非天生。而且我相信他的灵魂正备受折磨。在心魔的控制下，他有时也不得不杀死一条小狗来发泄杀戮的欲望。

说实话，我只能看到，无论维特罗佐和奥利夫奥托之间有多大隔阂，一个严厉残忍的父亲和作为叛军首领的儿子，都不约而同地怀疑着瓦伦蒂诺。当然，他们很聪明，不会直截了当去指责公爵谋杀兄弟的行为，相反，我却造成欧几里得的《几何原本》缺页，这使维特罗佐可以消除自己的嫌疑，以欺骗瓦伦蒂诺作出错误选择。同样微妙的是，奥利夫奥托曾暗示，他亲眼见到甘迪亚公爵并没有那场谋杀中挥刀——这就给瓦伦蒂诺留下了猜想，似乎甘迪亚公爵是要保护与奥利夫奥托私下共享的秘密。

因此，我想到，自己是作为目击者和证人被传唤。这样一来，大家怀疑的目光自然会集中到瓦伦蒂诺身上，而罪犯则继续逍遥法外。于是，在这一点上不得不承认他们是成功的，因为当怀疑的种子种下后，就很难被根除。

在黑夜来临几个小时之后，我听到有人在敲我的门。我的信使就像是希腊的解围戏剧情境当中的英雄般来到我的面前（希腊解围戏剧：即当战事胶着之时，出现神一般的人物，把麻烦解决）。他带来了一个皮革袋，里面放着所有我落在切塞纳的衣服和文件，还有刚刚从佛罗伦萨拿到的包裹。

我来到伊莫拉已经三个月了。我当时祈求我在佛罗伦萨的记者朋友送我一份复印版的普鲁塔克的《比较列传》，因为古人的工作比我们现代人要少得多，他们的作品能够照亮每一个杰出人物的性格与品行，而我曾用尽全力去试着洞悉深不可测的瓦伦蒂诺的想法。不过，我早就放弃了这种行为，因为这看来没戏。

于是，在经历了那么多不幸之后，解开包裹并翻出那本《比较列传》对我来说不啻于一个奇迹。而我的这个版本已经在威尼斯的巴塞洛缪·德·扎尼斯工作室刊印出版了。那本书没有封面，不过翻开来也还要用点劲，这样是为了多一点利润。我花了点时间细细品味了第一页的木刻，描绘了忒修斯在皮里托斯和希波达米亚的婚礼上刺杀半人马的景象。我把这作为一个讽刺的象征来嘲笑那些充斥自己脑袋的想法。

然后我去隔壁澡堂主人那里买了些蜡烛。如果有必要的话，我打算用一整晚的时间来研究这本《比较列传》。我大概会在明天傍晚赶到西尼加利亚，因此，在那之前我必须学习一些前人的智慧，来应对将要发生的事。

✿

虽然普鲁塔克的比较法与苏维托尼乌斯的传记有很大不同，但他一样能帮我分辨出暴君。这些暴君喜怒无常，常由着自己的性子将别人赐死或使人被迫忍受煎熬，以此来满足自己的权力欲望。事实上，普鲁塔克之前对马库斯·安东尼和德米特里的平行研究中就已经开始了直接对比研究，效果显著。随后，他将德米特里的各种声色犬马和暴力的邪恶行为都研究了一遍。

因此，苏维托尼乌斯和普鲁塔克的研究结果都支持我的理论，即这些少见的人都有罕见不变的性格特点，自出生起就困扰他们。然而，在建立了第一个原则之后，一个更困扰我的问题出现了——这些家伙是如何幸存下来并获得高位的。我想合理的解释应该是这样的：善于观察的人在他们还是孩子时，就对他们分外留意，并积极地让他们避免走上获得权力的道路。绞杀了一个仍在玩木剑的卡里古拉（古罗马著名暴君，全名盖约·凯撒。卡里古拉是其别名），也只是偶然。邪恶的人或许希望看到这些恒星的上升，就像维特罗佐·维特里教育奥利夫奥托·达·菲莫那样，只不过后者不愿接受。但是为什么对于卡里古拉之类的人，不在孩提时代就采取严厉措施进行防范呢？为什么要到大错酿成之后，才开始懊悔没有早点发现他的真面目呢？

我苦苦思索了很久，直到半打蜡烛都烧完，才得到了一点启示：这些被诅咒的人虽然还很年轻，但都有资格成为"欺骗的艺术"这门课的教师。此类罗马独裁者苏拉（罗马共和国著名军事独裁者，以残暴出名），如卡里古拉一般，"对他好的人他会百般回馈，对他厌恶的人他会斩草除根；因此，很难说他的本性是自傲的还是卑屈的"（引自普鲁塔克《比较列传》）。马其顿王国的菲利普欺骗了阿拉图斯——他的老师、前辈、保护者，同时也是令人敬佩的人和暴君的敌人。不过阿拉图斯并没有意识到自己一直在保护一个邪恶的人，直到菲利普下毒暗算他，导致他吐血而亡。这些暴君不是在关键时刻撒谎，而是时时刻刻都在散布谎言，谎言就像他们血管里的血一般永远存在。

对我来说，以上理由已能解释清楚这一切——只是，原谅我——我无法看到那个人的脸，因为那些向我们撒谎的人是以说谎为生的。这技能对他们来说非常重要，远胜于普通人对生活技能的依赖。如果他们产生了诚实做人的欲望，就会同时产生强烈的内疚感与悔恨——如同背叛自己的信仰一样可怕。

但我依然棋差一招，我还是不明白他们是如何在孩子的年龄时就学会了欺诈。有些画家的确拥有绘画天赋，但是现代教师却述说着熟能生巧的故事来欺骗我们的双眼，使我们相信只要努力就可以超越天才。此外，还有许多外交官、政党领导人、商人和银行家也经常当面一套背后一套，甚至一整天都在撒谎与欺骗中度过。然而，画家或政治家都必须为他们的接班人考虑，而一个孩子显然不能为焦孔多（即蒙娜丽莎）酒店提供莱昂纳多（即达·芬奇）的肖像画，所以师傅们都会教授孩子如何作弊与欺骗。但是，与其他所有职业相反，暴君们又是如何掌握完美得像艺术一样的欺骗技能呢？即使这一切是建立在他们早熟的基础上。

在蜡烛跳动的火光下，我把问题直接抛给了他，那个在我梦中喃喃自语的声音："你是怎么学习的？你学习的过程如何？你念的是哪所学校？你能说出'欺骗'这门课程的四个核心要素吗？"

我只听到灯芯嘶哑作响。

"我知道你为什么不想告诉我，"我继续询问那个声音，"这是你最深的秘密，不是吗？是你最小心守护的地方。也是我必须等到你转身的原因。只有这样，你的面具才会化作一块透明的玻璃。直到那时，我们才能揭开邪恶的面纱。"

第 22 章

他坐在至高的宝座上，对权力的渴望永无止境。

我在佩扎罗租了一匹马，于 12 月 31 日清晨便早早离开，以便在晌午前赶到法诺，找到在黎明就启程前往西尼加利亚的瓦伦蒂诺军队。我策马沿海岸南下，绕过海洋，循着艾米利亚大道穿梭在丛林深处，两侧的山脉渐升渐高。

这天，原本灰蒙蒙的天空变得愈加暗淡，雨水夹带着雪花随风飘落。向北已无路可走，我穿过一股掉队的瓦伦蒂诺部队，向南奔去。我猜想，西尼加利亚一定已经被封锁了，没有人能随便离开。

虽然相隔千里，我依然可见西尼加利亚城内升起的滚滚浓烟。黑云覆盖着灰白的天际，就像一群乌鸦在啄食着周遭的白雪——对城市的轰炸即将开始。

制订行动计划者显然是个聪明人，地平线也开始闪耀着胜利的曙光。正如我所猜想的那样，计划的目的是诱使瓦伦蒂诺及其残余部队进入西尼加利亚，然后凭借附近乡村潜伏的部队包围城市。

但是这种有失信誉的行为将会受到全欧洲的指责，教皇也定会召唤法国盟友营救其子。

如果他们能够证实瓦伦蒂诺的罪行，那么背叛行为就是正当的：叛军的首领很快便证实了公爵是个同室操戈者，在忌妒和野心的驱使下杀害了教皇最疼爱的儿子。罪证既包括一张出自瓦伦蒂诺普通工程师之手的地图，也体现在一页撕扯下来的小学几何课本纸。虽然后者的价值只是个传闻，但残存的课本一定被叛军首领当作底牌牢牢握在手里。

他们把黛米亚塔送到罗马是为了加深教皇的怀疑，她肯定被许诺放她儿子自由——这对叛军首领来说轻而易举。瓦伦蒂诺的失败必将受到教皇谴责，他把一切归咎于她。而我可能是这场闹剧为数不多的目击者，一度亲眼目睹瓦伦蒂诺的罪行。法国人也将会特别看重一个佛罗伦萨使者的证词。

在几周之内，这个人设想了整个计划，不仅隐藏了这个精心布置的圈套，而且也顺便暗置了一个秘密。他是如此可怕，没有人能看清他的真面目，也不确定他的存在。如果此人真的存在的话，他将会成为意大利的主宰。

天色暗下，我终于来到西尼加利亚这座海滨城市，米萨河从城市的西北两侧蜿蜒而过，蛇形的河道如天然的护城河，造就了西尼加利亚这个岛屿上的城池，它是一座现代化设计的岩石要塞，俯瞰着亚得里亚海的东岸。

我快速渡过河，听到城里传来的喊声。进入大门之前，我跨过六具被洗劫一空的尸体。这些人很可能是士兵，但是现在却躺在路旁，任由轻薄的雾凇和雪花盖住赤裸的身体。我突然想起了奥利夫奥托的一句话："如果你能迅速赶到西尼加利亚，就会看到令人震惊的恐怖。"

大门并没有关闭，不过有 20 位全副武装的骑兵守在那里。他们是意大利骑兵，不知道是隶属瓦伦蒂诺还是叛军首领的。我听到在城市另一边，一个遥远的声音仰天长啸。我觉得这样的人应该值得见上一面，不过在门口——骑兵们耸立着，似乎正在琢磨着发起一次决斗，或者砍下一个像我这样的冒失鬼的脑袋。

　　我走上前，几个骑兵转向我，一个甚至已经抽出剑开始挥舞："威尼斯人吗？"如果仅因为一个回答而死在这里，那我也应该以一名共和国公民的身份牺牲。我大声回应："我来自佛罗伦萨！"

　　一个队长走出来，对那个剑客说了几句。我认得他是瓦伦蒂诺的人，曾经陪同过我们共和国的商业代表。他走来向我致意，我们相互寒暄了几句。我问道："现在是什么情况？"

　　"我们已经占领这座城市。"噼里啪啦的雨滴打在队长的头盔上，像贵妇人的发网珍珠。他用手指了指那已经消失在黑暗里的村庄，"维特罗佐的步兵和炮兵都在那里。"

　　不过在我眼里，现在的情况并不安全，这与我想象中的西尼加利亚局势完全不同。我以为瓦伦蒂诺已经被困在城堡里，而叛军首领正在调集优势兵力——公爵已经被围困。

　　我骑马穿过门，进入一个寒气弥漫的小广场。火把照亮了狭窄的街道，我转移目光，看到六个瑞士步兵走过十字路口——也不知道他们是哪一方雇佣而来的。长矛林立，但是杀气甚微，其中一个家伙边走边吐着唾沫，撑着肿胀、苍白的脑袋，颇显无力。

　　我定了定心神，沿小巷走向市中心。这个城不大，不过十几条街道。不久，我便到达一个广场。广场的四周搭建了几个临时建筑，中间冰冷的场地上立着一辆带篷马车，像在召开一个会议，十几个军队头目正窃窃私语，几个瓦伦蒂诺的亲信穿着护胸甲守在马车旁边。

　　"梅塞尔·阿加皮托！"我喊了一声，驱马飞奔过去。瓦伦蒂诺的马夫拉过马头："秘书先生！公爵一直在找你！"

　　阿加皮托和他的同伴其实离我很远，中间隔着随从和马车。这时，那辆车的乘客透过窗帘探出头来："尼可洛先生，你怎么看待这里的情况？"

　　我认出这个长脸的威尼斯谷物商人就是加布里埃尔·达·贝

加莫。

"我觉得这座城市很不安全。"我一言挑明,"维特罗佐·维特里的军队在外虎视眈眈。"

加布里埃尔指向广场上最庞大的一座彩色建筑:"他们告诉我,瓦伦蒂诺就在那里,和奥利夫奥托·达·菲莫,还有保罗·奥尔西尼在一起。"

"公爵的手下有没有说把他们作为人质扣押起来?"

"没有说。今天中午有一次壮观的阅兵活动,我亲眼见过他们,但之后只看到瓦伦蒂诺的人离开。后来听到一些传言,据说,一方面,维特罗佐已经包围了这座城市并准备炮击,另一方面,叛军首领会在明天早上来到广场,就像拉米罗·达·洛尔卡在切塞纳说的一样。"

事实上,我也不知道如何面对当下的情况。那三个叛军首领可能是被关押了起来,也可能凭借强大的实力与瓦伦蒂诺洽谈投降的条件。

加布里埃尔朝发生火灾的地方点了点头,那是在几条街道外的一道火光。像以西结(希伯来先知)的愿景,火焰在屋顶上空盘旋,发出橙色的光芒,火花和灰烬如无数萤火虫一般汇成了烟柱。"我们听到传言说,公爵的瑞士雇佣军打算洗劫这个城市。"

"未必,也许是对胜利者的污蔑。"我说,"但不管是谁的士兵,也不管这些士兵打算向哪方势力效忠,西尼加利亚都有成为加普亚的危险。"

"我的愿望,"加布里埃尔说道,"是和别人进行谈判,来保护威尼斯的安全和财产。我们在这个小镇有相当多的商人。如果你需要一个房间,请跟我来。"当时我难以拒绝,不过直到我了解这些事的意义之后,才发现我只是一个在财富宫殿门外打转的瞎子。

❋

　　我们整整走过四个街区才来到威尼斯商人的地盘，在那里我得到一个小房间，并且确认了加布里埃尔也住在那儿。那里的威尼斯人在举办一次秘密会议，不过我在打量自己的马匹和行李之后，决定先去厨房帮忙烧火。这些威尼斯人都像是一个模子里刻出来的，黝黑的胡茬，苍白憔悴的面容，甚至年轻人都是一副饱经沧桑的样子。

　　我受到盛情款待，享受了铜锅里煮出的鸡肉饭。加布里埃尔过来找我："公爵的人都回到广场的建筑去了，你觉得会有什么事情发生？"

　　我摇摇头，虽然心里转过千百种猜测。"在这一刻，我只相信一件事，"我告诉他，"明天早上，意大利会有个新的主人。"

　　我想起昨晚读过普鲁塔克的笔记。相传当古罗马独裁者苏拉开始掌控大权，号角震天。"如此响亮、刺耳，震撼了整个世界。"伊特鲁里亚曾预言，这个世界有八个时代，每一个都分配给不同的人，这样刺耳的声音标志着一个新时代的诞生，世界将会完全改变，由新人所掌控。

　　现在我不得不怀疑我们的文明——火炮、印刷术、机械、科技，我们的文字、艺术、建筑。如果我们的世界完全改变——另一个新时代诞生，超越前人所有的幻想，那么这个新时代的统治者会不会是那种罕见的人。

　　"是啊，意大利将会有新的主人"我若有所思地说，"但是，如果上帝顺应时事，他会帮助我们。"

　　对于这个神秘的预言，加布里埃尔还没有来得及怀疑，我们就被几名奔往厨房的意大利士兵打断了思绪。他们的胸甲和头盔都正燃着火，却依然为一个我从没见过的官员清路。他停在我们聚会的中心地带，以手持剑支撑着他的身体，叫嚣着："佛罗伦萨的书记！他在这里吗？"

我又返回到中心广场，站在那座庞大的建筑之前——据加布里埃尔说瓦伦蒂诺和叛军首领在那里呆了一天。我登上一个令人印象深刻的石头楼梯，在旁人陪同下匆匆赶往钢琴工作室。途中路过一个巨大的沙龙，我很少有时间去观察一群人聚集在一起研究映射表的样子，而且所有人还穿着盔甲，把自己高大的身形隐藏在鹿皮斗篷里。

自四天前我在切塞纳被抢劫后，我再没有见过莱昂纳多。虽然我不能把他和他的助手相比。在最后几小时里，我们两人一起承担了极大的风险，也交流了思想，不过他的助手却救过我的命。所以，当我看到他的时候，我很欣慰，向他多点了几次头以示高兴。

莱昂纳多的目光只在我身上停留了一会儿，他一直盯着士兵，眉头紧蹙，以至于我无法在他脸上找到任何关于公爵命运的征兆。

我跟着陪同的人来到空房，进入一间主卧室的房间。长长的壁炉，刻画着陌生的纹章，附近摆满了红色的陶瓷。床靠在墙上，一张小桌子摆放在房间的中央，上面堆满了文件。火光闪烁明亮，不过一个球形灯更显光彩照人。

瓦伦蒂诺坐在一个罗马风格的马扎上，对着写字台，台面上放置了几张羊皮纸的脚本。和外面的工作人员不同，他没穿铠甲，只穿着黑色上衣和紧身裤。

他放下笔站起身来，比仆人更熟练地从壁架上取下玻璃水瓶和几个银杯子，放在我们面前的桌子上，随后把酒斟满。他的脸早已不见几个月前的苍白，肤色已和农民一样变成古铜色，上面满是风尘留下的皱纹，难得一见的笑容中透着自然的风雅，但我依然可见其令人不寒而栗的凶猛。

"来，一起干一杯吧，秘书先生。"他说道，把我的杯子递过来，点头向我敬酒，"我已经做到了即使是上帝也未必能完成的事。你必须编写一份对其他贵族的宣言，告诉他们，今天我已经结束暴政——从这个夏天开始我就一直在筹划，甚至在这些叛党开始接触之前。为了伟大的目标，利用这些卑鄙小人是必要的，通过叛党首领发动持续不断的小规模混乱，乱中取胜，获得民心收回领土。今天，我做到了！"

我想不出如何回答。

瓦伦蒂诺示意我坐在软垫椅子上，他自己蹲在马扎上，俯身向我，胳膊肘支在膝盖上。"维特罗佐·维特里是我的俘虏，就在这所房子里。我跺跺脚，他就可以听到。至于奥利夫奥托·达·菲莫和保罗·奥尔西尼，维特罗佐那家伙的手下，已经被解除了武装。维特罗佐城外的部队现在正在执行我的命令。今晚我们可以聊聊生意上的事情，明天我们将在科里纳尔多展示军威。"

他扭曲紧张的笑容能让世界颠倒。我知道他能够用文字勾勒出宏伟的前景，然而他无情的眼神告诉我，这前景也仅仅是愿望而已。我们的谈话开始回到关于科学技术的展望。抛开以前所有的假设，我只能相信，他说过的话都做到了：他预计到了叛党的手段和策略，甚至以身犯险故意进入圈套。

我全神贯注、目瞪口呆，聆听瓦伦蒂诺描述他的计划，他如何欺骗自以为是的叛党。在第一个条约的谈判中，他展现了懦弱的形象，然后把部队分散在这个地区的农村小户里。我在来佩扎罗的一路上看到有营火的地方都是他士兵的军营。公爵毫无歉意地说道，他没有义务去遵守一个在威逼利诱下签订的、没有诚意去交换信物的条约。他的信条是，欺人太甚者，皆是魔鬼；而一个逆来顺受的软蛋，也绝不会有出头之日。

"秘书先生，他们的计划就是把我带到这里，然后暗杀。然后控制我的队伍，对你的祖国进行威胁。现在，他们都已经承认了这些阴谋。"他挺了挺腰，拍了拍地板上的脚趾，"但我早就预料到了他们的企图，甚至在他们商议之前就确定了对策。是自大愚蠢的本性毁灭了他们。如果你明早有空，可以在我和他们见面的时候看看那些家伙的虚伪。他们和我亲吻拥抱，把我当作傻瓜。这些叛党自以为没人骗得了他们，却被邪恶的野心蒙蔽了双眼。他们应该知道，胸怀天地的人，眼光不会那么狭隘。你说呢，秘书先生？"瓦伦蒂诺晃了晃头，拿起酒杯一饮而尽，并把杯子随手放在椅子边上。"但是，一个人千万不能束缚住自己的双手。"他的手很苍白，没有东西，却似乎拿着一样看不见的物品，"谁依赖于他人的军队也就意味着依赖于他人的信誉与运气。但很久之前，我就做到了只依赖于自己的意志。现在我已经解决了叛军。凭一己之力，我拯救了意大利。"

我想谈论的治国之道，都引自《君主论》。但公爵巧妙地转移了话题。"当然，你还记得，秘书先生，几个月前我邀请你的政府出面并宣扬我们的友谊。如果他们不明白，我可能依然把佛罗伦萨当作我的敌人。看来，你的政府决定观望，看看我是不是会赦免这些罪人，即使这批混蛋密谋背叛我、威胁佛罗伦萨。现在佛罗伦萨那批大爷可以清楚看到我已经漂亮地解决了我们共同的敌人，也保卫了双方的利益。我毫不怀疑，当你传达我的态度之后，他们为了维护切身的利益，会在下一场战争中支持我，打败卡斯泰洛城和佩鲁贾。而这样的方式也意味着他们确定的盟友，就是我！"

突然，他站起身走到壁炉前，背对着我。我们现在心情都很激动，理想的蓝图徐徐展开，但这并不是深谈的理由。

我无法呼吸。我知道公爵是一个苛刻的谈判者，我也知道，把兵器送给敌军、把粮草借给强盗这种蠢事没多少人干得出来。他竟然要求我的政府资助他攻击意大利中部——如果这事成了，佛罗伦萨就不得不仰其鼻息。

瓦伦蒂诺除掉了不共戴天的仇敌，但是他期望已久的和平在哪里？他和莱昂纳多的新世界又在哪里？

"我会给我的政府写信。"我尽力回应。虽然没有权力参与谈判，我依旧感激，因为作为一个战地信使，我可以亲身感受这场智慧的十日战争。

瓦伦蒂诺又一次转过身对着我，姿态悠闲，像是准备妥协，我的心却卡在了嗓子眼。

"你知道，因为我兄弟的谋杀案件，维特罗佐一直在指控我。"他的语气柔和不少，"那是他们撕破条约的借口。"如我所想。"他们打算利用那本书，不过书已经在我手里了。我会给你看维特罗佐裁剪掉的那页。"

瓦伦蒂诺疾步走到桌前，开始翻找，随后抽出一个密封的包裹，上面有奖章的红蜡。"这是维特罗佐从黛米亚塔那里收走、交给教皇的那页。"

我不得不问了一句："黛米亚塔现在在哪里？"

他摇摇头，我不确定心里是否因此好受一点。"我相信她会来找我的，祈求宽恕。"

"你会不会——？"

"我不确定。我们仍然在寻找真相。"

"我想，在你兄弟谋杀问题上，你希望有人坦白。"

瓦伦蒂诺看了我一眼，眯着眼睛，抿着嘴唇："秘书先生，我知道是谁谋害了我兄弟。"

我不知道这话其中的含义。难道说，奥利夫奥托和维特罗佐已经供认了？看他的眼神，似乎不想我继续追问，但是这引起了我的恐慌：难道他们供认黛米亚塔是共犯？

瓦伦蒂诺在密封的小包旁做了个手势："你知道里面写了什么吗，秘书先生？"

我抿了抿嘴唇："我还没看过，阁下。"

他抬起头，没有看我，但是我知道他的目光落在哪里。

"我们在加普亚俘虏了一些女子，其中有些是妓女。"瓦伦蒂诺大口喘气，"有一个15岁左右的无辜女孩，还是个处女。当主人晚上拍她的肩时，她说希望成为一个女仆。"和我与玛丽埃塔的新婚之夜没什么区别，只是多了她的叔叔们在虚掩的门外敲水壶的声音。"我本来打算把她从污浊中拯救出来，于是像德意志和加斯科涅人（法国人）一样在恶臭的街巷水沟里翻找死人的财物。我真是没用，"他的脸色苍白，"我永远都不会原谅自己。"

我想知道黛米亚塔的事，但是现在不想问。"那个女孩，后来发生了什么事？"

他无力地点点头，仍然没有看我，"我把她交给了奥利夫奥托。"

如同诅咒一样，我想象奥利夫奥托的大手围在那个可怜女孩的脖子上，她的脸色开始发紫。很淫秽地说，也许在一个陌生人的手掌里她会有一瞬间的快感，就像奥利夫奥托夸口的那样，但很快她就只剩下恐惧。而我祈祷，在急促的心跳声中，她或许预见到自己的死亡，也看到了张开双臂的圣母。

"你得走了，秘书先生。"瓦伦蒂诺低声说道。他又一次眨了眨眼睛："去给你的政府写信。我们以后再谈。"

第 23 章

大多数人只看到表面，少数人看到了真相。然而那些得知真相的人却因为怯弱而屈服于多数人。

我没有回威尼斯人的住处，而是在瓦伦蒂诺士兵的簇拥下来到城镇中心附近的一座建筑，那里居住着各国大使。在一间矮小昏暗的屋子里，我很快写下了关于十日战争的思考。我确信，公爵的子民会看到这份报告，提供给我纸笔和一个向导。瓦伦蒂诺也很清楚，对于不会有皇位继承权的他而言，胜利本身远逊于胜利的消息传遍世界。

当我停下笔，窄小的床铺已经铺好。但是这样一个夜晚，我应该为转危为安的家庭、佛罗伦萨、整个意大利庆祝，所以彻夜难眠。我在狭小如牢笼般的房间慢慢来回踱步，想着其实那个罕见的人也没有那么难寻。我们意大利人已经把发动战争看作是最能赚钱、最有利可图的方式，那些爱好和平的人都被认为是同金钱较真的傻瓜，不过我们这个国度也将从此战乱频繁。在意大利，不朽的辛西内塔斯，那个走出农庄带领罗马人取得胜利，最后却归隐田园的英雄，我们一致认为他是个精神错乱的疯子。在战火蔓延的地方，人们被血腥激怒，残暴无比——不可否认，无辜者就这样遭了殃。不过谢天谢地，加普亚现在渐渐恢复了平静，没有沦为恐怖的荒蛮之地。

现在我非常担心，瓦伦蒂诺公爵会沉沦下去，因为他身边尽是凶暴邪恶之徒，时间一久，他也会变得贪婪偏激，这样不利于重建意大利。更让人担心的是，我怀疑经过那次谈话，公爵已经开始觊觎富饶的佛罗伦萨，甚至想要占领它。

后来我裹在被子里不停埋怨、悔恨自己被公爵的虚情假意欺骗了太久。我翻来覆去地想那桩谋杀案，也许真相早就烟消云散了，他只是当今意大利众多权力追逐者中的一员。

但是，有一个疑问徘徊在我脑海许久，让我睡意全消：黛米亚塔去哪儿了？

✳

我在迷糊中睡着，许久才发觉自己竟然开始发烧，脑海里充斥着各种幻觉。在我醒过来之前，我正和父亲握手（对我来说实在不可思议），然后一路步行来到黛拉贵族广场。我们穿过老桥，走过羊毛厂高耸的大门，那里的栏杆上挂着一块如同横幅的羊毛布料。我抬起头，看到黛拉贵族广场尽头的城堡，城墙上密密麻麻的垛口就像巨人的一排牙齿。当我走出广场，忽然看到一个耶稣的唱诗班横行而过，边走边唱，各色人都有，我能想象到的和不能想象到的人，都聚集在一起，像战场一样丰富多彩。我听不懂他们说的话，但是我能清楚看到，无论是两个人的私聊还是多数人的交谈，每个人都打着手势、点头、微笑、挤眉弄眼或耸肩，就好像故意做出来似的。我感到恐惧，大脑一片空白，不知道如何理解这些晦涩的话语、手势和表达。

突然间我又回到了广场路的屋子，那间仍然属于我的屋子，然后我把所经历的事情与我的兄弟多托分享。夜黑风高，屋里屋外寂静一片。我掀开被子，靠床而立。月光刺穿了百叶窗，在淡淡的银光下，我挥舞着胳膊，用华丽的辞藻形容我梦中见到的宏大场面，如同向数十人演讲一样。在寂静的黑暗里，我一遍又一遍重复。

你在干什么？

我顿时起了一阵鸡皮疙瘩，这突如其来的声音实在吓人。我的房间里有另一个男孩，黑暗中我看不清他的样子。但是从他的身形判断，他应该比我小，但是比多托年长。

我回答他，我看到了广场上的人，观察他们并且模仿他们，他们似乎也在学习我的姿势。不过他们永远都不知道，我只是一个无知的小男孩。

往往在夜里，我会像在梦境中一样，观察和模仿他们的行为，然后悄悄地练习，如同孩子模仿父母的习惯。不久，我开始察言观色，学着从人们的细微动作中读懂他们的心思。渐渐地，我开始比任何人都要敏感，他们哆嗦的手指、眼中的光芒、僵硬的表情都逃不过我的眼睛。每个人的表情和手势都是我读之不尽的书，丝毫不逊于但丁和西塞罗的慧语。

我梦中的那个小男孩开始呜咽：我憎恨那些人，似乎别人都要看他们脸色行事。

在那一瞬间，我进入了那个小男孩的大脑，开始通过他的眼睛观察。我丝毫不惊讶，因为这是我的醒来实践，与进入历史上最伟大的人心中没有区别。比如透过汉尼拔的眼睛去寻找古罗马军队的残骸，我会问他坎尼之后会去哪里。但是现在，我在一个担惊受怕的幼小孩子的意识里，战战兢兢地在领主广场注视着周遭的一切，他看到的远比我经历的惊恐。

他们没有脸。数百人站在广场上，戴着石膏面具，几道狭缝留给眼睛、鼻子和嘴。

我惊醒而起。

从床上坐起来，我知道我已经回到了瓦伦蒂诺给我的屋子里。我的眼睛在黑暗中闪烁着光芒，我确定这个可怕幻觉的制造者已随我而来。他正站在门边，而且不再是一个小男孩。

"我知道你，"我声音冰冷，"当你出生时，你就与我灵魂深处的诸多情感无缘。我们的生活带给我们各种情感与喜怒哀乐的表情，但是在你眼里，我们的表情毫无意义，只有死亡才是终结。为了在我们的灵魂与情感中找到你的存在感，我知道有些事你必须做。因为我也曾经是一个小男孩，绝望地奔跑，只想表明我是顶天立地的男子汉。"我咬牙切齿，"我只能想象你是一个幼小的、莫名其妙的怪物。没有人能熟悉每一种动物的天性，所以他必须以人的形态出现，否则就无法生存。"

我听到了衣服的沙沙声，随后是一种刺耳的声音，在我床尾，出现了一个燃着熊熊火焰的火盆。

"你究竟是谁？"说实话，我不知道火盆旁站的是什么：男人，女人，阴影，难道那个梦境还没有结束？

"费拉拉公爵夫人。"那个声音因愤怒而扭曲，但我仍然不能肯定这个"公爵夫人"是男是女。我能看到淡淡的白色礼服与面纱，礼服上的金色刺绣一闪一闪。然后，我昏昏沉沉的脑袋想起来了，费拉拉公爵夫人是瓦伦蒂诺公爵的妹妹，鲁克蕾齐亚——一个方圆百里内人尽皆知的名人。

她忽然开始脱外衣，我一个激灵，拿起床上的睡衣睡裤作为武器。面纱、长袍、金色的假发都被抛在我的床上，好像被丢掉的肮脏老鼠。突然，那个"公爵夫人"又抢走礼服，挡在她身前，好像搂着一个透明的幽灵跳舞。神经质一般，她取出一把刀，一遍又一遍扎向礼服，撕扯着衣服上的天鹅绒，那声音就像屠夫挥刀切肉。

我跳了起来。

"不要，尼可洛，别靠近！"黛米亚塔的声音几乎难以辨认，只有揭开她的面纱，垂下她瀑布般的黑发，我才确信是她回来了。她把那件礼服随手一扔，刀仍在她手里，她转过身来，凝视着我，就像我们第一次相见。

"当西泽尔勾引我的时候，我依然兴奋地和胡安相爱着。"她说着说着，仿佛在做梦，"也许是我勾引他吧。我记不清了。

反正他技巧熟练。你看他现在，是罗马涅大区的征服者。他是整个欧洲的噩梦，也是意大利的希望。对我来说，他是被锁在笼子里的可爱小鸟，那么忧伤，那么彷徨，自顾自哀，唱着悲哀的歌。"她长叹一声，抽泣着。"所有的这一切，使我相信一件事。我和凯撒才是真正的恋人，凯撒爱我。那一天，我们背叛了胡安。"她的肩膀微微颤抖，"今晚我投降了，即使我的信仰如此不虔诚。"她盯着床上那件千疮百孔的衣服，似乎想要再次攻击。"今晚他强迫我扮作他曾经心仪的那个新娘的模样。他曾经在那天下午抱着那个新娘，我还幻想他抱住我，我是多么愚蠢。今晚他要给我穿上他妹妹结婚时穿的礼服。"

"今晚？"我傻傻地重复了一遍。

"我去找他。尼可洛，就在今晚。"

去祈求他的谅解吧，我猜想。然而，赦免她的条件是极其苛刻的，于我一样，我们都没有足够的分量。我们有什么可以作为条件？

"我看到他的囚犯，就在他隔壁的房间里，他让我通过墙上的一个洞看那些人，就像透过暗箱看东西一般。奥利夫奥托和维特罗佐两个人背靠背绑在一起，他们的喉咙也用绳子绑着。他们完全失去了往日威风英武的神采，而是像女人一样瑟瑟发抖以求饶恕。我听到他们死了。然后，有了我的新婚之夜。"她眨了眨眼睛，"你的怪物死了。尼可洛，你的城市也得救了。"

"黛米亚塔！"我赶紧喊，把她从梦中唤醒，"他没有死。"我立在那里，心里期盼我眼前那张脸可以马上消失，我知道我的梦开始实体化。"今晚我看见了他邪恶的一面。"

她不耐烦地摇头："当一切结束的时候，他让我透过那个小孔看了一遍，他们的脸色已经发紫，椅子下屎尿撒了一地。"

我朝她走了一步，她立即亮出明晃晃的刀片，警告我留在原地。她只穿着一件无袖衬衫，冷得瑟瑟发抖。但她却说，这样更容易冷静："当我还是一个小女孩时，我就学会如何从绅士的房间里偷东西。"她笑笑，仿佛在怀念逝去的岁月与故人，"尼可洛，我的乔帕也睡在床上，我把一些东西放在衬衣里，你能拿到它吗？"

我翻开毛皮衬衣的口子，把找到的小东西放在火光的照射下。"几个小时前我见过这个，"我看着黛米亚塔说道，"在瓦伦蒂诺的房间里，欧几里德的那本《几何原理》中裁剪下来的。"它拿着有些沉，可能被镀过一层金。但是现在我可以看到，奖章的红蜡几乎完全覆盖两片折叠页的一侧，瓦伦蒂诺公爵的密封看起来很是引人注目。

"在切塞纳，我离开你之后独自去找了叛军的领袖。我知道在波河平原的那晚，是他们把书拿走了。我相信那本书可以证明我的清白，拯救我的孩子。尼可洛，我走的时候完全不告诉你，是因为我不希望你跟来。我怕维特罗佐会马上杀了你。"她小心翼翼地看了我一眼。

我根本不相信这些话，因为当她踩着雪离开我时，我已经从她的眼睛里看到了真相。

"尼可洛，维特罗佐·维特里希望我给教皇送去一些东西。他想从西尼加利亚获得报酬。"

我点点头："他想要的就是这页纸。"

"我是这么认为的。"

"瓦伦蒂诺坚信这是一个骗局。"我说。

她咬了咬嘴唇："我唯一的希望是，可以用这页纸来释放我的孩子。尼可洛，我相信你对维特罗佐说的那些。瓦伦蒂诺对发生在加普亚的事表示内疚。但是罗马教廷从来不相信那些事。是奥利夫奥托自己喋喋不休地说了那么多。我是听他说的。"

房间里似乎更冷了。"今晚吗？"

"通过墙上的小孔，我听到了他们最后的对话。通过那个小孔，瓦伦蒂诺也一直看着。"她摇摇已经冻得麻木的脑袋，"他们的声音听起来很遥远，像待在地狱的火坑里。奥利夫奥托恳求赦免他的妻子和孩子。对于这一切，其实我挺可怜他的。'我知道你在看，'他已经哭了出来，'看在上帝的分上，我会为你死守着秘密。'"

对于这些话，我早有准备。然而，我脚下的地板好像在嘎吱作响。"奥利夫奥托保守的那个秘密和加普亚没有关系。"黛米亚塔茫然地望着我，我又加了一句，"奥利夫奥托告诉我说他看见胡安死了，但他不是凶手。"

黛米亚塔跨过来，一屁股坐在床沿上："那么维特罗佐呢？"

一个小时前，我其实自己都不敢相信那些话。说实话，我必须先按捺住自己的疑惑："不，不是维特罗佐。"

黛米亚塔站起身，摸索着从床上起来，用棉被裹着身体，然后抬头看着我。她的面颊淌着泪水："我最亲爱的尼可洛，你能看见我们其他人看不见的东西，这是神赐予你的天赋，也是你的诅咒。但是，当我们仍在伊莫拉，奥利夫奥托给我看了一些你所不知道的东西。几个星期后，当我意识到那是什么，我却不能告诉你了，就像我刚才说的那样，如果你知道了，你去找他们，他们就会杀了你。他给我展示了一个螺旋形的小橄榄。"接着她详细描述了奥利夫奥托如何谨慎地把那个微型橄榄安置在一个银色小碟里，在莱昂纳多破译阿基米德螺旋线的几个星期之前。"尼可洛，他嘲笑我，就像嘲笑教皇、愚弄莱昂纳多一样。他杀了所有人，胡安、加普亚的女子、伊莫拉的女巫。

我对于科学的信仰开始动摇，就像即将燃尽成灰的蜡炬。我想起黛米亚塔坐在切塞纳的那张床上，在空中描摹着螺旋形的样子。我相信她会解释清楚，为什么到现在她还不肯告诉我关于螺旋物的事。但是有时候，命运女神也喜欢用巧合的方式来掩盖事实。我只能用刚刚看到的画面来增强我日益脆弱的信念。

"如果瓦伦蒂诺在加普亚就供认了他的罪行，那就够了。"黛米亚塔这么安慰我，"你一定要相信，尼可洛。"她的胸部微微起伏。"我已经安排好一切，离开这里，回到罗马，用这页纸来交换我的孩子。就在今晚，有一艘驳船可以一直航行到威尼斯。"

她紧紧地握着我的手，但是没有碰到里面的小包裹，"亲爱的尼可洛，我相信你会和我、和我的孩子乔瓦尼生活在一起。我必须提醒你注意，因为一切已经安排妥当。一个小时之后，去码头，我收买了一个北门警卫。但是，如果我被逮捕了，那么你必须……用这个来保护好你的人，尼可洛。如果你能做到，我的儿子……你必须安然离开，否则教会就会宣布这是一个骗局。"

黛米亚塔披上一件皮衣就往门口冲去。一脚跨出门槛时，她回过头。

"尼可洛，你好好想想。终有一天，你会老去。在最后的日子里，你可以在佛罗伦萨周围山上的漂亮别墅里消磨时光。"她慢慢眨了眨眼睛，睫毛上泪光点点，"你坐在花园的藤架下面，普瑞梅拉娜的孩子们在周围玩耍，你阅读着文集。在柏拉图的一章里，他说，爱就是让我们在一起的愿望，每个灵魂生来就缺失了一半，虽然我们可能会花一辈子去寻找另一半，但一旦我们相遇，我们就会知道彼此的存在。在相遇之前，每个灵魂都是空洞的，对另一半的感知都是模糊的和不确定的。当你读到这些文字，听到蜜蜂和知了的嗡嗡声、你孙子的咯咯笑声，你的心便可以回忆起生命中的爱。你就会知道，那么多爱，只有一份可以永存心间，白首不离。"

她抽泣着，随即露出笑颜，好像她已经看到那些夕阳余晖下的情景。"答应我，尼可洛。相信我，当你步入耄耋之年，有那么一瞬间，你会回忆起过去的种种往事，把黛米亚塔放在心里，想象着若有一个平行世界，我们一定会在一起，相伴到老……"

我的眼泪簌簌而落，冰冷了脸庞："我答应你。"

第 24 章

情思暗结，佳期难定。

黛米亚塔离开我房间一小时后，我走了出去。这个城市现在一片沉默，寂静的主干道上，雪花飘然而落。我来到北门，看到12 个意大利雇佣骑兵守卫在那里。黛米亚塔已经打点好了，当我走出时，甚至没有常规的问话。

在走向码头的斜坡前，有一条距离城墙大概 200 步的道路。这个平台对于已经沉入米萨河的木制码头而言，不亚于从城墙延伸出的搁板。那种在亚得里亚海沿岸看到过的驳船，和一种单一桅杆、粗壮船体、黑色橡木板做成的航船绑在一起。甲板上没有人，但是通过单舱小百叶箱的缝隙，偶有微光透过。

我在驳船边等了半个小时，听到船体轻轻停靠到木制码头的声音，环顾身后，无人说话。在我左上角，是西尼加利亚的圆柱灯塔，用岩石筑成，但早已斑驳黯淡，也发不出声音。我内心百转千回，或许在太阳再次升起之前，许多人还以为这是一个平常的日子，但落日之后，少有人能幸存。

当我最后一次看到黛米亚塔用优美的舞步滑雪，我只有一个愿望，让她做我的新娘，而不是像先前那般见面，也不像在我的婚礼上，新娘款款走来，拥我入怀。

"在劳达米亚的恶魔丈夫回来前,她有三个小时。"黛米亚塔喃喃自语,"我几乎听到三个心脏在跳动。"她朝斜坡回头看了一眼。"都准备好了,我该走了。"她开始颤抖。

"小姐!士兵们来了!"

一个人从冰冷的斜坡冲下,斗篷飞扬,双腿抖动,模样可笑,一直试图保持前进的方向。他在离我们很近的地方停下,气喘吁吁,最后黛米亚塔扶了他一把,把他送回坡道。

"尼可洛,我一定要拥有它。"

在那一刻,我衣服里的小包裹随着疑问浮出水面而渐渐沉重。这可能只是一个骗局,也许这张从小学生的几何课本里撕下的纸只是命运的疏漏,与财富无缘。

我发现自己可以移动双手了,是的,我做到了。

当黛米亚塔把小包裹放到她的乔帕里,第一个士兵就出现在了坡道顶部。风雪交加,我看到在城墙边狭窄的路上出现了12个骑兵,还有许多步兵已经整装出发。

黛米亚塔抓住我的外衣,把我往船舱里拉。一个水手从黑暗的船尾现身,靠着栏杆,伸手帮她上船,但她没有拉他,却拉着我。

"亲爱的尼可洛,我相信爱可以逾越命运的阻拦,就像古人远渡重洋那样,最终能到达彼岸。"她的声音低沉,对我耳语着,"你要相信我,我的灵魂伴侣,我们会再见面的。"

她用手指点着我的嘴唇,许下承诺。也许这只是我的想象,也许美好的记忆都是不可靠的,但在这最后一刻,她的目光纯粹,我透过那清澈的眼神与深邃的蓝色瞳孔,看到了她灵魂的愿望,还有她嘴边一抹笑意,如花绽放。

然后,她转身拿起武器,开始她的旅程。

她甚至还没有倚上栏杆,第一支弩箭就飞过头顶,流星一般,嗖嗖作响。

　　三四只弩箭随后跟上，砰咚砰咚跟心跳一样，射到一堆腐烂的木头上，发出令人作呕的声音。一个生猛的水手帮着黛米亚塔滑下船，她像海豚一样钻进一艘渔民的船，消失在船舱后面。

　　我蹲着转过身，朝斜坡望去，期待弩手遭到城墙上骑兵的射击。然而，许多骑兵却冒险驱马而下，许多马受惊摔倒，那些安然到达的骑手也被震得七倒八歪，难以立即开火。

　　导火线第一个闪过黯淡的城墙，像蜡烛照明一样在我头顶划过。一、二、三，刹那间，所有人开始大叫，我几乎听不到导火线烧过的嘶嘶声，只看到火焰烧过留下的黑色痕迹。一个球嗡嗡作响，最后拍着外层的帆布。又一阵闪光，断裂的壁垒间升起了烟雾，遮挡了爆炸的强光。雪块四溅，簌簌掉落到我旁边的码头上，发出一阵阵闷响。

　　我想，也许跳到船上可以保命，但爆炸产生的强烈冲击把驳船推出很远，我甚至没有深呼吸就跃入冰冷的水里。我无暇多想，脑里满是疑问：如果我爬到船上，激情会不会消散，我向往的生活是不是建立在她的痛苦之上？

　　我察觉后背中间受到了极大的冲击，以为这股疼痛会直接把我沉入水底。在我以为已遭到枪击时，我的脚被人抓住，野蛮地往后拉。随后我躺在雪地里，身边刀片横飞。

　　整个世界似乎已经停止，雪花不再降落。我抬起头，看到一片模糊，只隐隐约约认出了米榭洛特，那个几个小时前和维特罗佐·维特里、奥利夫奥托·达·菲莫见过面的人。这个瓦伦蒂诺的刽子手显然被我之前的举动惊住了，他拿着一个火把，在我脸上照了照。

　　"停止射击！"

　　我望向斜坡。就像上帝挥手拉开面纱，瓦伦蒂诺骑着他巨大的黑色战马从远方出现。他的穿着与几小时前交谈时几乎一样，只不过没披斗篷。

　　马蹄腾跃，随后昂首而立，和它的骑手一起傲视一切。公爵驱马走到码头中央，勒马停步，扫了眼城墙，确信他的射手会服从他的指挥。在那一瞬间，骑手和马完全伫立，就像一具巧夺天工的骑士雕像。

　　一件奇怪的事发生了。风渐渐平静，仅仅从东边飘来了微风。但刹那间海面上又风起云涌，不是那种暴风雨中的狂风，而是一种默默的吸力，轻轻引导着船只随风摇曳。

　　我始终认为，那是幸运女神在叹气。

第 25 章

魔鬼将他带到高山之巅，向他展示世界上所有的国家。

瓦伦蒂诺掉转马头奔向斜坡。米榭洛特伸出强有力的手，做出一个令人不能拒绝的手势，示意我跟上。一行人催马扬鞭，飞奔而去。为了不掉队，我把全部注意力集中在脚下。抵城之际，我们跨过一座长桥，这座长桥横亘在半绕城堡的护城河上。

我知道自己会被带到高处。

急行驰过长桥，我们进入城堡来到庭院中，空地上站满了身着各式盔甲的士兵，嘈杂喧嚣，像是礼拜天的菜市场。我们进入庭院远角处的一座巨大圆塔，并沿螺旋的石阶而上，到达塔顶宽敞的平台。平台大概有二十臂宽，十几个炮兵正操纵着两轮沉重的大铁炮，周围的石栏正好为他们提供了绝佳的掩护。

瓦伦蒂诺的总工程师莱昂纳多正在督战。石栏上有几处锯齿状的瞭望口，他站在其中一个的边上。米榭洛特把我送到莱昂纳多面前后，转身折回，消失在楼梯处。

莱昂纳多眉头紧锁，仅仅瞥了我一眼，便将注意力又集中在夜色茫茫的海上。叛逃的船只在我们的斜下方，距离很远。那艘船船体漆黑，一眼望去仿佛只有船帆漂浮在墨蓝的海面上。在我被带到来这儿的路上，雪已经悄无声息地停了。

"黛米亚塔在那艘船上，"我屏着呼吸开口，又接着说，"我认为她有证据……"我猛然意识到现在根本没时间详细解释，更何况解释本身疑问重重。"有证据证明这桩罪行。公爵他——"

突然，好像有声音从脚下和身后传来。我转过身，看到楼梯口射出的火把亮光。瓦伦蒂诺的面庞出现在走廊上，刹那间，我有一种他的头颅被人刺在长矛上举起的错觉，就如他那次把拉米罗的头颅展示给我们看一样。不过，他的身体逐渐进入了我们的视野，躯干虽然完好无损但看起来十分僵硬，就像有几只强壮的手把他从地底托起。

瓦伦蒂诺大步向我们走来，米榭洛特跟在后面。瓦伦蒂诺快速扫了我一眼，然后盯着莱昂纳多说："大师，你必须计算一下炮弹的重力、质量和射程。"他打算向叛逃船开火。

莱昂纳多灰绿色的眼睛闪闪发光，不知道的人会以为他在计算因风而起的飘雪。这种眼神，我曾经在他用量尺工作的时候见过。

然而，莱昂纳多一言不发，转身离去。

瓦伦蒂诺原本平静的脸上立刻乌云密布："我没有允许你离开！不要漠视我的存在！"

米榭洛特解开手腕上缠着的西班牙绞绳，将绳头细细缠到拳头上。

走到楼梯口的时候，莱昂纳多停了下来。瓦伦蒂诺紧紧握住米榭洛特的手臂，制止了他接下来的动作。

"你知道离开对你意味着什么，先生？"瓦伦蒂诺不再刻意抬高声调，只不过声音有些异样的嘶哑，"你会回到你的破画廊，留给后世的，只有妓女的画像和装饰修道士餐厅的壁画。你将生前一无所成，死后籍籍无名。"

莱昂纳多的身子微微一晃，然后转过身来："我依稀记得四岁的时候，一场旋风席卷了整个意大利。漫天乌云无情且猛烈地翻滚，把沿途的房子、大树和树下的牲畜全都掀到了天上。"他回想着，像小男孩一样高呼，"旋风来之前的世界，是死一般的寂静，仿佛世界呼出了最后一口气后，灵魂也随之离去。"他迅速眨了眨眼。"旋风过后，难以想象的恶臭弥漫世间，好像大地的内脏被生生地撕裂开来。"莱昂纳多垂着头，"大自然用这种方式摧毁陈旧的一切，然后孕育新生。"

"是。"瓦伦蒂诺几乎是嘶吼着，"我们必须摧毁旧世界，才能创造崭新的人间。"

奇怪的是，莱昂纳多抬起头注视着我，就像是在寻求长辈的指示。

我微微摇了摇头。

莱昂纳多也只是向我回敬似的轻轻点了点头，轻得就像痉挛一样，然后这位来自芬奇小镇的大师转身走下石阶。即使已完全消失在视线中，我依然能清晰地听到他脚踏石阶的声音，仿佛是一曲内心世界的和声乐章。

❀

"他还会回来的，"瓦伦蒂诺平静地说道，似乎把总工程师的背叛看成他一时的心血来潮，"我能理解。一个有非凡远见的人有时会比较脱离实际。"他看着我，带着十足的同情。"如同我理解你会被那个诱惑过我的女巫迷惑，她也会背叛我兄弟。"他扫了一眼米榭洛特，"书记，你知道维特罗佐·维特里和奥利夫奥托·达·菲莫死了吗？"

我点了点头。

"但是我饶恕了保罗·奥尔西尼。你知道为什么吗？"

我摇了摇头，努力想弄清个中原委。

"因为保罗先生并没有与另外两个一起谋害我弟弟。"瓦伦蒂诺点了下头，鼻孔微张，"那时，奥尔西尼想与我们议和，但维特里却为了一己私利，千方百计维持双方的敌对。在他们实施阴谋时，维特罗佐和奥利夫奥托亲手用刀杀死了我弟弟，这是他们临死前承认的。只是他们招供的时候，还泄露了另一个帮凶。"我猛然一惊，感觉像是一把刀刺进了胸膛。"我弟弟被谋杀的那晚，黛米亚塔曾派了一名刺客去找维特罗佐，把胡安离开我母亲的葡萄园后要走的具体路线详细地告诉了他。"瓦伦蒂诺顿了顿，呼气的声音清晰可闻，"我向你保证，我根本不想听到她的名字，我的大臣。听到维特罗佐说出那头畸形恶心猪的名字时，我感到心中属于她的那部分被生生撕扯了下来，那是我的血肉啊。"

在这个许多事情水落石出的夜晚，我第一次意识到，瓦伦蒂诺很可能是乔瓦尼的父亲，也许黛米亚塔心爱的儿子就是他所说的"血肉"。

瓦伦蒂诺将目光投向大海："黛米亚塔知道她的罪证很快会被送到我父亲手上，但她相信维特罗佐一手导演的阴谋仍然可以救她一命。你知道我在她送给教皇陛下的密函上写了什么吗？"

我点了点头，好像回到了七岁，那没有好好准备巴蒂斯塔先生的课的时候。

"你瞧，书记，教皇陛下一贯偏心我弟弟，这早在他将我弟弟封为教会军统帅之前，甚至在我父亲成为教皇前的好几年就已很明显了。甘迪亚公爵本应该由我继承，但是他却把这个封号给了胡安……"他的口气相当嘲讽，"这种事情我可以说上一天，书记。但是现在说这些已经毫无意义了。"他把手向大海一挥。"那封密函由我亲手在羊皮纸上书写，就像我在和父亲说话一般。我向他坦诚，在找到胡安尸体的那天晚上，我祝祷并感谢了上帝，或许之前上帝一直抛弃我，但是冷漠的上帝至少显示了一点仁慈和公平，或者应该说是懦弱——他让胡安葬送在命运和维特里的计划里。所以，我的大臣，你觉得那密函是黛米亚塔想给我父亲的'忏悔'吗？我希望我弟弟死？但凡我成长过程中对公爵的权力有一丝觊觎的念头，我就会自幼为继承公爵之位日夜祷告。上帝都知道胡安的死和我无关。"

　　引线"嘶嘶"的声音像是百余台大炮同时准备发射，导火索发出的光亮映照着炮手们的脸庞，将黑夜照得如同白昼。大概他们用自己的方法算出了距离。炮弹发射时悄无声息，但是笨重的铁炮筒冒出了长长的火舌，海面上随之传来的轰隆声震得我的骨头嘎嘎作响。在我看来，这些炮弹就如同扔进池塘的石块，只有微微涟漪罢了。

　　"我的大臣，你知道我父亲看到那封所谓的供词会有什么反应吗？我的那些话会再一次撕开他心中从未愈合的伤口，虽然那仅仅是我精神错乱下的喋喋不休。教皇陛下已垂垂老矣。我现在甚至有些后悔把那个女人身上找到的护身符送回罗马……这会让他心如刀割。胡安去世之后，我们就一直担心他的健康。"

　　瓦伦蒂诺痛苦地摇了摇头，眨了眨泛红的双眼以抖落睫毛上的雪花。他好像全力抑制着泪水。我觉得公爵肯定体会不到教皇父亲的损失，但他或许还是关心教皇的。毕竟教皇通过出售教会特赦令和教堂职位，为瓦伦蒂诺征服土地提供了充足的资金。

　　"到围栏上来，"瓦伦蒂诺突然开口，好像只有在这个位置，我才能完全明白如果那艘船逃了出去将会带来怎样的灾难，"我想让你看看。"

　　灰白的石栏高及胸口，宽度不足两臂。

　　"上来！"

　　我双手搭上石栏，冰冷的石头简直要将我冻僵。我双手用力跳上石栏，并跪在它的平顶上。远望下去，海浪拍击海岸溅起的水花，仿佛给漆黑的亚得里亚海镶上了一层银边。突然，我觉得脸上血色尽褪，手脚毫无知觉，似乎爬围栏耗光了我的全部精力。

　　"站起来，我的大臣。"

　　我把手从冰冷的石头上拿开，哆哆嗦嗦地站了起来。虽然海面看起来风平浪静，但是整个大海正在黑暗中膨胀。此时的微风拂面似乎正酝酿着一场暴风雨。

　　瓦伦蒂诺好像是从天堂坠下的天使路西法，带着超自然的力量从塔顶平台直接一跃而上，敏捷地落在我面前的石栏上。这个动作好像比他预期的更具有挑战性，因为他刚想站起来，身子便开始摇晃。于是他伸手向只有一臂之遥的我求助。

那一瞬间，我几乎想任他跌落下去，但还是伸出手去。两手紧紧相握，像是在玩"小鸦"游戏——一种只有手接触的摔跤。不过我们仅仅是握住对方，而不是要把对方摔倒在地。

"你看，我们同心同力能做很多事。"听起来，这次意外就像是瓦伦蒂诺蓄意而为，"我需要和佛罗伦萨合作，也必须得让贵国的贵族们相信我们的利益是一致的。而你是引导他们走向光明坦途的最合适人选。那些商人和银行家们派你过来，只不过表现出他们的懦弱和优柔寡断罢了。这些你都是知道的，尼可洛。"这是他第一次直呼我的名字。"我知道一个人的才能是怎样被忽略的。让你充当佛罗伦萨人的传声筒真是屈才。我十分看重你细致的观察力、对人性的深刻理解和预言天赋。来吧，帮助我说服你的同胞，让我们一起开创全新的世界。"

在那一刻，我的眼前似乎出现了两个国家：现在的意大利——一个在一群即便不是最糟糕，至少也是最愚蠢的人统治下俯首称臣、疮痍遍地的国家；意大利——一个是在瓦伦蒂诺凯撒式的统治下，还有和平、繁荣、发展和不受外国势力支配的希望。理智还来不及战胜情感，我就仿佛看到了那个我帮他一起建立的全新世界。

他从我眼中读出了我的想法，甚至看得比我还透彻："看看这大海，尼可洛。你看到的仅仅是这海吗？"

远方黑色的地平线看起来无边无际，大海仿佛是一面漆黑的镜子，照出我心中广阔的天堂，一个我曾在黛米亚塔的怀抱里看过的天堂。然而，片刻之后，我感到猛烈的风暴在那片遥远的土地上席卷而过，远得我只能听到丝丝声，仿佛在梦境中低回。我察觉到一些我和汉尼拔以及凯撒在梦中交谈感受到的真理，它们仿佛正等待着被发掘。一个全新的时代。我的思绪飞越夜幕下的大海，飞越爱与恨以及灵魂赋予我们的所有情感。暴风似乎正为新生歌唱，那是一个即使在黛米亚塔的怀中我也从未想过的全新世界。想象中掌握权力的庄严人生，让我觉得自己不再需要石栏的脆弱支点，因为我已经不再是地面上的凡夫俗子，我已成神，飞向宇宙中属于我的永恒之星。

我从未有过这样的感觉。

"你现在知道了吧，尼可洛，不是吗？生命的意义在于摒弃人性的弱点、挑战命运。你们所有人都知道，如果束手而待，寄希望于我们无法控制的人或事，那么我们意大利人将永无自由之日，起码我们在有生之年无法见到。"他的手臂像铸铁一样坚硬，"和我一起吧，尼可洛，让我们并肩战胜命运！"

"您的目光比任何人都长远，阁下。"我声音颤抖。我几乎要被说服了，家人、故土和国家，这些曾经左右我念头的东西，都被我弃之脑后，甚至黛米亚塔也已经完全淡出了我的脑海。

他又靠近了一点，凝视着我的眼光稍微移了移，似乎正在寻找我灵魂的缝隙，探寻它最深处隐藏的秘密。"你也觉得自己可以看到一些他人看不到的东西，不是吗，尼可洛？你觉得你看穿了我。"他唇边那抹微妙的表情难以称作微笑，"告诉我，你看到了什么？"

瓦伦蒂诺双唇紧闭，我却似乎感受到一丝热气从他唇间溢出。他毫不费力将我举了起来，双腿悬空的我几乎能够肯定，我将葬身于近在咫尺的深渊。他轻轻地摇晃着我，以表明这场角力中的胜利对他来说是多么唾手可得。"我想知道，你以为自己都知道些什么。"说着，他又把我往前推了推，"如果你有什么想控诉的，就说吧。"

他审问奥利夫奥托·达·菲莫时也说了同样的话。只不过那时，瓦伦蒂诺让奥利夫奥托有条退路——事实上只不过让他苟延残喘罢了。现在，瓦伦蒂诺主宰我的生死，我却连跟这个魔鬼讨价还价的余地都没有。我可以什么也不说，一头栽进那冰冷黑暗的大海，或者我可以告诉他我的人性理论——一个我自己都对其信心不足的、未经检验且未被证实的、甚或完全无用的理论。

我从头开始说起："我觉得，你在很小的时候就开始观察周围的人……"

我不得不停下，往下看了看。我能想象自己从这儿落下，然后狠狠跌落在岩石上的惨状。奇怪的是，这时，我绝望的心情突然变得十分平静。

"从你懂事时开始，"我的声音十分平稳，"你通过仔细地观察人们的嬉笑怒骂，以及其他极其微小的表情来不断提高自己的技巧，直到你可以把这些面具运用自如，就如莱昂纳多画画那样，并且你做得甚至比生活本身都更为真实和自然。这些面具十分逼真，除了你自己，不会有人知道面具下的实质。"

我能看到炮兵们又一次点燃的引线发出的亮光。当炮弹射向海面，我能感受到背后传来的热度。

"但是，随着你变得成熟和睿智，你不再满足仅仅模仿别人。你开始观察人们的内心，将人们一直深藏于心的欲望、恐惧、期待都敏锐地一一发掘。利用这些你观察到的内心秘密，你的面具模拟得越来越随心，甚至已经不再是面具了，不是吗，阁下？它像是一面镜子，映照着人们最高的希望和最深的恐惧。当人们想窥探你的灵魂时，他们能看到自己。这就是你骗局的高明之处。当人们看着你时只能继续欺骗自己。只有在你转向别人的时候，我们才可能窥见一丝你的真面目。"

火焰再一次照亮了天空，随之而来的爆炸声震得我脚下的石头都隐隐晃动。然而瓦伦蒂诺连眼睛都没眨一下，他紧紧盯着我，那紧握着的手臂也在催促我继续往下说。

"现在我知道你为什么非杀我们不可了。"我运用我的那套理论继续说道，等待着像伊卡洛斯一样坠入大海，"在我们放弃灵魂的那一刻，你在我们脸上看到了我们面对死亡时的感受——恐惧、痛苦以及直至最后都笃信的渺茫希望，这些才让你觉得自己真实地活着。你生来只有血肉没有灵魂，你只活在我们死的这一刻。你的谜语、几何算术和头骨神龛只是提醒你曾经真正地活过，并且诱惑你如果想享受活着的感觉，就必须再开杀戒。你永远会有新的想法、新的人肉画谜和新的屠杀，但是再多的头骨都无法填补你内心的空虚。"他的眼里好像闪过了什么。"阁下，我很好奇你这个杀人的习惯是什么时候养成的。当你还是个孩子的时候，你拿你的家仆练过手吗？"我猛吸一口气，空气几乎要灼伤我的肺，"又或者是从谋杀你弟弟开始的？"

我们的手依然紧扣在一起，即使我使出全力也无法阻止瓦伦蒂诺推着我的巨大力量。随着心剧烈的跳动，我一步一步走向死亡，这个过程太恐怖，还不如直接将我扔下塔楼。然而瓦伦蒂诺几乎一直都没有眨一下眼睛，他不想错过我灵魂屈服的那一刻。

远处的狂风咆哮着。但我唯一听到的，是瓦伦蒂诺公爵轻蔑地呼出一口气。

"那你走吧，"他说，"如果你想的话，如果你认为上帝真的见证过我犯那些罪的话。告诉你的贵族上司们吧，把你那些谎言和废话告诉民众吧，把你的信件和指控传遍整个意大利吧。这些诽谤不会给你和你的政党带来任何好处，也不会玷污我的名声，毕竟在你之前我的敌人已经这么做过了，他们应该为自己的行为感到可耻。全世界都会看到，我为这不幸国家的女孩，还有加普亚的妇女们伸张了正义，尽管她们不值得我这么做。最重要的是，我为我的弟弟争取了公平。因为今晚，我已经手刃了谋杀他的凶手。"

瓦伦蒂诺放开了我的双手，"去吧，我卑微的大臣。"他的声音低得近乎耳语，"把你自认为知道的告诉全世界。"

从石栏下来之前，我最后看了一眼大海。之前看着蕴藏无限可能的、浩淼无际的墨黑大海，现在看来不过是一间小黑屋，一个被人遗忘的、甚至在大雪的面纱下也不存在的小神庙罢了。除了那艘逃生船，天地万物都静止了。而海面上那艘狼狈逃窜的驳船，看起来不过是一片拂过脸颊的雪花，又像是漆黑无边海面上的一个小斑点。

美丽骗局

佛罗伦萨和罗马：1503 年 1 月 23 日－1503 年 12 月 14 日

第 26 章

人们天生渴望拥有一切，但命运却常不尽如人意。

瓦伦蒂诺战胜雇佣兵后没几天，这次标志性的胜利就传遍了欧洲大陆的所有教廷和国家。基督教徒们能做的只有钦佩瓦伦蒂诺公爵在西尼加利亚表现出来的勇气和机智。公爵那才华横溢的谋略很快被人称颂为"最美丽的骗局"。这对所有的国家和君主都产生了一定的威慑。

至于我这个"卑微的大臣"——引用瓦伦蒂诺之前对我的称呼——在公元 1503 年 1 月 23 日，回到了佛罗伦萨维亚广场的那座空房子里。我成长于此，父亲死后把它留给了我。在我到达的第二天，玛丽埃塔的监护人艾伯塔其尔·科尔西尼把她拖到我的门廊前——不是拽着头发就是手臂。我没有兴趣扮演阿伽门农去质问我的妻子，到底在皮耶罗·德尔·尼禄的房子里和她曾经爱过的"表哥"做了什么。玛丽埃塔那悲伤的眼睛只是映照出了我的期许，而和黛米亚塔生活在一起的场面也重新浮现在我的脑海，那么多姿多彩，那么美妙绚丽。就像彼特拉克所写的"现在苦涩的泪水根源于过去的欲望"，就让我的妻子在平静中品味她欲望的苦果吧。

但是玛丽埃塔并不是一个人回来的，她把我们的女儿带回这

351

幢我父亲留给我的房子里。我对作为普瑞梅拉娜父亲身份的怀疑
马上消失了，就像九月的霜在阳光下消失得无影无踪。这已经足
够让我毫无芥蒂地去她的保育室环抱起她，将她拥在胸前，看她
紧紧握着小手，小嘴微微撅着，咿咿呀呀地说着话。她睁着小鹿
一样的大眼睛到处乱看，满是好奇和有趣。我忽然觉得我对她的
爱变得更加深沉，我甚至能感觉到耳边有呼呼的风声，我仿佛张
开了翅膀，欣喜若狂地飞向天堂的顶端。

✳

　　抱着对女儿相同的爱和各自失去爱人的悲伤，我和玛丽埃塔
重新开始了以前的生活。自从西尼加利亚的那晚过后，每天晚上，
几乎任何一个从我身边经过的人都会将我惊醒。我想知道黛米亚
塔是不是在上次分别后很快就身中弩箭或炮弹而死。我对自己理
论的全部信心都寄托在那封她带上逃生船的密函上，我相信上面
有瓦伦蒂诺对他弟弟谋杀案的自白。如果那是真的，并且黛米亚
塔能够将这封凿凿罪证带回罗马，那么她将会给圣彼得的教皇和
凯撒带来他们都无法承受的打击。

　　然而相反的是，西尼加利亚事件几个月后，教皇全权放手让
他的儿子重新开始了征服之路。如我之前所担心的，很快，瓦伦
蒂诺撕破了表面的和平，带着他持续不断的怒火，攻击意大利中
部的各个要塞和城市。而亚历山大教皇则继续为他的统帅提供源
源不断的金币，足够让他们征服命运和世界上的所有国家。

　　这种局面持续到1503年仲夏，瓦伦蒂诺公爵决定放弃与法国
国王的结盟，因为法国国王一直在这位新时代的凯撒和他长久以
来寻求的巨大利益间摇摆不定。在西尼加利亚的时候，我就已经
知道瓦伦蒂诺不仅已经开始对意大利的征服，他那贪得无厌的目
光也早已瞄准整个欧洲大陆。

　　我绝望地看着瓦伦蒂诺的全新帝国一步步崛起，却发现我仅
有的慰藉是一个更绝望的猜测：即使黛米亚塔的驳船顺利到达威

尼斯，她也不会冒险选择最短的路线前往罗马。事实上，船的目的地是显而易见的，她的船一从炮火中逃出，瓦伦蒂诺就已然知晓，而她也很清楚自己的处境。她大概会在沿线某处下船，就算不躲上几个月，至少会是几个星期。假设黛米亚塔果真谨慎地进入罗马，那她也不可能直接走进梵蒂冈，向教皇要回她的儿子。

但是这样的推理无法抑制我的恐惧。尽管她离开前一再保证我会再次看到她，但是现在我唯一能确定的是，月复一月，瓦伦蒂诺征服了一片又一片的领土，我却没有收到任何有关她的消息。

自从瓦伦蒂诺上次简短地对我耳语了他的秘密以后，我和那个杀人凶手再也没有任何交集。随着瓦伦蒂诺的战役在意大利中部展开，我在佛罗伦萨开始听到各种各样的流言，其中一些说的是年轻女人们被残酷地诱拐、强奸和杀害，这样的流言总是伴随着战胜方的军队，只不过这一次，大多数人都把这些虐待归咎于西班牙雇佣军。听说有无数被肢解和斩首的尸体，我很难想象把这样的罪行都归结到一个人的身上。尽管我已竭尽所能，还是无法弄清瓦伦蒂诺那迷宫一样的思维。最终，我不禁怀疑他那些奇异的性格也许更多是我自己想象出来的。也许就像瓦伦蒂诺所坚持和黛米亚塔所坚信的一样，那个凶手确实已经死在了西尼加利亚。

尽管我非常担心我的理论会被证明是欺骗瓦伦蒂诺，但我更担心会很快见到他。因为再见到他，应该就是佛罗伦萨被占领的那天。我会被迫亲眼看着我美丽的佛罗伦萨在火海中毁灭，曾经在加普亚发生的恐怖事件会再一次在街上蔓延。

❀

命运总有让人难以捉摸的安排。1503 年 8 月，在他儿子成功达到顶峰时，教皇亚历山大六世患上了夏季常见的间日疟。他的病愈一度被认为是很快的，但在又一次病情突然恶化后，教皇于8 月 18 日病逝了。人们普遍认为，罗德里戈·波吉亚的死亡是他和魔鬼的一个交易，甚至一些学识渊博的人也这样认为。就像他之前被当选为教皇一样，魔鬼让他在圣彼得的教皇之位上坐了11年零8天。而这次的交易，是为了换取他灵魂的永生。在他咽下最后一口气时，在场所有的人似乎都听到他说："是的，我来了。等等我。"

瓦伦蒂诺失去了最重要的支持者，而且这件事发生得太早了，要在父亲死后仍然保持现在的权势，他至少还需要一年的时间来完成他的征服大业。更糟糕的是，他父亲去世时，他因为患上同样的热病而卧床不起，受着死神的威胁。但他凭着一贯的强壮和坚韧挺了过来。尽管遭受了这么多打击，瓦伦蒂诺还是恢复了健康，并且保住了他父亲的巨额财产，用以确保新当选的教皇庇护三世能够为他所用。

但是没过多久，命运又和他开了个玩笑：受瓦伦蒂诺支持的教皇在加冕礼后没几天就去世了。10月19日，消息传到佛罗伦萨，我立刻被派往罗马，密切关注下一任教皇的选举过程，特别是他与瓦伦蒂诺的关系——我们不愿再看到教皇与瓦伦蒂诺有牵扯。

在我到达罗马几天后，枢机主教朱利亚诺·德拉·罗韦雷当选为教皇，称尤里乌斯二世。在朱利亚诺·德拉·罗韦雷还是红衣主教时就深受亚历山大六世的迫害，并最终被逐出罗马。然而，如果瓦伦蒂诺把受枢机团控制的所有选票都投给德拉·罗韦雷的话，他承诺将摒弃前嫌。在这位野心勃勃的主教庄严宣誓，承诺将继续任命瓦伦蒂诺为神圣罗马教廷的教会军统帅后，瓦伦蒂诺同意了，因为一直以来，教廷为瓦伦蒂诺提供了庞大的资金和大片领土。

但是，当整个欧洲都在翘首以待时，教皇承诺的任命却一再推迟，一直拖到12月。教皇国很快就陷入一片混乱，法制缺失越来越严重。为了维护自己的商业利益，威尼斯军队开进了罗马涅的心脏地带。尽管这历经三位教皇的一年已经接近尾声，尤里乌斯二世在对瓦伦蒂诺公爵和威尼斯的恐惧中忙得焦头烂额，但他依旧犹豫着，没有恢复瓦伦蒂诺在教廷的神圣职位。谣言很快开始滋生——很多梵蒂冈的使馆官员相信瓦伦蒂诺很快就会被逮捕，并被驱逐出意大利这个他曾幻想着要革新的国家，就如同他的父亲拒绝为德拉·罗韦雷的野心提供舞台而将其逐出罗马一样。

❋

从那之后，我一直留在罗马，尽职地把所有新闻和猥獗的谣言都报告给西尼加利亚的各位大人。1503 年 12 月 8 日，为了发掘更有用的情报，我出席了梵蒂冈宫殿的一次大使接待宴会。在黛米亚塔向我讲述的故事中，她就是在这个金碧辉煌、满是壁画的奢华房间里，被教皇亚历山大委派了那项差事。

天蓝色的穹顶上是画家平托瑞丘所画的异教之神——在梵蒂冈，亵渎宗教的事情很常见。殿内有十几个枢机主教，大红的锦缎长袍映衬着红鼻子、红脸颊，还有被奥维多酒染红的嘴唇。每个主教身边都伴着一个妓女，穿着金丝缝制的职业锦缎华服，带着整套的黄金珠宝。她们天鹅绒一样柔软的香肩像奶油一样白皙，饱满的胸脯像珍珠一样透亮。她们身上的胸针、发网、戒指、项链，样样熠熠发光，珠宝钻石难以胜数。

大使们偏爱黑貂皮翻领西装和天鹅绒帽子。尽管我的穿着并没那么奢华，但是作为一位有远见的顾问却声望日隆。我想我的智慧足以弥补衣着的缺憾。我和一个乌尔比诺的大使交谈了一会儿，之前瓦伦蒂诺闪袭并包围了他们的城市，就像夏日晴朗的天空突然而至的闪电。这位乌尔比诺的公爵为了自身安全，被迫从灌溉用的沟渠中爬出来，甚至只来得及抓起衬衣。这位绅士在外流亡了一年半。现在，这些乌尔比诺人来到罗马，为他们损失的财产寻求赔偿。这一次，命运照拂了他们，他们如愿以偿了。

他们当中有一位成熟优雅的绅士，正在详细叙述一件几天前发生的事件，他认为这件事会是这次动乱的转折点。"瓦伦蒂诺请求给他不到一个月的时间，当维多巴多公爵终于点头答应的时候，"就是那个之前带着衬衣出逃的维多巴多公爵，"瓦伦蒂诺立刻跪在他面前，把所有的过失都归咎于自己年轻、邪恶的顾问、讨厌的同盟、性情恶劣的教皇，还有其他怂恿他的人。他甚至还咒骂自己的父亲，并发誓立刻赔偿我们公爵的藏书、古董和其他所有被偷的物品。"

"我们最好尽早处理这些物品的赔偿，"一位同僚提醒道，"瓦伦蒂诺不会在罗马久留的。"人们马上开始低声猜测瓦伦蒂诺现在到底在何处。他要不就在楼上，在我们头顶的枢机主教鲁昂的公寓里被严密地监控着；要不就已经被关在圣天使堡的监牢里了。瓦伦蒂诺最终的结局，要不就是像上面说的一样被关在圣天使堡监狱，要不就是在那不勒斯的某座监狱，或者被流放到西班牙去。他现在的下落，还有与他死亡有关的流言，跟他之前的突然崛起，到支配整个意大利，还有接下来谋杀他弟弟的情势一样，都非常令人吃惊。

"无论最后是何种结局，他已经完了。"那位绅士最后下了结论，认为命运的裁决相当公正，并对自己的结论深信不疑。

为了理清自己的头绪，我从这圈人中走了出来，抬起头盯着平托瑞丘的那幅奢侈且栩栩如生的壁画——《亚历山大的圣凯瑟琳之辩》。那幅壁画就画在窗户对面的巨大镀金拱门上，巨大的画幅跨越了整个大厅。画作上甘迪亚的胡安骑着他的白色战马，像自负的孔雀一样裹着土耳其式的头巾。那幅画是如此生动，以至于他似乎复活了，开口就能说话。而平托瑞亚仿造圣凯瑟琳画的胡安的妹妹——鲁克蕾齐亚，则没有那么逼真——大概是因为她那金黄的卷发和微翘的嘴唇比房间里所有的女人都更耀眼吧。如之前其他人做的一样，我开始观察她和黛米亚塔的相似之处，不过大概没有人会像我这样，在比较的时候心里鲠着一根刺。

尽管在作这幅画的时候，西泽尔的弟弟胡安比他要受宠得多，但年轻的西泽尔还是扮演着最重要的角色。我能看出为什么平托瑞丘会选择西泽尔作为皇帝马克西米的原型，并且我也同样确定，这位画家并不知道为何能在这样年轻的一张脸上，同时找到强大的野心和深沉的犹豫。我对于自己的研究还是有点信心的，那些理论又给我提供了另一个还未证明的推测：就像尼禄和卡里古拉一样，小西泽尔一直都隐藏在温顺的面具之后，等待着本性不再受约束的那一刻。我依然担心，如果乌尔比诺的公爵和那群绅士们正在追寻一件既愚蠢又危险的事——假使他们真的相信瓦伦蒂诺说过那些懊悔言论，也只不过更加深了他们内心的懦弱和屈服罢了。

※

　　一位男高音歌唱家在人群中漫步，一边高唱着"别再伪装了"，一边拉着七弦琴为自己伴奏。那把七弦琴外形很像女人的身体，臀部圆润，腰部收窄，肩部再次变宽，底部嵌着一道刻痕。他演奏时，那把琴仿佛化身为美人，与情人调情，琴弓仿佛在指尖舞蹈，抚摸着每一个音符。

　　回忆充斥着我所有的意识，那一刻，黛米亚塔似乎重新回到我的怀抱。但我在罗马整整六周的时间里，看到的只是她的幻影。每一次碰上一个和她相似的女人，她的身影就浮现一次。我不能打听关于她的任何消息，无论我如何谨慎，这都有可能危及到她。因此我只好像一个迷路的朝圣者，在特拉斯提弗列泥泞的小巷里来回踱步，仿佛每走一步，她都有可能突然出现在某个阴暗的门廊中伸出双手拥抱我，而不再是想象中触手即灭的幻影。

　　"我的爱人啊，你将存于我心永不消逝……"歌者的颤音出神入化，所唱诗句像是命运女神福尔图娜而不是爱神丘比特之箭将我射中。整个房间的嗡嗡声开始在我耳边消退，这歌声仿佛让20几个人都安静了下来。

　　甚至连歌者都将琴弓慢慢落在身侧。

　　显然，瓦伦蒂诺公爵没有被关在圣天使堡的牢房，而是正悠闲地暂住在枢机主教鲁昂的公寓里，就在我们头顶。我看见他的时候，他正抬着头，盯着壁画《亚历山大的圣凯瑟琳之辩》中乔装的皇帝马克西米。直到瓦伦蒂诺伸出手指了指画，我才注意到，他手中还牵着一个小男孩。这个小男孩六岁左右，穿着紫红色的天鹅绒束腰上衣和猩红色的紧身裤，像个教会的小王子。

我本以为乔瓦尼应该会很像黛米亚塔，但事实却出乎我的意料。他的唇形很像黛米亚塔，唇瓣比瓦伦蒂诺的更饱满，眼睛却在砂色刘海的阴影下看不真切。他的鼻子又瘦又长，也许也有点像她，但是他还太小，以至于我不敢肯定。我不知道他是不是黛米亚塔的孩子，就像我对她的现状也一无所知。

但是我知道，如果黛米亚塔的孩子还在梵蒂冈，那她要么会放弃营救，要么她已经死了。

在我有所动作之前，瓦伦蒂诺从那巨大的壁画前转过身来。面对着因为他的出现变得安静的人群，他的姿势变得优雅高贵、庄严而不刻意。他四下看了看，然后抬了抬手示意大家继续交谈。就像做礼拜时，神父让教众一起朗读赞美诗，大家马上又开始交谈起来，乌尔比诺来的那群绅士更是显得迫不及待。

瓦伦蒂诺牵着男孩的手走过来和我打招呼，向我介绍这个男孩。"乔瓦尼，这位是佛罗伦萨的书记，尼可洛·马基雅维利大人。握个手吧。"

听到男孩的名字，我的心像是被戳了一下。乔瓦尼优雅地伸出手，但是依然低着头。

"尼可洛大人。"瓦伦蒂诺没打算和我握手。他还是和以前一样，没什么变化，脸还是和在罗马涅的时候一样苍白，全身素黑：帽子、手套、上衣、紧身裤，乃至便鞋。不过如果仔细观察，还是能发现他的头发比以前少了，朱砂般的发色也少了些光泽，傲慢下巴的皮肤松弛了许多；这些是那场足以要人命的疾病在他身上留下的痕迹。

"你在罗马的这段时间里，"瓦伦蒂诺说，"我一直想派人去问你莱昂纳多的消息。"他说得很真诚，不知情的人还以为莱昂纳多是我们之间的唯一交集，"听说他在帮你做一些比萨城的事情。"

　　大概在那年的二月份，我回到佛罗伦萨一个月后，莱昂纳多·达·芬奇来找我。尽管还是像以前一样有争执，但是我们成为了最好的搭档。我们一同策划出一个天才的计划，让港口城市比萨重回佛罗伦萨的统治。显然，瓦伦蒂诺的眼线无处不在，不过他不大可能知道我们计划的细节。现在他大概是想离间我们吧。

　　"我能肯定地告诉你，他没有重归你麾下的打算。"我回答道，以此提醒瓦伦蒂诺，他在西尼加利亚的时候还曾错误地预测莱昂纳多会很快后悔离开他。

　　瓦伦蒂诺只是回敬似的点了点头，仿佛我刚刚刻薄的话不过是拾他牙慧罢了。但是他的目光却开始变得咄咄逼人："你没有收到她的来信，不是吗？"

　　我的讽刺让他如骨鲠在喉，他的回敬也让我如芒刺在背。他揭露真相的冷酷让我有些喘不过气来。

　　我的沉默给了瓦伦蒂诺他想要的答案。"她欺骗了你。"他说，"就像她之前欺骗我一样。"

　　"我是没有收到她的来信。"好像单单承认这个事实，我就已经在某种程度上超过他，"但是，这并不能说明她欺骗了我。"他很有可能知道她为什么没有写信给我。

　　"别再伪装了。"婉转的旋律似乎在为这场渐渐升温的谈话伴奏，周围的眼睛不停地扫向瓦伦蒂诺，各种各样的猜测声充斥着房间。

　　瓦伦蒂诺向来自乌尔比诺的绅士们点了点头，他们马上像老鼠那样窃窃私语起来。"和西尼加利亚大捷之前如出一辙，蠢蛋们轻视我的手段，质疑我的成功。但是，要不了多久，新教皇就会表现出对我宏伟蓝图的热衷。就算是现在，伟大帝国的形成也没有停止过。"

　　"你的蓝图。"这个词让我不寒而栗。

　　"是的。"瓦伦蒂诺的绿眼睛就像石头一样，从不显露任何情绪。我从未在他的眼睛里看到过一个人应有的灵魂。但是这一次，我在里面看出一些东西，但那不是人的灵魂，更像是在里面扭曲翻腾的极小幽灵。"在这个全新的世界里，无常的命运将不再是主导，每一个活着的和死去的生命都将被不变的信念救赎。这是一个上帝都想象不到的世界。"他低头注视着一直没有抬头的乔瓦尼，"我的儿子将会继承这一切。"

当意识到他的话使我再一次困惑后，他立刻抬起头："关于这件事，她对你也撒了谎。她想剥夺她亲生儿子应得的东西，不想让他从我这儿继承新的世界。"他摇了摇头，显露出一副和我一样的悲伤表情，我简直要相信他是真心的，"虽然你完全相信这个美杜莎一样的女人，但是，她唯一会做的就是让你心寒，让你满腔热血冷却成坚硬的石头。"他伤心的面容变戏法般地蒙上一层深切的悲痛，逼真得令我脊背发凉。"尼可洛，无论想与不想，你很快就会直面真相，或者直面那个魔鬼。"

他转身离去，但他的预言却不断在我耳畔回响。乔瓦尼放开瓦伦蒂诺的手，站在原地盯着地板上的雕花瓷砖，似乎对上面繁复的波吉亚家族标记十分感兴趣。最后，他抬起了头。

我心中激动难抑。如果说片刻之前我还在幻想着黛米亚塔的拥抱，那么现在，我仿佛透过男孩那绝望的双眼，看到黛米亚塔那比大海还晶莹的眸子正注视着我，向我恳求着。

第 27 章

命运常常蹂躏好人，却荣宠坏人。

我离开梵蒂冈的那个黄昏，天空比最近几天都更明亮。那似乎常驻天边的雨云短暂地消去，天空泛着紫红色的微光。我在博尔戈的一家旅馆订了一个房间。博尔戈是位于梵蒂冈和台伯河之间的有着新式建筑的地区。我没回旅馆，而是沿着台伯河走上朝圣之路，从梵蒂冈到特拉斯提弗列朝圣的人走的就是这条路。亚历山大教皇曾拓宽并重铺了圣彼得和台伯河之间的道路，现任教皇效仿前任，也开始重修此路。路旁几百臂宽之内的老房子被全部拆除，铺上了新的石板。继续往前走，路又开始变窄，房子扎堆般挤在路边。在这些古老的砖石住宅、商店和马厩后面，是一片片的果园和牧场，我闻到了乡村独有的湿土和家畜的味道。

在我来特拉斯提弗列的路上，黄昏已逝，黑夜降临。凭着对那些小巷的熟悉程度，我找到隐藏在周围房屋中的古老的圣玛利亚大教堂。走在教堂巨大的拱门下往里瞧，里面正在进行晚祷——神父念着赞美诗，声音在圣坛上回响，经久不息。马赛克似的基督和圣徒像盘旋在高高的穹顶，闪着微光的他们仿佛是从天堂来的教堂主人。教堂内的大理石柱子是从某个古罗马神殿洗劫来的。摇曳的烛光给这些柱子镀上了一层和基督圣徒像一样绚丽的金黄光泽。如果我真的相信主的存在，我早就向他祈求帮助了。

但是，上帝已将现世完全丢给命运女神，而我只好认定女神现在面对着一个想从意大利混乱中谋利的仇敌，而她的残酷和反复无常都是为了和敌人一争高下。在他父亲死亡所引起的广泛混乱和继任者昙花一现的统治下，瓦伦蒂诺很容易依赖一些手段——挑起派系斗争、离间朋友间的感情和播洒怀疑的种子——让人们最终相信只有他能带着大家向前走。但是，现任教皇却是唯一给他带来麻烦的人。教皇尤里乌斯二世是罗德里戈·波吉亚的终生死敌。他老于世故，与生俱来的谨慎让他从不相信前任者的儿子。但是，这位新教皇也面临着巨大的压力，波吉亚家族的支持者一方面在元老院威胁他，另一方面又通过舆论逼迫他重新任命瓦伦蒂诺为教会军统帅。如果想保住权势甚至性命的话，他只能服从。

我在圣玛利亚教堂大门外来回踱步，思考着也许我可以给新教皇提供另一个选择——指证瓦伦蒂诺的罪行。但我很快失去信心，因为我手上除了那套晦涩的理论之外，几乎没有任何实质性的证据。不能指证任何人罪行的切塞纳蒂科盐丘被风吹进了亚得里亚海。不论那张男孩的几何课本纸能证明什么，它都和黛米亚塔一起消失了，而她不幸的儿子却被波吉亚家族作为人质握在手上。

即使我真的能炮制出某种形式的"供词"，但我对尤里乌斯教皇会怎样利用这份"供词"，也抱有强烈的怀疑。事实上，这位新教皇很可能为了达到自己的目的，将事情的重点导向瓦伦蒂诺对意大利一些大家族的侵犯——奥尔西尼家族、斯福尔扎家族、乌尔比诺的蒙泰费尔特罗家族等，而不会就瓦伦蒂诺对其家庭和几十个无名女人所犯的罪行进行谴责。

总之，我或是其他人对于瓦伦蒂诺罪行的猜测都不重要，甚至瓦伦蒂诺是否有罪也不重要。他的政治野心十分残暴，他很快就会想将整个世界囊括进他的帝国版图。

在特拉斯提弗列的圣玛利亚教堂前，有一个古老的八边形大理石喷泉。相信奇迹的人认为，纯洁无罪的主耶稣诞生那天，喷泉里正不停地冒着膏油。想到这里我停了下来，听着喷嘴艰难地往外喷着水，如公厕里撒尿的老人一样力不从心。然后，我不禁开始回想自己家族发生过的关于出生的神奇故事。

我之前说过，当我从罗马涅回家时，玛丽埃塔也被迫回来了。我们只同床异梦地生活了两个星期。我没有给她任何暗示让她这么做，但当我在梦中把她想象成另外一个人时会叫醒她。即使我很清楚她是谁，和她做爱的时候，我也期望着醒来之时看到的是黛米亚塔的脸。

然而，第二天黎明之前，我会从双人床上蹦起来，因为我终于想到玛丽埃塔这样做的动机：如果我在罗马涅期间，玛丽埃塔和她"表哥"怀了孩子的话，现在她就可以理直气壮地说，我是孩子的父亲。她貌似对这种做法充满信心，显然，她以前也做过同样的事。

每当这时，我都会默默穿好衣服。甚至当玛丽埃塔第二次怀孕时，我依然没有表现出丝毫怀疑。几个月后，当我离开佛罗伦萨，依然小心翼翼地忍耐着，尽管玛丽埃塔一直痛苦地向我抱怨产前禁闭有多么辛苦。然而，这是科尔西尼家族此前派来照看她的医生坚决要求的，她不得不照做。前往罗马时我已想得很清楚，这个孩子的出生日期将会对我此前所有的疑问作出最好的解答。

但是现在另一个孩子的问题又开始在脑海里鼓噪，让我苦恼万分。黛米亚塔是被囚禁在某处，还是已经死了？在她想尽办法进入梵蒂冈的时候，是被扔进了河里，还是被逮捕了？她是不是已经在圣天使堡被折磨死了？又或者她现在还藏在特拉斯提弗列的某处，暗中策划或等待恰当时机拯救她的儿子？

我急切地想查实最后那个可能性，或者更应该说是奇迹。我离开圣玛利亚教堂前面的广场，前往特拉斯提弗列的其他地方寻找。向下蜿蜒的小巷仿佛是故意建得如此复杂，它们像迷宫一样，有些地方窄得只能容一个人，经过的时候双肩甚至会碰到两边的建筑物。在罗马的几个星期里，我已经在这拥挤且垃圾遍地的地方搜寻过无数遍了，但都是在白天，晚上我从不到这儿来。白天这里看起来像是废弃的门阶和酒馆门廊，现在都十分喧闹，这让我非常不安。到处都是掷骰子的声音，时不时爆发出混合着十几种难以理解的方言的声音，让随之而来的安静显得更加诡异。

我没头没脑地在特拉斯提弗列迂回曲折的小巷里转着。待周围又一次安静下来后，我听到一阵隐约的铃铛声，我后颈的汗毛都竖了起来，不知道声音到底是从前面还是后面传来的。我继续向前，没走几步就发现了一个门阶，即使没办法躲进整个人，至少可以保证我的后背是安全的。门廊很浅，我尽量把自己整个蜷缩进去，门被挤得嘎嘎作响。然而，我的脚趾还是露在了巷子里。

突然，一阵巨大的喧闹声传来，像是嘉年华会上无数人一起高声喧哗，远远盖过了之前的铃铛声。一群咩咩叫着的羊疯狂地拥挤着、踩着蹄子喧嚣而过，就像后面跟着一个张着血盆大口的怪兽。它们都过去之后，我屏着呼吸站在那儿，感觉这像是征兆，但一定不是什么好预兆。

我目送着最后几只羊和羊群后面紧跟着的严严实实的牧羊人消失在黑暗中。在羊群刚刚经过的另一个门廊下，我突然好像看见了什么，像是一个苍白的面具。霎时间，我必须确定，我的确亲眼看着独角兽（在盐丘出现的那个人）死了。我开始怀疑是不是瓦伦蒂诺派人跟踪我，这个可能性要大得多，他大概以为跟着我就能找到黛米亚塔。

但是，从跟踪者的身高和模糊的瓜子脸轮廓来看，她应该是个女人。她的个子和身材实在太熟悉了，我什么都没想，立刻向她跑去。

但她大概比黛米亚塔年轻一点，脸上到处是梅毒留下的脓包。我没听懂她说的是什么，但是我知道这是个邀请。说完后她微笑了一下，露出黑黑的牙齿。这个女人仿佛是真正由黑暗创造出的生物，如果不是那丑陋的面具，谁也看不到她。

我刚从她那不幸的面容转开脸，她的声音就开始变得气愤、急切又刺耳。我斗篷的内衬里装着很多银币，本来是用来给众多梵蒂冈官员的小费，否则我根本连上层官员的面都见不着。我扔下一把银币转身就走，不是说我有多善良，而是我相信她会忙着找泥浆里的银币，而不是紧跟在我后面，大声咒骂我。

我大概是一路跑回博尔戈的，因为当我最后回到旅店房间，锁上门坐在床上时，汗水开始从眉毛沿着脸颊往下流，甚至还混合着泪水。我不是在为自己、意大利或我们都失去的一些东西哭泣，而是为了黛米亚塔，还有她的儿子。大概命运是在忌妒他吧，所以任他被瓦伦蒂诺从亲爱的母亲手中夺走。

❋

事实上，那群羊的确预示了一些东西：一是，第二天又开始下雨，比以前更大，好像另一轮洪水将开始泛滥；二是，邮差给我带来一封当局的信，让我把在罗马的工作做个总结，然后回佛罗伦萨去。我带着感激遵从了这个命令，因为台伯河边的这个城市对我来说已变成一个巨大的坟场，埋葬了我所有的希望。

接下来的几天里，我为枢机主教索代里尼跑腿，如果我不在最后几天为他做点事的话，他是不会轻易让我离开的。同时，我还拜访了一些对佛罗伦萨市民有商业兴趣的枢机主教。

尽管离开的日子一天天接近，但我的睡眠质量却没有任何改善。一方面是因为我一个月前就已知道，我对第二个孩子父亲的疑问不会有答案了——他，也是我的第一个儿子，在11月9日出生。那时，我到罗马还不到两星期，离玛丽埃塔爬上我的床大概九个月。不过我的怀疑有所减轻，因为我在佛罗伦萨的同僚高兴地写信给我，从他们的描述看来，那孩子简直就是我的翻版。玛丽埃塔也给我写过信，她的信里满是讨好的字句，甚至有一些我从来没听过的话。

所以，我也不确定我见到这个孩子会有什么想法。但是我很清楚我对普瑞梅拉娜的感觉，不管她是不是我亲生的孩子，我都是她父亲，因为她出生那晚我就在她身边。事实上，在我孩子父亲的身份问题上，我只能确定一点：我宣称被骗，并把那个可爱的女孩，还有她那还是婴儿的弟弟，以及他们的母亲送回科尔西尼家这一切，只是建立在一个永远无法被证实的猜测上。如果有幸能活得久一点，我就会一直怀疑，我是不是在敬爱的父亲的房子里，把我的骨肉，同时也是我父亲的血脉赶了出去。

但是让我辗转反侧每小时都惊醒的，似乎并不是我孩子的问题。听着外面的雨敲击地板的声音，我的胸口和全身的骨头一样疼得厉害。在最后一次和黛米亚塔拥抱之后，我常常幻想自己躺在她的怀抱中，幻影中她的身体就像我对她的记忆一样炽热。但是现在，她已经变得像坟墓上的大理石雕像一样冰冷。我再也看不到她的眼睛。然而，自那次圣殿相见以后，我经常回想起她儿子那双和她一模一样的双眼，和要求我不要把他留在那个魔鬼的房子里的祈求。

当又一次翻来覆去睡不着时，我听到门上传来微弱的敲门声。在飘泼的雨声中，那声音微弱得简直如游丝一般。我马上坐起身来，满脑子都是这样的念头——敲门人大概是要告诉我，瓦伦蒂诺官复原职了；或者为了激怒西尼加利亚的各位大人，瓦伦蒂诺要逮捕我，将我投入监狱；又或者，如果瓦伦蒂诺决定马上攻陷佛罗伦萨，今晚就会处决我。

　　我穿好衣服开了门，等在门口的人看上去和摩尔人一样黑，戴着一顶工人帽，浑身湿透。和大多数特拉斯提弗列居民一样，他显然也是个累范特（今巴勒斯坦、以色列、叙利亚、黎巴嫩、约旦一带）人。

　　他上下打量着我，甚至比我观察他还仔细。然后，他向我鞠了一躬，说："尼可洛先生，你可以跟我来吗？黛米亚塔小姐派我来请你。"

第 28 章

知晓通往地狱之路者才知如何去往天堂。

向导引着我向东面的台伯河走去。我们经过圣天使城堡巨大而危险的石墙跟，来到一座与城堡同名的桥。河水发出震耳欲聋的咆哮声，从桥下仅手掌宽的桥墩间隙中汹涌而过。抵达河对岸之后，我们沿着班奇街往台伯河下游走。因为还在下着大雨，路面水流凶猛，已漫过脚踝，班奇街几乎变成了一条小河。在我上方，宫殿的奢华外墙和拱形窗户隐藏在树荫里，那里面住着梵蒂冈的官员、德意志和佛罗伦萨的银行家以及罗马最富有的商人。黛米亚塔也曾暂居于此，从事皮肉生意。

很快，我们走进了古罗马广场的废墟。这里像个牧场，只不过多了一些巨形的人工制品——巨大的拱门，残缺的柱子。残垣断壁在黑暗中隐隐绰绰，仿佛巨人泰坦的工艺品。我们开始爬帕拉蒂诺山。道路泥泞，淤泥彷佛生出了手一般紧紧黏住我的脚。山顶是凯撒宫殿的废墟，野生灌木爬满了坍塌的圆屋顶。

就在我们快要到山顶时，向导离开了我的视线。就在他几乎要消失在前面的地洞中时，他抬起头来对我说："我会帮你的。"

开始时，下坡和上坡一样，虽然有点费劲，不过还是很顺利。但当我像深潜入海那样，深吸一口气进地洞时，我的脚却没能在地底找到着力点。我整个人悬空，两只脚在空中乱晃。向导见状，立即抱住我的膝盖。经过我们共同努力，我终于安全落到这个古洞的底部，也许这里曾是卡里古拉的密室。

将我安全带到这个阴湿、恶臭的地洞后，维吉尔向导又带我进入一条地道。在地道里我只能屈身前行，双脚一直在烂泥中打滑。潮湿的土壤气味扑鼻而来，浓得让我几乎窒息。然而，万幸的是我能判断出现在几乎到了山的另一边。地道的尽头，一个皮肤黝黑的男人举着松木火把在等我们，他把我们引入一个半球形的圆形大厅。此时，浑浊的雨水正像湍急的小溪一样顺着圆形屋顶往下流。

路的尽头有个不规则的豁口，露出一架梯子的顶端。向导们对这个豁口指指点点说个不停。我跪在他们旁边，观察着十几臂下的泥泞地面。梯子底部是一张由几块木板拼凑的小桌子。在这件粗糙的家具上，一盏闪烁的油灯照亮了距它最近的一堵墙。对面的墙上只有模糊的灯影。这个房间很大，另一头消失在我目所不及的黑暗中。

我抬头看着向导：黛米亚塔小姐在下面吗？"

他摊开手，摇了摇头。但是我对他的不知情没有任何怀疑。很显然，他仅仅是个中间人。

这次，向导没有打算在前面带路，他带着敬意比划着，示意我一个人下去。我突然觉得有点儿不安。

为了找到问题的答案，谨慎的我必须涉足自己平时不会到访的许多地方。我的朋友亚美利哥·韦斯普奇曾经问过，热那亚人哥伦布利用我们同胞托斯卡内利的地图发现的是一条通往中国和印度的海路，还是一个新大陆？他冒着身家性命的危险去寻找这个问题的答案。所以他这么做的原因不难理解——当问题和牵挂的人有关时，即使上刀山下火海也想找到答案。

❁

两个向导留在上面看着我爬下那架嘎吱作响的梯子，他们瞪大了双眼，嘴巴微张。一下梯子，我的脚立刻陷入了冰冷的淤泥里，只有嘀嗒的水声刺破了洞底的宁静。

我透过雾气盯着房间的另一端看，却只见两张在雾气中若隐若现的脸庞。随着脸庞慢慢靠近，眉眼也在油灯的照射下变得清晰。那是一个很高的男人，还有一个男孩。

乔瓦尼仍然戴着兜帽，瓦伦蒂诺紧拽着他的后背，微弱的灯光从他岔开的披肩照上银灰色的胸甲，看来他是有备而来。

"很好，很好。欢迎，尼可洛。"我以为他的声音会被这巨大的房间吞没，但是恰恰相反，声音在空旷的房间里显得更加刺耳，"最终你会见证真相的。我会让你看到谁是杀害我弟弟的凶手。"

我身后突然传来另一个声音："他是个骗子，尼可洛。"

乔瓦尼的眼里闪耀着激动的光芒："妈妈，妈妈！我在这儿！我爱你，妈妈！我爱你！"

我转过身去，映入眼帘的不再是那个千百回思念着的爱与美的女神。取而代之的，是冷酷的智慧女神。黛米亚塔的头发染成了黑色，像一个低等的厨房帮佣全梳在背后。她的肤色枯黄，曾经明亮的眼神黯淡无光。

"我想去我妈妈那儿，阁下。"即使在这样的情况下，乔瓦尼依旧镇静地开口。我又回头，看见瓦伦蒂诺那戴着手套的手按在男孩削瘦的肩膀上，控制着他。

"等会儿，亲爱的，"黛米亚塔说道，"你伯父还想要一个东西。"

黛米亚塔脱下灰色的羊毛披肩，露出一件黑色的裙子，但仍比女仆穿的衣服好不了多少。她小心翼翼地向前走去。在经过简陋的桌子时，她抬头看了我一眼，但我没从她的眼里看到任何东西，我甚至闻不到从前她身上特有的香味。这里只有刺鼻的燃油味和坟墓般的腐臭。

"尼可洛，我并没有让你来。"她静静地对我说，"我不想置你于危险中。是他要你来的。"

我突然感到一阵恐惧。

黛米亚塔把手伸进披肩里，取出一个用蓝色防水纸包着的小包。我立即意识到，这就是我上次在西尼加利亚看到的密函。

早在一年前，我就知道黛米亚塔打算用这份密函来交换她的儿子。我只是好奇，她为什么没有和已故的老教皇做这笔交易。更让我不能理解的是，为什么瓦伦蒂诺现在这么迫切想要这密函，甚至不惜用自己亲口承认的继承人来交换。就算这张纸上真的记录了他谋杀弟弟的供词，他父亲看到后会对他怒不可遏，但是他父亲都已去世好几个月了。就像我之前说的，现任教皇更关心的是瓦伦蒂诺对于意大利那些大家族的威胁。

但是我没有时间细想这些事。瓦伦蒂诺把男孩往前一推，然后夺过包裹——交易发生得太快，甚至我一眨眼就可能错过。之后，黛米亚塔和她的儿子紧紧拥抱在一起。"你终于来了，妈妈。"男孩开始哭泣和抽噎，"噢，亲爱的妈妈，我好想你！再也不要离开我了，妈妈，永远不要，永远，永远……"

"我亲爱的宝贝，妈妈永远在这儿，妈妈再也不离开你了。"黛米亚塔紧抱着儿子，看着我，眼睛在黑暗中突然闪现出神采。

瓦伦蒂诺急忙撕开防水纸，然后说了一句话，语调温和得仿佛只是在品评包装纸的颜色："有人拆开过。"

我看见黛米亚塔抱着她的儿子，飞一样地往后退。我下意识地跳到她和瓦伦蒂诺之间，甚至都未想到瓦伦蒂诺曾经对她大打出手。他戴着手套的手像鹰爪一样掐住我的脖子，黑暗迅速将我包围。我唯一的念头是，原来人可以这么容易被掐死。

"妈妈，妈妈！"我还能听见乔瓦尼在尖叫。视野渐渐缩小，我看见他暴怒的脸色。终于，他卸下了面具。

"是你的父亲！"声音好像从上面的圆形大厅传来一样，但这确实是黛米亚塔的哭喊，"你父亲拆开了它！你父亲看了它！在他死前那天！"

"骗子！"瓦伦蒂诺吼出这个词，仿佛释放出那些被他囚禁在灵魂深处的无辜牺牲者的恐惧呐喊，他手上的力量忽然消失了。

我不由自主地跪了下来，不断咳嗽，拼命地喘息。

黛米亚塔还没从淤泥中站起来，乔瓦尼拖着她的手臂。我脑海里残存的理智还在思考着：如果瓦伦蒂诺现在追过去，我该如何阻止他？

我挣扎着站起来，喘着粗气，步履蹒跚地走向桌子，想着也许我能把铺桌子的木板拿在手上做武器。

"你这个杀人犯！说谎的婊子！"

黛米亚塔在男孩的帮助下站了起来。"不是我杀的他，西泽尔。"她对着他说，叫了他的名字，仿佛他还是个十几岁的孩子，"是你！是你把刀子插进了你父亲的心脏！"

尽管还是站不稳，我仍然尽力走到桌子边，抓起一块木板。当我拿着武器再次抬头的时候，瓦伦蒂诺却一动不动，好像他曾称为美杜莎的黛米亚塔真的把他变成了石头。

"你应该知道我花了多少时间到罗马。"黛米亚塔又开始说，甚至可以说是耐心地，"因为不管我到哪儿，你的人都在找我。在罗马时，我不得不隔几天就换一个地方，甚至在特拉斯提弗列也一样。他们直接破门而入，搜查旅店酒馆，好几个月我都过着东躲西藏的生活，就像六年前怀孩子的时候一样。然后，我听说你和教皇都病了，我知道，为了照顾你以及保住教皇的财产，你的人肯定会分心。所以，最后我成功地来到梵蒂冈，刚好在你父亲死前那天。"

黛米亚塔在披肩上擦了擦脏兮兮的双手，然后握着儿子的肩膀继续说："这些你都不知道，因为当时你也烧得神志不清。但是在几天痛苦的折磨后，你的父亲有所好转。他周围的人都觉得事情开始变得乐观。然后我找到了布尔夏德——那位梵蒂冈的司仪——并告诉他，你父亲迫切需要一个处理私人事务的会计。"

黛米亚塔将孩子推到身后，慢慢走近公爵。"运气好的话，布尔夏德会听从我的劝说。那天，我终于说服了他，因为我告诉他我掌握的信息需要教皇陛下亲自过目，而且说不定教皇还会给他升职。布尔夏德将你现在手上拿着的密函呈到教皇陛下的病榻前，供教皇御览。当时密函密封完好，所以教皇对内容的真实性没有丝毫怀疑。"

我看准前面的路，站稳脚跟并全力抓着那块木板，像是决斗时抓着狼牙棒。但是黛米亚塔离瓦伦蒂诺太近了，近到如果她被害我可能都还来不及举起手。

"我并没有等多久。先是一声痛苦的哭喊，如恶魔的嚎叫一般，然后教皇陛下开始像公牛一样吼叫，周围的人四散奔逃。'混账！婊子养的！你不再是我的儿子！我的胡安！我的胡安啊！我最好的儿子胡安在哪儿？魔鬼的儿子带走了我的儿子！'这就是我从你父亲那儿听到的最后的话。我跟着仆人跑了进去，他脸色通红，医生们还有周围其他人都绝望地照料着他。我发现之前那张纸就在一个医生脚边，拿回之后，我就离开了。你父亲当天就走了。如果米榭洛特没有把我儿子和那些珠宝财富藏在一起的话，我早就找回我儿子了，根本不需要像现在这样大费周章。我受够你不时的游戏和拖延了！"听到这儿，我想她已经用亚历山大教皇的死争取到一点时间。我现在的疑问是他到底用什么"游戏"把她引到了这儿。"现在你得到了你想要的，我也找回了亲爱的儿子。"

黛米亚塔的手颤抖着，再一次向我投来恳求的目光。我想我们肯定是灵魂伴侣，因为我立刻理解了她的意思——不管她自己的命运如何，先救孩子。

"你拿给我父亲的是一个谎言。"瓦伦蒂诺的肤色变得像以前一样苍白，而声音中还残留着一丝嘶哑，"他还生着病，没有足够的判断力。你欺骗了他，就像你把胡安的命骗走。现在你还想欺骗我，我却好心把乔瓦尼带来还给你。但这世上怎么可能会有诚实的妓女呢，是吧？"

"你想欺骗命运。"黛米亚塔深吸了一口气，像站在绞刑台上，黑色的头罩已经盖住了她的头，"你不肯安心等待你的机会，相反还欺骗了你的父亲，同时也欺骗了我可怜而亲爱的胡安，欺骗了我！"

"真相都在这儿。"瓦伦蒂诺一手拿着折起来的纸张，另一只手猛拍着它，就像一个患了痉挛的疯子。然后他突然转向我："她就是用这个谋害了我父亲。如蛇蝎般心肠的她还谋害了我的弟弟，就像她用精心设计的谎言对付维特罗佐·维特里一样。"

他突然伸出手臂，我以为他会试图再次拧断我的脖子，但他只是把那张折叠好的羊皮纸递给了我。"她用假象害死了我父亲，因为我父亲当时根本无法理解。"瓦伦蒂诺让自己平静下来，眼神锐利地盯着我，就像上次在西尼加利亚的塔楼上一样，"读一读。你是唯一能看清真相的人。"

黛米亚塔紧紧抱着儿子，手还在不由自主地颤抖。我把手上的木板放回桌子的支架上，接过瓦伦蒂诺递过来的纸，小心翼翼得像是在喂猎豹吃肉一样。

当我把纸张拿到灯下的时候，手禁不住颤抖起来。我笨手笨脚地将它打开，羊皮纸上有的地方仍残留着石蜡，像树皮一样硬。但是当我把整张纸铺开的时候，内缘处被刀划过的痕迹依然清晰可见。纸上的拉丁字写得很匆忙，字迹看起来和之前维特罗佐·维特里给我看过的欧几里得《几何原本》一样。唯一的区别在于，这张纸的边缘上并没有任何几何图形，取而代之的是一些非常漂亮的意大利文。但是因为写得太潦草，这些意大利文延伸到了羊皮纸原有的字上。

只读了几行我就知道这是谁写的了。

❀

读完瓦伦蒂诺关于他自己的供述记录后，我抬起头看着他。他也意味深长地朝我点点头，然后迅速伸出手，像蛇一样将羊皮纸收了回去。

我转向黛米亚塔。一瞬间我们俩都静静地站着，只用眼神交换着彼此的悲伤和焦虑。最后我对她说："你当时也不知道里面装的是这个。"

她摇了摇头，眼泪夺眶而出："我知道你已然知晓，尼可洛。我只是不愿正视而已，这就是令人悲伤的事实。我们没有把灵魂出卖给魔鬼，是因为我们自己就喜欢魔鬼；我们喜欢魔鬼，是因为它是如此的美丽。如果没有你的沉默，尼可洛，我即使看了那张纸，也永远不会相信那些话。"

那一瞬间，世间唯一的声响便是地面上单调的水流声。黛米亚塔对瓦伦蒂诺说："他们总说教皇陛下与魔鬼勾结在一起，说他最后的话也是对撒旦说的。但是你父亲认识的唯一魔鬼就在他自己家里。他不顾一切地偏爱胡安，是因为他知道如果把你培养成野心的工具，自己迟早会屈服于你这个比魔鬼还可怕的儿子。而我比任何人都了解他为什么怕你，为什么整个世界都应该畏惧你。因为他知道，他会爱上家里的这个魔鬼。这是一种无缘无故的爱，就像我和我们所有人曾爱上你一样。爱是不需要任何理由的。"泪水使她的声音哽咽了，"去拉韦纳，找玛利亚。你父亲派我去伊莫拉的时候，就算他渐渐堕落的灵魂都知道，我只有在拉韦纳才找得到玛利亚。"

瓦伦蒂诺对着黛米亚塔抬起头，突然痉挛似的抽动了一下："过来。"

我从未见过这个勇敢的女人露出如此惊恐的神情。但是孩子总会使人软弱，而魔鬼恰恰知晓我们的软肋。

"过来！"

她祈求地看着我。

我知道她想要做出的牺牲，于是朝她点了点头。

"去尼可洛先生那儿，"黛米亚塔对她儿子说道，"他是我们最亲爱、最信任的朋友。听他的话。"直到男孩犹犹豫豫地拖着脚挪到我身边后，她才迈出第一步。

我紧紧握住乔瓦尼的手。

在走到瓦伦蒂诺触手可及的距离时，她停了下来。

我又一次在瓦伦蒂诺的双眼里看到那诡异的光芒，似乎所有迷失的灵魂都被困在里面，就像是西尼奥雷利的《最后的审判》。"把你的兜帽戴起来。"他说。

她的手指因恐惧而颤抖着，几乎无法完成他的要求。最终，她还是遮住了那染过的乌黑头发，垂手侍立。然后，她向旧情人露出一抹绚丽的微笑。我几乎跪倒在地，那一刻，她又变回美丽自信的情妇，那位年轻主教多年前在阿斯卡尼奥·斯福尔扎的花园里看到的女人。

瓦伦蒂诺抬起颤抖的手伸向她的脸颊。碰到她时，他的动作已不包含任何肉欲，而仅仅是温柔的指尖爱抚。他似乎想向震惊的自己证明，他的女神正活生生站在他面前。他用一种我从未见过的笨拙和渴望来回应她的笑容，大概他把她想象成了自己的妹妹吧，就像他第一次见到她那样。然而，这是我第一次在他那张曾模仿过许多人的脸上看到真挚的期望。

但是眨眼间，他又撕下这张面具。"带你的儿子走。我在他身上看不到一点我的影子，只看到懦弱的胡安。他不可能是我的儿子。带着你的混账私生子给我滚！在我把你碎尸万段之前，给我滚出去！"

"快爬！"我把乔瓦尼推向梯子，向他喊道。这是命运给我们的唯一机会。这辈子我从没做过如此艰难的抉择，在黛米亚塔最危险的时候，我却没有帮助她。但是我知道，如果为了救她而牺牲她的儿子，那这辈子甚至下辈子她都不会原谅我。

小乔瓦尼绝不是懦夫，因为他只爬了几阶梯子就回头喊道："妈妈，你快来！妈妈，我不会离开你的！"

黛米亚塔之前一直像不朽的罗修斯般，娴熟地扮演着她的角色，但是现在她的眼中满是恐惧。"你快爬上去，孩子。"她的声音颤抖着，"尼可洛先生会跟在你后面。"她再一次用悲哀的眼神恳求地看着我。

我看着瓦伦蒂诺。我看到的不仅仅是他面具的一次调换，他整张脸——眉毛、嘴唇，甚至前额和下巴似乎都在抽搐着，好像多次变换正在同时发生，但他却找不到最合适的面具；又好像尽管有无数个能轻易创造出的面具，他却不确定要戴上哪一个。

这时，任何话语都是在嘲弄魔鬼而不是命运。然而，我还是开口了。"你饶恕过我两次，阁下。"与此同时，我伸出手，把黛米亚塔拉到身边，"一次是在皮亚努拉，还有一次是在西尼加利亚。现在你再一次召唤我到这儿，以见证这一切，我想你不希望我再目击一次谋杀吧。你得让他们走。"

他似乎没有理解我说的话，甚至根本就没在听，因为他的脸部还在不断地抽搐着。我抓住这个机会，把黛米亚塔推到身后，发疯似的耳语道："如果想救你的儿子，你现在就得往上爬！"

黛米亚塔爬上咯吱作响的梯子。我不慌不忙地走向小木桌，就像要登台演讲。"你在我身上看见了一些东西，"我对瓦伦蒂诺说，"一些我自己都没看清的东西。你知道我会成为你的追随者。我比任何人都清楚，你并不害怕你的死敌，你真正对抗着的，是命运。没有人比我更清楚你想要为我们建立新的意大利，一个比上帝的任何设计都要完美的国度。阁下，我以我父亲和母亲的灵魂起誓，我将会到各个国家去，宣传我所看到的奇迹，你一个人创造的奇迹。"

从他痉挛的脸上，我仍然看不出他是否听到我说的话。但是我将后半生全部押上，赌他听见了这一切。我转过身背对着瓦伦蒂诺，向梯子走去。我知道，这几秒钟里，他随时有可能冲过来，在我做出反应前拧断我的脖子。

❀

当我把手搭上梯子第一阶时，我知道他宽恕我了。我抬头看着已经爬到梯子顶端的黛米亚塔和乔瓦尼。像但丁一样，我坚定信念，努力对抗着对灭亡的恐惧，从地狱奋力向上攀爬。

但是，抓住我脚踝的那只手让我瞬间僵硬了，我的四肢像瘫痪了一样无法移动。但是瓦伦蒂诺并没有使劲，他只是抓住了我的脚后跟，而没有试图把我拖下去。

"尼可洛，你我都清楚，命运将我们生在一个善良无法驾驭的时代里。我不否认魔鬼的存在，但你是否想过，你的国家能在维特里的带领下走向成功吗？当所有意大利人都赤身裸体张开双腿任人蹂躏时，你还能指望法国的士兵们尊重我们的妇女吗？"他顿了一下，但是没有松开手。头顶上，我只能听见圆形大厅里不断回响的水流声。"我给了你和莱昂纳多一个深入自己灵魂的方法，这是你们即使轮回百世也难以获得的机会。看着我的眼睛，看看里面倒映出的你们自己的野心。大师莱昂纳多以为自己看见了别人看不见的世界，所以不得不转向他处。"

"我决不会另觅他处。"我像一个狂热的信徒低语着，"我已经向你发誓。"

脚下的魔鬼深深叹了口气，仿佛比上帝还了解我们这些凡人的悲哀。"那你走吧。"刹那间，我分不清是他的话，还是我自己的潜意识在指挥我用僵硬的四肢拼命往上爬，"告诉所有被奴役和遭受混乱之苦的人，我是他们唯一的救星。告诉他们你看到的一切。"

我一步一步往上爬。尽管知道不应该，但在接近梯子顶端时，我还是不由自主地往下看了看。

瓦伦蒂诺仍然在下面，正透过摇曳的灯光往上凝视着。我只瞥了他一眼，那是一张无比镇静、极其漂亮的面庞，但却像他在罗马涅释放的那些被严刑拷打后伤痕累累的脸一样，空洞又无情。"我终于看到冥王的真面目了，"我想着，引用但丁的话，"这即是无法具言的恐怖吧。"

因为那是一张白纸，所以我们可以在上面随心勾勒任何人、任何物。

第 29 章

一旦我们爱过，便是永恒。

意犹未尽中，我来讲述读到的一个特殊见证，它写在一个小学男孩用的《元素》一书的边角空白处。读过它不久，我即一字不落地写在纸上，因此精确性毋庸置疑。

这些文字以意大利语写成，虽然字迹潦草，但看得出写作者深厚的文字功底。

父啊，告诉我你为什么接受了亚伯而非该隐的奉献。难道该隐的生活不是更有价值吗？难道该隐不是充满勇气的雄狮吗？难道不是该隐率领你的军队走进战场，一而再、再而三地大败敌军，而亚伯给你带来的只有羞辱吗？难道该隐不是意大利之拯救者，却不得不委屈以红衣主教之冠吗？他还得看着自己的兄弟于虚华与浮夸的游行队伍中流连忘返。难道该隐并非天资聪颖、奋发图强的学生，而亚伯亦不是贪图杯中物、沉醉温柔乡的蠢材吗？然而你，我的父，接受了该隐的奉献却拒绝了亚伯的。现在你问我——你问我——胡安，你的兄弟在哪里？我听到你问我，你的眼神从未停止询问。父啊，你为什么要问我？——为什么要和我讲话，你做了些什么？为什么你告诉我，我兄弟的鲜血在地下哭号？如

379

果你知道真理——如果你说你知道我将维特里带向他，割断他的喉咙，并用他的血封印我的命运——如果你知道这些，那就让我蒙受诅咒，流离失所，逃命天涯吧。那就在我身上做记号，把我逐出诺德地之外吧——不要让这种寂静的怀疑充斥你的每一次凝目。把我从你的居所中逐出，但是首先告诉我，为什么我兄弟的奉献比我的更让你喜悦。告诉我亚伯能为你带来多少胜利。告诉我为什么神会将其全部的国土割让给我，而你为什么却不接受我的奉献。

在圆厅中冷静了一段时间后，累范特兄弟们同意按来时的路线把我们带回去。但当我们出现在地平线上时，没有哪颗"天国战车"的星星像等待但丁一样等待我们。雨已经消散，罗马的轮廓展现在我们面前，整个城市都是尘灰色，笼罩在薄雾中，像正在被蒸煮。台伯河如同一条大蛇蜿蜒在城市之中。远处则是梵蒂冈城以及圣天使堡雄伟的圆柱所构成的宫殿群。远古罗马讲坛的废墟就在我们脚下。

黛米亚塔给了我一个激烈的拥抱，她的胳膊紧紧地勒住我的腰。"我最亲爱的、最亲爱的尼可洛，我还诅咒神把你带到他那里去，现在我却要向圣女献上祝福，你终于平安归来了。我从来都不想去那个地方，然而我变得越来越绝望，等待他恢复健康的时间太漫长了，他选择他的主教仅仅是为了看到他死掉……我知道如果教皇尤里乌斯再次成为西泽尔的官员，我一定会绝望，他可能会把乔瓦尼带到任何一个地方去……"凝噎片刻，她又说，"我以为地下宫殿将成为我的坟墓，但我的儿子至少会知道我是为他回来。可是你救了我们，尼可洛。"她把手松开，这样就可以看到我。她的眼眸在燃烧。"在凯旋门外有我的马等着呢。"她拉起我的手，"我们到那儿再说。"

当我们三人手牵手从神庙废墟中下行之时，我的家人和广场大道上的房子逐渐成为远去的记忆。我们缓慢地沿着泥泞的山路行进，接下来又蹒跚行走在罗马讲坛的遗迹之中，这给了我足够的时间去细细品味每一刻。旅途之中，黛米亚塔看着我微笑，我以为我的心脏就要爆裂了。和我在命运的地平线上看到的生命相比，我在佛罗伦萨的生活只能称之为幻影。因为我即将与所爱的女人一同分享我的生命。

迷雾之中逐渐显现出凯旋门，如同按照巨人世界的比例制造的一般。几个佣兵站在中心大跨之下，这些人也许是帕提亚战争之中的胜利者，这场著名胜利中的无数场景都铭刻在罗马城内的石柱和石台之上。这些人都不止一匹马，好像他们准备赶往远方。

"瓦伦蒂诺的人民在寻找他们的主人，"一个佣兵对黛米亚塔说，"大多数人都去神庙了，但是有个人在这里瞎转悠，好像有点蹊跷。"

黛米亚塔转向我，但是我们没有拥抱。"尼可洛，我不明白为什么西泽尔想要那张纸，他父亲都已经死了。这也许只是他计谋的一部分罢了。就像我说的，我已经绝望了。"她咬住嘴唇，"我怀疑我是否把王国的钥匙交还给了他。"

"你没有。"我不只在安慰她而已。事实上，我在那张纸上看到的东西即使用科学也未必能预测。"他完蛋了，我知道是怎么回事，但不是因为这个新主教。这件事从你把那页纸带到梵蒂冈城的时候就结束了。"

"尼可洛，我不想让亚历山大帝六世死。我以为西泽尔的忏悔只是针对加普亚，因为主教虚弱，我发现赎回这个可爱的男孩更简单。我不太理解你的意见。"她勉强笑了一下。

"瓦伦蒂诺同意我们选择性地忽视一些情况。"我说，"这是他独一无二的技巧，因为欺诈是他基因中与生俱来的天性。这个迷途的、没有灵魂的孩子咿呀学语的第一个对象，就是基督教世界中最大的骗子，除了他亲自教出来的孩子，这个骗子的狡诈和世俗野心无与伦比。罗德里戈·波吉亚开始惧怕他的儿子，并以自己的方式将他放逐。这件事疯狂地折磨着瓦伦蒂诺，他发现自己的父亲和他心目中父亲的形象完全不同。这就是导致主教死亡的事实。他意识到他儿子身上有着让他害怕的同样的贪婪、狡诈和自负的野心。"

黛米亚塔画了个十字。

"但是同样的，"我向她保证，"在某种意义上，瓦伦蒂诺和他的父亲一起死去了。他失去了长久以来模仿的对象，而这是他找寻自我最需要的。"不久前我看见瓦伦蒂诺绝望地在无数张面具下找寻自我。"然而我相信，他始终想要打碎那片玻璃，因为它提醒他只是凡人影像，他不得不偷走或破坏他父亲新的肖像，也就是他自己的兄弟姐妹。最终，他不得不把胡安的护身符送给他父亲。然而所有的胜利和征服都无法填补他死去的兄弟在父亲心中留下的大洞，该隐最后的奉献成了他弑兄的铁证。就如同他需要主教的权力和财富一样，瓦伦蒂诺必须要带他的父亲去拉韦纳，去发现最终的真相。而他自己甚至都不知道此行的目的。"我把眼光投向那处于焖蒸中的城市，"如今瓦伦蒂诺得面对这可怕的真相。他不得不活在他父亲的倒影里，没了他父亲，他只是一个影子。"

"他仍然是一个危险的影子，尼可洛，他会后悔放走乔瓦尼和我。他会追随而至。"

"恐怕的确如此。"

"我为此做了准备。"黛米亚塔把她的手安慰性地放在我的胳膊上，"你给了他点什么，不是吗，尼可洛？作为把乔瓦尼和我放走的代价。"

"他的复活。他利用其动物本能知道命运将给他致命一击。就算他今晚之前不知道，现在也已经知道了。但是他相信我会成为他的门徒，因为我见识了他雄伟的野心。"我为了意大利的灰飞烟灭而叹气，这个帝国在其存在之前就消逝了，"我不信任他，但是我相信，他为我创造的意大利就是我所希望的国度。用不了多久，我将找到合适的智慧和勇气来形容它，我将用那样的语言写在他今晚给我的空白羊皮卷上。"

黛米亚塔抬头之前把小乔瓦尼紧紧抱在怀里，她的眼睛如同地平线上的电光一样明亮。"最重要的是，魔鬼要求我们信仰他。不管你怎么选择，这都会保证你的家庭安全。"

我马上明白了她所说的选择意味着什么。我只能看到她的眼睛，但是她在我面前却如同一丝不挂，甚至比我们共度良辰时还要赤裸裸。

她的问题也未经修饰，毫无避讳："你要和我们一起来吗？"

我无数次梦想过这句话，我无法想象当我真正听到这句话的时候将是什么样。我第一次确定相信，黛米亚塔爱我，正如我爱她一样全心全意。

我终于明白了：我之所以无法在我的灵魂内部得见真相，就是因为直至那一刻，我都无法看到她灵魂内部的真相。最终，我理解了自己，我知道将要给她一个怎样的答案。

她也一样。她把手指放在我的唇上："我知道，尼可洛，我知道。我亲爱的，我去过你灵魂中那些你自己都不知道的地方。我看到了你将要成为的那个人，你的厚德和智慧，你的无尽勇气，你以科学的力量成就的事业……我一直知道你的答案是什么，但是在问你之前，我们无法得到心灵的安宁。"

"是我无法得到安宁。"我说，我几乎无法呼吸，我漂泊在悔恨的海洋边缘，"我只能期冀佛罗伦萨的孩子们能够获得平安。"

黛米亚塔的眼睛充盈着泪水，反射出我的影子。她拿起我的手但是没有拥抱我，这十指紧握的炽热却比头顶小山上的拥抱更感亲切。

"我的爱，我曾经向你保证我将会再见到你，命运允许我实现它。"她再眨眼也没法把泪水全部清出去，"但是现在，我不得不保证今世不能再见你。我必须为了我的乔瓦尼而活着，而你则必须为了你的家人和你的共和国而活着。我们的灵魂经历了这么多年的互相搜寻之后，将永不分开。"

讲到这里，她抽噎起来。我把她拥进怀中，尽管我已如万箭穿心。我闻着她头发的芬芳，如同我无法再呼吸一般。

她紧紧抱住我，而我也双手环住她。"现在你必须回家了，我的灵魂伴侣。我为你能活着而高兴，记住你对我的承诺。"她对这必须结束的生活道出了最后的耳语。可是我钝拙的感官和灵魂却无法相信——或是拒绝相信——这摆在面前的事实。

✳

我以此生从未超越于此的痛苦，站在凯旋门下，看着黛米亚塔离开——即使被吊在斯丁其的绳子上也比不上此时的痛苦。当你受折磨的时候，最终总会有慈悲的麻木。你庆幸有这种把你和你的感觉分离开的麻木。在这种分离时刻，在这种将我和我所朝思暮想的生活撕裂的时刻，这种钻心的痛苦却如此清晰而强烈，以至于我难以期冀幸存。

然而，黛米亚塔却给了我一个仅有的缓和这种折磨的机会。她头也不回，帮助乔瓦尼上了马，坐在一个骑手前面，然后坐上了自己的马。这群人就缓缓消失在迷雾中，如同消失在时间中一样。蹄声消逝，如同失落的帝国一般，无可抗拒，人事诸般，皆归尘土。

正当我以为她的背影要完全淡去的时候，她转过身来，这时我听到她最后的话，我的思想直到那一刻才真正地清醒。

记住我，我的爱人，即使当你来到遗忘之河（希腊神话中，亡魂在冥府中需欣用其河水以遗忘人间之事）的时候也要记住我，即使当我再次成为一个模糊的阴影也要记住我。因为我向你保证，我亲爱、我最爱的尼可洛，我将会在下一世找到你。

第 30 章

恶极生善，善极生恶，善恶往往互为因果，过去如是，现在如是，未来也如是。

史书上将记载尤里乌斯二世从未任命瓦伦蒂诺公爵为他的军事总司令，这位战士主教自己身先士卒指挥千军，凭借钢刀铁甲而非纯粹信仰。他更巧施一系列诈欺手段，成功地趁瓦伦蒂诺未察觉的时候，将这位骗术大师打入监牢。就像在西尼加利亚败在他手上的雇佣军一样，瓦伦蒂诺难以置信地发现有人比他更加不守信诺，尤其是这位新主教还因处事诚信而广受赞誉。但是我相信这位饱受其父罪行折磨的尤里乌斯主教，比任何人都了解罗德里戈·波吉亚的儿子，也足够明智地不容许他拥有再次映射全意大利的机会。

即便如此，瓦伦蒂诺仍拼尽余生与命运搏斗，为了逃离监禁、重返政权，他做了不顾一切的努力。最终在 1507 年凯撒忌日的三天前，流放西班牙的瓦伦蒂诺走到命运为他安排的尽头。当时他正为纳瓦拉国王执行一项小差事，单骑匹马的瓦伦蒂诺袭击了一伙敌军，对方是三位装备精良的骑士和许多步兵，在重伤数人后他终不敌众，结束了他与时间和命运的长期战斗。

在思考瓦伦蒂诺一生与命运的战斗中，不难发现正是他灵魂中的缺陷给予他无比的优势：杀戮时毫不迟疑与懊悔，欺诈时巧妙而淡定，对人性中的希望和恐惧有异于寻常的洞察力，这些特点都是一个企图高位手握重权的人的绝妙装备。但是不论这位罕见的男人晋升到多么神圣的高位，他都是其恶劣本性的奴隶。瓦伦蒂诺拥有比尼禄高明得多的智慧，但就像尼禄被自己体内邪恶的力量驱使着戴上假发，趁着夜色离开黄金铸成的宫殿，用贫民窟里卑下的杀手手段去抢劫谋杀他的子民，置自己生死于度外一样，瓦伦蒂诺也将自己囚禁在欺骗和残忍构成的罪恶迷宫里，无法自赎。

说到这里有人应该会疑惑，为何我在了解瓦伦蒂诺的本性之后，还在《君主论》中写道"瓦伦蒂诺公爵的权术风格值得君主学习"？我不会为这句话道歉，但要辩解几句，首先必须注意的是，这本小册子是在佛罗伦萨失去了民主自由主义人士之后著作的，事实上，当时全意大利已经如瓦伦蒂诺警告的那样跪伏于外国的君主和军队。并且在意大利，公国和其他小封地的数量已经远远超过共和国的数量。我的本意是只写一本以公国为核心的简短册子，而不去论述共和国是如何在保全人民的利益方面胜过任何君主制和皇权的。这方面我在《论述蒂托·李维的第一个十年》中有更全面的讲述。

《君主论》的目的在于向败北的意大利展示她众多拯救者中的典范，一位在权力争夺方面大胆而完美的人，就像米开朗基罗·博纳罗蒂的大理石雕刻"大卫"，是人类形体和神圣精神的完美展示一样。米开朗基罗没有将大卫刻画成谋杀犯或者通奸者，同样，我也没有将我的典范全部展示出来。不止如此，在瓦伦蒂诺留给后人的空白页上，我创造出我自己的主角，他拥有惊人的领导天赋、犀利的判断力、无畏的野心和对人类行为的深邃洞察力。出于一个善意的目的，这位瓦伦蒂诺公爵成了我笔下巧妙制造出的幻象，目的就是拯救意大利。

我确信瓦伦蒂诺在让我作为他一生见证时，就已料到这个结果。他知道我会用自己的镜子映出他的面目，在他的躯壳腐烂、恶性归灵之后，将他刻画成一位足以万古流芳的英雄。说实话，多年来我开始意识到瓦伦蒂诺是有意让我读到他对谋杀甘迪亚公爵的认罪状，并以同样原因把我引到了坑中。那张从学童的几何书里撕下来的纸，对他的野心有着至关重要的作用，那对他来说是一张神圣的经文，是他的《创世纪》。从一开始他就没有侍奉福琼和父亲的打算，而是独自策划了自己命运的版图。

虽然如此，我也看出《君主论》的善意用心很有可能被别有居心的人用于歧途，对这加以否认的话我就成了伪君子。人，不论善恶，都面对着一座同样的魔鬼之屋，同样的一条沦落之路。时代在变化，但是人性没有。像瓦伦蒂诺这样的人只会在现世活得更加舒适，而且他们会对世人辩解许多罪行都是时代所迫。但是他们终将被打入魔鬼之屋，万劫不复。

＊

我正要离开罗马的时候收到了富格尔银行送来的包裹，里面包捆着一封信。我回到家中，走进父亲传给我的小书房，这坐落在房子二楼角落里的庇护圣殿，坐下来开始阅读那封沾满黛米亚塔泪迹的信，泣不成声。她的信证实了我心中一直深信的事实，她在儿子性命攸关之际为了保护孩子而没能对我完全坦诚，但是在其他任何时候，她在精神上和行动上都对我完全忠诚。

就这样，黛米亚塔信守了她最后的承诺。从此之后，我再也没有看见也没有收到她的任何消息。即便如此，每个街头巷角，每座剧院歌坊，每个城市村镇的窗子里，我都能看见她翩然走过的身影。有一次在佛罗伦萨我的《曼德拉》演出结束后，我确信自己在人群中看见了她，虽然在我的眼中她似乎多年来风韵依旧，一点没变，而我却已垂垂老矣。她的乔瓦尼现在肯定已经长大了，长大到正好是我与她坠入爱河的年纪。

岁月匆匆逝去，珍贵的记忆永远留存在我心中。日复一日我信守着对黛米亚塔的誓言，而并非只是她要求的那一个下午。很快，我知道，我将在来世找到她。

事实上，她从未离开过我。若是没有她的身影守护在我的灵魂之中，我可能只会成为《君主论》的马基雅维利——也可以说是瓦伦蒂诺的马基雅维利，而非《论述》的马基雅维利，更不会成为《曼德拉》里的尼可洛和《克利扎》。若没有她的爱，我绝不会了解应该如何去爱玛丽埃塔。即便我明白我的八卦板凳帮们不会乐意听到这种抒情诗，我还是要说，是黛米亚塔指引我进入更高的境界，沐浴更纯洁的圣光，给予我席卷一切的爱之力量，行走在这个悲伤的浑浑浊世。

在此我完成了对启发和成就《君主论》中那些巧妙可怕骗局的讲述。最后送给世人一句话：虽然瓦伦蒂诺并不承认这个事实，但是人间大地所有事中，再宏大的计划也敌不过命运的捉弄。唯有爱，能胜过命运。

回首漫漫人生长路，一个声音告诉我，是伟大的爱引领我穿越一切，渡往命运的彼岸。

作者后记

这本《命运之谜》的调查研究工作始于尼可洛·马基雅维利的八卷全体著作，包括他与瓦伦蒂诺公爵之间的 52 页外交公文和上百封私人信件。其中不少信件提到他在罗马涅之旅中的诸多细节和在西尼加利亚时的戏剧性收场。在这些信件和外交公文中，《命运之谜》所有的重要情节都有所提及。这些信件引导着我们走进这位佛罗伦萨秘书长的内心世界，了解他对瓦伦蒂诺敬畏交加的复杂感情、对自己政府的失望、历经坎坷的婚姻，还有他向同事反复请阅普鲁塔克的《希腊罗马名人传》的执著与努力。

马基雅维利的往来信件也透露了他一生流连于花街柳巷，痴迷于妓女和女演员。他唯一的缺点或许就是这一桩桩接连不断的风流韵事，而且他还以绚丽的文采和如火的热情向朋友坦白了这些韵事。

他施惠于骡子的故事，来自他在 1527 年辞世之前的最后几封信。信里他告诉他的儿子吉多要善待一匹过度劳累致疯的骡子，解开它的缰绳，放它回归自然，让它"趋心之所向，做自己的主人"。

正因为其对历史事件和重要人物分析的独特角度，马基雅维利被誉为历史的首位"法医剖面师"。他注重精神分析的特质和穿透表面事实的洞察力，在当时都是前所未见的。马基雅维利在他写于 1513 年的信中，称这种手法为对历史人物和事件的"质询"。

"我迈入先人列席的法庭……并毫不留情地质询他们行为的

因由，他们给了我因人而异的答案……我完全将自己放在他们的立场上进行思考。"

莱昂纳多·达·芬奇生前的资料同样是卷帙浩繁但疏于整理。在他逝世之后，几千张笔记被杂乱无章地堆积在一边，像古籍的手抄本一样。他工作室充满折中主义的杂乱在他的收藏中可见一斑，他收藏的伊莫拉地图被收录在温莎城堡皇家博物馆里。1502年的夏天，他在笔记中提及了维特罗佐·维特里曾答应赠予他一部阿基米德的论文。记载中吉安·贾科莫·卡坡蒂和托马索·迪·乔瓦尼·马希尼都是他家里的常客。所有莱昂纳多关于解剖学和科学著作中的细节，包括一些概念及术语，都能在这些笔记中找到源头。我还特别为莱昂纳多的自传添加了一段原创的杜撰，我推测他毕生对旋涡的迷恋是源于他四岁时目击了一场龙卷风，那是 1456 年的八月份，一场半径 3 公里的龙卷风大面积袭击了他的故乡托斯卡纳。并且，我为莱昂纳多一生的未解之谜提供了一个解释：在历时多年才寻觅到一个能实现他远见卓识的资助人之后，莱昂纳多为什么会在瓦伦蒂诺权势熏天的顶峰之时选择毅然离开。

根据当时的记载，黛米亚塔就是甘迪亚公爵胡安·波吉亚被谋害当晚赶着去见的那位情人。"黛米亚塔小姐"在这场命案中曾作为嫌疑人被调查，但是在主教神秘地突然停止对爱子谋杀案进行关注后，黛米亚塔渐渐退出人们视线之外。她活泼且充满才气的性格源于维罗妮卡·弗朗哥和图利娅·D.阿拉戈纳这种远近闻名的才女名妓的性格，以及彼得罗·阿雷蒂诺《对话录》里面对 16 世纪时期的妓女文化俏皮又毫不留情的描绘。

齐亚·凯瑟琳的人物原型是罗马涅大区的一位名叫迪亚曼蒂纳的女巫医生，当时她遭受了 1603 年宗教法庭漫长的审讯。许多罗马涅大区巫术的细节，包括罐子里的魔鬼以及使用一本"咒语书"来欺骗文盲观众的做法，都来自这次审讯的记录抄本和其他同时代的罗马涅大区审讯女巫的记录。在众多文艺复兴时代的作品里都提到过利用麻醉药膏来诱引女巫"夜行"和"羊行"的做法，比方说在乔瓦尼·巴蒂斯塔·玻尔塔的《自然魔幻》一书中，就写出了具体的配置药方，并描述了幻觉和行动不自主等引发症状。

对于小说家们来说，瓦伦蒂诺的性格特征是一个谜团，也是一个挑战，即便是对他同时代的人来说，在他救世主般的领导魅力和私生活的邪恶传言之间找到平衡亦非易事。16 世纪的记录者们极少记录他对女人和地位卑下的人的罪行，所以我们只能了解到败在他手下、显赫一时的男性对手。由 1497 年他的兄弟开始，瓦伦蒂诺揭开了一场私人杀戮盛会的序幕，其中包括对至少六位高调的受害者精心策划且远超实际需要和政治意图的谋杀。瓦伦蒂诺享受这种和受害者上演猫捉老鼠的戏码，有时是将他们送进预谋好的陷阱，有时是预先提示对方逮捕不可避免，然后闲坐几周甚至几个月再收网。由我们知晓的数次行刑过程来看，他喜欢在行刑前做一场告别审讯，再躲在一个隐蔽的地方观看米榭洛特行刑。

但是瓦伦蒂诺对女性的一些罪行也被记录下来。当时大家普遍认为他强行掳掠了两位高层女性，这项罪行基本上是确认无疑的。虽然那个把 40 个在加普亚俘房来的女人送去罗马以供瓦伦蒂诺取乐的故事在欧洲广为流传（在加普亚，六千兵勇妇孺惨遭瓦伦蒂诺士兵的屠杀），但是后世历史学家普遍认为此事不实。在罗马涅并未记录女巫屠杀的罪行，但是西泽尔·波吉亚所犯下的罪行，诸如窥淫狂、施虐狂、性虐待狂等谜一般难解的罪行，可以证明女巫罪行的存在。

这，就是马基雅维利《君主论》的原型，一个文艺复兴时代真实存在过的汉尼拔般的人物——一个异常高智商的心理变态连环杀手？我们将永远不能对几百年前过世的人有一个准确的诊断，在那个年代此类术语还没有用于临床医学、法医学以及整个文化生活。但是在瓦伦蒂诺同时代人的描述中，可以看出他的性格特征与现代意义上的变态十分相同：劝诱性、控制欲极强导致情感冷漠的性格，缺乏同情心和共情力，自恋倾向，行常人不能行之险，浮夸的自我重要感，有模仿天赋，由于幼年被忽视而形成的敏感。这些都最终导致他形成了归咎于所有人的心理。

现代的心理学家们对变态的症状、原因，甚至术语仍然存在广泛争议（一般心理学家称其为反社会型人格变态）。"刑事累犯雅科波"就提供了一个典型例子，这是从佛罗伦萨的著名医生安东尼奥·本尼维耶尼写作的《疾病的隐形致因》一书中一字一句搬过来的，这本书提供了有趣的历史脚注。本尼维耶尼认为雅科波屡教不改的原因在于其脑中一个称之为"记忆座椅"的地方受到了损伤，这与现代研究不谋而合。现代研究认为：变态现象与脑中一个杏仁状的神经束有联系，它与恐惧反应和我们对情感冲突的记忆有很重要的关系。

抛开瓦伦蒂诺的身体状况不谈，对他的性格最鞭辟入里的观察来自与他纠缠多年的两个人：他的父亲和监护人——主教亚历山大六世，还有他不朽传记的写作者尼可洛·马基雅维利。这二人都对他有着恐惧般的敬意。历史上没有几个决定比主教亚历山大传位瓦伦蒂诺的弟弟、倒霉的甘迪亚的胡安更叫人费解的了。主教亚历山大不顾前者膨胀的雄心壮志，将历史中最具才华和领导力的天然领袖置于旁侧做区区红衣主教。如果不是因为深深的恐惧，主教亚历山大如此识人之力定不会忽略瓦伦蒂诺非凡的才能，同时代的人都认为这是因为主教害怕他长子的真实品性。

同样令几代学者费解的是马基雅维利对待瓦伦蒂诺模棱两可的态度。他在《君主论》中对瓦伦蒂诺大加赞许，但是在其他作品中又大加鞭笞。但是，瓦伦蒂诺是在马基雅维利的密友和通信者弗朗西斯科·圭恰迪尼1537年开始写作那部经典的《意大利史》之后，开始转变角色，由意大利的拯救者堕落成出名的恶棍，这部书是在马基雅维利过世十年后创作的。圭恰迪尼对瓦伦蒂诺公爵进行了尖锐的谴责，与其他编年史作家意见不同，他坚持认为是瓦伦蒂诺谋杀了他的兄弟。后来的史学家沿袭了圭恰迪尼指明的道路，瓦伦蒂诺致命的缺陷常年以来被涂上《君主论》中马基雅维利为其抹上的光彩。"马基雅维利主义"描述并开脱了尼可洛终其一生对抗的价值观和行为标准，毫无疑问这个词是现今词典中被误解和错用次数最多的形容词。

假如马基雅维利没有将瓦伦蒂诺作为《君主论》的典范，他也不一定能成就自己的万古流芳。马基雅维利的代表性巨著《论李维》代表了其真实的政治哲学理想：一位佛罗伦萨共和国的热忱拥护者，与君主的意愿相比，马基雅维利更偏爱并不完美的人民智慧，并且热烈拥护所代表的政府——这种激进的平均主义直到250年后的美国和法国大革命后才成为潜在的政治力量。事实上，《君主论》只不过是马基雅维利第二套方案：当政治审慎被长期低估，适逢乱世，在有效和无效之间的唯一选择就是专制。

不过马基雅维利的瓦伦蒂诺公爵，以他灵巧的宣传手段，自恋的个人崇拜，闪电般的军事技巧和管理效率，成为一位未以典型的悲剧收场的16世纪意大利的君主。瓦伦蒂诺是首位现代型领袖，他毫无心理负担地利用致命性的权宜之计，为不少争权夺力的反社会者提供了长期有效的行动范本，而这些非道德型的政治准则，不仅为发起大规模屠杀的专制者提供了指引，还为现代公司的总裁们和中等管理阶层出谋划策。

命运之神最后的讽刺在于，在马基雅维利两个相反愿景中挣扎犹豫的世界。《论李维》中的民主理想主义只在学士们的心中长存，而《君主论》是写于毁灭前夕的一剂猛药——和一个字里行间隐藏着的可怕秘密——已成为一个文学标签和通俗文化之间长久的固定组成部分。

致　谢

　　许多历史小说家在创作作品时，依赖于各行各业专家的知识，但是作为一个学术上小有所成的历史学家和专业记者，我更偏好在历史原野中独自徘徊，因为你永远不会确定下一步会踩中哪一个神奇的秘密。

　　但是，真正开始写作《命运之谜》后，完全又是另外一码事了。我一度认为这项写作永远不会结束，直到我将那一堆草稿递给我那才华横溢而又顽强的难以置信的代理商丹尼尔·拉扎尔，他曾经花整整两年时间，试着征服一个荒唐且复杂的叙事体。丹尼尔坚持不懈地工作，并且带领我们去见劳拉。劳拉是一位同样富有才华、尽职尽责的编辑，她在多伦多的麦卡兰&斯图尔特工作。她以其高超的叙事技巧和对人物性格的至深体会剔除了本故事中多余的情节，至此我们已经准备好结尾。克诺夫道布尔迪出版社的卡洛·拜伦重新考虑故事的整个建筑性构架，并且加强了一些细节之后，带着她出类拔萃的判断力和充满感染力的热情投入设计、营销、推广的各个环节之中。在一个作者要为自己对中介等"守门者"的自由欢呼雀跃时，我这位作者却真心对各位出版人的专业充满感激之情，他们卓越的专业能力和热情将《命运之谜》提升到一个崭新的、我个人无法达到的层次。

　　其他献出重要意见和热情帮助的人有：斯蒂芬·巴尔，玛丽·简·科尔皮，吉纳维夫·加涅-霍斯，安德鲁·雷奥夫，罗达和伯尼·雷奥夫，卡特·埃尼斯。

◎致　谢◎

　　最后必须要说的是，我的夫人艾伦和我们的女儿阿莉尔是我在《命运之谜》的漫长创作中最重要的支持。这本书真的成为促使我们家庭团结牢不可摧的一环，没有家庭的长久支持，就没有这本书的诞生。